PUBLICATIONS
DE
L'ECOLE NATIONALE DES LANGUES ORIENTALES VIVANTES

LES MANUSCRITS ARABES DE L'ESCURIAL

DÉCRITS D'APRÈS LES NOTES
DE

HARTWIG DERENBOURG
MEMBRE DE L'INSTITUT

REVUES ET MISES A JOUR
PAR

E. LÉVI-PROVENÇAL
DIRECTEUR DE L'INSTITUT DES HAUTES ÉTUDES MAROCAINES
PROFESSEUR A LA FACULTÉ DES LETTRES DE L'UNIVERSITÉ D'ALGER

TOME TROISIÈME

THÉOLOGIE — GÉOGRAPHIE — HISTOIRE

PARIS
LIBRAIRIE ORIENTALISTE PAUL GEUTHNER
13, RUE JACOB (VIᵉ)

1928

BIBLIOTHÈQUE DES GÉOGRAPHES ARABES

PUBLIÉE SOUS LA DIRECTION DE

M. Gabriel FERRAND

La BIBLIOTHECA GEOGRAPHORUM ARABICORUM de M. J. de Goeje n'est que partiellement traduite. Les textes édités par le maître de Leyde restent ainsi fermés aux historiens, géographes et aux orientalistes non arabisants. Il a paru utile de publier une traduction française annotée des ouvrages contenus dans la BIBLIOTHECA et de quelques autres travaux de même nature, édités ou manuscrits, sous le titre de BIBLIOTHÈQUE DES GÉOGRAPHES ARABES. La première série de traduction comprendra les ouvrages suivants énumérés dans l'ordre chronologique :

Pour paraître prochainement :

TOME I : FERRAND (G.), *Introduction à l'astronomie nautique arabe*. Environ L et 255 pp., in-8, 1927. *

Vient de paraître :

TOME II : IBN FADL ALLAH AL-ʿOMARI, *Masalik al-absâr fi mamâlik al-amsar*, I : *L'Afrique, moins l'Egypte*, trad. et annoté avec une introduction et 5 cartes, par GAUDEFROY-DEMOMBYNES, LXVIII et 284 pp., in-8, 1927 .... **100** fr.

Sous presse :

AL-YAʿKUBI. — *Kitâb al-buldân* (vers 891), par M. Gaston WIET.

IBN AL-FAKIH AL-HAMADANI. — *Compendium libri Kitâb al-buldân* (vers 902), par M. Henri MASSÉ.

ABU ISHAK AL-FARISI AL-ISTAHRI. — *Kitâb masalik al-mamâlik* « Viae regnorum » (vers 951), par M. MOHAMMED BEN CHENEB.

AL-BAKRI. — *Dictionnaire géographique*, éd. Wüstenfeld, par M. BENHAMOUDA.

FERRAND (G.). — *L'Océan Indien au moyen âge*, d'après les textes arabes et persans.

En préparation :

ABU 'ALI AHMAD IBN 'OMAR IBN ROSTEH (vers 903). — *Kitâb al-a'lâk an-nafisa* « Liber gemmarum pretiosarum », par M. Gaston WIET.

AL-MUKADDASI (en 985). — *Descriptio imperii moslemici*, 2e éd., par M. William MARÇAIS.

ABU HAMID AL-ANDALUSI AL-GARNATI. — *Tuhfat al-albâb*, rédigé en 1162, traduit par M. Gabriel FERRAND.

SHARIF AL-IDRISI. — *Kitâb nuzhat al-mustâk fi ihtirâk al-afâk* (vers 1154, géographie du monde connu par les Arabes à cette époque), par MM. Gabriel FERRAND et GAUDEFROY-DEMOMBYNES.

SULAYMAN AL-MAHRI. — *Le Pilote des Mers de l'Inde, de Chine et de l'Indonésie*, instructions nautiques, traduites et annotées par G. FERRAND. *

SHIHAB AD-DIN AHMAD BIN MAJID dit le « Lion de la Mer ». — *Le Pilote des Mers de l'Inde, de la Chine et de l'Indonésie*, partie géographique des textes astronomico-nautiques, traduite et annotée par G. FERRAND. *

FERRAND (G.). — *Traduction des routiers portugais et glossaire arabe nautique*. *

* Ces volumes forment les tomes 3 à 5 des *Instructions nautiques et routiers arabes et portugais des XVe et XVIe siècles*, de G. FERRAND.

PUBLICATIONS

DE

L'ÉCOLE NATIONALE DES LANGUES ORIENTALES VIVANTES

VIe SÉRIE. — VOL. III

LES

MANUSCRITS ARABES

DE L'ESCURIAL

TOME TROISIÈME

CHALON-SUR-SAÔNE, IMP. FRANÇAISE ET ORIENTALE DE E. BERTRAND

PUBLICATIONS
DE
L'ECOLE NATIONALE DES LANGUES ORIENTALES VIVANTES

LES MANUSCRITS ARABES DE L'ESCURIAL

DÉCRITS D'APRÈS LES NOTES
DE

HARTWIG DERENBOURG
MEMBRE DE L'INSTITUT

REVUES ET MISES A JOUR
PAR

E. LÉVI-PROVENÇAL
DIRECTEUR DE L'INSTITUT DES HAUTES ÉTUDES MAROCAINES
PROFESSEUR A LA FACULTÉ DES LETTRES DE L'UNIVERSITÉ D'ALGER

TOME TROISIÈME

THÉOLOGIE — GÉOGRAPHIE — HISTOIRE

PARIS
LIBRAIRIE ORIENTALISTE PAUL GEUTHNER
13, RUE JACOB (VIe)

1928

INTRODUCTION[1]

Le fonds arabe de la Bibliothèque Royale de San Lorenzo del Escorial se compose, à l'heure actuelle, d'environ deux mille manuscrits, exactement numérotés de 1 à 1952. Dans ce nombre, il faut comprendre une cinquantaine de liasses et de recueils factices reliés (legajos) *renfermant des fragments d'importance et d'étendue variables. Les manuscrits ont été rangés par matières, et, dans chaque matière, par format. Cet ordre fut établi de 1749 à 1753 par le Syrien maronite Michel Casiri, qui travailla à l'Escurial même à la rédaction d'un premier catalogue analytique des manuscrits du fonds arabe. Sa description, qui va jusqu'au n° 1852, fut publiée à Madrid, en 1760-1770, en deux volumes in-folio : c'est la célèbre* Bibliotheca Arabico-Hispana Escurialensis.

1. Le tome I du présent ouvrage a paru, sous le numéro X, dans la deuxième série des Publications de l'École des Langues orientales vivantes (1884).

Le tome II, fascicule 1, a paru, sous le numéro XI, dans la même série (1903). — Le fascicule 2 et dernier de ce même tome II paraîtra ultérieurement, ainsi qu'il est dit dans la présente *Introduction*.

M. Hartwig Derenbourg, membre de l'Institut de France, chargé en 1880 d'une mission scientifique en Espagne, mit à profit un assez long séjour à l'Escurial pour entreprendre à son tour une nouvelle description du fonds arabe manuscrit de la Bibliothèque du monastère de San Lorenzo. Quatre ans plus tard, il put en publier la première partie (Les Manuscrits arabes de l'Escurial, *I, Publications de l'École des Langues Orientales Vivantes, IIe Série, volume X, Paris, 1884), consacrée aux 708 premiers manuscrits de la collection, c'est-à-dire aux ouvrages relatifs à la grammaire, à la rhétorique, à la poésie, à la philologie et aux belles-lettres, à la lexicographie et à la philosophie. Il réservait pour les années suivantes la préparation d'un second volume, pour lequel il devait utiliser les notes qu'il rapporta sur les manuscrits relatifs à d'autres disciplines, la géographie et l'histoire en particulier, et d'où aurait été écartée la description des œuvres d'objet par trop spécial — mathématiques et médecine — ou d'un intérêt uniquement islāmique — droit, jurisprudence et théologie —. Ce tome II ne fut jamais donné à l'impression, sauf un premier fascicule, relatif aux manuscrits de morale et de politique (nº 709 à nº 785), qui fut composé pour être présenté au XIIe Congrès International des Orientalistes tenu à Rome en 1899, et publié quatre ans plus tard (Publications de l'École des Langues Orientales Vivantes, IIe Série, volume XI, fascicule I, Paris, 1903).*

Mais, à ce moment, le savant orientaliste avait sans

doute pris la décision de publier, non plus un catalogue partiel, mais une description complète des manuscrits arabes de l'Escurial. Au cours d'une nouvelle mission qui lui fut confiée en 1905, il revit toutes les notes qu'il avait prises vingt-cinq ans auparavant, lors de son précédent séjour à San Lorenzo, et, en plus, il établit de nouvelles fiches pour tous les manuscrits qui restaient à examiner. La mort, malheureusement, vint le frapper peu d'années plus tard, laissant son entreprise inachevée.

***

L'Académie des Inscriptions et Belles-Lettres a bien voulu, sur la demande de M. P. Boyer, Administrateur de l'École nationale des Langues Orientales Vivantes, me charger de poursuivre la rédaction du catalogue du fonds arabe de l'Escurial, en m'autorisant, d'accord avec Mme Hartwig Derenbourg, à utiliser les notes laissées par le regretté savant. Ce n'est pas sans une pieuse admiration que j'ai examiné une par une, avec le plus grand soin, les nombreuses feuilles d'écriture serrée, à l'encre rouge, que le maître, pendant ses deux séjours à l'Escurial, avait remplies avec l'enthousiasme et l'ardeur d'un bibliographe de vocation. Ces notes portent à chaque page la marque de son incomparable érudition et de sa magistrale connaissance de l'arabe. Mais, prises, les unes il y a quarante ans, les autres il y a vingt ans, elles rendaient nécessaires, avant leur mise en œuvre pour l'établissement de la suite du catalogue, une vérification sur place et

*parfois un nouvel examen de certains manuscrits ;
beaucoup, d'autre part, avaient besoin d'être complétées
en tenant un compte suffisant de l'origine marocaine de la
plus grande partie de la collection. Cette importante
particularité semble avoir jusqu'ici échappé à beaucoup
d'orientalistes ; pourtant, elle s'appuie sur des données
historiques aujourd'hui bien connues : il ne sera pas inutile
de les rappeler brièvement.*

*Il est certain qu'il existait à l'Escurial, au XVIIᵉ siècle,
un fonds de manuscrits arabes constitué par le roi
Philippe II et ses successeurs. Peut-être, surtout s'il
provenait d'anciennes bibliothèques de l'Espagne musulmane, offrait-il le plus grand intérêt ; mais on ne sait
exactement quelle était son importance, malgré l'existence
d'un fragment de catalogue en latin dont il est difficile de
tirer parti. Mais ce fonds s'enrichit d'un seul coup de la
bibliothèque tout entière d'un sultan marocain de la
dynastie saʿdienne, Maulâi Zaidân. En mai 1612, ce
souverain, qui se trouvait aux prises avec l'agitateur
Abû Maḥallî et venait de subir un grave échec, avait dû
se réfugier avec son entourage à Safi, d'où il comptait
pouvoir rejoindre le Sûs. Il affréta dans ce port, pour
trois mille ducats, un navire, le « Notre-Dame-de-la-
Garde », commandé par le capitaine provençal Jean-
Philippe de Castelane, et il y fit charger à destination
d'Agadir toutes ses richesses, et sa bibliothèque, qu'il
tenait de son père, le célèbre sultan saʿdien Abu 'l-ʿAbbâs
Aḥmad al-Manṣûr aḍ-Ḏahabî. Arrivé à Agadir, Castelane*

exigea, avant de débarquer les marchandises qu'il avait transportées, le paiement intégral du prix du frêt convenu. Au bout de quelque temps, désespérant d'obtenir satisfaction, le capitaine quitta de nuit la rade d'Agadir et fit voile sur Marseille avec son précieux chargement. Arrivé à hauteur de Salé, le « Notre-Dame-de-la-Garde » fut rencontré par trois vaisseaux espagnols qui lui donnèrent la chasse et s'en emparèrent. La prise fut menée en Espagne, et les livres de Maulāi Zaidān, au nombre de trois à quatre mille, furent déposés par Philippe III à la Bibliothèque du Monastère Royal de San Lorenzo del Escorial, où ils sont conservés depuis, portant encore pour la plupart, sur le recto du premier feuillet, la marque de possession des sultans sa'diens.

De l'ancien fonds arabe, ainsi accru inespérément et d'un seul coup de toute la bibliothèque impériale marocaine, une partie seulement put être sauvée, lors du grand incendie qui, le 7 juin 1671, dévasta les bâtiments du monastère de San Lorenzo et surtout la bibliothèque. Ainsi l'on s'explique que le nombre des manuscrits arabes soit réduit à deux mille; beaucoup portent encore aujourd'hui des traces de brûlures ou sont restés maculés par l'eau dont on les arrosa pour les sauver.

***

Au cours d'une mission qui me fut confiée en 1924 par M. le Ministre de l'Instruction Publique et des Beaux-Arts, j'ai pu faire à l'Escurial un séjour assez prolongé, qui m'a permis d'examiner un à un, après Hartwig Derenbourg, les manuscrits qui sont décrits plus loin. D'après le classement de Casiri, qu'il eût été difficile de ne point conserver, ces manuscrits sont ceux d'ouvrages se rapportant à la théologie, d'une part (nos 1256 à 1633), à la géographie et à l'histoire, d'autre part (nos 1634 à 1852). On pourra sans peine se rendre compte que ce classement est souvent loin d'être rigoureux. En dehors du présent volume, il reste à prévoir l'établissement et la publication : 1° de la fin du tome II, avec la description des manuscrits traitant de médecine, d'histoire naturelle, de mathématiques et de jurisprudence; 2° d'un tome IV qui, après les notices des manuscrits et des recueils factices (legajos) *non inventoriés par Casiri (nos 1853 à 1952), comprendrait les indices détaillés du catalogue tout entier.*

Je n'entreprendrai pas ici une nouvelle critique de l'organisation par trop archaïque de la Bibliothèque de San Lorenzo, qui est, on le sait, administrée en principe par l'Intendance du patrimoine de la maison royale d'Espagne. Cette critique a déjà été faite en 1898 par le savant orientaliste espagnol Francisco Codera (dans le Boletin de la R. Academia de la Historia, *tome XXXIII, décembre 1898, pp. 465-477 : Manuscritos arabes del Escorial. Su importancia. — Su estado. — Necesidad de su arreglo. Trabajo previo. — Autorización indispensable al que estudie detenidamente algún manuscrito. Su préstamo). Mais son article incisif n'a rien changé à l'étroit règlement traditionnel, qui subsistait en 1924.*

J'ai d'ailleurs, je me hâte de le dire, été reçu de la façon la plus courtoise par le Père Augustin D. Guillermo Antolín, bibliothécaire en chef, qui a bien voulu me permettre de travailler dans la salle de lecture en plus des quatre heures quotidiennes d'ouverture, jusqu'au jour où le prieur du monastère a cru devoir me supprimer cette faveur, peu compatible sans doute avec la règle de la maison. Mon souvenir reconnaissant va aussi à mon ami le P. Melchor Martinez Antuña, qui aujourd'hui a succédé dans ses délicates fonctions au P. Antolín, devenu bibliothécaire de l'Académie Royale d'Histoire à Madrid. Enfin, j'exprime toute ma gratitude aux éminents académiciens de la capitale, D. Julián Ribera et l'abbé D. Miguel Asín Palacios, qui m'ont accueilli de la façon la plus empressée et la plus cordiale et ont bien voulu me présenter et me recommander aux conservateurs des collections publiques madrilènes et à l'Intendant du Patrimoine Royal.

Mon collègue et ami M. M. Bencheneb a bien voulu revoir les épreuves de ce volume et me fournir d'importantes additions bibliographiques. Je l'en remercie bien vivement.

Rabat, décembre 1927.

E. L.-P.

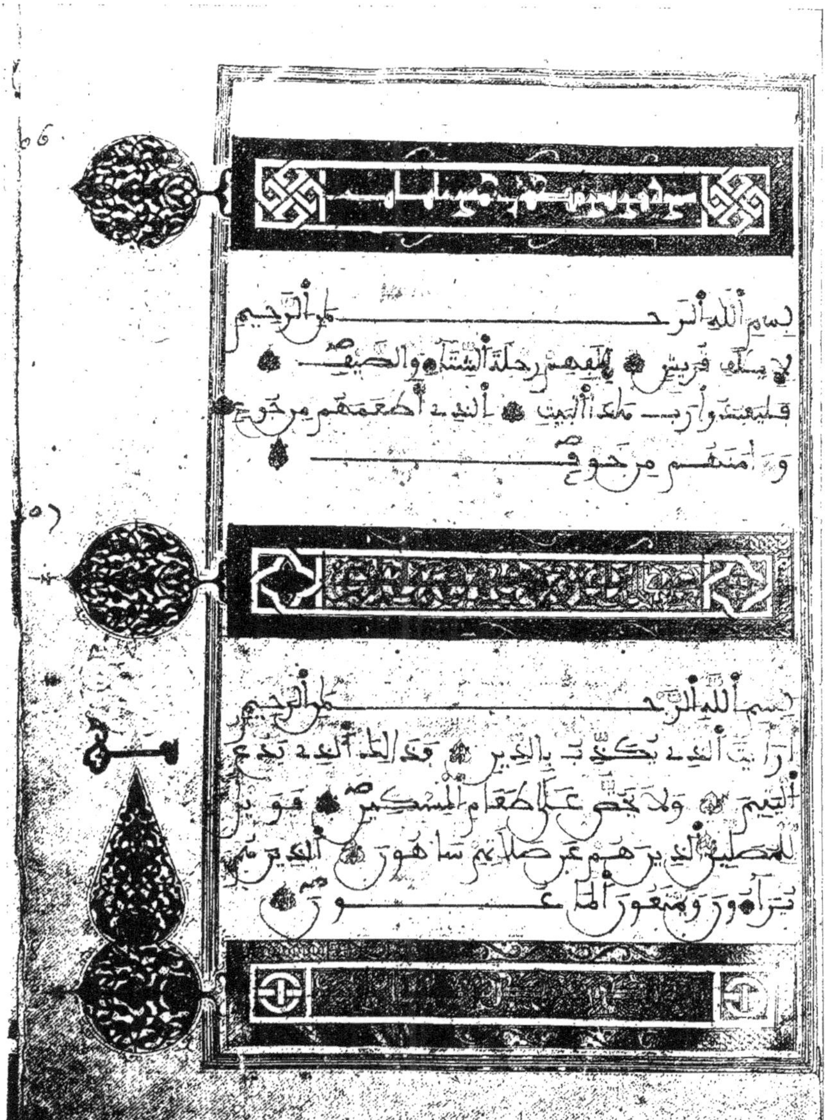
بسم الله الرحمن الرحيم
لإيلاف قريش إيلافهم رحلة الشتاء والصيف
فليعبدوا رب هذا البيت الذي أطعمهم من جوع
وآمنهم من خوف

بسم الله الرحمن الرحيم
أرأيت الذي يكذب بالدين فذلك الذي يدع
اليتيم ولا يحض على طعام المسكين فويل
للمصلين الذين هم عن صلاتهم ساهون الذين هم
يراءون ويمنعون الماعون

Manuscrit 1340.

CORAN DIT DE MAULAI ZAIDĀN.

Fac-similé d'une page de texte avec titres des Sûrates en caractères kûfiques.

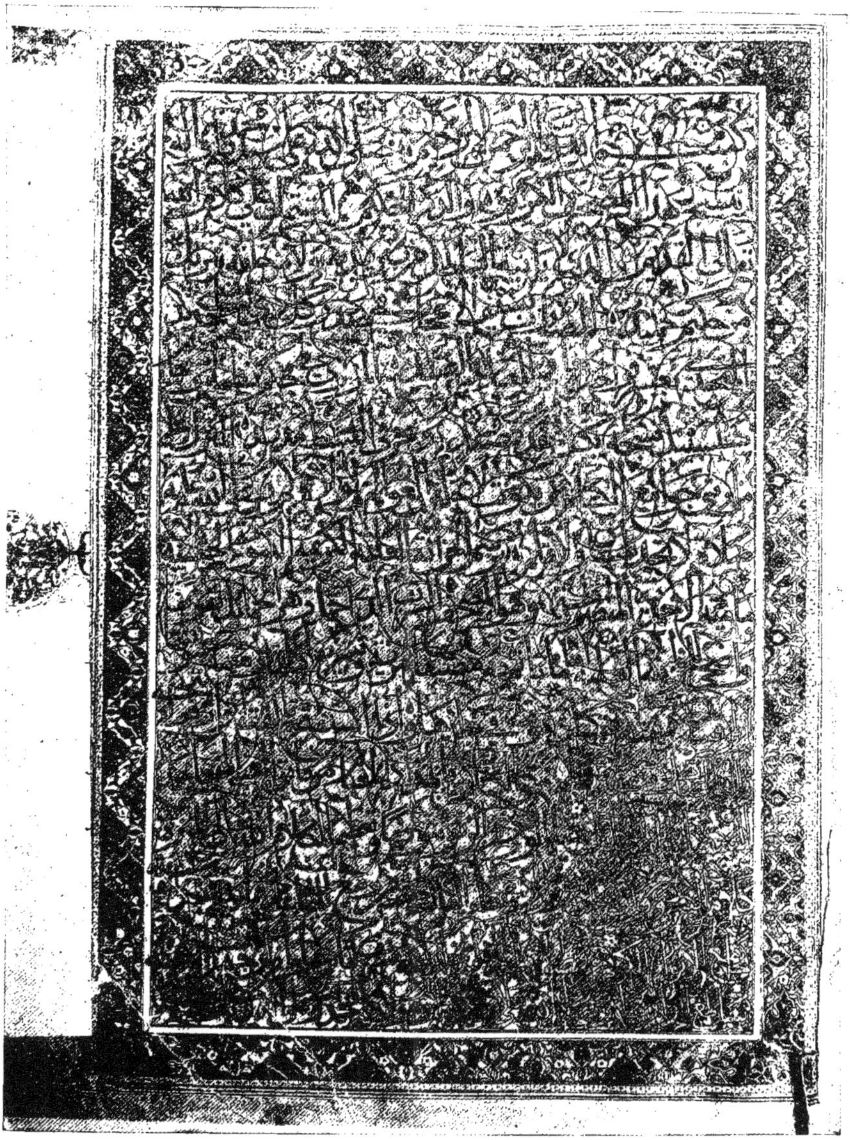

Manuscrit 1340.

CORAN DIT DE MAULAI ZAIDĀN.

Fac-similé de la page enluminée portant la date et le nom du scribe.

LES MANUSCRITS ARABES DE L'ESCURIAL.

THÉOLOGIE.

A. **Coran et Sciences coraniques.**

1256

Exemplaire du Coran, daté de 1028/1619. Complet. Quelques ornements maġribins et dorures en tête des Sūrates.

Papier. Écriture maġribine. 181 feuillets. 19 lignes par page. Dimensions : 0.23×0.17. (Cas. 1251.)

1257

Exemplaire du Coran, daté de 1016/1607. Ornements maġribins.

Papier. Écriture maġribine. 183 feuillets. 21 lignes par page. Dimensions : 0.26×0.19. (Cas. 1252.)

1258

Bel exemplaire d'une partie du Coran, des Sūrates XXVII à XXXVII inclusivement.

Papier. Écriture maġribine, type *mabsūṭ*. 79 feuillets. 11 lignes par page. Dimensions : 0.28×0.20. (Cas. 1253.)

1259

Titre : كتاب الناسخ والمنسوخ فى كتاب الله عزّ وجلّ واختلاف العلماء فى ذلك. Ouvrage sur les versets « abrogeants » et « abrogés » du Coran, par Abū Ǧa'far Aḥmad b. Muḥammad b. Ismā'īl AṢ-ṢAFFĀR (*alias* an-Naḥḥās), grammairien et commentateur du Coran, mort en 338/949-950 : cf. Brockelmann, *Ar. Litt.*[1], I, 132 et 515 (132_{10}). Incipit : كتاب الناسخ والمنسوخ . . . رواية ابى بكر محمّد بن علىّ بن احمد النحوى الادفوى عنه روايــة ابى القاسم عبد الرحمن بن محمّد بن على الادفوى وابى الحسن علىّ بن ابراهيم النحوى الحوفى عنه . . . رواية الشريف الخطيب ابى الفتوح ناصر بن الحسن بن اسماعيل الحسينى الزيدى عنه ، قال حدّثنا الشيخ ابو القاسم . . . قال حدّثنى ابى قال قال ابو جعفر احمد . . . الصفّار النحوى نبتـدئ فى هذا الكتاب وهو كتاب الناسخ والمنسوخ بحمد الله الواحد الجبّار العزيز القهّار الخ. Copie datée de 642/1244-45.

Papier. Écriture orientale. 220 feuillets. 19 lignes par page. Dimensions : 0.25 × 0.17. (Cas. 1254.)

1260

Exemplaire mutilé du début et de la fin d'une partie d'un commentaire anonyme du Coran, allant de la Sūrate XLIII, verset 37, à la Sūrate LXXVI, verset 16.

Papier. Écriture orientale. 190 feuillets. 17 lignes par page. Dimensions : 0.25 × 0.17. (Cas. 1255.)

1. Carl BROCKELMANN, *Geschichte der Arabischen Litteratur*, 1er volume, Weimar, 1898 ; 2e volume, Berlin, 1902.

1261

Manuscrit du premier volume de l'abrégé : النهر الماد من البحر, par Āṯīr ad-dīn Abū Ḥaiyān Muḥammad b. Yūsuf b. 'Alī b. Yūsuf b. Ḥaiyān al-Ġarnāṭī al-Ǧaiyānī, † 745/1345, de son grand commentaire du Coran intitulé : البحر المحيط فى تفسير القرآن : cf. Brockelmann, *Ar. Litt.*, II, 110 ; Houtsma, in *Enc. Isl.*[1], I, 91. Ces deux ouvrages ont été publiés au Caire en huit volumes, le premier en marge du second, en 1328 H., aux frais de Maulāi 'Abd al-Ḥafīẓ, alors sultan du Maroc. Le manuscrit qui nous occupe s'arrête au commentaire de la Sūrate X, verset 26. Il n'est pas daté.

Papier. Écriture maġribine. 211 feuillets. 31 lignes par page. Dimensions : 0.30×0.215. (Cas. 1256.)

1262

Manuscrit acéphale du tome premier du كتاب إعراب القرآن, commentaire grammatical du Coran, par le même auteur qu'au numéro précédent. Il s'arrête à la fin du commentaire de la Sūrate IV. Copie datée de 815/1412.

Papier. Écriture maġribine. 188 feuillets. 27 lignes par page. Dimensions : 0.24×0.18. (Cas. 1257.)

1. *Encyclopédie de l'Islām.* Dictionnaire géographique, ethnographique et biographique des peuples musulmans, publié avec le concours des principaux orientalistes, par M. Th. Houtsma, R. Basset, T. W. Arnold et R. Hartmann. Édition française, tome I, Leyde Paris, 1913 ; tomes II et III (en cours de publication).

1263

Tome troisième et dernier du même exemplaire, à partir de la Sūrate XIX.

Papier. Écriture maġribine. 175 feuillets. 27 lignes par page. Dimensions : 0.24×0.175. (Cas. 1258.)

1264

Premier volume du commentaire du Coran intitulé : كتاب معرفة قانون التأويل فى فوائد التنزيل et surtout connu sous le nom de كتاب القانون, par Abū Bakr Muḥammad b. ʿAbd Allāh Ibn al-ʿArabī al-Maʿāfirī al-Išbīlī, grand théologien andalou, † 546/1151 : cf. Brockelmann, *Ar. Litt.*, I, 412-413; *Enc. Isl.*, II, 384. Incipit : بسم الله الفرد [الذى] رفع بالعلم درجات اهله الخ. La fin manque; le commentaire s'arrête au verset 248 de la Sūrate II. Pas d'indication de date de copie.

Papier. Écriture maġribine. 103 feuillets. 33 lignes par page. Dimensions : 0.265×0.19. (Cas. 1259.)

1265

Tome second et dernier du كتاب أحكام القرآن, du même. Commence à la Sūrate IX, verset 104. L'ouvrage a été publié au Caire en 1331 (2 vol.), aux frais de l'ex-sultan du Maroc Maulāi ʿAbd al-Ḥafīẓ. Quelques pages manquent à la fin. Sans date.

Papier. Écriture maġribine. 229 feuillets. 31 lignes par page. Dimensions : 0.31×0.22. (Cas. 1260.)

1266

Titre : كتاب الوجيز فى تفسير كلمات الله العزيز, commentaire du Coran par Abu 'l-Ḥasan 'Alī b. Aḥmad b. Muḥammad al-Wāḥidī an-Nīsābūrī, † 468/1075 : cf. Brockelmann, *Ar. Litt.*, I, 411. L'ouvrage, complet, débute ainsi : الحمد لله الكريم بالائه العظيم بكبريائه الخ. Cf. *infra*, n° 1269, un autre exemplaire sans date.

Papier. Écriture maġribine. 170 feuillets. 27 lignes par page. Dimensions : 0.255×0.18. (Cas. 1261.)

1267

Tome second d'un autre commentaire du même auteur, intitulé : كتاب الوسيط بين المقبوض والبسيط. Le manuscrit, mutilé de la fin et dépourvu d'indication de date de copie, commence au commentaire du verset 130 de la Sūrate II et s'arrête au verset 137 de la Sūrate VI.

Papier. Écriture orientale, type *nasḫī* vocalisée en partie. 169 feuillets. 17 lignes par page. Dimensions : 0.25×0.18. (Cas. 1262.)

1268

Tome cinquième du même exemplaire, de la Sūrate XL à la Sūrate LXI. Sans date.

Papier. Écriture orientale, type *nasḫī*. 271 feuillets. 17 lignes par page. Dimensions : 0.25×0.18. (Cas. 1263.)

1269

Titre : كتاب الوجيز. Cf. *supra*, n° 1266. Exemplaire copié à Médine en 816/1413.

Papier. Écriture mağribine. 196 feuillets. 27 lignes par page. Dimensions : 0.24×0.16. (Cas. 1264.)

1270

Titre : المنتخب من تفسير القرآن العظيم. Manuscrit acéphale du tome premier de l'abrégé, par Abu 'l-'Abbās AL-MURSĪ, du commentaire du Coran, intitulé مفاتيح الغيب, de FAḪR AD-DĪN Abū 'Abd Allāh Muḥammad b. 'Umar IBN AL-ḪAṬĪB AR-RĀZĪ, † 606/1209 : cf. Brockelmann, *Ar. Litt.*, I, 506. Le commentaire va de la Sūrate II, verset 5, à la fin de la même Sūrate. Copie datée de 730/1329-30.

Papier. Écriture orientale. 202 feuillets. 25 lignes par page. Dimensions : 0.26×0.18. (Cas. 1265.)

1271

Second tome du même exemplaire. La fin manque.

Papier. Écriture orientale. 245 feuillets. 25 lignes par page. Dimensions : 0.25×0.165. (Cas. 1266.)

1272

Tome second d'un exemplaire du كتاب التحصيل لفوائد كتاب التفصيل, commentaire du Coran composé pour la bibliothèque d'*al-malik al-ğalīl* Abu 'l-Ğaiš Muğāhid, par Abu' l-'Abbās Aḥmad b. 'Ammār b. Abi 'l-'Abbās al-Muḳri' AL-MAHDĀWĪ, mort vers 430/1038 : cf. Brockelmann, *Ar. Litt.*, I, 411. Incipit : القول فى قوله تعالى يا اهل الكتاب قد جاءكم رسولنا (Sūrate V, verset 18). Le manuscrit s'arrête à la fin du commentaire de la Sūrate XV. Copie datée de 553/1138-39. Exemplaire admirablement conservé.

Papier. Écriture maġribine à demi vocalisée. 177 feuillets. 23 lignes par page. Dimensions : 0.25×0.18. (Cas. 1267.)

1273

Recueil de la même main, comprenant :

1° Titre : كتاب ملاك التأويل القاطع بذوى الالحاد والتعطيل فى توجيه المتشابه اللفظ من آى التنزيل, travail de lexicographie coranique par Abu 'l-'Abbās Aḥmad b. Ibrāhīm b. Aḥmad b. az-Zubair aṯ-Ṯaḳafī al-Ġarnāṭī. Signalé par Ḥāǧǧī Ḫalīfa, *Kašf aẓ-ẓunūn*[1], II, 512. Incipit : الحمد لله اللائح ما شاء الخ.

2° (F° 176 r°). Titre : كتاب الاقتصاد فى الاعتقاد, le traité détaillé de théologie spéculative du célèbre Abū Ḥāmid Muḥammad b. Muḥammad AL-ĠAZĀLĪ, † 505/1111 : cf. Brockelmann, *Ar. Litt.*, I, 421_9; D. B. Macdonald, in *Enc. Isl.*, II, 156_a. Publié au Caire en 1320. Cf. *infra*, n°s 1468 et 1486_1 d'autres exemplaires du même ouvrage.

3° (F° 215 r°). Commentaire, par Muḥammad b. Aḥmad b. 'Abd Allāh al-Anṣārī al-Išbīlī AL-ḪAFFĀF, de la « profession de foi » العقيدة البرهانية d'Abū 'Amr 'Uṯmān b. 'Abd Allāh AS-SALĀLIǦĪ. '*Aḳīda* et commentaire sont signalés

1. Éd. de Constantinople, 2 vol., 1310-11 H.

par Ḥăǧǧī Ḫalīfa, *Kašf aẓ-ẓunūn,* II, 127. Incipit : الحمد لله الذى اخترع الحدثات بقدرته الخ.

4° (F° 238 r°). La « grande *'akīda* » d'AS-SANŪSĪ : cf. *supra,* n° 636₈, et Brockelmann, *Ar. Litt.,* II, 250. Tout le manuscrit date de 747/1346-47.

Papier. Écriture maġribine. 315 feuillets. 30 lignes par page. Dimensions : 0.31 × 0.21. (Cas. 1268.)

1274

Exemplaire d'un premier tome du commentaire du Coran intitulé : زاد السير فى علم التفسير, par Ğamāl ad-dīn Abu 'l-Faraǧ 'Abd ar-Raḥmān b. 'Alī b. Muḥammad b. 'Alī IBN AL-ĞAUZĪ, † 597/1200 : cf. Brockelmann, *Ar. Litt.,* I, 504₃₃; le même, in *Enc. Isl.,* II, 394-395. Incipit : الحمد لله الذى شرفنا على الامم بالقرآن المجيد الخ. Le commentaire va dans ce manuscrit jusqu'à la fin de la Sūrate V. Copie datée de 620/1223.

Papier. Écriture orientale serrée. 123 feuillets. 26 lignes par page. Dimensions : 0.245 × 0.17. (Cas. 1269.)

1275

Tome second d'un autre exemplaire du même commentaire, commençant à la Sūrate XVI. La fin manque; le manuscrit s'arrête à la Sūrate XXXVI, verset 69.

Papier. Écriture orientale. 149 feuillets. 17 lignes par page. Dimensions : 0.25 × 0.17. (Cas. 1270.)

1276

Titre en écriture kūfique ornée : كتاب الكشّاف. Très bel exemplaire complet du commentaire du Coran composé en 528/1133-34, par Abu 'l-Ḳāsim Maḥmūd b. 'Umar AZ-ZAMAḪŠARĪ, † 538/1143, sous le titre exact de كتاب الكشّاف عن حقائق التنزيل. Cf. Brockelmann, *Ar. Litt.*, I, 290. L'ouvrage a été publié à Calcutta en 1856, au Caire en 1307-1308. Copie non datée.

Papier. Écriture orientale très fine. 505 feuillets. 33 lignes par page. Dimensions : 0.25 × 0.135. (Cas. 1271.)

1277

Quatrième tome du *Kaššāf* d'AZ-ZAMAḪŠARĪ. Commence au commentaire de la Sūrate XXVII et finit par celui de la Sūrate XLIII. Copie non datée.

Papier. Écriture orientale. 315 feuillets. 17 lignes par page. Dimensions : 0.25 × 0.15. (Cas. 1272.)

1278

Titre : الانصاف من الكشّاف. Cet ouvrage, qui constitue une réfutation des opinions mu'tazilites émises dans le *Kaššāf* d'az-Zamaḫšarī et qui fut écrit par Abū Isḥāḳ 'ABD AL-KARĪM b. 'Alī b. 'Umar al-'Irāḳī AL-ANṢĀRĪ, débute ainsi : الحمد لله ربّ العالمين . . . اختصرت فى هذا الكتاب الانتصاف من الكشّاف تصنيف الفقيه ناصر الدين احمد المالكى المشهور بابن المنيّر وحذفت منه ما وقعت الادلالة به من نقل كلام الزمخشرى على وجهه

من غير كلام عليه. C'est donc un résumé de l'œuvre d'Ibn al-Munaiyir, † 683/1284, signalée par Brockelmann, *Ar. Litt.*, I, 291, sous le titre de كتاب الانتصاف من الكشاف. Une note à la fin du manuscrit indique qu'il fut copié à la mosquée d'al-Azhar, au Caire, en 687/1288.

Papier. Écriture orientale. 262 feuillets. 19 lignes par page. Dimensions : 0.265 × 0.17. (Cas. 1273.)

1279

Troisième tome, ainsi que l'indique le titre du manuscrit tracé sur fond or, du commentaire du Coran intitulé كتاب معالم التنزيل, écrit par Abū Muḥammad al-Ḥusain b. Masʿūd al-Baġawī, mort au début du IIe siècle H. (XIIe siècle J.-C.). Cf. Brockelmann, *Ar. Litt.*, I, 363-64; le même, in *Enc. Isl.*, I, 573. L'ouvrage a été publié à Bombay en 1309 (2 vol.). L'exemplaire qui nous occupe commence à la Sūrate XVI et va jusqu'à la fin de la Sūrate XXXIII. Copie datée de 733/1333.

Papier. Écriture orientale. 310 feuillets. 25 lignes par page. Dimensions : 0.255 × 0.18. (Cas. 1274.)

1280

Tome second d'un exemplaire du commentaire du Coran intitulé الوجيز. Cf. *supra*, n° 1266. Va de la Sūrate XXXVIII à la Sūrate LV, inclusivement. Copie non datée (sans doute du XIVe siècle).

Papier. Écriture maġribine. 180 feuillets. 23 lignes par page. Dimensions : 0.275 × 0.185. (Cas. 1275.)

1281

Second tome d'un exemplaire du *Kaššāf* d'AZ-ZAMAḪŠARĪ (cf. *supra*, n° 1276). Le manuscrit, acéphale, commence à la Sūrate VI, verset 101, et continue jusqu'à la fin de la Sūrate XVII. Copie datée de 605/1208-09.

Papier. Écriture maġribine. 247 feuillets. 25 lignes par page. Dimensions : 0.275×0.20. (Cas. 1276.)

1282

Troisième tome du même exemplaire qu'au numéro précédent. Le commentaire, qui débute à la Sūrate XVIII, se poursuit jusqu'à la Sūrate XXXVII, inclusivement. Copie datée de 606/1209.

Papier. Écriture maġribine. 217 feuillets. 25 lignes par page. Dimensions : 0.28×0.20. (Cas. 1277.)

1283

Gloses sur différentes questions (مسائل) du *Kaššāf* d'az-Zamaḫšarī, rassemblées par Muḥammad b. As'ad aṣ-Ṣiddīḳī AL-DAUWĀNĪ, † 907/1501, sur lequel cf. Brockelmann, *Ar. Litt.*, II, 217; le même, in *Enc. Isl.*, I, 958. Incipit : الحمد لله الذى انزل كلاما مؤلفا منظما دلّ بالامر الخ. La copie porte la date de 830, ce qui est certainement soit une erreur, soit un faux du scribe.

Papier. Écriture orientale. 112 feuillets. 29 lignes par page. Dimensions : 0.26×0.17. (Cas. 1278.)

1284

Premier volume du commentaire du Coran d'étendue considérable, écrit par Abū 'Abd Allāh Muḥammad b. Aḥmad b. Abī Bakr IBN FARAḤ al-Anṣārī al-Mālikī AL-ĶURṬUBĪ, † 671/1273 (sur lequel cf. Brockelmann, *Ar. Litt.*, I, 415), sous le titre de كتاب جامع أحكام القرآن. Commencement : الحمد لله المبتدئ بحمد نفسه قبل ان يحمده حامد الخ. Le commentaire va du début du Coran au verset 97 de la Sūrate II. Copie non datée (XIIIe siècle).

Papier. Écriture orientale. 192 feuillets. 29 lignes par page. Dimensions : 0.29×0.20. (Cas. 1279.)

1285

Deuxième tome du même ouvrage, mais d'un autre exemplaire que le précédent. Le commentaire se poursuit jusqu'au verset 45 de la Sūrate IV. Copie exécutée en 738/1337-38, à Tripoli de Syrie.

Papier. Écriture orientale. 391 feuillets. 25 lignes par page. Dimensions : 0.255×0.18. (Cas. 1280.)

1286

Deuxième tome d'un autre exemplaire du même commentaire, de la Sūrate II, verset 118, au verset 221 de la même Sūrate. Copie datée de 853/1449.

Papier. Écriture orientale. 153 feuillets. 24 lignes par page. Dimensions : 0.28×0.185. (Cas. 1281.)

1287

Dernier tome (et non tome III, comme on lit dans Casiri) d'un exemplaire du même commentaire, depuis le début de la Sūrate LXXVIII jusqu'à la fin du Coran. Copie datée de 740/1339-40.

Papier. Écriture orientale. 209 feuillets. 23 lignes par page. Dimensions : 0.26×0.18. (Cas. 1282.)

1288

Troisième volume d'un autre exemplaire du même commentaire, commençant à la Sūrate II, verset 204, se terminant à la Sūrate III, verset 11. Copie datée de 763/1361-62.

Papier. Écriture orientale. 250 feuillets. 25 lignes par page. Dimensions : 0.26×0.17. (Cas. 1283.)

1289

Partie du même commentaire, mutilé du début et de la fin. Le manuscrit porte sur la tranche l'indication suivante : الرابع من شرح القرطبي. Il manque en tête, d'après la numérotation des cahiers, 21 feuillets. Une note en tête signale que dans le *legajo* 1940 existent 96 feuilles qui semblent appartenir à ce volume. Commencement : Sūrate XVII, verset 107. Fin : Sūrate XXIII, verset 82. Sans date.

Papier. Écriture orientale. 258 feuillets. 27 lignes par page. Dimensions : 0.26×0.18. (Cas. 1284.)

1290

Exemplaire acéphale (manquent les 40 premiers feuillets) du neuvième tome, d'après l'indication portée sur la tranche, d'un exemplaire du même commentaire. Commencement : Sūrate LVIII, verset 14. Fin : Sūrate LXXXI, verset 23. Copie datée de 789/1387.

Papier. Écriture orientale 250 feuillets, foliotés de 41 à 291. 21 lignes par page. Dimensions : 0.26×0.18. (Cas. 1285.)

1291

Fin d'un commentaire du Coran, à partir de la Sūrate VI. Aucun nom d'auteur indiqué. A été classé à tort par Casiri parmi les exemplaires du commentaire d'al-Ḳurṭubī. Incipit : سورة الانعام اختلف فيها قيل هى كلّها مكّيّة وقيل وهو قول ابن عبّاس هى مكية نزلت بمكّة ليلا الا ست ايات الخ. Le manuscrit porte la date de 723/1323.

Papier. Écriture magribine. 138 feuillets. 29 lignes par page. Dimensions : 0.32×0.21. (Cas. 1286.)

1292

Fragment, mutilé du début et de la fin, du septième tome (d'après la mention inscrite sur la tranche) du commentaire du Coran d'al-Ḳurṭubī. Paraît appartenir au même exemplaire que le manuscrit décrit *supra* sous le n° 1285. Commencement : Sūrate XXXIII, verset 32. Fin : Sūrate XLII, verset 18. Sans date.

Papier. Écriture orientale. 249 feuillets. 25 lignes par page. Dimensions : 0.265×0.18. (Cas. 1287.)

1293

Ce manuscrit contient, transcrits en regard les uns des autres, trois traités de métaphysique et forme ce que les Arabes appellent un *unmūdağ*. Les traités sont : 1° le كتاب مقاصد الطالبين فى اصول الدين, par Sa'd ad-dīn Mas'ūd b. 'Umar AT-TAFTĀZĀNĪ († 791/1389 ; cf. Brockelmann, *Ar. Litt.*, II, 215-216, n° 10), publié à Constantinople en 1277 ; 2° le كتاب طوالع الانوار ومطالع الانظار, par 'Abd Allāh b. 'Umar AL-BAIḌĀWĪ, le célèbre commentateur du Coran, mort vers 700 H. (cf. Brockelmann, *Ar. Litt.*, I, 418, n° VI ; le même, in *Enc. Isl.*, I, 603-604) ; 3° le كتاب المواقف فى علم الكلام, par 'AḌUD AD-DĪN 'Abd ar-Raḥmān b. Aḥmad AL-ĪĞĪ († 756/1355 : cf. Brockelmann, *Ar. Litt.*, II, 208, n° IV ; *Enc. Isl.*, II, 474). Le manuscrit est daté de 939/1532-33. Il n'a rien de commun avec celui que décrit Casiri sous le n° 1288 (I, 490).

Papier. Écriture maġribine. 283 feuillets. 3 colonnes de 29 lignes environ par page, la troisième colonne débordant le plus souvent sur le bas de la page. Dimensions : 0.21 × 0 15.

1294

Exemplaire acéphale d'un dixième tome, d'après l'indication de la tranche, du commentaire du Coran d'al-Ḳurṭubī. Commencement : Sūrate XX, verset 1. Fin : Sūrate XXIV, incluse. Copie non datée, de diverses mains.

Papier. Écritures orientales. 201 feuillets. 19 et 29 lignes par page. Dimensions : 0.27 × 0.18. (Cas. 1289.)

1295-1296

Exemplaire d'un sixième tome du même commentaire. Commencement : Sūrate XLII, verset 25. Fin : Sūrate LXVII, incluse. La copie non datée est déclarée collationnée sur l'original. Le premier feuillet a été retourné.

Papier. Écriture orientale. 356 feuillets. 25 lignes par page. Dimensions : 0.27×0.19. Ce manuscrit porte deux numéros d'inventaire sur le dos de la reliure, mais ne comprend qu'un seul tome, qui semble correspondre au n° 1291 de Casiri. Le Cas. 1290 a vraisemblablement disparu depuis longtemps.

1297

Second volume du commentaire du Coran intitulé : الإكليل فى استنباط التنزيل, d'ordinaire attribué à Ğalāl addīn as-Suyūṭī (cf. Brockelmann, *Ar. Litt.*, II, $146_{21\,a}$), mais ici l'auteur est indiqué comme étant l'autre Ğalāl célèbre, Ğalāl ad-dīn Abū 'Abd Allāh Muḥammad b. Aḥmad al-Anṣārī al-Maḥallī aš-Šāfi'ī, † 864/1459, sur lequel cf. Brockelmann, *Ar. Litt.*, II, 114. Le commentaire va de la Sūrate XVIII à la fin du Coran. La copie ne porte pas de date à la fin, mais une indication au f° 71 v° permet de la faire remonter au moins à 956/1549.

Papier. Écriture orientale. 140 feuillets. 19 lignes par page. Dimensions : 0.27×0.17. (Cas. 1292.)

1298

Exemplaire du commentaire du Coran connu sous le nom de تفسير الجلالين, « le Commentaire des deux Ğalāl », commencé par Ǧalāl ad-dīn AL-MAḤALLĪ et achevé après la mort de ce dernier par son élève Ǧalāl ad-dīn AS-SUYŪṬĪ en 870/1465. Cf. Brockelmann, *Ar. Litt.*, II, 114 et 145_6. Le commentaire a été publié à Calcutta en 1256, à Bombay en 1282, à Būlāḳ en 1293, au Caire en 1308, etc. Le texte coranique est écrit à l'encre rouge. Copie datée de 945/1538-39.

Papier. Écriture orientale. 159 feuillets. 37 lignes par page. Dimensions : 0.27 × 0.18. (Cas. 1293.)

1299

Manuscrit acéphale d'un commentaire du Coran écrit par Abu 'l-Laiṯ Naṣr b. Ibrāhīm AS-SAMARḲANDĪ. Le texte commenté débute à la Sūrate II, verset 68. Très beau manuscrit, avec encadrement doré à chaque page. Le titre de chaque Sūrate est écrit en lettres d'or. Porte la date de 1002/1594.

Papier. Écriture orientale. 507 feuillets. 31 lignes par page. Dimensions : 0.25 × 0.15. (Cas. 1294.)

1300

Partie d'un exemplaire de la glose établie par Sa'd ad-dīn Mas'ūd b. 'Umar AT-TAFTĀZĀNĪ, † vers 791/1389, sur le *Kaššāf* d'AZ-ZAMAḪŠARĪ. Cf. Brockelmann, *Ar. Litt.*, I, 290, I, 8 et II, 216_{12}. Le début du manuscrit semble manquer ; il part du commentaire de la Sūrate XI : ... هذا قول الجمهور وعن ابن عبّاس رضه مكّيّة الّا قوله فلعلّك تاركٌ (*Cor.*, XI, 15) الآية الخ. Un autre exemplaire de la même glose sera décrit *infra*, n° 1417. Beau manuscrit, avec ornements bleus et dorés et pages encadrées. La place pour le texte du Coran a été laissée en blanc pour être remplie après coup, mais le manuscrit depuis est resté en l'état; il ne porte pas de date de copie.

Papier. Écriture orientale. 657 feuillets. 25 lignes par page. Dimensions : 0.25×0.15. (Cas. 1295.)

1301

Exemplaire du commentaire bien connu du Coran, intitulé : أنوار التنزيل وأسرار التأويل, œuvre de ʿAbd Allāh b. ʿUmar AL-BAIḌĀWĪ, mort vers 700 H. (cf. Brockelmann, *Ar. Litt.*, I, 416; le même, in *Enc. Isl.*, I, 603-604). L'ouvrage a été édité à Leipzig par Fleischer en 1846-48 (2 vol. : *Beidawii Commentarius in Coranum*) et publié à Būlāḳ en 1282-83. L'enluminure de l'incipit ayant été coupée, le titre a disparu et on ne lit plus que le nom de l'auteur. Le titre des Sūrates est inscrit en lettres dorées, le texte du Coran à l'encre rouge. Les pages sont encadrées de traits à l'encre rouge. Sans date.

Papier. Écriture orientale. 528 feuillets. 29 lignes par page. Dimensions : 0.23×0.15. (Cas. 1296.)

1302

Exemplaire acéphale d'une partie du commentaire d'al-Baiḍāwī. Le texte commenté est écrit à l'encre rouge. Il commence à la Sūrate XLI, verset 30, et se poursuit jusqu'à la fin du Coran. Copie non datée (XVe siècle).

Papier. Écriture orientale. 84 feuillets. 29 lignes par page. Dimensions : 0.27×0.18. (Cas. 1297.)

1303

Manuscrit complet d'une glose sur le commentaire d'al-Baiḍāwī par Šihāb ad-dīn Aḥmad AL-KĀZARŪNĪ, † 940/1533 : cf. Brockelmann, *Ar. Litt.*, I, 417_8. Copie non datée. Deux autres exemplaires de la même glose seront décrits *infra*, sous les nos 1342 et 1430.

Papier. Écriture orientale. 352 feuillets. 31 lignes par page. Dimensions : 0.27×0.18. (Cas. 1298.)

1304

Exemplaire, mutilé de la fin, du premier volume de la glose sur le commentaire du Coran d'al-Baiḍāwī, par 'Iṣām ad-dīn AL-ISFARĀ'INĪ, † 951/1544, nommé simplement ici عصام الدين زاده : cf. Brockelmann, *Ar. Litt.*, I, 417_{13}. Copie non datée. Un exemplaire complet de cette glose sera décrit *infra*, sous le no 1346.

Papier. Écriture orientale. 274 feuillets. 29 lignes par page. Dimensions : 0.29×0.20. (Cas. 1299.)

1305

Premier volume de la même glose qu'au numéro précédent. Sans date.

Papier. Écriture orientale. 230 feuillets. 19 lignes par page. Dimensions : 0.23×0.15. (Cas. 1300.)

1306

Partie de la glose sur le commentaire du Coran d'al-Baiḍāwī par Kamāl-pāšā-zādeh, † 940/1533 : cf. Brockelmann, *Ar. Litt.*, I, 417₉. Commencement : Sūrate VI. La fin manque.

Papier. Écriture orientale. 217 feuillets. 26 lignes par page. Dimensions : 0.26×0.16. (Cas. 1301.)

1307

Second tome d'un autre exemplaire de la même glose, à partir du début de la Sūrate XIX, jusqu'à la Sūrate LXVII, incluse. Copie datée de 956/1549.

Papier. Écriture orientale. 212 feuillets. 25 lignes par page. Dimensions : 0.25×0.18. (Cas. 1302.)

1308

Exemplaire complet, sauf le premier feuillet, du commentaire du Coran d'al-Baiḍāwī. Le texte coranique est à l'encre rouge. Copie sans date.

Papier. Écriture orientale. 398 feuillets. 33 lignes par page. Dimensions : 0.23×0.14. (Cas. 1303, inexact.)

1309

Glose sur le même commentaire, intitulée ici الحاشية البدرية. L'auteur portait donc le surnom de Badr ad-dīn, mais rien ne permet dans le manuscrit de l'identifier plus exactement.

Dans la liste des glossateurs du commentaire du Coran d'al-Baiḍāwī, fournie par Ḥāǧǧī Ḫalīfa, il n'en est aucun qui porte ce *laḳab*. Manuscrit acéphale, daté de 982/1574-1575.

Papier. Écriture orientale. 64 feuillets. 27 lignes par page. Dimensions : 0.30×0.19. (Cas. 1304.)

1310

Manuscrit complet, écrit par plusieurs mains, de la glose établie par Ǧalāl ad-dīn as-Suyūṭī sur le commentaire du Coran d'al-Baiḍāwī : cf. Brockelmann, *Ar. Litt.*, I, 417_5. L'auteur donne en tête une longue préface bio-bibliographique et avertit le lecteur que son travail, entrepris en 880, n'a été achevé qu'en 900. Incipit : سبحان الله وبحمده منزل الكتاب تبصرة وذكرى لاولى الالباب الخ.

Papier. Écritures orientales. 376 feuillets. 33 à 35 lignes par page. Dimensions : 0.28×0.18. (Cas. 1305.)

1311

Exemplaire complet du تفسير الجلالين (cf. *supra*, n° 1298). Copie datée de 997/1588-89. Le commentaire débute à la Sūrate II, et celui de la *fātiḥa* se trouve rejeté à la fin.

Papier. Écriture orientale. 217 feuillets. 29 lignes par page. Dimensions : 0.27×0.16. (Cas. 1306.)

1312

Manuscrit acéphale de la fin du même commentaire, à partir de la Sūrate XIX, verset 6. Le dernier feuillet manque, le commentaire s'arrête aū mot الوسواس, verset 4 de la dernière Sūrate. Pas d'indication de date, par conséquent. Le texte coranique est à l'encre rouge.

Papier. Écriture orientale. 254 feuillets. 29 lignes par page. Dimensions : 0.25 × 0 18. (Cas. 1307.)

1313

Premier tome d'un commentaire coranique intitulé نظم الدرر ‹ من تناسب الآيَات والسور et surtout connu sous le titre abrégé de المناسبات, œuvre de Burhān ad-dīn Ibrāhīm b. 'Umar AL-BIḲĀʿĪ aš-Šāfiʿī, † 885/1480 : cf. Brockelmann, *Ar. Litt.*, II, 142. Incipit : الحمد لله الذى أنزل الكتاب متناسبا سوره وآیاته . . . وسمّیته نظم الدرر ‹ من تناسب الآیات والسور ‹ ویناسب أن یسمّى فتح الرحمن ‹ فی تناسب اجزاء القرآن ‹ . Le commentaire va du début du Coran jusqu'à la Sūrate II, verset 286. Exemplaire non daté.

Papier. Écriture orientale. 221 feuillets. 31 lignes par page. Dimensions : 0.27 × 0.18. (Cas. 1308.)

1314

Autre tome (non numéroté) du même exemplaire. Le commentaire commence au début de la Sūrate XI et se poursuit jusqu'à la fin de la Sūrate XVII. Sans date.

Papier. Écriture orientale. 208 feuillets. 29 lignes par page. Dimensions : 0.27 × 0.18. (Cas. 1309.)

1315

Cinquième tome du même exemplaire. Le commentaire va du début de la Sūrate XXV jusqu'à la fin de la Sūrate XXXIX. Copie datée de la fin de 970/1563.

Papier. Écriture orientale. 281 feuillets 31 lignes par page. Dimensions : 0.27×0.18. (Cas. 1310.)

1316

Septième et dernier tome du même exemplaire, de la Sūrate LXIII à la fin du Coran. On trouve, f° 222 r°, des indications sur la date de composition de l'ouvrage : al-Biḳā'ī déclare qu'il l'a terminé en 875/1470, بمسجدى من رحبة باب العيد بالقاهرة المعزّية, après l'avoir commencé en 861/1457. La copie elle-même a été terminée en 973/1566, à Damas, et est déclarée faite sur la mise au net de l'original par l'auteur, datée elle-même de 882/1477.

Papier. Écriture orientale. 223 feuillets. 31 lignes par page. Dimensions : 0.27×0.18. (Cas. 1311.)

1317

Premier volume d'un exemplaire du commentaire du Coran d'AL-BAIḌĀWĪ (cf. *supra,* n° 1301), jusqu'à la fin de la Sūrate XVIII. Copie datée de 961/1554.

Papier. Écriture orientale. 332 feuillets. 21 lignes par page. Dimensions : 0.24×0.16. (Cas. 1312.)

1318

Recueil factice (*maǧmū'*), comprenant :

1° Fragment de la glose de Sa'dī Čelebī sur le commentaire du Coran d'al-Baiḍāwī : cf. Brockelmann, *Ar. Litt.*, I, 417_{11}, et *infra*, nos 1341 et 1409 (Sūrate VI, à partir du verset 21). Sans date. 19 lignes par page.

2° (F° 14 r°). Titre : نكت على ما وقع بين القاضى على چلبى وابى الشيخ رضى الدين, par Ibn al-Fāriḍī. Sur le ḳāḍī 'Alī Čelebī Ḳinālizādeh, cf. Brockelmann, *Ar. Litt.*, II, 433. Incipit : الحمد للّه الذى اصطفى محمّدا صلعم من عنصر عدنان الخ. Cet opuscule comprend treize points d'enquête (بحث). Le manuscrit, collationné sur l'original, a été copié en 979/1572. 15 lignes par page.

3° (F° 34 r°). Début d'une glose sur le commentaire du Coran d'al-Baiḍāwī, par Maḥmūd b. Ḥusain aṣ-Ṣādiḳī al-Ǧīlānī : cf. Brockelmann, *Ar. Litt.*, I, 417_{17}. Incipit : الحمد لله الذى ارشد النفوس البشرية الخ. Cf. *infra*, n° 1344, un autre manuscrit de la même glose. Copie datée de 995/1587. 35 lignes par page.

Papier. Écritures orientales. 85 feuillets. Dimensions : 0.27 × 0.18. (Cas. 1313.)

1319

Autre manuscrit du تفسير الجلالين : cf. *supra*, n° 1298. Le texte du Coran est à l'encre rouge. Copie datée de 875/1489-1490.

Papier. Écriture orientale. 230 feuillets. 30 lignes par page. Dimensions : 0.28 × 0.19. (Cas. 1314.)

1320

Tome second d'un exemplaire du commentaire grammatical du Coran intitulé المجيد في إعراب القرآن المجيد, par Abū Isḥāḳ Ibrāhīm b. Muḥammad b. Ibrāhīm AṢ-ṢAFĀḲUSĪ, † 743/1343 : cf. Brockelmann, *Ar. Litt.*, II, 249. Commencement : Sūrate IX. La fin manque ; le dernier feuillet contient le début du commentaire de la Sūrate XL. Sans date.

Papier. Écriture orientale. 158 feuillets. 36 lignes par page. Dimensions : 0.27×0.17. (Cas. 1315.)

1321

Tome second d'un exemplaire du commentaire du Coran écrit par Abū Isḥāḳ Aḥmad b. Muḥammad b. Ibrāhīm AT-T̠A'LABĪ an-Nīsābūrī, † 427/1036, sous le titre de كتاب الكشف والبيان عن تفسير القرآن : cf. Brockelmann, *Ar. Litt.*, I, 350. Contient le commentaire des Sūrates III à V, inclusivement. Cf. *infra*, n°s 1414-1415, la description de deux manuscrits du même commentaire. Copie non datée.

Papier. Écriture maġribine. 192 feuillets. 31 lignes par page. Dimensions : 0.29×0.20. (Cas. 1316.)

1322

Tome sixième et dernier d'un autre exemplaire du même commentaire, à partir de la Sūrate LXVII, jusqu'à la fin du Coran. Copie datée de 949/1542-43.

Papier. Écriture maġribine. 242 feuillets. 23 lignes par page. Dimensions : 0.30×0.215. (Cas. 1317.)

1323

Volume d'un manuscrit de la glose intitulée : كتاب الكشف عن مشكلات الكشاف et composée par ʿUmar b. ʿAbd ar-Raḥmān b. ʿUmar AL-FĀRISĪ, † 745/1344, sur le commentaire du Coran الكشاف d'az-Zamaḫšarī : cf. Brockelmann, *Ar. Litt.*, I, 291, I_3. Le titre donné ici est simplement : كتاب كشف كشاف. Le commentaire va depuis la Sūrate XIX jusqu'à la Sūrate LXXVI, inclusivement. La copie n'est pas datée, mais porte une marque de possession de l'année 905/1499-1500.

Papier. Écriture orientale. Plusieurs mains. 260 feuillets. 28 lignes par page. Dimensions : 0.28×0.17. (Cas. 1318, inexact.)

1324

Premier tome du commentaire du Coran écrit sous le titre de كتاب الجواهر الحسان فى تفسير القرآن et achevé en 833/1429, par Abū Zaid ʿAbd ar-Raḥmān b. Muḥammad b. Maḫlūf b. Ṭalḥa AṮ-ṮAʿĀLIBĪ al-Ǧazāʾirī, † 873/1468 : cf. Brockelmann, *Ar. Litt.*, II, 249. Incipit : الحمد لله ربّ العالمين امّا بعد ايّها الاخ شرّف الله قلبي وقلبك بانوار اليقين الخ. En tête du manuscrit se trouve une biographie de l'auteur. Le commentaire va jusqu'à la fin de la Sūrate XVII. Copie exécutée et collationnée à Fās en 983/1575-76. Cf. *infra*, un autre exemplaire sous le n° 1354.

Papier. Écriture maġribine. 259 feuillets. 30 lignes par page. Dimensions : 0.29×0.21. (Cas. 1319.)

1325

Exemplaire acéphale d'un ouvrage sur les lectures du Coran (*'ilm al-ḳirā'a*), intitulé : كتاب الكشف عن وجوه القراءات السبع. L'auteur, non mentionné ici, paraît être le lecteur du Coran Abū Muḥammad Makī b. Abī Ṭālib Ḥammūš al-Ḳaisī, † 437/1045. Sur l'auteur et l'ouvrage, composé en 424/1033, cf. Brockelmann, *Ar. Litt.*, I, 406-407.

Papier. Écriture orientale. 197 feuillets. 25 lignes par page. Dimensions : 0.28 × 0.20. (Cas. 1320.)

1326

Manuscrit d'un ouvrage consacré à l'explication et à l'étymologie des expressions coraniques de forme ou d'emploi rares, par Abū Bakr Muḥammad Ibn 'Uzaiz as-Siğistānī, vers 596/1200, sous le titre de كتاب معرفة اشتقاق اسماء نطق بها القرآن وجات بها السنن والاخبار وتأويل الفاظ مستعملة, et d'une façon plus abrégée تفسير غريب القرآن. Cf. Ḥāğğī Ḫalīfa, *Kašf aẓ-ẓunūn*, éd. Flügel (*Lexicon bibliographicum*), tome IV, 332 (passage manquant dans l'édition de Constantinople). Cf. aussi *infra*, nos 1389 et 1436. Incipit : الحمد لله الاوّل بلا بداية والاخر بلا نهاية . . . اما بعد فانا وجدنا لغات الامم اكثر من ان يحصيها احد او يحيط بها محيط كل امة تتكلم بلسانها ولا يعرفون غير لغتهم الا القليل ليترجم بعضهم لبعض ووجدنا افضل لغات الامم اربعة العربية والعبرانية والسريانية والفارسية . . . وراينا افضل اللغات الاربعة لغة

العرب الخ. Après l'introduction, on trouve au f° 12 r° un chapitre intitulé : معانى الفاظ, et au f° 25 r° : اشتقاق اسماء الله ومعانيها
نطق القرآن بها. Les expressions étudiées sont ensuite classées
par ordre alphabétique. Exemplaire non daté.

Papier. Écriture orientale. 167 feuillets. 19 lignes par page.
Dimensions : 0.26 × 0.16. (Cas. 1321.)

1327

Premier volume d'un résumé du commentaire du Coran
d'AL-BAĠAWĪ, intitulé كتاب معالم التـنزيل (cf. *supra*, n° 1279),
par Šihāb ad-dīn Aḥmad b. Muḥammad b. ʿAlī AL-FAIYŪMĪ,
† 770/1368, sur lequel cf. Brockelmann, *Ar. Litt.*, II, 25.
Incipit : الحمد لله على ما الهمنا من كتابـه... تفسير محي السنّة
الامام ابى محمد الحسـين بن مسعود البغوى... وقد اهل البغوى رَه تفسير
اواخـر كثير من الآيات احالـة على فهما ممّا تقـدّم فـذكرتها من كلام
الواحدى فى الوسيط الخ. La copie, exécutée du vivant de l'auteur, porte la date de 763/1362-63. Le commentaire va
jusqu'à la fin de la Sûrate IV.

Papier. Écriture orientale. 249 feuillets. 23 lignes par page.
Dimensions : 0.25 × 0.18. (Cas. 1322.)

1328

Exemplaire d'un traité d'interprétation du sens caché
d'expressions coraniques, intitulé كتاب تفسير القرآن العظيم من
جهة الباطن على وجه التأويل القويم, ou de façon plus abrégée :
تأويلات القرآن, par Kamāl ad-dīn ʿAbd ar-Razzāḳ b. Ǧamāl
ad-dīn AL-ḲĀŠĀNĪ (*alias* al-Kāšānī), † 887/1482 : cf. Broc-

kelmann, *Ar. Litt.*, II, 203. Incipit : الحمد لله الذى جعل مناظم كلامه مظاهر حسن صفاته الخ. Copie datée de 865/1461, du vivant de l'auteur. Cf. *infra*, nº 1434_1, un autre manuscrit du même ouvrage.

Papier. Écriture orientale. 273 feuillets. 25 lignes par page. Dimensions : 0.25×0.18. (Cas. 1323.)

1329

Manuscrit du premier volume d'un commentaire grammatical du Coran, par Abu 'l-Baḳā' [seul ce nom figure dans le manuscrit] ʿAbd Allāh b. al-Ḥusain al-ʿUḳbarī, † 616/1219 : cf. Brockelmann, *Ar. Litt.*, I, 282, qui lui donne comme titre كتاب التبيان فى إعراب القرآن. Incipit : الحمد لله الذى وقفنا لحفظ كتاب... احببت ان املى كتابا... على ذكر الإعراب ووجوه القرآن... إعراب البسملة الخ. Le commentaire va jusqu'à la Sūrate VI inclusivement. Copie datée de 724/1324.

Papier. Écriture orientale. 137 feuillets. 21 lignes par page. Dimensions : 0.26×0.175. (Cas. 1324.)

1330

Troisième et dernier tome d'un exemplaire de la glose de Ḥusain b. Muḥammad b. ʿAbd Allāh aṭ-Ṭaiyibī, † 743/1342, intitulé فتوح الغيب, sur le *Kaššāf* d'az-Zamaḫsarī : cf. Brockelmann, *Ar. Litt.*, I, 290_2. La glose commence à la Sūrate XXXVIII. Copie non datée.

Papier. Écriture orientale. 270 feuillets. 35 lignes par page. Dimensions : 0.26×0.18. (Cas. 1325.)

1331

Exemplaire autographe du sixième et dernier tome du commentaire du Coran intitulé : الفتح الحميد على القرآن المجيد, commencé en 955/1548 et terminé l'année suivante par Zain ad-dīn ʿAbd al-Muʿṭī b. Aḥmad b. Muḥammad AS-SAḪĀWĪ al-Mālikī. De la Sūrate LV à la fin du Coran. Fin : الوسواس اى الشيطان والمعنى من شرّ ذى الوسواس.

Papier. Écriture orientale. 302 feuillets. 29 lignes par page. Dimensions : 0.25×0.17. (Cas. 1326.)

1332

Second volume du commentaire du poème didactique d'aš-Šāṭibī, sur la lecture du Coran (cf. *infra*, n° 1370_1), intitulé الجوهر النضيد فى شرح القصيد, par Saif ad-dīn Abu Bakr b. Aiduġdiy (*sic* : أَيْدُغْدِى au début et à la fin du manuscrit) b. ʿAbd Allāh al-Ḥanafī, dit IBN AL-ĞANADĪ, † 769/1367-68 : cf. Ḥāǧǧī Ḫalīfa, *Kašf aẓ-ẓunūn*, I, 430. Commencement : باب الهمز المفرد يعنى لم يلاصق همزة الخ. Le tome suivant est annoncé à la fin comme devant commencer à la Sūrate III. Exemplaire non daté.

Papier. Écriture orientale. 273 feuillets. 23 lignes par page. Dimensions : 0.27×0.175. (Cas. 1327.)

1333

Premier tome d'un exemplaire du commentaire du Coran écrit sous le titre de مدارك التنزيل وحقائق التأويل, par Abu'l-Barakāt ʿAbd Allāh b. Aḥmad b. Maḥmūd AN-NASAFĪ,

† 710/1310 : cf. Brockelmann, *Ar. Litt.*, II, 196-197. Incipit : الحمد لله المتزه بذاته عن اشارة الاوهام الخ. Le texte coranique commenté va jusqu'à la fin de la Sūrate XVIII. Copie datée de 936/1529-30.

Papier. Écriture orientale. 272 feuillets. 27 lignes par page. Dimensions : 0.26×0.18. (Cas. 1328.)

1334

Recueil factice (*maǧmū'*), comprenant :

1° Les trois premiers feuillets du résumé d'un ouvrage sur les propriétés du Coran (خواصّ القرآن), intitulé كتاب الدرّ النظيم فى فضائل القرآن العظيم والآيات والذكر الحكيم. L'ouvrage lui-même a été écrit par Muḥammad b. Aḥmad b. Suhail Ibn al-Ḫaššāb al-Ǧauzī (vers 650/1252) et le résumé, par 'Afīf ad-dīn 'Abd Allāh b. As'ad al-Yāfi'ī, † 768/1367 : cf. Brockelmann, *Ar. Litt.*, I, 414-415, et II, 176-177. Le *Muḫtaṣar* a été publié au Caire, en 1315. 24 lignes par page.

2° (F° 4 r°). Fragment acéphale d'un traité de magie, comportant des prières, des formules et des carrés magiques. On y trouve cités des personnages connus, tels qu'al-Būnī et Abu 'l-Ḥasan 'Alī aš-Šāḏilī. 27 lignes par page.

3° (F° 25 r°). Fragment du grand dictionnaire القاموس المحيط d'al-Fīrūzābādī (cf. *supra*, I, n° 587), depuis le début de la lettre ض jusqu'à la racine رمض. 29 à 31 lignes par page.

4° (F° 33 r°). Exemplaire acéphale du recueil de traditions islāmiques, intitulé كتاب الترغيب والترهيب, composé par Zakī ad-dīn Abū Muḥammad 'Abd al-'Aẓīm b. 'Abd al-

Ḳawī al-Mundirī, † 656/1258 : cf. Brockelmann, *Ar. Litt.*, I, 367. L'ouvrage a été publié au Caire, en 1324, 1326. Copie datée de 856/1452. 29 lignes par page.

Papier. Écriture orientale. 267 feuillets. Dimensions : 0.27 × 0.19. (Cas. 1329.)

1335

Manuscrit autographe d'un commentaire de la *ḳaṣīda* en rime *rā'* (شرح الرائية) d'Abu 'l-Ḳāsim al-Ḳāsim b. Firrūh aš-Šāṭibī, † 590/1195, par Šihāb ad-dīn Aḥmad b. Muḥammad Ibn Ǧubāra al-Maḳdisī al-Ḥanbalī, † 728/1327-28. Ce commentaire est signalé par Ḥāǧǧī Ḫalīfa, *Kašf aẓ-ẓunūn*, II, 128. Le poème d'aš-Šāṭibī, qui s'intitule exactement عقيلة اتراب القصائد فى اسنى المقاصد, est une mise en vers d'un ouvrage d'Abū 'Amr 'Uṯmān b. Sa'īd ad-Dānī al-Ḳurṭubī, † 444/1053, sur l'établissement de l'orthographe du Coran, qui porte lui-même le titre de كتاب المقنع فى معرفة رسم مصاحف الامصار. Cf. Brockelmann, *Ar. Litt.*, I, 407 et 409-410. Incipit : الحمد لله الكريم المنّان... امّا بعد فان علم المرسوم من اجلّ العلوم... ومن اجلّ ما صنّف فيه ما نظمه الشيخ ابو القاسم الشاطبى الخ. Cf. un autre exemplaire du même ouvrage, *infra*, n° 1407.

Papier. Écriture orientale. 126 feuillets. 23 lignes par page. Dimensions : 0.25 × 0.165. (Cas. 1330.)

1336

Recueil factice, comprenant :

1° Copie du كتاب الامالى, « Livre des Dictées », par

Ǧamāl ad-dīn Abū ʿAmr ʿUṯmān b. ʿUmar Ibn al-Ḥāǧib, † 646/1249. Cet ouvrage est constitué par une suite de remarques de l'auteur sur le Coran et divers sujets religieux ou littéraires, dictées par l'auteur à son fils al-Mufaḍḍal, au Caire et à Damas, entre 610 et 624. Cf. Brockelmann, *Ar. Litt.*, I, 306 (v); M. Ben Cheneb, in *Enc. Isl.*, II, 405, col. 1, en haut. Incipit : عن آيات من القرآن العزيز، من سورة البقرة قوله الخ. Copie non datée. 33 lignes par page.

2° (F° 109 v°). Opuscule grammatical, vraisemblablement du même, sur le *wāu* explétif. Incipit : اما بعد حمد الله على نعمه التى لا ينسى ذكرها ... فهذه فصول عديدة ... تتضمّن الكلام على الواو الزيدة. Pas de date. Même main qu'au n° 1.

3° (F° 137 r°). Manuscrit en désordre, sur des questions de théologie, d'après Abu 'l-ʿAbbās Aḥmad b. ʿAbd al-Ḥalīm Ibn Taimīya, † 728/1328, sur lequel cf. Brockelmann, *Ar. Litt.*, II, 100 *sqq.*; M. Ben Cheneb, in *Enc. Isl.*, II, 447-49. Commencement : الحمد لله نقلت من خطّ بعض اصحابنا ممّا نقله من كتب بعض الائمّة بالمشرق بما نصّه كتب الشيخ ... ابو عبد الله محمّد بن الشيخ ابراهيم ممّا وصل الى الشيخ ... ابن تيمية سنة ٧٠٥ الخ. Pas de date. Autre main qu'aux n°s 1 et 2. 33 lignes par page.

Papier. Écritures maġribines. 174 feuillets. Dimensions : 0.29 × 0.21. (Cas. 1331.)

1337

Manuscrit autographe d'un traité des lectures du Coran, intitulé : قرّة عين القرّاء فى القراءات, par Abū Isḥāḳ Ibrāhīm

b. Muḥammad b. 'Alī القواسى الرندى (*sic*). L'ouvrage, dont cet exemplaire porte la date de 588/1192, débute ainsi : امّا بعد فانّى جمعت هذا الكتاب لاجل ابنى وقرّة عينى وثمرة فؤادى ... يقول ابراهيم الخ.

Papier. Écriture orientale. 225 feuillets. 25 lignes par page. Dimensions : 0.26×0.20. (Cas. 1332.)

1338

Manuscrit paraissant un brouillon autographe, à cause des ratures et des surcharges qu'on y trouve à chaque page, mais mutilé du début et de la fin, d'un commentaire anonyme du Coran, à partir de la Sūrate XIX, verset 40. Chaque passage est introduit par باب قوله ... Sans date.

Papier. Écriture orientale. 294 feuillets. 26 lignes par page. Dimensions : 0.25×0.16. (Cas. 1333.)

1339

Exemplaire d'un fragment de commentaire grammatical du Coran, sans nom d'auteur. Le manuscrit commence à la Sūrate V et le texte coranique commenté se poursuit jusqu'à la Sūrate VIII, incluse. La fin manque. Sans date.

Papier. Écriture maġribine. 96 feuillets. 30 lignes par page. Dimensions : 0.26×0 19. (Cas. 1334.)

1340

Coran dit de Maulaī Zaidān, exposé dans la grande salle de la Bibliothèque de l'Escurial. La note suivante figurait au-dessous du manuscrit en 1880 (elle ne s'y trouve plus en 1924) : « Alcoran que procede de la victoria sobre el Rey Zidan de Marruecos obtenida en el año de 1611 por D. Pedro de Lara, cerco de Sala y en el mar de Berberia (Historia del reinado de Felipe III). » Ce Coran est surtout intéressant pour les enluminures qu'il contient au début et à la fin. L'écriture, du type *mabsūṭ*, est assez soignée. Elle est vocalisée en rouge, avec les *tašdīd* et les *sukūn* en bleu. Les titres des Sūrates, fort beaux, sont en kūfique or sur fond azur. Les f°s 1 v°, 2 r°, 264 v° et 265 v° portent de splendides enluminures à motifs d'arabesques. La planche II reproduit le f° 264 r°, qui contient, en fort beaux caractères *nasḫī* or sur fond azur, les indications de date de copie et de destination de l'exemplaire. En voici la transcription :

بسم الله الرحمن الرحيم، صلّى الله على سيّدنا محمّد وآله، |
انتسخ هذا المصحف الكريم، والذكر الحكيم، المشتمل على كلام
الله | تعالى القديم، الذى لا ياتيه الباطل من بين يديه ولا من خلفه
تنزيل، | من حكيم حميد، الضارب بسيف الاعجاز فى صدر كلّ ذى
لسان جديد، | المتجدى بعشر فواحد فافخم المعاند العنيد، المزرى فى محكم
نظمه وانسجام | سلسبيل نسجه بكلّ عقد نضيد، وبحر فى البسط مديد،
المنزل على | من اوتى جوامع الكلم، من تكوّنت لأجله العوالم ولولاه لم،
نصلّى الله عليه | صلاة لا تحدّ بلسان ولا قلم، برسم الخزانة العلية
الكريمة، النبوية الحسنية الاما | مية الاحمدية المنصورية، وهو المصحف
الشريف الذى اخمل زهر الخمائل تفويفا، | واضحى للخزانة العلية اماما بل
تمّ به مصنّفاتها مزية وتشريفا، كلما رمقته عيونها | اطرقت من هيبته
فتكاد تموت فى جلدها، واذا استفتح تالقت انوار فواتحه | تألّق الحياة

فى عقدها ، منمق الكتابة بالمداد المقام من فائق العنبر المتعاهد | السقيا
بالعبير المحلوك بمياه الورد والزهر تنويها وتعظيما لكلام الله تعالى المنزه
عن | كلام البشر ووافق تمامه يوم الاربعاء الثالث عشر من ربيع الثانى
عام ثمانية بعد الف سنة | بجامع الايوان الكريم من قصور الامامة العلية
خلّد الله شريف آثارها وانار جهات البسيطة | بساطع انوارها وصلّى الله
على سيّدنا ومولانا محمّد وعلى آله وسلّم تسليما.

Il a donc été exécuté à la mosquée du palais al-Badīʿ à Marrakech, et terminé le 13 rabīʿ II 1008/2 novembre 1599, sous le règne du sultan saʿdien Abu 'l-ʿAbbās Aḥmad al-Manṣūr. Cf. les deux fac-similés donnés en hors texte (pl. I et II).

Papier. 265 feuillets. Dimensions : 0.27×0.19. Le manuscrit décrit par Casiri sous le n° 1335 semble avoir été reporté au n° 1873. Cf. *supra*, tome I, p. xx, 11°.

1341

Dernier tome d'une copie de la glose de Saʿdī Čelebī sur le commentaire du Coran d'al-Baiḍāwī (cf. *supra*, n° 1318, 1°, et *infra*, n° 1409), à partir de la Sūrate XI. Copie datée de 944/1537-38.

Papier. Écriture orientale. 501 feuillets. 21 lignes par page. Dimensions : 0.22×0.15. (Cas. 1336.)

1342

Exemplaire du premier volume de la glose de Šihāb ad-dīn Aḥmad al-Kāzarūnī sur le commentaire du Coran d'al-Baiḍāwī : cf. *supra*, n° 1303. La glose va jusqu'à la fin de la Sūrate II. Copie datée de 977/1569-70.

Papier. Écriture orientale. 234 feuillets. 21 lignes par page. Dimensions : 0.21×0.15. (Cas. 1337.)

1343

Recueil, tout entier de la même main, comprenant :

1° Glose sur le commentaire du Coran d'al-Baiḍāwī, par Mollā Ḫosran ar-Rūmī, † 885/1480 : cf. Brockelmann, *Ar. Litt.*, I, 417_4, et II, 226-227. L'exemplaire est complet. Incipit : الحمد لله الذى خلق النسم الخ. Cf. *infra*, n° 1427.

2° (F° 249 r°). Glose sur le même commentaire, par Aḥmad b. ʿAbd al-Auwal al-Ḳazwīnī as-Saʿīdī, † 966/1558 : cf. Brockelmann, *Ar. Litt.*, II, 438. Incipit : قوله سورة فاتحة الكتاب السور فى اللغة كل منزلة من البنا الخ. Sans date.

Papier. Écriture orientale. 328 feuillets. 19 lignes par page. Dimensions : 0.205×0.16. (Cas. 1338.)

1344

Manuscrit acéphale du premier volume de la glose d'aṣ-Ṣādiḳī al-Ǧīlānī sur le commentaire du Coran d'al-Baiḍāwī : cf. *supra*, n° 1318, 3°. Copie datée de 953/1546.

Papier. Écriture orientale. 347 feuillets. 21 lignes par page. Dimensions : 0.21×0.15. (Cas. 1339.)

1345

Autre exemplaire de la glose décrite au n° 1343, 1°. Le texte du Coran est à l'encre rouge. Manuscrit non daté.

Papier. Écriture orientale. 304 feuillets. 21 lignes par page. Dimensions : 0.22×0.14. (Cas. 1340.)

1346

Manuscrit complet de la glose de ʿIṣâm ad-dīn AL-ISFARĀʾINĪ sur le commentaire du Coran d'al-Baiḍāwī : cf. *supra*, nº 1304. Sans date.

Papier. Écriture orientale. 539 feuillets. 19 lignes par page. Dimensions : 0.195×0.13. (Cas. 1341.)

1347

Exemplaire complet de la glose sur le commentaire du Coran d'al-Baiḍāwī, intitulée كتاب فتح الجليل ببيان خفى انوار التنزيل, par Abū Yaḥyā ZAKARĪYĀ AL-ANṢĀRĪ, † 926/1520 : cf. Brockelmann, I, 417_6, et II, 99. Incipit : الحمد لله الذى انزل على عبده الكتاب وجعله قيّما الخ. Le texte du Coran est à l'encre rouge. Copie datée de 1001/1592.

Papier. Écriture orientale. 345 feuillets. 23 lignes par page. Dimensions : 0.215×0.16. (Cas. 1342.)

1348

Exemplaire complet d'une glose anonyme sur le commentaire du Coran d'al-Baiḍāwī, intitulée مرآة التأويل فيا هو انموذج التعويل, dédiée au sultan ottoman Salīm Ier (1512-1520). C'est un supplément à la glose sur le même commentaire, écrite par Ḥiḍr b. Maḥmūd b. ʿUmar al-ʿAṭūfī. Incipit : الحمد لله الذى نصر السلطان الاعظم على اعداء الدين الخ. Sans date.

Papier. Écriture orientale. 160 feuillets. 11 lignes par page. Dimensions : 0.215×0.14. (Cas. 1343.)

1349

Copie inachevée, faite sur l'original de l'auteur, de la glose sur le commentaire du Coran d'al-Baiḍāwī, par Muḥammad Amīn b. Maḥmūd al-Buḫārī, connu sous le nom d'Āmīr Pādišāh (fin du Xe siècle H.) : cf. Brockelmann, *Ar. Litt.*, I, 417_1 (avec la fausse indication « Amir Bâdis »), et II, 412-413. Incipit : قوله الحمد لله الذى نزل الفرقان الخ قيل صدر الكتاب بالحمد لله مع ان ما فى التنزيل الخ. Sans date.

Papier. Écriture orientale, type persan. 132 feuillets. 20 lignes par page. Dimensions : 0.21 × 0.15. (Cas. 1344.)

1350

Manuscrit d'une glose partielle du commentaire du Coran d'al-Baiḍāwī, par Sinān Čelebī Efendī Yūsuf b. Ḥusām ad-dīn (fin du Xe siècle H.), qualifié ici de قاضى العسكر : cf. Brockelmann, *Ar. Litt.*, I, 417_{20}. La glose a été dédiée au sultan Sulaimān Ḫān, fils du sultan Salīm Ḫān (Soliman II, 1520-1566). Début : يا من افحم شقاشق البلغاء ببدائع صنائع الآيات والذكر الحكيم الخ. On trouve à la fin de la glose la mention suivante : هذا آخر ما صحبه المؤلف معه لما حجّ فى سنة ٩٩٠ وذكر انّه كتب قطعة أخرى وانّه لم يبيّضها ولم يصحبها معه ، Sans date. Cf. *infra*, n° 1408, un autre exemplaire du même ouvrage.

Papier. Écriture orientale. 147 feuillets. 21 lignes par page. Dimensions : 0.20 × 0.135. (Cas. 1345.)

1351

Fragment autographe d'un commentaire du Coran, sans titre, par Muḥammad b. Muḥammad b. ʿAbd ar-Raḥmān b. ʿAlī AL-BAHNASĪ al-Ḫalwatī al-Naḳšabandī al-ʿUḳailī aš-Šāfiʿī (fin du Xe siècle H.) : cf. Brockelmann, *Ar. Litt.*, II, 340. Le commentaire va de la Sūrate XCII à la Sūrate CII, inclusivement. On trouve au f° 98 r° la mention suivante : وكان الفراغ من تسويد هذه الاوراق... عام ٩٨٩ على يد جامعها العبد المسمّى محمد بن محمد الخ. L'année 989 de l'Hégire correspond à 1581 de J.-C.

Papier. Écriture orientale. 98 feuillets. 17 lignes par page. Dimensions : 0.21 × 0.15. (Cas. 1346.)

1352

Tome second du même exemplaire autographe, depuis la Sūrate II, verset 100, jusqu'au verset 214 de la même Sūrate.

Papier. Écriture orientale. 252 feuillets. 17 lignes par page. Dimensions : 0.21 × 0.15. (Cas. 1347.)

1353

Treizième tome du même exemplaire, depuis la Sūrate XI, verset 8.

Papier Écriture orientale. 201 feuillets. 17 lignes par page. Dimensions : 0.21 × 0.15. (Cas. 1348.)

1354

Superbe exemplaire du tome troisième du commentaire du Coran intitulé : كتاب الجواهر الحسان فى تفسير القرآن, par AT-TAʿĀLIBĪ : cf. *supra*, n° 1324. Le manuscrit commence au début du commentaire de la Sūrate XIII. La fin manque. Dernier passage commenté : Sūrate XXVI, verset 202. Sans date.

Papier. Écriture orientale. 314 feuillets. 17 lignes par page. Dimensions : 0.235×0.15. (Cas. 1349.)

1355

Manuscrit complet d'une seconde glose de KAMĀL PĀŠĀ, † 940/1533, sur la glose de ʿAlī b. Muḥammad AL-ĞURĞĀNĪ, † 816/1413, relative au *Kaššāf* d'az-Zamaḫšarī : cf. Brockelmann, *Ar. Litt.*, I, 291, *in princ.*. Incipit : الحمد لله الذى انزل القرآن الكريم . . . وبعد فان شرح الكشاف السيد الشريف . . . اردت ان اكتب له حواشى. Copie datée de 916/1510.

Papier. Écriture orientale, type persan. 292 feuillets. 19 lignes par page. Dimensions : 0.205×0.145. (Cas. 1350.)

1356

Exemplaire de la glose de ʿAlī b. Muḥammad AL-ĞURĞĀNĪ AS-SAIYID AŠ-ŠARĪF, signalée au numéro précédent : cf. Brockelmann, *Ar. Litt.*, I, 290_9, et II, 216-217_{16} ; le même, in *Enc. Isl.*, I, 1008. La glose d'al-Ğurğānī a été imprimée en marge du *Kaššāf*, au Caire, en 1307, 1308, 1318. Copie de 1009/1600-1601.

Papier. Écriture orientale. 213 feuillets. 21 lignes par page. Dimensions : 0.21×0.155. (Cas. 1351.)

1357

Titre : كتاب مختصر التمييز لما فى الكشّاف من الاعتزال فى كتاب الله العزيز, appelé aussi المقتضب, résumé de son ouvrage contre les opinions muʿtazilites du *Kaššāf* d'az-Zamaḫšarī, par Abū ʿAlī ʿUmar b. Muḥammad b. Ḫalīl AS-SUKŪNĪ (vocalisation fournie par le ms.), mort en 707/1307 : cf. Brockelmann, *Ar. Litt.*, I, 291. Incipit : سمّى القوم دلالة اللفظ على ما وضع له مطابقة الخ. Fin : ... تمّ ما اقتضب من كتاب التمييز. Copie non datée. Un autre exemplaire du même ouvrage sera décrit *infra*, sous le n° 1547.

Papier. Écriture orientale. 182 feuillets. 17 lignes par page. Dimensions : 0 21×0.16. (Cas. 1352.)

1358

Manuscrit d'un ouvrage d'exégèse coranique, dans l'ordre des Sūrates, intitulé : مراقى المجد فى آيات السعد, par Aḥmad b. ʿAlī b. ʿAbd ar-Raḥmān AL-MANĞŪR, † 995/1587, sur lequel cf. principalement E. Lévi-Provençal, *Les Historiens des Chorfa*, Paris, 1922, p. 88-92. Incipit : الحمد لله ربّ العالمين... وبعد فانّى لمّا تأملت شرح التفتازانى لتلخيص المفتاح الخ. Sans date. Cf. *infra*, n°s 1396 et 1441, d'autres exemplaires du même ouvrage.

Papier. Écriture maġribine. 176 feuillets. 25 lignes par page. Dimensions : 0.205×0.15. (Cas. 1353.)

1359

Titre : كتاب إعجاز القرآن, par Abū Bakr Aḥmad b. 'Alī b. aṭ-Ṭaiyib AL-BĀḲILLĀNĪ, † 403/1013. Sur cet ouvrage, imprimé au Caire en 1315, cf. Brockelmann, *Ar. Litt.*, I, 197, et le même, in *Enc. Isl.*, I, 616. Copie non datée. Cf. la description d'un autre exemplaire du même ouvrage, *infra*, n° 1435.

Papier. Écriture maġribine. 112 feuillets. 21 lignes par page. Dimensions : 0.23×0.17. (Cas. 1354.)

1360

Commentaire allégorique du Coran, intitulé ضمائر القرآن, par Muḥammad b. Yūsuf b. 'Alī AL-KARMĀNĪ, † 786/1384, connu surtout comme commentateur du *Ṣaḥīḥ* d'al-Buḫārī, cf. Brockelmann, *Ar. Litt.*, I, 158_5. Incipit : اعوذ بالله من وسواس الشيطان لقوله تعالى من شرّ الوسواس الخناس الخ. Copie datée de 942/1535-36.

Papier. Écriture orientale. 118 feuillets. 21 lignes par page. Dimensions : 0.21×0.15. (Cas 1355.)

1361

Titre : كتاب الاسئلة والاجوبة, par Muḥammad b. Abī Bakr b. 'Abd al-Ḳādir AR-RĀZĪ, qui vivait au début du IXe siècle H. : cf. Brockelmann, *Ar. Litt.*, II, 200. Cet ouvrage est constitué par plus de 1200 demandes et réponses relatives à des questions d'ésotérisme coranique. Incipit : هذا مختصر جمعت فيه انموذجا يسيرا من اسئلة القرآن المجيد واجوبتها... بسبب مذاكرة أخ لى من اخوان الصفا... ومحبة كتابه... على جمع هذه الصبابة وهى تزيد على ١٢٠٠ سؤال ولكنى قصدت اختصار هذا الانموذج... سورة فاتحة الكتاب الخ. La copie, complète, n'est pas datée. Cf. trois autres exemplaires du même ouvrage, *infra*, nos 1419–1421.

Papier. Écriture orientale. 167 feuillets. 21 lignes par page. Dimensions : 0.22×0.13. (Cas. 1356.)

1362

Autre exemplaire du même ouvrage qu'au numéro précédent, également non daté.

Papier. Écriture orientale. Encadrement rouge à chaque page. 198 feuillets. 19 lignes par page. Dimensions : 0.205×0.135. (Cas. 1357.)

1363

Recueil, tout entier de la même main, comprenant cinq opuscules du célèbre polygraphe égyptien Ǧalāl ad-dīn ʿAbd ar-Raḥmān b. Abī Bakr as-Suyūṭī, † 911/1505, sur lequel cf. Brockelmann, *Ar. Litt.*, II, 143 *sqq.* :

1° Titre : الإكليل فى استنباط التنزيل. Cf. *supra*, n° 1297. Copie datée de 983/1575.

2° (F° 141 r°). Titre : تمهيد الفرش فى الخصال الموجبة لظلّ العرش, ouvrage résumé d'un autre traité du même auteur, sur les soixante-dix conditions requises pour arriver à séjourner à l'ombre du trône de Dieu. Cf. Brockelmann, *Ar. Litt.*, II,

147_{35}. Incipit : الحمد لله العظيم الذى لا ظلّ الّا ظلّه الخ. Un autre exemplaire du même opuscule sera décrit *infra*, n° 1545_{1}. Copie datée de 982/1574.

3° (F° 161 r°). Titre : كتاب مسالك الحنفاء فى والدى المصطفى, sur la question de savoir si les parents du Prophète ont été sauvés de l'Enfer. Incipit : مسئلة الحكم فى أبوى النبى صلعم انّهما ناجيان الخ. Cf. Brockelmann, *Ar. Litt.*, II, 147_{44}; *infra*, un autre exemplaire, n° 1545_{15}. Copie non datée.

4° (F° 184 r°). Titre : نشر العَلَمَيْن المنيفين فى احياء الابوين الشريفين, sur un sujet analogue. Cf. Brockelmann, *Ar. Litt.*, II, 147_{47}. Incipit : قد الّفت عدّة مؤلّفات فى نجاة والدى رسول الله وبيّنت فيها مسالك الناس الخ. Copie non datée.

5° (F° 191 r°). Titre : الفوائد الكامنة فى ايمان السيّدة آمنة ou التعظيم [و] المنّة فى ان ابوى النبى صلعم فى الجنّة, sur le même sujet. Cf. Brockelmann, *Ar. Litt.*, II, 147_{43}. Incipit : الحمد لله وسلام على عباده الذين اصطفى الخ. Copie datée de 982/1574.

Papier. Écriture orientale. 210 feuillets. 23 lignes par page. Dimensions 0.21 × 0.16. (Cas. 1358.)

1364

Autre exemplaire de l'ouvrage d'AS-SUYŪṬĪ : الإكليل فى استنباط التنزيل, décrit aux n°s 1297 et 1363_{1}. Copie datée de 959/1552.

Papier. Écriture orientale. 95 feuillets. 31 lignes par page. Dimensions : 0.205 × 0.15. (Cas. 1359.)

1365

Manuscrit du تفسير الجلالين, de 989/1484. Sur l'ouvrage, cf. *supra*, n° 1298.

Papier. Écriture orientale. 419 feuillets. 25 lignes par page. Dimensions : 0.205×0.14. (Cas. 1360.)

1366

Exemplaire d'une glose sur le *Tafsīr al-Ǧalalain*, intitulée كتاب الجمالين للجلالين, composée en 1004/1604 par Nūr ad-dīn ʿAlī b. Sulṭān Muḥammad AL-HEREWĪ, mort en 1014/1605, et qualifié à la fin du manuscrit de القارئ بالحرم المحترم. Cf. Brockelmann, *Ar. Litt.*, II, 145₆ ᵦ. Incipit : الحمد لله ذى الجلال والكمال الخ. Copie exécutée quatre années après la composition et probablement avec l'autorisation du glossateur ou à son intention.

Papier. Écriture orientale. 367 feuillets. 25 lignes par page. Dimensions : 0.21×0.14. (Cas. 1361.)

1367

Résumé du commentaire du Coran, intitulé : تسهيل السبيل فى فهم معانى التنزيل, et écrit par Abu 'l-Makārim Muḥammad b. ʿAbd ar-Raḥmān AL-BAKRĪ AṢ-ṢIDDĪḲĪ, † 952/1545, par le même, avec le titre de الفوائد والفرائد. Cf. Brockelmann, *Ar. Litt.*, II, 334 ; le même, in *Enc. Isl.*, I, 620. Incipit : الحمد لله الذى انزل كتابه رحمة للعالمين الخ. Le résumé a été terminé en 927/1521 par l'auteur, dont il est déclaré ici qu'il en était alors à son quatre-vingt-cinquième ouvrage. La copie elle-même date de 1005/1596-97.

Papier. Écriture orientale. 434 feuillets. 25 lignes par page. Dimensions : 0.21 × 0.15. (Cas. 1362.)

1368

Exemplaire d'un commentaire grammatical du Coran, إعراب القرآن, par « le grammairien » Abu 'l-Ḥasan AL-ĠU-RAIRĪ (الجريرى), avec un supplément par le premier copiste (وفيه زيادات مما وعاه ناسخه عن اشياخه), nommé al-Ġumārī. Copie complète, datée de 893/1488.

Papier. Écriture maġribine. 270 feuillets. 21 lignes par page. Dimensions : 0.22 × 0.14. (Cas. 1363.)

1369

Ouvrage d'exégèse coranique, intitulé : كتاب اللباب المختصر لاهل البدايات والنظر. L'auteur, non nommé (مما ألّفه بعض المتأخرين), composa cet ouvrage en 940/1533-34. Incipit : الحمد لله ربّ العالمين . . . وبعد فهذه نبذة مختصرة ألّفتها لنفسى الخ. Le livre suit l'ordre des Sūrates. Copie non datée.

Papier. Écriture maġribine. 181 feuillets. 31 lignes par page. Dimensions : 0.22 × 0 14. (Cas. 1364.)

1370

Recueil de la même main, comprenant :

1° Copie, datée de 897/1492, du poème d'Abu 'l-Ḳāsim al-Ḳāsim b. Firrūh al-Ru'aini AŠ-ŠĀṬIBĪ, † 590/1194, intitulé حرز الامانى ووجه التهانى, qui est la mise en vers du traité des sept lectures du Coran, كتاب التيسير فى القراءات السبع, d'Abū 'Amr 'Uṯmān b. Sa'īd AD-DĀNĪ, † 444/1053 : cf. Brockelmann, *Ar. Litt.*, I, 407 et 409, I. Le poème d'aš-Šāṭibī a fait l'objet de nombreux commentaires et c'est, si l'on peut dire, une œuvre classique chez les Musulmans qui l'appellent le plus souvent simplement الشاطبيّة. Cf. un autre exemplaire, *infra*, n° 1406_1.

2° (F° 31 r°). Exemplaire de l'*Alfīya*, le poème grammatical d'IBN MĀLIK.

3° (F° 55 r°). Commentaire de la *Šāṭibīya*, intitulé : انشاد الشريد عن ضوالّ القصيد, par Abū 'Abd Allāh Muḥammad b. Aḥmad b. Muḥammad b. Muḥammad b. 'Alī IBN ĠĀZĪ al-'Uṯmānī al-Miknāsī al-Fāsī, célèbre juriste et savant marocain, mort en 919/1513, sur lequel cf. Brockelmann, *Ar. Litt.*, II, 240, et E. Lévi-Provençal, *Les Historiens des Chorfa*, p. 224 *sqq*. Incipit : الحمد لله الذى منّ علينا بوراثة كتابه العزيز الخ. Tout le manuscrit a été écrit en 897/1492, du vivant du commentateur. Cf. *infra*, n° 1388_2, un autre exemplaire de cet ouvrage.

Papier. Écriture maġribine. 115 feuillets. 22 lignes par page. Dimensions : 0.22×0.15. (Cas. 1365.)

1371

Manuscrit rehaussé d'enluminures et d'ornements dorés, d'un poème didactique, avec son commentaire, intitulé نظم الدرر السنية فى معجزات سيّد البرية, par Muḥammad b. Aḥmad IBN

Ḥağğağ. Paraît autographe. Incipit : الحمد لله الذى هدانا فابلغ البرهان واصطفانا الخ. Sans date.

Parchemin. Écriture maġribine, type *mabsūṭ*. 80 feuillets. 19 lignes par page. Dimensions : 0.215 × 0.19. (Cas. 1366.)

1372

Très beau manuscrit aux feuillets encadrés d'ornements dorés. On lit le titre sur fond or dans un cartouche à fond azur : الاشارات الالهية الى المباحث الاصولية. Il s'agit d'un commentaire partiel du Coran, par Nağm ad-dīn Sulaimān b. 'Abd al-Ḳawī b. 'Abd al-Karīm aṭ-Ṭaufī al-Ḥanbalī, † 716/1316 : cf. Brockelmann, *Ar. Litt.*, II, 108-109. Incipit : الحمد لله الذى انزل القرآن كتابا جامعا وبرهانا قاطعا... امّا بعد فهذا... املاء ستميناه الخ. Le texte coranique se détache en lettres d'or. Copie datée de 1009/1600-1601. Ce manuscrit porte la marque de possession des sultans sa'diens.

Papier. Écriture orientale. 224 feuillets. 27 lignes par page. Dimensions : 0.23 × 0.15. (Cas. 1367.)

1373

Manuscrit autographe d'un ouvrage d'exégèse coranique, intitulé : النشر المذهب العزيز فى الجمع بين المآذ والوجيز, par Aḥmad b. 'Alī aṣ-Ṣahrī al-Andalusī ثمّ aṭ-Ṭarābulusī al-Ġarb, écrit par l'auteur en 971/1563-64. Incipit : الحمد لله الذى من علينا بالايمان وفضلنا بعلم البيان... وانّى لمّا وقفت على كتاب... ابو (*sic*) جعفر احمد بن ابراهيم بن الزبير الثقفى العاصمى الاندلسى رضه

وكتاب ... شهاب الدين احمد بن الشيخ شهاب الدين احمد المقدسى الحنفى الشهير بابن خرسيان الخ.

Papier. Écriture mağribine. 521 feuillets. 24 lignes par page. Dimensions : 0.22 × 0.15. (Cas. 1368.)

1374

Titre : كتاب التنوير فى اسقاط التدبير, ouvrage de mystique sur les moyens offerts à la créature pour se rapprocher d'Allāh, par Tāğ ad-dīn Abu 'l-Faḍl Aḥmad b. Muḥammad Ibn 'Aṭā' Allāh al-Iskandarī, le mystique arabe, mort en 709/1309, sur lequel cf. Brockelmann, *Ar. Litt.*, II, 117 et 118_9; le même, in *Enc. Isl.*, II, 386-87. Incipit : الحمد لله المنفرد بالخلود والتدبير الخ. Copie datée de 900/1495.

Papier. Écriture orientale. 134 feuillets. 12 lignes par page. Dimensions : 0.22 × 0.15. (Cas. 1369.)

1375

Autre exemplaire complet du même ouvrage. Sans date.

Papier. Écriture mağribine. 99 feuillets. 19 lignes par page. Dimensions : 0.22 × 0.16. (Cas. 1370.)

1376

Manuscrit d'un ouvrage sur les comparaisons contenues dans le Coran, intitulé : كتاب الجمان فى تشبيهات القرآن, par Abu 'l-Ḳāsim 'Abd Allāh (ou 'Abd al-Baḳi, d'après Ḥ. Ḫ.) b Muḥammad Ibn Bāḳiyā' (ناقيا, dans le ms.), † 485/1092 : cf. Ḥāğğī Ḫalīfa, *Kašf aẓ-ẓunūn*, I, 396. L'ouvrage, qui suit l'ordre des Sūrates, à partir de la seconde, commence ainsi : الحمد لله الـذى انزل على عبده الكتاب ولم يجعل لـه عوجا قيّما . . . قال عبد الله . . . التشبيهات نوع مستحسن من انواع البلاغة الخ، De nombreux vers anciens sont cités dans ce manuscrit. Il ne porte pas de date de copie, mais il est sans doute peu antérieur à 625/1228, année où il fut lu à Ḥiṣn Ziyād.

Papier. Écriture orientale, type *nasḫī*. 254 feuillets. 9 lignes par page. Dimensions : 0.23 × 0.17. (Cas. 1371.)

1377

Manuscrit du commentaire grammatical de trente Sūrates du Coran, intitulé : كتاب الطارقية فى إعراب ثلاثين سورة من المفصّل, par Abū ʿAbd Allāh al-Ḥusain b. Aḥmad Ibn Ḫālawaih al-Hamaḏānī, le célèbre grammairien mort en 370/980 : cf. Brockelmann, *Ar. Litt.*, I, 122; van Arendonk, in *Enc. Isl.*, II, 418. Incipit : قال ابو عبد الله الحسين بن خالويـه هذا كتاب ذكرت فيـه إعراب ثلاثين سورة من المفصّل بشرح معانى أصول كلّ حرف وتلخيص فروعه وذكرتُ غريب ما كان اشكل منه وتبيين مصادره وتثبيته ليكون معونة على جميع ما يرد عليك من إعراب القرآن . . . فاوّل ذلك أعوذ بالله من الشيطان الرجيم أعوذ فعل مضارع علامة مضارعته الهمزة الخ. Copie non datée. Le premier feuillet a été ajouté après coup. La fin manque.

Papier. Écriture orientale. 40 feuillets. 19 lignes par page. Dimensions : 0.20 × 0.14. (Cas. 1372.)

1378

Exemplaire du premier volume d'un ouvrage consacré aux expressions rares, rangées par ordre alphabétique, que l'on trouve dans le Coran et les recueils de *ḥadīṯ*, intitulé : كتاب غريبى القرآن والسنة وتفسيرهما, par Abū 'Ubaid Aḥmad b. Muḥammad b. Muḥammad b. 'Abd ar-Raḥmān AL-HEREWĪ, † 401/1010 : cf. Brockelmann, *Ar. Litt.*, I, 131 (avec deux variantes dans le titre). Incipit : أخبرنا الشيخ ابو عمر عبد الواحد بن احمد بن القاسم المليحى بهراة مشافهة أنّ ابا عبيد احمد ابن محمد الهروى أخبرهم بهذا الكتاب فقال سبحان من له فى كل شئ شاهد بأنّه الهٌ واحدٌ... كتاب الهمزة. L'auteur est souvent qualifié de صاحب ابى منصور الازهرى : il s'agit de son maître, mort en 370/980, sur lequel cf. Brockelmann, *op. cit.*, I, 129. Le tome s'arrête à la fin de la lettre خ. Copie datée de 735/1334-35.

Papier. Écriture orientale. 54 feuillets. 21 lignes par page des f°s 1 à 14, 26 lignes aux feuillets suivants. Dimensions : 0.22 × 0.14. (Cas. 1373.)

1379

Glose sur un ouvrage intitulé التلويح فى إعراب القرآن, commentaire grammatical du Coran, anonyme, par Ḥasan Čelebī. Commencement : قال وهو فى اللغة اسم للمكتوب اقول خالف المشهور وهو أنّه فى اللغة مصدر بمعنى الجمع الخ. Sans date.

Papier. Écriture orientale, type persan. 176 feuillets. 19 lignes par page. Dimensions : 0.205 × 0.13. (Cas. 1374.)

1380

Manuscrit complet d'un commentaire abrégé du Coran, intitulé : كتاب دستور الحفاظ فى تفسير القرآن العظيم, composé en 902/1496-97 à Aḥmadābād et dédié au prince de cette ville, Maḥmūd Šāh, sulṭān de Gug̃arāt, par Faiḍ Allāh b. Zain al-ʿĀbidīn b. Ḥusām AL-BANBĀNĪ (البنبانى). Commencement : الحمد لله وسلام على عباده... امّا بعد فيقول... فيض الله... الملقّب بملك القضاة صدر جهان لما بلغ عمرى ٤٥ سنة وفرغت من بعض التصانيف... واتحفت هذا المختصر لحضرة المولى الاعظم والسلطان المعظم ناصر الدنيا والدين ابو (*sic*) الفتح محمود شاه بن محمد شاه بن احمد شاه الخ. Le texte coranique est écrit à l'encre rouge. La copie porte la date de 976/1568-69.

Papier. Écriture orientale, type persan. 121 feuillets. 25 lignes par page. Dimensions : 0.21 × 0.13. (Cas. 1375.)

1381

Recueil de la même main, où l'on trouve :

1° Après un blanc où l'on devait inscrire le titre et le nom de l'auteur, un opuscule débutant ainsi : الحمد لله ربّ العالمين... هذه مقدّمة بين يدى الشروع فى تفسير كتاب الله لخّصتها من املاء كان املاه علينا فى هذا الغرض شيخنا... ابو يحيى بن الشيخ... ابى عبد الله محمد بن احمد الشريف التلمسانى... ثمّ عاقت العوائق عن تمام ذلك فلخصت من ذلك الكثير واضفت اليه من الزوائد والعقائد الخ،

2° (F° 85 r°). Après un vide analogue, manuscrit d'un traité de différentes questions d'exégèse coranique, divisé en فصول, مباحث et مسائل et débutant ainsi : الحمد لله الذى جعل علم كتابه اجلّ العلوم وارفعها وافسحها الخ،

3° (F° 242 r°). Début : قال الشيخ... ابو العبّاس احمد بن محمد

ابن عبد الرحمن بن زاغ (*sic*)... الحمد لله ربّ العلمين... هذا تذييل في اختتام التفسير الخ. Cet opuscule est divisé en trois *faṣl*, dont les titres permettent d'être fixé sur le contenu : الفصل الاوّل فى بيان الوجه فيما يختم به القرآن من تحميد وتعويذ * الثانى فى ذكر فضائل ختم التفسير * الثالث فى ذكر شئ من احوال الخاتمين،

4° (F° 260 v°). *Ḥizb* d'IBN 'AṬĀ' ALLĀH (cf. *supra*, n° 1394), intitulé : حزب الرجاء والابتهال والالتجاء. Commencement : سبحان الله تسبيحا يليق بجلال التسبيحات الحمد لله حمدا يوافى نعمه ويكافى مزيده على جميع الحالات الخ،

5° (F° 264 r°). *Ḥizb* dit حزب الفتح, par le célèbre Abu 'l-Ḥasan 'Alī AŠ-ŠĀḎILĪ, † 656/1258 : cf. Brockelmann, *Ar. Litt.*, I, 449$_{10}$.

6° Recueil d'invocations et de prières (ادعية واذكار), rassemblées par Abū 'Abd Allāh Muḥammad AS-SAKKĀK. Commencement : ... وبعد فلمّا كان الانسان فى هذه الدلف فى غاية الاضطرار الى ضروريات لا يتمّ وجوده الّا بها الخ. Aucun des manuscrits du recueil ne porte de date.

Papier. Écriture maġribine. 290 feuillets. 16 lignes par page. Dimensions : 0.20 × 0.14. (Cas. 1376.)

1382

Manuscrit acéphale du commentaire consacré au كتاب الشفاء بتعريف حقوق المصطفى, le célèbre ouvrage du ḳāḍī Abu 'l-Faḍl 'IYĀḌ b. Mūsā b. 'Iyāḍ al-Yaḥṣubī as-Sabtī, † 544/1149, sur la vie du Prophète, par Muḥammad AŠ-ŠARĪF AT-TILIMSĀNĪ, en 917/1511 : cf. Brockelmann, *Ar. Litt.*, I,, 369, 1 *e*. Le manuscrit débute un peu avant le second باب (f° 3 v°).

Cf. *infra*, n° 1488, un autre exemplaire du même ouvrage. Le texte commenté est à l'encre rouge. Copie datée de 970/1562-63.

Papier. Écriture orientale. 382 feuillets. 23 lignes par page. Dimensions : 0.22×0.16. (Cas. 1377.)

1383

Exemplaire du commentaire du Coran intitulé تنزيل التنزيل, écrit de 981/1574 à 999/1590 par Muḥyī ad-dīn Muḥammad b. Badr ad-dīn AL-AḲ-ḤIṢĀRĪ, † 1000/1592, sur lequel cf. Brockelmann, *Ar. Litt.*, II, 439; Süssheim, in *Enc. Isl.*, I, 228, col. 1, *b*. Incipit : الحمد لله الذى انزل على عبده الكتاب... وبعد فهذا ما وعى اليه طلب كل راغب... مقتصرا على قراءة... عاصم الخ. Copie non datée, vraisemblablement peu postérieure à l'original. Le texte commenté est à l'encre rouge.

Papier. Écriture orientale, type persan. 108 feuillets. 25 lignes par page. Dimensions : 0.22×0.12. (Cas. 1378.)

1384

Exemplaire d'un ouvrage relatif aux pauses du Coran, intitulé : كتاب [الايضاح فى] الوقف والابتداء فى القرآن, par Abū Bakr Muḥammad b. al-Ḳāsim b. Muḥammad b. Baššār AL-ANBĀRĪ, † 327/939 : cf. Brockelmann, *Ar. Litt.*, II, 119; le même, in *Enc. Isl.*, I, 354. Ce traité est divisé en sept *ǵaz'*; le manuscrit, après le nom de l'auteur et le titre, ajoute : ... رواية ابى سهل صالح بن ادريس المقرئ سماعا لعلى بن محمد بن

اسماعيل الاقفهسى المقرئ * اخبرنا ابو عبد الله محمد بن اليمنى قال [اخبر]نا ابو الحسن علىّ بن محمد بن اسماعيل الانطاكى قال اخبرنا ابو بكر محمد بن القاسم بن محمد بن بشّار الانبارى الحمد لله الاوّل بلا ابتداء والآخر بلا انتهاء الخ. Copie non datée, probablement du XIVe siècle.

Papier. Écriture maġribine. 124 feuillets. 21 lignes par page. Dimensions : 0.20×0.15. (Cas. 1379.)

1385

Titre : كتاب فتح الرحمن بكشف ما لبس فى القرآن, traité d'explication des passages obscurs du Coran, par Abū Yaḥyā Zakarīyā b. Muḥammad AL-ANṢĀRĪ, † 926/1520 : cf. Brockelmann, *Ar. Litt.*, II, 99 (45_3). Cet ouvrage, qui suit l'ordre des Sūrates, débute ainsi : الحمد لله الذى نوّر قلوب العارفين بكتابه . . . وبعد فهذا مختصر فى ذكر آيات القرآن المتشابهات المختلفة الخ. Copie datée de 1005/1596-97.

Papier. Écriture orientale. 158 feuillets. 17 lignes par page. Dimensions : 0.21×0.14. (Cas. 1380.)

1386

Recueil factice (*maǧmū'*), comprenant :

1° Une copie acéphale du كتاب الشهاب فى المواعظ والاداب, appelé encore كتاب شهاب الاخبار فى الحكم والامثال والاداب من كتاب شهاب الاخبار فى الاحاديث المروية عن الرسول ou الاحاديث النبوية المختار : c'est un recueil de traits moraux et de proverbes extraits des collections de *ḥadīṯ*, par Abū 'Abd Allāh Muḥammad b. Salāma b. Ǧaʿfar b. ʿAlī AL-ḲUḌĀʿĪ, † 454/1062 : cf. Brockelmann, *Ar. Litt.*, I, 343, et *supra*, n° 722_2, 752, 767, *infra*, nos 1487_2 et 1529. Copie datée de 900/1495. 20 lignes par page.

2° (F° 23 r°). Autre exemplaire du même ouvrage, copié en 950/1543. Incipit : الحمد لله الواحد الحكيم ... اما بعد فان في الالفاظ النبوية والاداب الشرعية جلاء لقلوب العارفين ... وقد جمعت ... من حديث رسول الله صلعم الف كلمة في الوصايا والاداب والمواعظ والامثال الخ. Ces الف كلمة sont portées par des additions au chiffre de 1200. 19 lignes par page.

3° (F° 42 r°). Manuscrit d'un commentaire résumé du même ouvrage, par Abū Muḥammad ʿAbd Allāh IBN AL-WAḤŠĪ at-Ṭulaiṭulī. Incipit : الحمد لله ذى العزة والكبريا. Copie datée de 889/1484. 24 lignes par page.

4° (F° 57 r°). Copie du commentaire développé du même ouvrage, par le même. Même début qu'au n° 3. Sans date. 20 lignes par page.

Papier. Écritures maġribines. 161 feuillets. Dimensions : 0.21 × 0.155. (Cas. 1381.)

1387

Titre : كتاب التيسير في القراءات السبع, sur les sept recensions du Coran dont la récitation est permise au cours de la prière, par Abū ʿAmr ʿUṯmān b. Saʿīd b. ʿUṯmān AD-DĀNĪ, † 444/1053 : cf. Brockelmann, *Ar. Litt.*, I, 407; Moḥ. Ben Cheneb, in *Enc. Isl.*, I, 937. (Cf. *supra*, n° 1370_1.) Incipit : الحمد لله المنفرد بالدوام المتطول بالانعام الخ. Copie datée de 667/1268-69.

Papier. Écriture maġribine. 72 feuillets. 18 lignes par page. Dimensions : 0.21×0.14. (Cas. 1382.)

1388

Recueil de la même main, comprenant :

1° Une copie du كتاب التيسير. Cf. *supra*, n° 1387.

2° (F° 95 v°). Titre : انشاد الشريد عن ضوال القصيد, par Ibn Ġāzī. Cf. *supra*, n° 1370_3. Tout le manuscrit a été copié en 980/1572-73.

Papier. Écriture maġribine. 170 feuillets. 20 lignes par page. Dimensions : 0.20×0.13. (Cas. 1383.)

1389

Manuscrit du recueil alphabétique des expressions rares contenues dans le Coran, par Abū Bakr Muḥammad Ibn ʿUzaiz as-Siǧistānī. C'est un autre exemplaire de l'ouvrage décrit *supra*, sous le n° 1326. Copie non datée, du XIVe siècle de J.-C.

Papier. Écriture maġribine. 50 feuillets. 22 lignes par page. Dimensions : 0.23×0.16. (Cas. 1384.)

1390

Recueil, comprenant :

1° L'*isnād* (chaîne ascendante de ses maîtres) de Burhān ad-dīn Abu 'l-ʿAbbās Ibrāhīm b. ʿUmar ar-Rabaʿī al-Ǧaʿbarī, † 732/1332 (cf. Brockelmann, *Ar. Litt.*, II, 164-65), en matière de lecture du Coran (*ḳira'a*) : اسناد قراءة بمذاهب

الأئمة العشرة. Incipit : الحمد لله الذى علم بالقلم الخ. Sans date. 21 lignes par page.

2° (F° 6 r°). Manuscrit d'un poème didactique de 1200 vers (mètre *ṭawīl*) du même auteur sur la lecture du Coran, intitulé : كتاب نزهة البررة فى مذاهب القرّاء العشرة et composé par lui en 681/1282-83. Incipit :

الا الله فأحمد بدء ذى البال شكرا ☆ ولا تدعُ الا الله حاليك تظفرا

23 lignes par page.

Papier. Écritures orientales. 31 feuillets. Dimensions : 0.24 × 0.13. (Cas. 1385.)

1391

Manuscrit d'une partie du Coran, mutilé de la fin, depuis le début jusqu'au verset 165 de la Sūrate VI. Le texte est vocalisé en rouge. Quelques ornements grossiers.

Papier. Écriture maġribine, type *mabsūṭ*. 97 feuillets. 15 lignes par page. Dimensions : 0 19 × 0.16. (Cas. 1386.)

1392

Exemplaire d'un ouvrage anonyme (différent du n° 1334_1), intitulé : كتاب الدرّ النظيم فى منافع آيات القرآن العظيم, sur les propriétés magiques du Coran. Incipit : الحمد لله موجد الخلق ومقدمه... فانى غرضى ان اجمع فى هذا التأليف العجيب... ما وقع بيدى من خواصّ آيات كتاب الله تعالى الخ. L'auteur cite les commentaires du Coran d'aṯ-Ṯa'labī († 427/1036) et d'al-Karmānī († vers 500/1106) et ajoute : رتيب آياتها على الكواكب

السبعة على ما ذكره جعفر البصرى فى كتابه الذى سماه بالسرّ المخزون،
Copie datée de 970/1562-63.

Papier. Écriture maġribine. 76 feuillets. 19 lignes par page. Dimensions : 0.20 × 0.145. (Cas. 1387.)

1393

Recueil de deux mains différentes (1 à 3 et 4 à 7), comprenant :

1° Recueil d'invocations et de prières, intitulé : الصيب الهتان الواكف بغايات الاحسان المشتمل على ادعية مخرجة من الحديث والقرآن, par Muḥammad b. ʿUbaid Allāh b. Muḥammad b. ʿUbaid Allāh Ibn Manṣūr al-Ḳaisī. Incipit : الحمد لله الذى امر بالدعاء . . . اما بعد فانى جمعت فى كتابى هذا ما استخرجته من ادعية القرآن الخ. Divisé en trois *faṣl*. L'auteur est probablement l'ancêtre de celui d'*infra,* 1777₂. Copie non datée.

2° (F° 128 r°). Le حزب البحر d'Abu 'l-Ḥasan ʿAlī aš-Šāḏilī. Cf. Brockelmann, *Ar. Litt.*, I, 449₅.

3° (F° 134 r°). Arrangement en strophes de cinq hémistiches (*taḫmīs*), anonyme, du poème القصيدة المنفرجة d'Abu'l-Faḍl Yūsuf b. Muḥammad Ibn an-Naḥwī at-Tauzarī (début du Vᵉ siècle H.) : cf. *supra,* I, n° 440, et Brockelmann, *Ar. Litt.*, I, 268-69. Incipit : لا بدّ لضيق من فرج. Paraît le même que le n° 6.

4° (F° 138 r°). *Taḫmīs* du même poème, sous le titre الشموس الضحوية والبدور الصحوية فى تخميس القصيدة النحوية, par Abū Bakr Ibn Ḫamsīn. Incipit :

كل من مولاك على ثلج * وبرحمته ثق وابتهج

5° (F° 143 v°). Autre *taḫmīs* anonyme du même poème, intitulé : عجالة الروية فى تسميط القصيدة النحوية, commençant ainsi :

يـا من يشكو الم الحرج * ويرى عن اقرب الفرج

6° (F° 149 v°). Autre *taḫmīs* du poème *al-Munfariǧa*, par Abū ʿAbd Allāh Muḥammad b. Nuʿaim. Incipit :

لا بـدّ لضيق من فرج * والصبر مطيـة كلّ سج

7° (F° 153 v°). Questions diverses, rangées par ordre alphabétique, sur Allāh, ses attributs et ses noms, suivies de réponses. Anonyme. On ne trouve nulle part dans le recueil d'indication de date.

Ce manuscrit a disparu en 1924.

Papier. Écritures maġribines. 156 feuillets. 17 et 19 lignes. (Cas. 1388.)

1394

Fragment anonyme d'un commentaire du Coran, depuis la Sūrate XXVII, verset 66, jusqu'à la Sūrate LIII, verset 11. Commencement : قوله تع قل لا يعلم فى السموات والارض الغيب الا الله نزلت فى المشركين حين سألوا النبى صلعم عن وقت قيام الساعة قال القرّاء وانّما رفع ما بعد الّا لا قبلها جحد كما تقول ما ذهب احد الّا ابوك الخ. Copie non datée.

Papier. Écriture maġribine. 303 feuillets. 21 lignes par page. Dimensions : 0.20×0.14. (Cas. 1389.)

1395

Ce manuscrit (Cas. 1390) porte maintenant le n° 1864.

1396

Titre : مراق المجد فى آيات السعد, par Aḥmad b. ʿAlī b. ʿAbd ar-Raḥmān AL-MANǦŪR. Cf. *supra*, n° 1358, et *infra*, n° 1441, la description d'autres manuscrits du même ouvrage.

Papier. Écriture maġribine. 160 feuillets. 22 lignes par page. Dimensions : 0.21 × 0.15. (Cas. 1391.)

1397

Très bel exemplaire maġribin du Coran, avec ornements et enluminures aux indications de début des *ḥizb*, écrit en 500/1106-1107.

Parchemin. Écriture maġribine, type andalou *mabsūṭ*. 156 feuillets. 19 lignes par page. Dimensions : 0.15 × 0.15. (Cas. 1396. Le 1392 de Cas. a disparu.)

1398-1399

Ces deux manuscrits (Cas. 1393 et 1394) ont disparu.

1400

Exemplaire d'un commentaire résumé du Coran, intitulé درج الدرر, composé par Abū Bakr ʿABD AL-ḲĀHIR b. ʿAbd ar-Raḥmān AL-ǦURǦĀNĪ, † 471/1078 : cf. Brockelmann, *Ar. Litt.*, I, 287 et II, 217_{13}, où cet ouvrage est attribué à ʿAlī al-Ǧurǧānī as-Saiyid aš-Šarīf, † 816/1413. Ḥāǧǧī Ḫalīfa lui donne le même auteur que le manuscrit de l'Escurial, avec des réserves. Incipit : الحمد لله ربّ العالمين... قول الامام عند القراءة اعوذ بالله أىّ اعوذ بالله تقول عذت الخ. Manuscrit complet, mais sans indication de date de composition et de copie.

Papier. Écriture orientale. 432 pages. 29 lignes par page. Dimensions : 0.21×0.15. (Cas. 1395.)

1401

Ce manuscrit (Cas. 1396) est devenu le n° 1397.

1402

Manuscrit du Coran, orné d'une décoration à la persane aux f°s 1 v° et 2 r°. Les titres sont à l'encre rouge. Sans date.

Papier. Écriture orientale. 303 feuillets. 15 lignes par page. Dimensions : 0.15×0.10. (Cas. 1397.)

1403

Manuscrit d'une partie du Coran, depuis le début jusqu'à la Sūrate XVIII, inclusivement. Copié en 956/1558-59. La vocalisation est à l'encre rouge.

Papier. Écriture maġribine. 202 feuillets 15 lignes par page. Dimensions : 0.17×0.11. (Cas. 1398.)

1404

Fragment d'un Coran vocalisé à l'encre rouge, avec lacunes. Ornements maġribins grossiers. Début : Sūrate XIX, verset 29. Fin : Sūrate XXIV, comprise. Sans date (XIIe siècle de J.-C.).

Parchemin. Écriture maġribine, type *mabsūṭ*. 108 feuillets. 7 lignes par page. Dimensions : 0.16 × 0.16. (Cas. 1399.)

1405

Titre : كتاب امثال الحديث, recueil des proverbes contenus dans les traditions, par Abū Muḥammad al-Ḥasan b. ʿAbd ar-Raḥmān b. Ḫallād AR-RÂMHURMUZĪ, † 360/970-71. Cf. *infra*, n° 1608, un autre ouvrage du même auteur. Divisé en sept *ǵas'*. Incipit : قال... ابو طاهر احمد بن محمد بن احمد ابن محمد بن ابراهيم السلفى الاصبهانى رضه اخبرنا ابو الحسن علىّ بن المشرّف بن المسلَّم الانماطى بالاسكندرية اخبرنا ابو الحسين محمد بن على ابن طالب البغدادى حدّثنى ابو محمد الحسن بن عبد الرحمن بن خلّاد الرامهرمزى بقراءته علىَّ فى المحرّم سنة ٣٣٣ قال هذا ذكر الامثال المروية عن النبى صلعم الخ. Exemplaire collationné sur l'original, complet. Sans date.

Papier. Écriture orientale. 126 feuillets. 11 lignes par page. Dimensions : 0.165 × 0.115. (Cas. 1400.)

1406

Recueil tout entier de la même main, comprenant :

1° Le poème d'al-Ḳāsim AŠ-ŠĀṬIBĪ sur les sept lectures du Coran, حرز الامانى ووجه التهانى. Cf. un autre exemplaire décrit *supra*, n° 1370_1. Copie de 765/1363-64.

2° (F° 31 r°). L'autre poème du même auteur, عقيلة اتراب

القصائد في اسنى المقاصد, dont il a été parlé plus haut, n° 1335. Copie de 768/1366-67.

3° (F° 38 r°). Poème de 242 vers *raǵaz* sur la lecture du Coran selon Nāfi', intitulé : الدرر اللوامع في اصل مقراء الامام نافع, par Abu 'l-Ḥasan 'Alī b. Muḥammad b. 'Alī b. Muḥammad b. al-Ḥusain ar-Ribāṭī, connu sous le nom d'Ibn Barrī, † vers 730/1329 : cf. Brockelmann, *Ar. Litt.*, II, 248-49 ; Moḥ. Ben Cheneb, in *Enc. Isl.*, II, 390. Imprimé plusieurs fois au Caire, à Tunis et à Fās. Copie datée de 768/1366-67.

4° (F° 46 r°). Poème didactique intitulé : غاية الامنية في كشف رموز الشاطبية, explication des sigles contenus dans la *Šāṭibīya* par Abū 'Alī al-Ḥasan b. Aḥmad b. Aiyūb b. Ṣiddīḳ al-Targistī ((التركستى), probablement l'ethnique d'une tribu rifaine du Maroc). Incipit :

حمدت الاها مالكا منعما على * الانام يبعث الرسلين ليعقلا

Même date que *supra*.

Papier. Écriture maġribine. 46 feuillets. 23 lignes. Dimensions : 0.19×0.14. (Cas. 1401.)

1407

Commentaire du poème العقيلة d'aš-Šāṭibī, par Šihāb ad-dīn Aḥmad b. Muḥammad Ibn Ǧubāra al-Ḥanbalī. Un autre exemplaire du même ouvrage a été décrit plus haut, sous le n° 1335. Copie datée de 874/1469-70.

Papier. Écriture orientale. 193 feuillets. 17 lignes par page. Dimensions : 0.185×0.135. (Cas. 1402.)

1408

Manuscrit de la glose du commentaire du Coran d'al-Baiḍāwī, par SINÂN ČELEBĪ Yūsuf b. Ḥusām ad-dīn. Cf. la description d'un autre exemplaire du même ouvrage, *supra*, n° 1350. Copie non datée.

Papier. Écriture orientale, type persan. 210 feuillets. 19 lignes par page. Dimensions : 0.175×0.125. (Cas. 1403.)

1409

Partie de la glose écrite par SA'DĪ ČELEBĪ sur le commentaire du Coran d'al-Baiḍāwī : cf. *supra*, nos 1318 et 1341. A partir de la Sūrate XI. Une note au f° 1 r° donne l'année 945/1538-39 comme date de la mort du glossateur. La fin manque. Pas d'indication de date de copie.

Papier. Écriture orientale. 421 feuillets. 21 lignes par page. Dimensions : 0.18×0.13. (Cas. 1404, inexact.)

1410

Autre exemplaire, acéphale, de la même glose. Copie datée de 977/1569-70.

Papier. Écriture orientale. 374 feuillets. 21 lignes par page. Dimensions : 0.18×0.13. (Cas. 1405.)

1411

Recueil de la même main, comprenant :

1° Mise en vers *rağaz*, anonyme, du traité d'ABŪ ḤAIYĀN Muḥammad b. Yūsuf al-Ġarnāṭī al-Ğaiyānī, † 745/1345 (cf. *supra*, n° 1261), intitulé : تحفة الاريب فيما فى القرآن من الغريب, sur les expressions rares du Coran, classées par ordre alphabétique. Ce poème, terminé en 792/1390, débute ainsi :

الحمد لله اتمّ الحمد * على اياد عظمت عن عبد

وبعد فالعبد نوى ينظما * غريب الفاظ القرآن عظما

جمع ابى حيّان وهو رتبه * ترتيب احرف الهجا وهذّبه

2° (F° 26 r°). Titre : كتاب الاشارات الى بيان الاسماء المبهمات, traité d'explication, par ordre alphabétique, des expressions vagues contenues dans les *ḥadīṯ*, par Abū Zakarīyā Yaḥyā b. Šaraf AN-NAWAWĪ, † 676/1278. Cet opuscule est le résumé, avec quelques additions, d'un traité d'al-Ḫaṭīb al-Baġdādī, † 403/1071. Cf. Brockelmann, I, 394-97, n° XV. Incipit : الحمد لله بارئ المصنوعات الخ.

3° (F° 59 r°). Poème en vers *rağaz* de Ğamal ad-dīn Muḥammad b. ʿAbd Allāh IBN MĀLIK, le célèbre grammairien, mort en 672/1274, intitulé : كتاب الاعلام بمثلث الكلام, sur les mots où trois vocalisations sont permises. Publié au Caire en 1329. Cf. Brockelmann, *Ar. Litt.*, I, 300, n° XII; Moḥ. Ben Cheneb, in *Enc. Isl.*, II, 427, col. 1, n° 7.

4° (F° 64 r°). Petit traité sur les noms trivocaliques (*mutallaṯ*), intitulé : كتاب المثلث ذى المعنى الواحد, par Šams ad-dīn Abū ʿAbd Allāh Muḥammad b. ʿAbd al-Wālī b. Abī Muḥammad Ḫaulān al-Ḥanbalī AL-BAʿALBAKĪ, † 709/1309 : cf. Brockelmann, *Ar. Litt.*, II, 100. Commencement : الحمد لله ذى القدرة والكمال الخ.

5° (F° 72 r°). Titre : غاية السؤول فيما صحّ من تفضيل الرسول, à la louange du Prophète, par ʿIzz ad-dīn Abū Muḥammad

ʿAbd al-ʿAzīz b. ʿAbd as-Salām AS-SULAMĪ, † 660/1262 : cf. Brockelmann, *Ar. Litt.*, I, 430-431$_{15}$, avec le titre بداية السؤول. Commencement : قال الله تعالى لنبينا الخ.

6° (F° 77 r°). Le traité résumé de technologie des *ḥadīṯ* d'AN-NAWAWĪ (cf. plus haut, 2°), intitulé كتاب التقريب والتيسير لمعرفة سنن البشير النذير. Cet ouvrage a été publié au Caire en 1307 H., avec le commentaire d'as-Suyūṭī, *Tadrīb ar-rāwī*, et traduit par M. W. Marçais, *Le Taqrîb de en-Nawawi*, Paris, 1902 (in *Journal Asiatique*, série IX, tome 16). Cf. aussi Brockelmann, *Ar. Litt.*, I, 359 et II, 700, en haut. Tout le manuscrit est sans date.

Papier. Écriture orientale. 117 feuillets. 17 lignes par page. Dimensions : 0.18 × 0.14. (Cas. 1406.)

1412

Manuscrit d'un opuscule intitulé : جواهر القرآن, sur les passages coraniques qui offrent entre eux des ressemblances, composé en 962/1554-55, par Aḥmad b. Muḥyī ad-dīn AN-NUʿAIMĪ. Sur le père de cet auteur, cf. Brockelmann, *Ar. Litt.*, II, 133. Incipit : الحمد لله الكريم الرحيم الديان العميم الخ. On lit au f° 53 v° : وهذا آخر ما قصده الحقير احمد بن الشيخ محي الدين النعيمى خطيب جامع المرحوم السلطان الاعظم محمد خان... وجمعه لتحصيل النيران القارئ لحفظ متشابه الكتاب العظيم الخ. Copie non datée.

Papier. Écriture orientale, type *nasḫī*. 53 feuillets. 10 lignes par page. Dimensions : 0.18 × 0.11. (Cas. 1407.)

1413

Exemplaire de la glose de Ḫaṭīb Zādeh, † 901/1495, sur la glose de ʿAlī b. Muḥammad al-Ǧurǧānī aš-Šarīf, sur le commentaire du Coran *al-Kaššāf* d'az-Zamaḫšarī. Cf. Brockelmann, *Ar. Litt.*, I, 290, *in fine*. Incipit : إنّ حقّ ما يوشّح به صدر الكلام بمقتضى المقام الخ. Copie complète, non datée.

Papier. Écriture orientale. 117 feuillets. 21 lignes par page. Dimensions : 0.18×0.125. (Cas. 1408.)

1414

Deuxième tome du commentaire du Coran intitulé : كتاب الكشف والبيان عن تفسير القرآن, par Abū Isḥāḳ Aḥmad b. Muḥammad at-Ṯaʿlabī ad-Nīsābūrī. Cf. *supra*, n° 1321. Ce manuscrit comprend le commentaire d'une partie de la Sūrate II, des versets 163 à 153 inclusivement. Copie datée de 728/1328.

Papier. Écriture maġribine. 188 feuillets (19 cahiers). 17 lignes par page. Dimensions : 0.17×0.125. (Cas. 1409.)

1415

Huitième tome du même exemplaire du commentaire d'at-Ṯaʿlabī, de la Sūrate XII à la Sūrate XVI, inclusivement. La copie date de l'année 729/1329.

Papier. Écriture maġribine. 165 feuillets (18 cahiers, le dernier entamé en haut par le feu). 17 lignes par page. Dimensions : 0.17×0.125. (Cas. 1410.)

1416

Glose sur le *Kaššāf* d'az-Zamaḫšarī par ʿAlī b. Muḥammad AL-ĞURĞĀNĪ AŠ-ŠARĪF, 816/1413. Cf. Brockelmann, *Ar. Litt.*, I, 290_9. Copie datée de 946/1539-40.

Papier. Écriture orientale, type persan. 140 feuillets. 19 lignes par page. Dimensions : 0.185×0.135. (Cas. 1411.)

1417

Partie d'un exemplaire de la glose d'AT-TAFTĀZĀNĪ sur le *Kaššāf* d'az-Zamaḫšarī. Cf. *supra*, n° 1300, un autre manuscrit du même ouvrage. Cette partie va de la Sūrate XXXVI à la Sūrate XLVIII, inclusivement. Copie datée de 875/1470-71.

Papier. Écriture orientale. 92 feuillets. 19 lignes par page. Dimensions : 0.18×0.135. (Cas. 1412.)

1418

Recueil factice (*mağmūʿ*), comprenant :

1° Ouvrage anonyme, où l'auteur critique des passages du *Kaššāf* d'az-Zamaḫšarī. Incipit : قال صاحب الكشاف انزل القرآن ذكر القطب العلامة (c'est-à-dire le glossateur Maḥmūd b. Masʿūd aš-Šīrāzī, † 710/1310 : cf. Brockelmann, *Ar. Litt.*, I, 290, I_1) ان الانزال فى اللغة اما بمعنى الخ. Sans date. 20 lignes par page.

2° (F° 59 r°). Glose sur le *Kaššāf*, anonyme, intitulée شرائف الفوائد ونفائس الفرائد. Incipit : الحمد لله الذى انزل

آخر هذا التركيب من بين تراكيب الحمد تطبيقا الشرح على المشروح الخ،
Sans date. 17 à 23 lignes par page.

3° (F° 105 r°). Gloses sur le même ouvrage par 'Aḍud ad-dīn. Sans date. 21 lignes par page.

4° (F° 128 r°). Titre en rouge : حواش على التلويح للفاضل السمرقندى. Main de 3°.

5° (F° 182 r°). Opuscule, sans titre ni nom d'auteur, débutant ainsi : اما بعد فاقول بعد اصالة قدح النظر فى مباحث الموضوع... فى انّ اختلاف العلوم انّما يكون باختلاف المعلوم اعنى المسائل الخ. Sans date. 17 lignes par page.

6° (F° 192 r°). Opuscule, sans titre ni nom d'auteur, débutant ainsi : لك الحمد والمنّة... قوله مختلط المسائل يجوز جرّه صفة لقسم ونصبه حالا عن الضمير المنصوب فى جعلهما الخ. Sans date. 27 lignes par page.

Papier. Écriture orientale. 219 feuillets. Dimensions : 0.18 × 0.125. (Cas. 1413)

1419

Titre : كتاب الاسئلة والاجوبة, par Muḥammad b. Abī Bakr b. 'Abd al-Ḳādir AR-RĀZĪ. C'est l'ouvrage décrit *supra*, n° 1361. La copie de cet exemplaire fut terminée en 753/1352.

Papier. Écriture orientale. 183 feuillets. 19 lignes par page. Dimensions : 0.18 × 0.13. (Cas. 1414.)

1420

Autre exemplaire du même ouvrage, sans indication de date de copie.

Papier. Écriture orientale. 265 feuillets. 17 lignes par page. Dimensions : 0.18×0.12. (Cas. 1415.)

1421

Autre exemplaire du même ouvrage. Copie de 787/1385.

Papier. Écriture orientale. 177 feuillets. 21 lignes par page. Dimensions : 0.19×0.14. (Cas. 1416.)

1422

Premier tome d'un exemplaire du « Commentaire des deux Ǧalāl » تفسير الجلالين. Cf. *supra,* nos 1298, 1311, etc. Jusqu'à la Sūrate XVII, inclusivement. Copie non datée.

Papier. Écriture orientale. 244 feuillets. 17 lignes par page. Dimensions : 0.185×0.135. (Cas. 1417.)

1423

Manuscrit complet du même commentaire. Le texte coranique est écrit à l'encre rouge. Copie sans indication de date.

Papier. Écriture orientale. 481 feuillets. 17 lignes par page. Dimensions : 0.16×0.105. (Cas. 1418.)

1424

Traité relatif au nombre des Sūrates, des versets et des mots contenus dans le Coran (on lit sur la tranche inférieure ce titre : عدد سور القرآن وآياته) par Abu 'l-Ḳāsim ʿUmar b. Muḥammad b. ʿAbd al-Kāfī. Commencement : امّا بعد فانّ واحدا من اصحابى . . . سألنى ان اذكر عدد سور القرآن وآياته وكلماته

وحروفه وتلخيص مكّية من مدنية... فاجبته... على ما سمعته من الامام ابى الحسن على بن محمد بن عبد الله الفارسى ره عن الامام ابى بكر بن الحسن بن مَهْرَان الخ. Copie datée de 892/1487.

Papier. Écriture orientale vocalisée. 108 feuillets. 14 lignes par page. Dimensions : 0.17 × 0.125. (Cas. 1419.)

1425

Titre : كتاب التبيان فى اداب حملة القرآن, ouvrage d'Abū Zakarīyā Yaḥyā b. Šaraf AN-NAWAWĪ (cf. *supra*, n° 1411_2), sur les règles de l'étude du Coran. Cf. Brockelmann, *Ar. Litt.*, I, 397, n° XVII. La liste des dix chapitres de ce traité est donnée par Ḥāğğī Ḫalīfa, I, p. 246. Incipit : الحمد لله الكريم المنّان الخ. Copie datée de 727/1327.

Papier. Écriture orientale. 73 feuillets. 15 lignes par page. Dimensions : 0.165 × 0.125. (Cas. 1420.)

1426

Recueil factice, comprenant :

1° Titre dans l'introduction et f° 98 r° : وصف الاهتداء فى الوقف والابتداء. Ouvrage relatif aux pauses à observer dans la lecture du Coran, composé à Alep, en 716/1316, par Burhān ad-dīn Ibrāhīm b. 'Umar ar-Raba'ī AL-ĞA'BARĪ (cf. *supra*, n° 1390). Incipit : الحمد لله الذى انزل القرآن سورا وآيات... وبعد فلما تحدى النبى الخ. Copie non datée. Mains diverses. 11 à 16 lignes par page.

2° (F° 102 r°). Autre opuscule du même auteur, composé en 707/1307-1308 et intitulé : كتاب غايات البيان فى معرفة

مآات القرآن. Incipit : الحمد لله الذى فضل لغة العرب الخ. Sans date. Du XVe siècle. Titre en lettres dorées sur fond bleu et vert. 16 lignes par page.

Papier. Écritures orientales. 145 feuillets. Dimensions : 0.19 × 0.13. (Cas. 1421.)

1427

Manuscrit, mutilé de la fin, de la glose du commentaire du Coran d'al-Baiḍāwī, par al-Fāḍil Mollā Ḫosrau ar-Rūmī. Cf. *supra,* n° 1343, un autre exemplaire de la même glose. Pas d'indication de date.

Papier. Écriture orientale. 163 feuillets. 21 lignes par page. Dimensions : 0.18 × 0.125. (Cas. 1422.)

1428

Premier tome, jusqu'à la Sūrate III inclusivement, de la glose sur le commentaire du Coran d'al-Baiḍāwī, par Nūr ad-dīn Ḥamza al-Ḳarāmānī, † 871/1466-67. Cette glose n'est pas mentionnée par Brockelmann, *Ar. Litt.*, I, 417-18, mais elle a été signalée par Ḥağğī Ḫalīfa dans son *Kašf aẓ-ẓunūn,* I, 165. Incipit : الحمد لله وسلام على عباده الخ. Copie exécutée, du vivant du glossateur, en 860/1456.

Papier. Écriture orientale. 210 feuillets. 19 lignes par page. Dimensions : 0.185 × 0.13. (Cas. 1423.)

1429

Exemplaire inachevé de la glose de Muḥyī ad-dīn Muḥammad b. Ğamāl ad-dīn b. Ramaḍān aš-Širwānī,

† 1030/1621, sur le commentaire du Coran d'al-Baiḍāwī. Incipit : قال الشيخ... محي الدين... لما رأيت هذا الكتاب الجامع للاستاذ... المعروف بالقاضي البيضاوي. Le texte commenté est écrit à l'encre rouge. Sans date.

Papier. Écriture orientale. 112 feuillets. 21 lignes par page. Dimensions : 0.18 × 0.125. (Cas. 1424.)

1430

Exemplaire complet de la glose de Nūr ad-dīn Aḥmad b. Muḥammad b. Ḫiḍr al-ʿUmarī AL-KĀZARŪNĪ sur le commentaire du Coran d'al-Baiḍāwī : cf. *supra*, nos 1303 et 1342. Le texte commenté est à l'encre rouge. Copie datée de 989/1581.

Papier. Écriture orientale. 326 feuillets. 21 lignes par page. Dimensions : 0.185 × 0.14. (Cas. 1425.)

1431

Titre : كتاب المرشد الوجيز الى علوم تتعلق بالكتاب العزيز, traité des sciences auxiliaires de l'étude du Coran, par Šihāb ad-dīn Abu 'l-Ḳāsim ʿAbd ar-Raḥmān b. Ismāʿīl ABŪ ŠĀMA, † 665/1268. Sur l'auteur, cf. Brockelmann, *Ar. Litt.*, I, 317; le même, in *Enc. Isl.*, I, 109. On ne trouve pas mention, à ces deux endroits, de l'ouvrage décrit ici, bien attribué à Abū Šāma par Ḥāǧǧī Ḫalīfa, *Kašf aẓ-ẓunūn*, II, 417. On lit avant le début de l'ouvrage lui-même : كتاب فيه كيفية نزول القرآن وتلاوته وجمع الصحابة رضهم القرآن ومعنى قول النبي صلعم انزل القرآن على سبعة احرف والقراءات السبع المشهورة والقراءات الصحيحة

القويـة والشاذّة الضعيفة وعلى ما ينفع فى علوم القرآن والعمل بها،
L'ouvrage, qui comprend six chapitres (*bāb*), débute ainsi : الحمد لله الواحد الوتر الرحيم الامين عالم الغيب... امّا بعد فهذا تصنيف جليل يحتاج اليه اهل القرآن خصوصا الخ. Il ne comporte pas d'indication de date de copie.

Papier. Écriture orientale. 101 feuillets. 18 lignes par page. Dimensions : 0.18 × 0.13. (Cas. 1426.)

1432

Recueil tout entier de la même main, comprenant :

1° Titre : جواب اهل العلم والايمان بتحقيق ما اخبر به رسول الرحمن من ان قال هو الله احد تعدل ثلث القرآن, par Abu 'l-ʿAbbās Aḥmad b. ʿAbd al-Ḥalīm Ibn Taimīya, le célèbre juriste à tendances originales, mort en 728/1328 et sur lequel cf. Brockelmann, *Ar. Litt.*, II, 100-105; Moḥ. Ben Cheneb, in *Enc. Isl.*, II, 447-49. Sur l'ouvrage, qui a trait aux équivalences dans le Coran et qui a été imprimé au Caire en 1322, cf. *ibid.*, II, 104_{19}, et II, 449, 34° et en plus, M. Ben Cheneb, in *Revue Africaine*, 1906, p. 267. Copie de 723/1323, d'après une autre copie collationnée avec l'auteur en 721. 18 lignes par page.

2° (F° 101 r°). Commentaire, avec renvois à l'ouvrage d'Ibn Taimīya décrit *supra*, de la Sūrate CXII, par Taḳī ad-dīn Abū Bakr b. Šaraf b. Muḥassin (محسّن) aṣ-Ṣāliḥī. Incipit : الحمد لله الذى بعث محمدا صلعم بالهدى... وقد ورد فى الحديث الصحيح انها [سورة الاخلاص] تعدل ثلث القرآن قال وقد املى شيخ الاسلام الامام تقى الدين ابو العباس احمد... بن تيمية الحرّانى...

فى فضلها كتابا لطيفا . . . احببت ان اهذّب هذا التصنيف. Cet ouvrage est appelé en tête des cahiers تفسير سورة الاخلاص. Copie datée de 726/1326. 19 à 21 lignes par page.

3° (F° 223 r°). Extraits divers du commentaire du Coran d'AL-BAĠAWĪ et d'autres commentaires. Sans date. 21 à 26 lignes par page.

4° (F° 242 r°). Opuscule résumé, anonyme, sur l'éloquence du style coranique. Copie de 725/1325. 21 lignes par page.

5° (F° 254 v°). Titre : لفتة الكبد فى نصيحة الولد, épître de Ǧamâl ad-dīn Abu 'l-Farağ ʿAbd ar-Raḥmān IBN AL-ǦAUZĪ, † 597/1200, le célèbre polygraphe sur lequel cf. Brockelmann, *Ar. Litt.*, I, 499 *sqq*. L'ouvrage, signalé par Ḥāğğī Ḫalīfa, *Kašf aẓ-ẓunūn*, II, 360, a été écrit par l'auteur à l'intention de son fils Abu 'l-Ḳāsim. Il débute ainsi : الحمد لله الذى انشأ الأب الاكبر من تراب . . . امّا بعد فانّى لمّا عرفت شرف النكاح وطلب الاولاد . . . وسألت اللّه ان يرزقنى عشرة اولاد فرزقنيهم فكانوا خمسة ذكور وخمسة اناث فمات من الاناث اثنان ومن الذكور اربعة ولم يبق سوى ولدى ابو القسم (*sic*) . . . فكتبت اليه هذه الرسالة الخ. Copie de 724/1324. 18 lignes par page.

6° (F° 264 v°). Opuscule, intitulé المعراج, débutant ainsi : الحمد لله الذى اسرى فى رجب الافتخار بمليح الاقطار الخ. Copie de 724/1324. 18 lignes par page.

Papier. Écriture orientale. 270 feuillets. Dimensions : 0.185 × 0.115. (Cas. 1427.)

1433

Titre : كتاب المنتخب فى النوب, par Ǧamāl ad-dīn Abu 'l-Faraǧ ʿAbd ar-Raḥmān Ibn al-Ǧauzī, l'auteur de *supra*, 5°. Cet ouvrage est un recueil de versets coraniques dits « de remplacement » (*nauba*). Il est signalé par Brockelmann, *Ar. Litt.*, I, 504_{13}, d'après Ḥāǧǧī Ḫalīfa, *Kašf aẓ-ẓunūn*, II, 536. Incipit : الحمد لله على ما اولاه حمدا يوافق رضاه الخ. Ce manuscrit a été copié pour son usage en 639/1241-42, au Caire, par le propre petit-fils de l'auteur (le fils de sa fille : هذا الكتاب بخط ابن بنت المصنف صاحب مرآة الزمان) Šams ad-dīn Abu 'l-Muẓaffar Yūsuf Sibṭ Ibn al-Ǧauzī (cf. sur lui Brockelmann, *Ar. Litt.*, 347; le même, in *Enc. Isl.*, II, 395).

Papier. Écriture orientale. 198 feuillets. 19 lignes par page. Dimensions 0.195×0.145. (Cas. 1428.)

1434

Recueil de la même main, comprenant :

1° Un fragment du commentaire mystique du Coran de Kamāl ad-dīn ʿAbd ar-Razzāḳ al-Ḳāšānī : كتاب تأويلات القرآن ; cf. *supra*, n° 1328. La fin manque. Sans date.

2° (F° 191 r°). Titre : خزانة الفقه. Résumé de droit ḥanafite, par Abu 'l-Laiṯ Naṣr b. Muḥammad b. Aḥmad as-Samarḳandī, mort vers 383/993 : cf. Brockelmann, *Ar. Litt.*, I, 196_2; *Enc. Isl.*, I, 100. Incipit : الحمد لله ربّ العالمين الخ. Copie datée de 951/1544.

Papier. Écriture orientale. 314 feuillets. 23 lignes par page. Dimensions : 0.185×0.125. (Cas. 1429.)

1435

Manuscrit acéphale du كتاب اعجاز القرآن d'AL-BAKILLĀNĪ : cf. un autre exemplaire, *supra*, n° 1359. Celui-ci est de fort peu postérieur à la mort de l'auteur : il a été copié en 423/1032. Le titre manque, avec le début, mais un lecteur a inscrit sur la tranche inférieure celui de نهاية الايجاز فى دراية الاعجاز, par confusion avec l'ouvrage d'ar-Rāzī signalé par Brockelmann, I, 508_{32}. Toutefois la date de copie, une note d'un lecteur (f° 125 v°) et l'indication au dernier feuillet de la date de la mort de l'auteur (404) lèvent tout doute — sans parler de la confrontation avec le n° 1359 — quant à l'identification de ce manuscrit.

Papier. Écriture maġribine, avec minimum de points diacritiques. 125 feuillets. 25 lignes par page. Dimensions : 0.17×0.12. (Cas. 1430.)

1436

Titre : تفسير غريب القرآن, par Abū Bakr Muḥammad IBN 'UZAIZ as-Siğistānī : cf. *supra*, n°s 1326 et 1389. Copie non datée (Xe siècle H.).

Papier. Écriture orientale, type *nasḫī*. 116 feuillets. 15 lignes par page. Dimensions : 0.18×0.125. (Cas. 1431.)

1437

Manuscrit acéphale d'un commentaire grammatical de passages obscurs du Coran. On lit au r° du dernier feuillet آخر كتاب إعراب مشكل القرآن. Il s'agit sans doute de l'ouvrage, qui porte ce titre, écrit par Abū Muḥammad MAKĪ, sur lequel cf. *supra*, n° 1325. Cf. Brockelmann, *Ar. Litt.*, I, 406-407$_3$. Sans date (XIVe siècle de J.-C.).

Papier. Écriture orientale. 141 feuillets. 18 lignes par page. Dimensions : 0.185×0.085. (Cas. 1432.)

1438

Extraits par Faḫr ad-dīn Abū Manṣūr ʿAbd ar-Raḥmān b. Muḥammad Ibn Hibat Allāh b. al-Ḥusain aš-Šāfiʿī, du كتاب تأويل القرآن d'Abu 'l-Ǧihād (sans autre indication). On trouve en tête le titre : المنتقى من كتاب التأويل. A la suite, mélanges divers, très courts. Manuscrit daté de 841/1437-1438 (f° 43 v°).

Papier. Écriture orientale. 59 feuillets. 23 lignes. Dimensions : 0.185×0.14. (Cas. 1433.)

1439

Titre : كتاب الناسخ والمنسوخ فى القرآن, par Abu 'l-Ḳāsim Hibat Allāh b. Sallām (*alias* Salāma) b. Naṣr b. ʿAlī al-Baġdādī, † 410/1019 : cf. Brockelmann, *Ar. Litt.*, I, 192. Incipit : الحمد لله الذى هدانا الخ. Copie datée de 849/1445-1446.

Papier. Écriture orientale. 49 feuillets. 15 lignes par page. Dimensions : 0.17×0.125. (Cas. 1434.)

1440

Manuscrit d'un ouvrage intitulé : كتاب العروة للمفتاح الفاتح للباب المقفل المفهم القرآن المنزل, supplément, par Faḫr ad-dīn Abu 'l-Ḥasan ʿAlī b. Aḥmad b. al-Ḥasan b. Aḥmad al-

Ḥarrālī, † 637/1239, à son traité d'interprétation coranique المفتاح. Cf. Brockelmann, *Ar. Litt.*, I, 415. Incipit : الحمد لله الذى انزل القرآن على احرفه السبعة احاطة وكمالا الخ. Copie datant de l'année de la mort de l'auteur.

Papier. Écriture orientale, type *nasḫī*. 39 feuillets. 15 lignes par page. Dimensions : 0.165 × 0.125. (Cas. 1435.)

1441

Exemplaire du livre intitulé : مراقى المجد فى آيات السعد, par Aḥmad b. ʿAlī b. ʿAbd ar-Raḥmān al-Manǧūr : cf. *supra*, nos 1358 et 1396. Copie exécutée à Fās, بعدوة فاس القرويين, en 1003/1594-95.

Papier. Écriture maġribine. 269 feuillets. 19 lignes par page. Dimensions : 0.195 × 0.145. (Cas. 1436.)

1442

Exemplaire du même ouvrage qu'au numéro précédent, mutilé du début et de la fin. Commencement : ... محمولان على صفتين زائدتين على العام ولا يأولان بالعالم بالسموعات الخ. Une indication au f° 227 r° m'a permis d'identifier cet ouvrage comme étant celui d'al-Manǧūr : il y est dit en effet : سمعت شيخنا الامام ابا عبد الله اليسيتنى... يقول سئل الشيخ ابن زكرى التلمسانى الخ; or Muḥammad al-Yassītnī fut l'un des principaux maîtres d'al-Manǧūr : cf. sur lui E. Lévi-Provençal, *Les Historiens des Chorfa*, p. 89 et note 1. Sans indication de date de copie.

Papier. Écriture maġribine, type *mabsūṭ*. 245 feuillets. 11 lignes par page. Dimensions : 0.20 × 0.145. (Cas. 1437.)

B. Traditions islāmiques.

1443

Exemplaire du recueil de traditions islâmiques كتاب الجامع الصحيح, compilé par Abū ʿAbd Allāh Muḥammad b. Ismāʿīl al-Buḫārī, mort en 256/870 : cf. Brockelmann, *Ar. Litt.*, I, 158 ; le même, in *Enc. Isl.*, I, 803. L'ouvrage a été publié très souvent en Orient (Būlāḳ, 1296, 1313 ; le Caire, 1279, 1309, 1319 ; Dehli, 1270 ; Constantinople, 1312) et à Leide, par L. Krehl et Th. W. Juynboll, 1862-1907. Une traduction française, par O. Houdas et W. Marçais, a été publiée à Paris, 1903-1914. Copie non datée, mais paraissant remonter au VIIe siècle de l'Hégire (note d'un lecteur de 998), en très bon état de conservation. La fin manque. S'arrête à باب قول الله وكلم الله موسى الخ.

Papier. Écriture orientale. 379 feuillets. 30 lignes par page. Dimensions : 0.31×0.24. (Cas. 1438.)

1444

Bel exemplaire maġribin complet du recueil de traditions musulmanes الصحيح, par Abu 'l-Ḥusain Muslim b. al-Ḥaǧǧāǧ al-Ḳušairī an-Nīsābūrī, † 261/875. Cf. Brockelmann, *Ar. Litt.*, I, 160. Publié à Calcutta en 1265, à Būlāḳ en 1290 et au Caire en 1328, etc. Copie de 602/1205-1206.

Papier. Écriture très fine, maġribine. 206 feuillets. 45 lignes par page. Dimensions : 0.275×0.19. (Cas. 1439.)

1445

Manuscrit admirable d'un ouvrage relatif aux apparitions d'Allāh au Prophète Muḥammad, par Abu 'l-Ḥasan ʿAlī b. ʿUmar AD-DĀRAḲUṬNĪ, † 385/995 : cf. Brockelmann, *Ar. Litt.*, I, 165. Incipit : الحمد الله ربّ العالين ... امّا بعد فيقول مؤلّفه الشيخ ... الدارقطنى ... هذا كتاب ... جمعت فيه ما ورد من النصوص الواردة فى كتاب الله واحاديث النبى المتعلقة برؤية البارى الخ. Cet ouvrage contient de longs *isnād*, mais paraît différent du recueil de traditions du même auteur intitulé كتاب السنن. Le manuscrit a été copié, en 652/1254, sur un exemplaire de 513.

Papier. Écriture orientale, gros caractères, type *nasḫī*. 154 feuillets. 11 lignes par page. Dimensions : 0.30×0.22. (Cas. 1440.)

1446

Premier volume d'un exemplaire de l'ouvrage intitulé : كتاب جامع الاصول لاحاديث الرسول, classification et répertoire des traditions musulmanes, suivis d'une biographie du Prophète, par MAĞD AD-DĪN Abu 's-Saʿādāt al-Mubārak b. Muḥammad IBN AL-AṮĪR, † 606/1210 : cf. Brockelmann, *Ar. Litt.*, I, 357; *Enc. Isl.*, II, 387. Incipit : الحمد لله الذى اوضح لعالم الاسلام سبيلا ... امّا بعد فانّ مبنى هذا الكتاب على ثلاثة اركان ... فى المبادى ... فى المقاصد ... فى الخواتم. L'ordre suivi est l'ordre alphabétique. Le manuscrit s'arrête au groupe ح س. Copie de 646/1248-49.

Papier. Écriture orientale. 206 feuillets. 23 lignes par page. Dimensions : 0.25×0.17. (Cas. 1441.)

1447

Titre : كتاب مشارق الانوار على صحيح الآثار, recueil de traditions authentiques réunies par le ḳāḍī Abu 'l-Faḍl 'Iyāḍ b. Mūsā b. 'Iyāḍ al-Yaḥṣubī as-Sabtī, † 544/1149 : cf. Brockelmann, *Ar. Litt.*, I, 370. L'ouvrage a été publié à Fās (typographie), en deux volumes, 1328-1333. Incipit : الحمد لله مظهر دينه المبين الخ. On lit avant le préambule la note suivante du scribe : انّ كتاب مشارق الانوار هذا كان فى البلاد المغربية وغيرها شبه المعدوم لانّ مؤلّفه... توفى قبل تنقيحه وروايته عنه فبقى فى مبيضاته عند ابنه الى عبد الله... وولده من بعده. Copie datée de 947/1540-41.

Papier. Écriture maġribine, très fine. 221 feuillets. 35 lignes par page. Dimensions : 0.28×0.20. (Cas. 1442.)

1448

Manuscrit du commentaire du كتاب الشفاء فى تعريف حقوق المصطفى, du ḳāḍī 'Iyāḍ, terminé en 797/1395 par Burhān ad-dīn Ibrāhīm b. Muḥammad al-Ḥalabī Ibn Bint (ou Sibṭ) Ibn al-'Ağamī, † 841/1437, sous le titre كتاب المقتفى فى ضبط الفاظ الشفاء : cf. Brockelmann, *Ar. Litt.*, I, 369, 1, *b*. Incipit : الحمد لله الذى بنعمته تتمّ الصالحات الخ. Copie datée de 843/1439-40.

Papier. Écriture orientale. 256 feuillets. 21 lignes par page. Dimensions : 0.28×0.17. (Cas. 1443.)

1449

Exemplaire de l'introduction, intitulée هداية السارى, du commentaire du *Ṣaḥīḥ* d'al-Buḫārī, فتح البارى فى شرح صحيح البخارى, par Šihāb ad-dīn Abu 'l-Faḍl Aḥmad b. ʿAlī b. Muḥammad Ibn Ḥaǧar al-ʿAskalānī, le célèbre traditionniste et juriste, mort en 852/1449 : cf. Brockelmann, *Ar. Litt.*, I, 159_{12} et II, 67; van Arendonk, in *Enc. Isl.*, II, 402-403. Le *Fatḥ al-bārī* a été publié à Būlāḳ en 1300-1301. Copie exécutée au Caire du vivant de l'auteur, en 845/1441-42.

Papier. Écriture orientale. 184 feuillets. 27 lignes par page. Dimensions : 0.28×0.18. (Cas. 1444.)

1450

Autre manuscrit de la même *muḳaddima*, non daté.

Papier. Écriture orientale. 194 feuillets. 29 lignes par page. Dimensions : 0.27×0.17. (Cas. 1445.)

1451

Exemplaire d'un douzième tome du فتح البارى. Contient le commentaire des livres LXXVI (كتاب الطب), LXXVII (كتاب الالباس), LXXVIII (كتاب الادب) et LXXIX (كتاب الاستئذان). La fin manque. Pas d'indication de date. Présente l'aspect d'un autographe.

Papier. Écriture orientale, archaïque. 355 feuillets. 25 à 26 lignes par page. Dimensions : 0.24×0.15. (Cas. 1446.)

1452

Manuscrit acéphale d'un tome d'un autre exemplaire du فتح البارى d'Ibn Ḥağar al-ʿAskalānī. La tranche inférieure, actuellement rognée, contenait sans doute l'indication de tomaison (tome XVIII) relevée par Casiri. Début du commentaire : livre LXVII, chapitre LXX (باب من اولم باقل من شاة). Fin : livre LXX (كتاب الاطعمة), inclusivement. Le texte commenté est écrit à l'encre rouge. Copie exécutée au Caire, en 921/1515.

Papier. Écriture orientale. 160 feuillets. 27 lignes par page. Dimensions : 0.27×0.185. (Cas. 1447.)

1453

Exemplaire d'un neuvième tome du فتح البارى. Contient le commentaire du livre LXVII (كتاب النكاح) au livre LXXIV (كتاب الاشربة), exclusivement. Copie datée de 857/1453, à Alep.

Papier. Écriture orientale. 286 feuillets. 27 lignes par page. Dimensions : 0.28×0.19. (Cas. 1448.)

1454

Manuscrit ancien, non daté, mais vraisemblablement contemporain de l'auteur, contenant les *ǧuz'* XIX à XXVI du فتح البارى, soit le commentaire des livres VIII, IX et X du *Ṣaḥīḥ* d'al-Buḫārī.

Papier. Écriture orientale. 209 feuillets. 25 lignes par page. Dimensions : 0.26×0.16. (Cas. 1449.)

1455

Titre : الأمالى الشارحة لمفردات الفاتحة, « dictées » d'entretiens sur les *ḥadīṯ* se rapportant à la première Sūrate du Coran, par Abu 'l-Ḳāsim ʿAbd al-Karīm b. Muḥammad AR-RĀFIʿĪ al-Ḳazwīnī, † 623/1226 : cf. Brockelmann, *Ar. Litt.*, I, 393. Contient trente مجلس. Commencement : المجلس الأوّل من أمالى... امام الملّة والدين... الرافعى يوم الثلاثاء ٢٨ من رجب سنة ٦١١ الخ. Copie exécutée en 669/1270-71 sur deux manuscrits douteux (من نسختين سقيمتين).

Papier. Écriture orientale. 142 feuillets. 25 lignes par page. Dimensions : 0.25 × 0.17. (Cas. 1450.)

1456

Manuscrit du tome cinquième d'un supplément au *Fatḥ al-bārī*, intitulé : مزيد فتح البارى فى شرح صحيح البخارى, par Ibrāhīm b. ʿAlī aš-Šāfiʿī AN-NUʿMĀNĪ. La fin manque. Aucune indication de date de composition ou de copie.

Papier. Écriture orientale. 138 feuillets. 31 lignes par page. Dimensions : 0.27 × 0.18. (Cas. 1451.)

1457

Exemplaire, mutilé du début et de la fin, d'un premier tome du commentaire du *Ṣaḥīḥ* d'al-Buḫārī, intitulé ارشاد السارى لشرح صحيح البخارى, par Aḥmad b. Muḥammad b. Abī Bakr AL-ḲASṬALLĀNĪ, † 923/1517 : cf. Brockelmann, *Ar. Litt.*, I, 159$_{16}$. Copie exécutée sur l'original, en 921/1515, d'après les indications portées à la fin des *ǧaz'*. Fin : باب صلاة النساء. (fin du livre X). Le texte commenté est à l'encre rouge. L'*Iršād as-sārī* a été publié à Lucknow en 1876, à Būlāḳ en 1304-1305, au Caire en 1307 et à Dehli en 1891.

Papier. Écriture orientale. 325 feuillets. 25 lignes par page. Dimensions : 0.26×0.18. (Cas. 1452.)

1458

Troisième tome acéphale du même exemplaire du même ouvrage, jusqu'à la fin du dixième *ǧaz'*. Contient le commentaire des livres XXV à XLI, chapitre 5. Porte à la fin la date de 922/1516.

Papier. Écriture orientale. 286 feuillets. 25 lignes par page. Dimensions : 0.26×0.18. (Cas. 1453.)

1459

Manuscrit d'un autre exemplaire du même commentaire, non daté. La fin manque. Commencement : livre XXVIII, chapitre 6.

Papier. Écriture orientale. 207 feuillets. 27 lignes par page. Dimensions : 0.275×0.18. (Cas. 1454.)

1460

Autre tome du même exemplaire qu'aux n°s 1457 et 1458, contenant le commentaire du livre LXIV, à partir du chapitre 17, jusqu'à la fin. Copie de 920/1514, au Caire.

Papier. Écriture orientale. 178 feuillets. 25 lignes par page. Plusieurs feuillets atteints par le feu. Dimensions : 0.275×0.18. (Cas. 1455.)

1461

Manuscrit du quatrième et dernier volume du commentaire du *Ṣaḥīḥ* d'al-Buḫārī, intitulé الكواكب الدرارى فى شرح البخارى, par Šams ad-dīn Muḥammad b. Yūsuf b. ʿAlī b. Saʿīd AL-KARMÂNĪ, † 786/1384 : cf. Brockelmann, *Ar. Litt.*, I, 158_5. Commencement : livre LXVI. Le commentaire a été terminé à la Mekke en 773/1371-72. Copie datée de 869/1464-65.

Papier. Écriture orientale. 244 feuillets. 27 lignes par page. Dimensions : 0.27×0.18. (Cas. 1456.)

1462

Titre : التنقيح لالفاظ الجامع الصحيح, commentaire des expressions rares et des difficultés grammaticales du *Ṣaḥīḥ* d'al-Buḫārī, composé en 788/1386, par Badr ad-dīn Muḥammad [b. Bahādur] b. ʿAbd Allāh AZ-ZARKAŠĪ al-Miṣrī, † 794/1392 : cf. Brockelmann, *Ar. Litt.*, I, 158_5, et II, 91-92. Deux autres exemplaires du même ouvrage seront décrits *infra*, nos 1502 et 1843. Copie datée de 817/1414. Le texte commenté est à l'encre rouge.

Papier. Ecriture orientale. 229 feuillets. 25 lignes par page. Dimensions : 0.27×0.17. (Cas. 1457.)

1463

Deuxième tome, d'après l'indication inscrite sur la tranche inférieure, du commentaire du *Ṣaḥīḥ* d'al-Buḫārī, intitulé عمدة القارى فى شرح البخارى, par Badr ad-dīn Abū Muḥammad Maḥmūd b. Aḥmad b. Mūsā AL-ʿAINĪ, † 855/1451 : cf. Brockelmann, *Ar. Litt.*, I, 159₁₃, et II, 52-53 ; W. Marçais, in *Enc. Isl.*, I, 217. Ce commentaire a été publié au Caire en 1308 et à Constantinople en 1309-1310 (11 volumes). Copie non datée.

Papier. Écriture orientale. 288 feuillets. 31 lignes par page. Dimensions : 0.26×0.18. (Cas. 1458.)

1464

Commentaire, intitulé التكملة (complément), du *Kitāb al-Ǧāmiʿ aṣ-Ṣaḥīḥ* d'AT-TIRMIḎĪ, par ZAIN AD-DĪN Abu 'l-Faḍl ʿAbd ar-Raḥīm b. al-Ḥusain b. ʿAbd ar-Raḥmān AL-ʿIRĀḲĪ, † 806/1404 : cf. Brockelmann, *Ar. Litt.*, I, 162, et II, 65-66. Incipit : قال شيخنا ... زين الدين ... العراقى الشافعى ... الحمد لله الذى بنعمه تتمّ الصالحات ... فى الحديث كتاب الجامع لابى عيسى الترمذى فى القديم والحديث ... وكتب عليه القاضى الامام ابو بكر بن العربى شرحه المسمّى بعارضة الاحوذى ... وشرع ... ابو الفتح اليعمرى فى شرح له ... ولكن اخترمته المنية قبل اكماله ... وآخر ما رأيت منه بخطّه شرحه لبعض باب ما جاء انّ الارض كلّها مسجد الّا المقبرة والحمّام ... فشرعتُ فى البناء عليه فى اوّل هذا الباب الخ. Copie complète, non datée.

Papier. Écriture orientale. 172 feuillets. 25 lignes par page. Dimensions : 0.26×0.18. (Cas. 1459.)

1465

Titre : الغيث الهامع فى شرح جمع الجوامع, commentaire du traité sur les principes du droit de Tāǧ ad-dīn Abū Naṣr ʿAbd al-Wahhāb b. ʿAlī AS-SUBKĪ, † 771/1370 (cf. *supra*, t. I, p. 461, n° 653_1, et Brockelmann, *Ar. Litt.*, II, 89), par le fils de l'auteur du numéro précédent, Abū Zurʿa Aḥmad b. ʿAbd ar-Raḥīm AL-ʿIRĀḲĪ, † 826/1423 : cf. Brockelmann, *Ar. Litt.*, II, 66-67. Le commentaire, avec son titre, est signalé par Ḥāǧǧī Ḫalīfa, *Kašf aẓ-ẓunūn*, I, 398. Incipit : امّا بعد حمد الله . . . فهذا تعليق وجيز على جمع الجوامع لشيخنا ابن السبكى الخ. Cf. *infra*, n° 1491, un autre exemplaire du même ouvrage. Copie datée de 859/1455.

Papier. Écriture maġribine. 231 feuillets. 27 lignes par page. Dimensions : 0.26×0.17. (Cas. 1460.)

1466

Manuscrit d'un ouvrage intitulé : كتاب المغنى عن الاسفار فى الاسفار فى تخريج ما فى الاحياء من الاخبار, par ʿAbd ar-Raḥīm b. al-Ḥusain AL-ʿIRĀḲĪ : cf. Brockelmann, *Ar. Litt.*, II, 66_5. C'est le commentaire des *ḥadīṯ* contenus dans l'*Iḥyāʾ ʿulūm ad-dīn* d'al-Ġazālī. Commencement : الحمد لله الذى احي علوم الدين فاينعت بعد اضمحلالها . . . فلما وقف الله تعالى لاكمال الكلام على احاديث احياء علوم الدين فى سنة ٥١ فأخرت تبييضه الى سنة ٦٠ الخ. L'auteur dit au f° 160 r° qu'il a achevé en

751/1350 la rédaction développée de cet ouvrage, et cet abrégé en 790/1388. Copie datée de 856/1452.

Papier. Écriture orientale. 160 feuillets. 31 lignes par page. Dimensions : 0.27×0.19. (Cas. 1461.)

1467

Exemplaire du commentaire intitulé : فتح الغيث, par le même, de son poème didactique de mille vers *rağaz* sur la science des traditions, الألفية فى أصول الحديث, intitulée : التبصرة والتذكرة. Incipit : الحمد لله الذى قبل بصحيح النية حسن العمل... فعلم الحديث... وكنت نظمت فيه ارجوزة... وشرعت فى شرح لها ، Cf. Brockelmann, *Ar. Litt.,* I, 359. D'après des indications portées au f° 183 r°, le poème fut composé à Médine en 768/1367 et le commentaire en 771/1369-70, aux environs du Caire. Cf. *infra,* n°s 1489, 1490 d'autres manuscrits du même commentaire. Copie non datée, peu postérieure à l'original.

Papier. Écriture orientale. 183 feuillets. 27 lignes par page. Dimensions : 0.25×0.16. (Cas. 1462.)

1468

Titre : كتاب الاقتصاد فى الاعتقاد, par Abu Ḥāmid Muḥammad b. Muḥammad AL-ĠAZĀLĪ, † 505/1111. Copie exécutée au Caire en 601/1204-1205. Cf. *supra,* n° 1273_2, et *infra,* n° 1486_1, d'autres exemplaires du même ouvrage.

Papier. Écriture orientale, type *nasḫī*. 132 feuillets. 17 lignes par page. Dimensions : 0.25×0.16. (Cas. 1463.)

1469

Manuscrit intitulé : كتاب الانتقاد فى شرح عمدة الاعتقاد, commentaire du traité de théologie dogmatique, intitulé عمدة العقائد, de Ḥāfiẓ ad-dīn ʿAbd Allāh b. Aḥmad AN-NASAFĪ, † 710/1310 (cf. Brockelmann, *Ar. Litt.*, II, 197 (XI)), par Aḥmad b. اعوذ دانشمند AL-AḲŠAHARĪ al-Ḥanafī (VIIIe siècle H.). Ce commentaire est signalé, avec son titre, par Ḥāǧǧī Ḫalīfa, *Kašf aẓ-ẓunūn*, t. II, p. 134. Incipit : الحمد لمن ثبت وجوده بالبراهين القاطعة الخ. Copie non datée, peu postérieure à l'auteur.

Papier. Écriture orientale. 92 feuillets. 27 lignes par page. Dimensions : 0.27 × 0.19. (Cas. 1464.)

1470

Exemplaire d'un deuxième tome du فتح البارى d'IBN ḤAǦAR AL-ʿASḲALĀNĪ, contenant le commentaire du livre IX du *Ṣaḥīḥ* d'al-Buḫārī. Copie datée de 891-1486.

Papier. Écriture orientale. 180 feuillets. 25 lignes par page. Dimensions : 0.27 × 0.18. (Cas. 1465.)

1471

Titre : كتاب العمدة فى الاحكام المنقولة عن خير الانام محمد عليه افضل الصلاة والسلام, recueil de traditions sur les principes du droit musulman, par Taḳī ad-dīn Abū Muḥammad ʿAbd al-Ġanī b. ʿAbd al-Wāḥid b. ʿAlī b. Surūr [AL-ǦAMMĀʿĪLĪ] al-Maḳdisī, † 600/1203 : cf. Brockelmann, *Ar. Litt.*, I, 356.

Incipit : الحمد لله الجبّار الواحد القهّار الخ. Copie datée de 759/1358.

Papier. Écriture maġribine, type *mabsūṭ*. 56 feuillets. 17 lignes par page. Dimensions : 0.26×0.17. (Cas. 1466.)

1472

Manuscrit de l'ouvrage intitulé : كتاب تلخيص الادلّة لقواعد التوحيد, plaidoyer sunnite contre les hérésies, par Abū Isḥāḳ Ibrāhīm b. Isḥāḳ aṣ-Ṣaffār al-Buḫārī, † 534/1139 : cf. Brockelmann, *Ar. Litt.*, I, 427. Incipit : الحمد لله كما هو اهله... نحمد الله ابتدى واياه استهدى... علم الدين... وهو دين الاسلام الخ. Exemplaire déclaré copié sur l'original en 885/1480-81.

Papier. Écriture orientale. 201 feuillets. 21 lignes par page. Dimensions : 0.27×0.18. (Cas. 1467.)

1473

Manuscrit en désordre d'un ouvrage sur la réfutation des sectes de l'Islām, intitulé : كتاب التبصير فى الفرق, par Abu 'l-Muẓaffar Ṭāhir b. Muḥammad al-Isfara'īnī. Cet ouvrage est mentionné par Ḥāǧǧī Ḫalīfa, *Kašf aẓ-ẓunūn*, t. I, p. 246, avec le titre de تبصير فى الدين وتمييز الفرقة الناجية عن الفرق الهالكين ; l'auteur, d'après lui, est peut-être aussi un personnage du nom de Šahfūr b. Ṭāhir aš-Šāfi'ī, † 471/1178 : cf. Brockelmann, *Ar. Litt.*, I, 387. Incipit : الحمد لله ربّ العالمين... اعلموا رحمكم الله انّ الله تعالى امر عبيده بمعرفته الخ. Copie datée de 975/1567-68.

Papier. Écriture orientale. 126 feuillets. 25 lignes par page. Dimensions : 0.27 × 0.18. (Cas. 1468.)

1474

Manuscrit d'un ouvrage sur la condamnation des sectes, par Taḳī ad-dīn Abu 'l-'Abbās Aḥmad b. 'Abd al-Ḥalīm IBN TAIMĪYA, † 728/1328, intitulé : الكلام على حقيقة الاسلام والايمان : cf. Brockelmann, *Ar. Litt.*, II, 104_{14}; Ben Cheneb, in *Enc. Isl.*, II, 449_{a}, 47°. Incipit : الحمد لله نحمده ونستعينه ونستغفره ... اعلم ان الايمان والاسلام يجتمع فيهما الدين كله الخ ، Sans date. Copie collationnée sur l'original.

Papier. Écriture orientale. 137 feuillets. 25 lignes par page. Dimensions : 0.26 × 0.18. (Cas. 1469.)

1475

Exemplaire mutilé du début et de la fin du commentaire, par AŠ-ŠARĪF AL-ĞURĞĀNĪ, † 816/1413, du traité théologico-philosophique de 'AḌUD AD-DĪN 'Abd ar-Raḥmān b. Aḥmad AL-ĪĞĪ, † 756/1335, intitulé كتاب المواقف في علم الكلام. L'ouvrage et le commentaire ont été publiés partiellement à Leipzig en 1849, par Th. Soerensen (*Statio V^ta et VI^ta et Appendix libri Mevakif auctore 'Adhad-ed-Dîn al-Îgî cum comm. Gorğânii*) et en entier à Constantinople en 1239. Cf. Brockelmann, *Ar. Litt.*, II, 208_{IV}, et *Enc. Isl.*, II, 474. Sans date. Le texte commenté est à l'encre rouge.

Papier. Écriture orientale. 274 feuillets. 35 lignes par page. Dimensions : 0.28 × 0.19. (Cas. 1470.)

1476

Commentaire des noms d'Allāh et de ses attributs, intitulé : كتاب اللوامع البيّنات فى شرح اسماء الله الحسنى والصفات, par Faḫr ad-dīn Muḥammad b. 'Umar AR-RĀZĪ, † 606/1209 : cf. Brockelmann, *Ar. Litt.*, I, 507_{12}. Incipit : الحمد لله الذى حارت الافكار فى مبادى أنوار كبريائه الخ. Cf. *infra*, un autre exemplaire du même ouvrage, sous le n° 1496. Copie non datée (XIIIe ou XIVe siècle).

Papier. Écriture orientale. 160 feuillets. 22 lignes par page. Dimensions : 0.255×0.17. (Cas. 1471.)

1477

Exemplaire du commentaire, par Sa'd ad-dīn Mas'ūd b. 'Umar AT-TAFTĀZĀNĪ (fin du VIIIe siècle H.), de son traité des principes de la religion, intitulé : مقاصد الطالبين فى اصول الدين : cf. Brockelmann, *Ar. Litt.*, II, 216_{10}. Ce commentaire a été publié à Constantinople en 1277. Copie datée de 963/1555-56.

Papier. Écriture orientale. 256 feuillets. 33 lignes par page. Dimensions : 0.28×0.18. (Cas. 1472.)

1478

Manuscrit mutilé de la fin, probablement autographe, d'un recueil abrégé de traditions musulmanes à l'usage des étudiants, intitulé : كتاب محاسن الأعمال ومعادن الأقوال, par Abu 'ṣ-Ṣafā' b. Abi 'l-Binā' (?) al-Ḥusainī. Commencement :

الحمد لله الذى هدانا بهدى وما كنّا لنهتدى لولا هدانا الله الخ. Sans date.

Papier. Écriture orientale. 20 feuillets. 23 lignes par page. Dimensions : 0.27 × 0.18. (Cas. 1473.)

1479

Recueil de la même main, comprenant :

1° Le texte de l'opuscule intitulé : مراسم الطريقة فى فهم الحقيقة من حال الخليقة, du polygraphe marocain Abu 'l-'Abbās Aḥmad b. Muḥammad b. 'Uṯmān al-Azdī Ibn al-Bannā', † 721/1321, sur lequel cf. Brockelmann, *Ar. Litt.*, II, 255; H. Suter et M. Ben Cheneb, in *Enc. Isl.*, II. 389.

2° (F° 5 v°). Le commentaire du même opuscule, par l'auteur lui-même. Incipit : الكلام على ترجمة المراسم من جهة العربية من اسم جمع مرسم والمرسم يكون اسم المصدر الخ. Copie non datée. Cf. *infra*, n°s 1501 et 1556, deux autres manuscrits du même commentaire.

Papier. Belle écriture maġribine. 101 feuillets. 25 lignes par page. Dimensions : 0.27 × 0.20. (Cas. 1474.)

1480

Manuscrit du commentaire théologique des noms d'Allāh, intitulé : كتاب علم الهدى وقبس (Brock. اسرار) الاقتداء فى شرح الاسماء الحسنى, par Abu 'l-'Abbās Aḥmad b. 'Alī b. Yūsuf al-Ḳurašī al-Būnī, † 622/1225 : cf. Brockelmann, *Ar. Litt.*, I, 497_5. Incipit : الحمد لله الذى رسم دقائق الحقائق فى لطائف الاسرار الخ. Copie de 813/1410-11, au Caire.

Papier. Écriture orientale. 222 feuillets. 24 lignes par page. Dimensions : 0.25×0.16. (Cas. 1475.)

1481

Recueil de traditions, d'exhortations et de traits moraux à l'usage des souverains, intitulé : كتاب روضة العاشقين ودوحة الفائقين فى مواعظ الملوك والسلاطين. Cet ouvrage, dont l'auteur n'est pas nommé ici, n'est signalé ni par le *Kašf aẓ-ẓunūn*, ni par Brockelmann. Incipit : نحمدك اللّهمّ مالك الملك حكما ومحيط كل شئ رحمة وعلما الخ. Donne au f° 3 v° une longue énumération de ses sources : فاسماء الكتب الصحائح التى استخرجت منها احاديث كتابى ومواعظه ونكاته (*sic*) وحكاياته ونوادره الخ، L'auteur, f° 4 r°, dédie son ouvrage au sultan ottoman Abu' l-Fatḥ Sulaimān Ḫān, fils du sultan Salīm, fils du sultan Bajazet. Il s'agit donc du sultan Sulaimān II, qui régna de 1520 à 1566. Au f° 4 v°, l'auteur nomme son père Abū 'Abd Allāh Nu'mān b. Abi 'l-Mubārak Ibn ar-Riḍwān. L'exemplaire, probablement peu postérieur à l'original, n'est pas daté.

Papier. Écriture orientale, très fine, type persan. Encadrements rouges à chaque page. 205 feuillets. 31 lignes par page. Dimensions : 0.27×0.15. (Cas. 1476.)

1482

Manuscrit acéphale et anonyme du commentaire d'un poème en rime *mīm* (mètre *basīṭ*), débutant par ces vers :

فما لعينيك ان قلت اكففا همتا * وما لقلبك ان قلت استفق يهم

ايحسب الصبّ ان الحبّ منكتم * ما بين منسجم منه ومضطرم

Interversions de cahiers, dont quelques-unes rectifiées. Manuscrit piqué des vers, sans date.

Papier. Écriture orientale. 278 feuillets. 27 lignes par page. Dimensions : 0.26×0.18. (Cas. 1477.)

1483

Exemplaire mutilé du début et de la fin d'un ouvrage, dont le titre, qui manque ici, est, d'après Ibn al-Abbār, *Takmilat aṣ-ṣila*, éd. Codera, Madrid, 1887, n° 607 : النكت والامالى فى النقض على الغزالى, par Abū 'Abd Allāh Muḥammad b. Ḫalaf b. Mūsā al-Anṣārī AL-ILBĪRĪ, † 537/1142-43. C'est une suite de « dictées » relatives à la réfutation de théories d'al-Ġazālī. Le nom de l'auteur est fourni au f° 57 v°. Pas d'indication de date de copie (XIVe ou XVe siècle).

Papier. Belle écriture maġribine. 150 feuillets. 27 lignes par page. Dimensions : 0.28×0.20. (Cas. 1478.)

1484

Manuscrit du premier tome du répertoire des recueils de traditions musulmanes, intitulé : مجمع الغرائب ومنبع الرغائب, composé en 527/1133 par Abu 'l-Ḥasan 'Abd al-Ġāfir b. Ismā'īl b. 'Abd al Ġāfir AL-FĀRISĪ, † 529/1134 : cf. Brockelmann, *Ar. Litt.*, I, 365. Incipit : الحمد لله مسبّب الاسباب الخ. Copie datée de 528/1333-34.

Papier. Écriture orientale. 277 feuillets. 15 lignes par page. Dimensions : 0.225×0.13. (Cas. 1479.)

1485

Exemplaire d'un recueil de « séances » (مجالس) relatives aux belles-lettres et aux sciences islāmiques, intitulé كتاب غرر الفرائد ودرر القلائد, composé en 417-18/1026-1027, par Abu 'l-Ḳāsim ʿAlī b. Ḥusain b. Mūsā b. Muḥammad Aš-Šarīf al-Murtaḍā al-Mūsāwī al-Baġdādī, † 436/1044-45. L'ouvrage est signalé par Ḥāǧǧī Ḫalīfa, *Kašf aẓ-ẓunūn*, I, 488, et II, 154, à la fois sous ce titre et sous celui de درر غرر فى المحاضرات. Incipit : قال الشريف المرتضى قدّس الله روحه ان سأل سائل عن قول الله تعالى واذا اردنا ان نهلك قرية امرنا الخ ، Exemplaire copié sur l'original en 569/1173-74.

Papier. Écriture orientale. 325 feuillets. 20 lignes par page. Dimensions : 0.20 × 0.15. (Cas. 1480.)

1486

Recueil factice, comprenant :

1° Un exemplaire du كتاب الاقتصاد فى الاعتقاد d'al-Ġazālī. Cf. *supra*, n°s 1273_2 et 1468. Copie datée de 543/1148-1149.

Papier. Écriture orientale. 83 feuillets. 20 lignes par page.

2° Une copie, mutilée de la fin, du traité sur les principes du droit, لمع فى أصول الفقه, d'Abū Isḥāḳ Ibrāhīm b. ʿAlī aš-Šīrāzī, † 476/1083 : cf. Brockelmann, *Ar. Litt.*, I, 387. Incipit : الحمد لله كما هو اهله . . . سألنى بعض اخوانى ان اصنّف لهم مختصرا فى المذهب فى اصول الفقه الخ. Copie non datée (VI° siècle II.).

Papier. Écriture maġribine. 40 feuillets. 22 lignes par page. Dimensions du recueil : 0.21 × 0.14. (Cas. 1481.)

1487

Recueil de la même main, comprenant :

1° Titre : كتاب الاعلام بحدود قواعد الاسلام, par le ḳāḍī Abu'l-Faḍl 'Iyāḍ b. Mūsā b. 'Iyāḍ al-Yaḥṣubī, † 544/1149. Cet ouvrage, non signalé par Brockelmann, est cité dans la liste des œuvres du ḳāḍī 'Iyāḍ fournie par ses biographes. Incipit : الحمد لله الذى لا ينبغى الحمد الا له الخ. Copie datée de 844/1440-41. 17 lignes par page.

2° (F° 41 r°). Titre : كتاب الشهاب, par Abū 'Abd Allāh Muḥammad b. Salāma b. Ǧa'far al-Ḳuḍā'ī, † 454/1062. Cf. *supra*, n° 1386, et *infra*, n° 1529. Copie datée de 838/1434-35. 17 lignes par page.

3° (F° 86 r°). Titre : كتاب المعراج, ouvrage du même auteur, sur les *ḥadīṯ* se rapportant à l'ascension du Prophète. Incipit : صورة جبريل عم فهو ابيض من الثلج وجناحاه اخضران ورجلاه حمراوان الخ. Copie datée de 843/1439-40. 14 lignes par page.

Papier. Écriture maġribine, type *mabsūṭ*. 141 feuillets. Dimensions : 0.22 × 0.15. (Cas. 1482.)

1488

Exemplaire d'un premier tome du commentaire du كتاب الشفاء فى تعريف حقوق المصطفى, du ḳāḍī 'Iyāḍ, par Muḥammad aš-Šarīf at-Tilimsānī. Cf. *supra*, n° 1382, un autre manuscrit du même commentaire. Copie non datée, exécutée sur l'original.

Papier. Écriture orientale. 307 feuillets. 23 lignes par page. Dimensions : 0.21 × 0.16. (Cas. 1483.)

1489

Manuscrit du commentaire de ʻAbd ar-Raḥīm AL-ʻIRĀḲĪ, sur son poème didactique (*alfīya*), intitulé : التبصرة والتذكرة. Cf. *supra*, n° 1467, la description d'un autre exemplaire du même ouvrage. Copie non datée, antérieure à 860/1456.

Papier. Écritures orientales. Plusieurs mains, la même à partir du f° 19. 14 à 22 lignes par page. Dimensions : 0.215 × 0.16. (Cas. 1484.)

1490

Autre exemplaire du même commentaire. Copie de 834/1430-31.

Papier. Écriture orientale. 205 feuillets. 21 lignes par page. Dimensions : 0.215 × 0.165. (Cas. 1485.)

1491

Titre : الغيث الهامع فى شرح جمع الجوامع, par ABŪ ZURʻA Aḥmad AL-ʻIRĀḲĪ. Cf. *supra*, n° 1465. Copie datée de 867/1462-63.

Papier. Écriture maġribine. 239 feuillets. 25 lignes par page. Dimensions : 0.21 × 0.14. (Cas. 1486.)

1492

Recueil comprenant :

1° Le texte du poème didactique de ʻAbd ar-Raḥīm AL-ʻIRĀḲĪ sur la science des traditions. 13 lignes par page.

2° (F° 44 r°. Même main). Exemplaire du commentaire écrit en 896/1490-91 sur ce poème, par Abū Yaḥyā ZAKARĪYĀ b. Muḥammad AL-ANṢĀRĪ, † 926/1520 (cf. Brockelmann, *Ar. Litt.*, II, 99), sous le titre de فتح الباقى بشرح الفية العراقى. Incipit : الحمد لله الذى وصل من انقطع اليه بدينه القويم الخ. Copie non datée. 24 lignes par page.

Papier. Écriture orientale. 190 feuillets. Dimensions : 0.21 × 0.15. (Cas. 1487.)

1493

Manuscrit du même commentaire. Copie exécutée sur l'original, en 924/1518.

Papier. Écriture orientale, type *nasẖī*. 94 feuillets. 27 lignes par page. Dimensions : 0.21 × 0.15. (Cas. 1488.)

1494

Exemplaire de la glose écrite par Muḥammad b. Ḳāsim AL-ĠAZZĪ, † 981/1572 (cf. Brockelmann, *Ar. Litt.*, II, 320), sur le commentaire de ʿAbd ar-Raḥīm al-ʿIrāḳī sur sa propre *urǧūza*. Incipit : الحمد لله الذى هدانا بهدى وماكنا لنهتدى الخ. Copie non datée.

Papier. Écriture orientale. 216 feuillets. 23 lignes par page. Dimensions : 0.21 × 0.155. (Cas. 1489.)

1495

Copie d'un commentaire anonyme sūr une œuvre de théologie. Commencement : الحمد لله الذى هدانا اى دلّنا وقيل معناه خلق الهداية الخ. Le texte commenté est à l'encre rouge.

Les f°s 1 à 90 sont d'une autre main que le reste du manuscrit et ont été ajoutés après coup. Pas de titre de chapitres et aucun élément d'identification. Copie datée de 1009/1600-1601.

Papier. Écriture orientale, type persan. Encadrements rouges à partir du f° 91, jusqu'au f° 254. 289 feuillets. 19 lignes par page. Dimensions : 0.20×0.15. (Cas. 1490.)

1496

Titre : كتاب اللوامع البيّنات فى شرح اسماء الله الحسنى والصفات, par Faḫr ad-dīn Muḥammad b. ʿUmar AR-RĀZĪ : cf. *supra*, n° 1476, la description d'un autre exemplaire de cet ouvrage. Copie datée de 611/1214-15.

Papier. Écriture orientale. 144 feuillets. 22 lignes par page. Dimensions : 0.25×0.16. (Cas. 1491.)

1497

Recueil de la même main, comprenant :

1° Commentaire du traité de théologie sunnite, العقائد, de Naǧm ad-dīn Abū Ḥafṣ ʿUmar b. Muḥammad AN-NASAFĪ, † 537/1142, par Saʿd ad-dīn AT-TAFTAZĀNĪ, † 791-1389 : cf. Brockelmann, *Ar. Litt.*, I, 427_1. Ce commentaire a été publié à Calcutta en 1244 et à Constantinople en 1260. Copie datée de 1001/1592-93. Cf. *infra*, n° 1581, un autre exemplaire du même ouvrage.

2° (F° 71 r°). Glose sur le commentaire précédent, par KAMĀL AD-DĪN Muḥammad b. Abī Šarīf AL-MAḲDISĪ : cf. Brockelmann, *Ar. Litt.*, I, 428_k. Incipit : حمدا لمن دلّ نظام

خلقه الباهر على وحدانيته الخ. Copie datée de 1002/1593-94. Cf. *infra*, n° 1585, un autre exemplaire.

3° (F° 239 r°). Glose sur le même commentaire par al-Fāḍil Ḥasan AL-KISTALĪ. Incipit : الحمد لمن وجب له الوجود... فهذا عقد من الفوائد الخ ،

Papier. Écriture orientale. 368 feuillets. 24 lignes par page. Dimensions : 0.21×0.155. (Cas. 1492.)

1498

Manuscrit du commentaire, intitulé مقاصد القاصد, par Muḥammad b. Muḥammad AD-DALAĞĪ al-'Uṯmānī, † 950/1544 (cf. Brockelmann, *Ar. Litt.*, II, 319), du traité des principes de la religion par Sa'd ad-dīn AT-TAFTAZANĪ, intitulé مقاصد الطالبين فى اصول الدين. Incipit : حمدا لمن تفرد بالبقاء والقدم. L'ouvrage a été composé en 917/1511-12 et la copie est datée de 993/1585. Le texte commenté est à l'encre rouge.

Papier. Écriture orientale. 341 feuillets. 17 lignes par page. Dimensions : 0.21×0.155. (Cas. 1493.)

1499

Manuscrit contenant la glose, par Muḥyī ad-dīn Muḥammad b. Ḥasan AS-SĀMSŪNĪ, † 919/1513-14 (cf. Ḥāğğī Ḫalīfa, *Kašf aẓ-ẓunūn*, I, 250), de la glose de Sa'd ad-dīn AT-TAFTAZĀNĪ sur le commentaire الشرح القديم, de Šams ad-dīn Abu 't-ṯanā' Maḥmūd AL-IṢFAHĀNĪ, † 749/1348, du traité de métaphysique تجريد الكلام de Nāṣir ad-dīn Abū Ğa'far Muḥammad aṭ-Ṭūsī, † 672/1273. Cf. *supra*, notamment n° 618, et Brockelmann, *Ar. Litt.*, I, 509. Incipit : الحمد لله الذى تحيّر فى بيداء صمديته نهاية العقول والافهام الخ. Sans date.

Papier. Écriture orientale, type persan. 225 feuillets. 15 lignes par page. Dimensions : 0.21×0.15. (Cas. 1494.)

1500

Recueil de la même main, sauf à la fin, comprenant :

1° Glose sur le commentaire du كتاب المواقف d'al-Īǧī, par aš-Šarīf al-Ǧurǧānī (cf. *supra*, n° 1475), par مولانا الشهير بمعين الوجلى. Sans date. 19 lignes par page.

2° (F° 89 r°). Glose sur le même commentaire, par aš-Šarwānī. Cf. *supra*, tome I, p. 488, n° 691. Sans date. 21 lignes par page.

3° (F° 128 r°). Gloses sur le même commentaire, par Ḥusain b. 'Abd ar-Raḥmān Ḥusām Čelebī, † 926/1520. Cf. *infra*, n° 1537. Sans date. 21 lignes par page.

Papier. Écritures orientales, type persan. 211 feuillets. Dimensions : 0.22×0.15. (Cas. 1495.)

1501

Exemplaire du commentaire, par Ibn al-Bannā', de ses مراسم. Cf. *supra*, n° 1479_2, et *infra*, n° 1556. La fin manque. Copie non datée (XVe siècle).

Papier. Écriture maġribine élégante. 63 feuillets. 27 lignes par page. Dimensions : 0.22×0.14. (Cas. 1496.)

1502

Manuscrit du كتاب التنقيح لالفاظ الجامع الصحيح, de Badr ad-dīn AZ-ZARKAŠĪ : cf. *supra*, n° 1462. Cf. aussi *infra*, n° 1843. Le titre est marqué sur fond or. Le texte commenté est à l'encre rouge. Pas d'indication de date de copie.

Papier. Écriture orientale. 235 feuillets. 25 lignes par page. Dimensions : 0.215×0.16. (Cas. 1497.)

1503

Commentaire, par l'auteur lui-même, Šihāb ad-dīn Aḥmad b. Idrīs AL-ḲARÂFĪ, † 684/1285, de son ouvrage sur les principes du droit intitulé : تنقيح الفصول, qui est lui-même un abrégé du كتاب المحصول فى الاصول de Faḫr ad-dīn Muḥammad b. ʿUmar AR-RĀZĪ, † 606/1209 : cf. Brockelmann, *Ar. Litt.*, I, 506, 3_b. Incipit : الحمد لله باسط الارزاق فى الافاق... اما بعد فان تنقيح الفصول فى اختصار المحصول الخ. Copie datée de 726/1236. Un grand nombre de pages de ce manuscrit ont été brûlées presque totalement lors de l'incendie de 1671.

Papier. Écriture maġribine. 135 feuillets. 35 lignes par page. Dimensions : 0.235×0.15. (Cas. 1498.)

1504

Manuscrit du premier volume du commentaire intitulé : بهجة النفوس وتحليها ومعرفة ما يجب عليها ولها, composé par ʿAbd Allāh b. Saʿd IBN ABĪ ĞAMRA al-Azdī, † 699/1299-1300, sur son résumé du *Ṣaḥīḥ* d'al-Buḫārī, intitulé جمع النهاية فى

بعض الخير وغاية : cf. Brockelmann, *Ar. Litt.*, I, 159 et 372. Incipit : الحمد لله الذى فتق رتق ظلمات جهالات القلوب الخ. Sans date.

Papier. Écriture orientale. 197 feuillets. 25 lignes par page. Dimensions : 0.225×0.15. (Cas. 1499.)

1505

Premier tome d'un autre exemplaire du même commentaire, daté de 993/1585.

Papier. Écriture orientale. 180 feuillets. 20 lignes par page. Dimensions : 0.215×0.15. (Cas. 1500.)

1506

Tome second du même exemplaire. Débute à قوله ان الناس قالوا يا رسول الله هل نرى ربّنا يوم القيامة الخ. Sans indication de date.

Papier. Écriture orientale. 186 feuillets. 20 lignes par page. Dimensions : 0.21×0.15. (Cas. 1501.)

1507

Tome troisième du même exemplaire. Débute à حديث قال النبي صلعم فى ابنه حمزة لا تحلّ لى الخ. Sans indication de date.

Papier. Écriture orientale. 192 feuillets. 20 lignes par page. Dimensions : 0.21×0.155. (Cas. 1502.)

1508

Tome quatrième du même exemplaire. Débute à قوله صلعم الطاعون رجس ارسل على طائفة من بنى اسرائل الخ. Sans indication de date.

Papier. Écriture orientale. 183 feuillets. 20 lignes par page. Dimensions : 0.215×0.15. (Cas. 1503.)

1509

Manuscrit du commentaire intitulé : التوضيح, composé par Abu 'l-Faḍl Aḥmad b. 'Alī Ibn Ḥağar al-'Asḳalānī, † 852/1449, sur son traité de technologie des *ḥadīṯ* نخبة الفكر فى مصطلح اهل الاثر, qui est lui-même un abrégé d'un ouvrage de Taḳī ad-dīn Abū 'Amr 'Uṯmān b. 'Abd ar-Raḥmān Ibn aṣ-Ṣalāḥ aš-Šahrazūrī, † 643/1243, intitulé : كتاب اقصى الامل والشوق فى علوم حديث الرسول : cf. Brockelmann, *Ar. Litt.*, I, 359_{6} et II, 68_{7}, et van Arendonk, in *Enc. Isl.*, II, 403_{4}. Le traité a été publié à Calcutta, dans la *Bibliotheca Indica,* nouv. série, n° 37, en 1862; cf. *infra*, n° 1530.

Papier. Écriture maġribine. 44 feuillets. 19 lignes par page. Dimensions : 0.21×0.14. (Cas. 1504.)

1510

Titre : بذل الماعون فى فضل الطاعون, ouvrage du même auteur qu'au numéro précédent, où il est démontré, d'après les *ḥadīṯ*, que le fait de mourir de la peste équivaut au martyre de ceux qui tombent pour la foi (*šahīd*) : cf. Brockelmann, *Ar. Litt.*, II, 69_{20}. Divisé en cinq chapitres (*bāb*). Incipit : الحمد لله على كل حال الخ. Sans date. Note d'un lecteur de 897/1491-92.

Papier. Écriture orientale. 117 feuillets. 21 lignes par page. Dimensions : 0.22×0.16. (Cas. 1505.)

1511

Exemplaire de l'ouvrage intitulé : مشكاة المصابيح, composé en 737/1336, par Muḥammad b. ʿAbd Allāh AL-ḪAṬĪB AT-TIBRĪZĪ. Ce recueil de *ḥadīṯ*, compilé d'après les sept grands recueils, est un remaniement de la collection établie sous le titre de مصابيح السنّة, par Abū Muḥammad al-Ḥusain b. Masʿūd al-Farrā' AL-BAĠAWĪ, † vers 516/1122 : cf. Brockelmann, *Ar. Litt.*, I, 364; le même, in *Enc. Isl.*, I, 573. La *Miškāt al-maṣābīḥ* a été souvent publiée, à Delhi, Bombay, Calcutta, Kazan et Saint-Pétersbourg; traduite en anglais par A. N. Matthews, Calcutta, 1809. Au f° 1, cartouche à fond bleu et or, qui était destiné à contenir le titre. Les pages sont encadrées en bleu et en rouge. Pas d'indication de date de copie.

Papier. Écriture orientale. 476 feuillets. 23 lignes par page. Dimensions : 0.22×0.14. (Cas. 1506.)

1512

Recueil (*maǧmūʿ*) contenant sept opuscules du théologien maġribin Abū ʿAbd Allāh Muḥammad b. Yūsuf al-Ḥasanī AS-SANŪSĪ, † 892/1486 : cf. Brockelmann, *Ar. Litt.*, II, 250-52.

1° La « petite profession de foi » العقيدة الصغرى ou امّ البراهين. Cf. *supra*, n°s 248~4~ et 630~10~, et Brockelmann, *loc. cit.*, II. Publiée à Fās en 1317; éditée et traduite par Luciani en 1896, Alger : *Petit Traité de théologie musulmane*. 13 lignes par page.

2° (F° 12 r°). Commentaire du précédent. Cf. *supra*, 636_{14}. Incipit : الحمد لله الوسع الجود والعطاء ... وبعد فـاهمّ ما يشتغل به العاقل اللبيب فى هذا الزمان الصعب ان يسعى فيما ينقذ مهجته من الخلود والنار الخ. 22 lignes par page.

3° (F° 59 v°). L'« introduction », المقدّمة. Cf. *supra*, n° 636_{12} et Brockelmann, *loc. cit.*, VI. 17 lignes par page.

4° (F° 70 r°). Titre : جواب عن سؤال القى على بعض الأخيار فى النوم... الحمد الله... الكلام فى هذا السؤال على جملتين اما الجملة الاولى وهى قوله رحيم بين رحمانين الخ. Même main qu'au n° 3.

5° (F° 74 v°). Opuscule sans titre, débutant ainsi : الحمد لله... روى مسلم وغيره بالسند الصحيح عن ابى هريرة قال قال رسول الله صلعم من سبّح الله دبر كل صلاة ثلاثا وثلاثين وحمد الله ثلاثا وثلاثين وكبّر الله ثلاثا وثلاثين الخ. 17 lignes par page.

6° (F° 80 v°). Titre : ترجمة المقامات النبويـة. 19 lignes par page.

7° (F° 87 r°). Titre : جواب عن سؤال عن أبيات لبعض الصوفيـة متعلّقة بالتوحيد ونصّ السؤال الحمد لله وحده جوابكم وكلم الاجر عن ابيـات لبعض اهل التصوّف وهى قوله

رائت ربّى بعين قلبى * فقلق لا شكّ انت انت

... ونصّ الجواب الحمد لله... قولـه رائت ربّى بعين قلبى الخ، 22 lignes par page. Tout le manuscrit est sans date.

Papier. Écriture maġribine. 90 feuillets. Dimensions : 0.21 × 0.14. (Cas. 1507.)

1513

Recueil contenant :

1° La grande *'akīda* العقيدة الكبرى d'AS-SANŪSĪ.

2° (F° 6 v°). Le commentaire de cette grande *'akīda* par lui-même, intitulée : عمدة اهل التوفيق والتسديد فى شرح عقيدة اهل التوحيد : cf. Brockelmann, *Ar. Litt.*, II, 250, I. Copie datée de 954/1547. Cf. *infra*, n°s 1553 et 1559, deux autres exemplaires du même ouvrage.

Papier. Écriture maġribine. 91 feuillets. 27 lignes par page. Dimensions : 0.21×0.15. (Cas. 1508.)

1514 et 1516

Ces deux manuscrits, écrits de la même main, sont reliés ensemble et forment un recueil comprenant :

1° Un ouvrage acéphale sur les *ḥudūd* (définition et délimitation des principes du droit), qui se termine ainsi : وقد بسطت الكلام فى أكثر هذه الحدود فى تقريب الاصول وترتيب الفصول واوضحت الامثلة والحجج فى مسائل الجدل فى كتاب إحكام المحاضرة فى أحكام المناظرة. Copie de 631/1233-34.

2° (F° 17 r°). Titre : القواعد, règles de la vie mystique, par le savant espagnol Abū Bakr Muḥammad b. 'Abd Allāh IBN AL-'ARABĪ, mort à Fās en 543/1148, sur lequel cf. *Enc. Isl.*, II, 384$_b$. Incipit : اعلم ارشدنا الله واياك انه وجب على كلّ مكلف ان يعلم ان الله عزّ وجلّ واحد فى ملكه خلق العالم باسره الخ '

3° (F° 19 v°). Opuscule sur les *ḥudūd* des principes de la religion, par Abu 'l-Walīd Sulaimān b. Ḫalaf AL-BĀĞĪ,

† 474/1081, sur lequel cf. Brockelmann, *Ar. Litt.*, I, 419. Incipit : الحدّ هو اللفظ الجامع المانع ... معنى الحدّ ما يتميّز به الحدود الخ. Copie de 631/1233-34.

4° (F° 41 r°). Opuscule anonyme, débutant ainsi : الكلام فى العموم والخصوص والمطلق والمقيّد والمجمل والمفسّر والناسخ والمنسوخ والحقيقة والمجاز وفائدتها والكناية والتعريض والتصريح والاسماء اللغوية التى غلب العرف عليها وخصّصها والاسماء المنقولة من اللغة التى عرف السماع الخ،

5° (F° 45 v°). Titre : العقيدة النظاميّة فى الاركان الاسلاميّة, profession de foi musulmane écrite à l'intention du vizir salǧūkide Niẓām al-Mulk (d'où son titre), par Abu 'l-Ma'ālī 'Abd al-Malik b. 'Abd Allāh b. Yūsuf AL-ǦUWAINĪ IMĀM AL-ḤARAMAIN, † 478/1085 : cf. Brockelmann, *Ar. Litt.*, I, 388-89; le même, in *Enc. Isl.*, I, 1100. Incipit : الحمد لله كفاء افضاله الخ.

6° (F° 81 r°). Manuscrit, privé de la fin, de l'ouvrage de théologie intitulé : تبصير اولى النهى معالم الهدى, par le grand chroniqueur Abū Ǧa'far Muḥammad b. Ǧarīr AṬ-ṬABARĪ, † 310/923 : cf. Brockelmann, *Ar. Litt.*, I, 143_5 et II, 692 (143). Incipit : الحمد لله الذى تتابعت على خلقه نِعَمه الخ. Sans date.

Papier. Écriture maġribine. 104 feuillets. 19 lignes par page. Dimensions : 0.20×0.15. (Cas. 1509, 1511.)

1515

Titre : كتاب فصوص الحكم فى خصوص الكلم, biographie des vingt-sept principaux prophètes, par Muḥyī ad-dīn Abū

Bakr Muḥammad b. ʿAlī b. Muḥammad IBN AL-ʿARABĪ aṭ-Ṭā'ī al-Ḥātimī, † 638/1240 : cf. Brockelmann, *Ar. Litt.*, I, 442_{12}, et T. H. Weir, in *Enc. Isl.*, II, 384_{s}. Publié à Būlāḳ en 1252 et au Caire en 1309, 1321. Copie datée de 993/1585.

Papier. Écriture orientale. 110 feuillets. 20 lignes par page. Dimensions : 0 20×0.155. (Cas. 1510.)

1517

Recueil de la même main, contenant deux poèmes didactiques en vers *rağaz* du savant de Tlemcen Abū ʿAbd Allāh Muḥammad b. Aḥmad b. Muḥammad b. Muḥammad b. Abī Bakr IBN MARZŪḲ al-Ḥafīd, † 842/1439 : cf. M. Ben Cheneb, *Étude sur les personnages mentionnés dans l'Idjâza du cheikh ʿAbd el Qâdir el Fâsy*, Paris, 1907, § 58, p. 111 *sqq*.

1° Titre : روضة الاعلام بعلم انواع الحديث السام, poème sur la science des *ḥadīṯ*, inspiré des *alfīya* d'Ibn Luyūn et d'al-ʿIrāḳī : cf. Ben Cheneb, *loc. cit.*, n° 4. Incipit :

الحمد لله على عظمى النعم * هدى النبي محمد عدى اعم

2° (F° 65 v°). Poème, sans titre, sur le même objet, probablement الحديقة : cf. *loc. cit.*, n° 5. Premier vers :

يقول راجي العفو وهو موثوق * محمد بن احمد بن مرزوق

Copie datée de 834/1430-31, du vivant de l'auteur.

Papier. Écriture maġribine. 76 feuillets. 28 lignes par page. Dimensions : 0.21×0.14. (Cas. 1512.)

1518

Titre : كتاب المسائل والاجوبة, questions et réponses sur des points de théologie, par Abū Muḥammad ʿAbd Allāh b. Muḥammad Ibn as-Sīd al-Baṭalyausī, † 521/1127 : cf. Brockelmann, *Ar. Litt.*, I, 427, où cet ouvrage n'est pas cité. Incipit : الحمد لله الذى اسبغ علينا النعم ... غرضى فى هذا الكتاب ذكر مسائل طولبت عنها بالجواب الخ. En tête, f°s 1 v°-2 r°, une table (*barnamaǧ*) du livre. Copie de 731/1330-31.

Papier. Écriture maġribine. 111 feuillets. 21 lignes par page. Dimensions : 0.225 × 0.17. (Cas. 1513.)

1519

Manuscrit d'un ouvrage intitulé : كتاب قرّة عيون ذوى الافهام بشرح مقدّمة شيخ الاسلام, commentaire, par Abū Bakr b. Ismāʿīl b. Aḥmad aš-Šanawānī, † 1019/1660 (cf. Brockelmann, *Ar. Litt.*, II, 285), du traité d'Abū Yaḥyā Zakarīyā al-Anṣārī, † 926/1520, intitulé : مقدّمة فى الالفاظ المتداولة فى اصول الفقه والدين. Incipit : الحمد لله على افضاله الخ. Copie datée de 1000/1591-92, du vivant de l'auteur.

Papier. Écriture orientale. 186 feuillets. 22 lignes par page. Dimensions : 0.21 × 0.15. (Cas. 1514.)

1520

Glose autographe, par le même aš-Šanawānī, du commentaire de la *basmala* de Nāṣir ad-dīn Muḥammad b. Ḥasan b. ʿAlī al-Laḳānī, † 958/1551 (cf. M. Ben Cheneb,

Idjâza, § 50, p. 99). La glose s'intitule : القطوف الدوانى بشرح بسملة اللقانى et débute ainsi : نحمدك اللّهمّ على نعم لورام اللسان الخ. Sans date.

Papier. Écriture orientale. 175 feuillets. 22 lignes par page. Dimensions : 0.22×0.16. (Cas. 1515.)

1521

Recueil de la même main, comprenant :

1° Titre : خيَر البِشَر بخير البَشَر, réunion des prédictions relatives à la mission prophétique de Muḥammad, par Ḥuǧǧat Allāh Abū Hāšim Muḥammad b. Abī Muḥammad Ibn Ẓafar aṣ-Ṣiḳillī, † 565/1169 : cf. Brockelmann, *Ar. Litt.*, I, 351-52, et *Enc. Isl.*, II, 455a. Le titre est bien vocalisé خير البِشَر (cf. Brock., *loc. cit.*, note 2) et le manuscrit après ce mot ajoute, f° 2 r° : والبِشَر بكسر البـاء جمع بِشْرة وهى البشارة بنفسها. L'ouvrage a été lithographié à Būlāḳ en 1863 : cf. autres références ap. Brockelmann, *loc. cit.*. L'ouvrage ici est introduit par l'*isnād* suivant : أخبرنى الفقيـه النحوى الأديب الثقة شهاب الدين ابو اسحق ابراهيم بن موسى بن ثابت الربعى القناوى... قـال أخبرنى القـاضى الاوحد الامير شرف الـدين عزّ القضاة زين الائمة ابو الرضى محمّد بن سليمان بن حسن قراءة منّى عليـه وهو يسمع وذلك بمدينة سُيوط فى ذى القعدة سنة ٦٠٢ قـال أخبرنا القاضى الفقيه الخطيب الامام نجم الـدين عزّ القضاة فخر الحـكّام... ابو البركات محمّد بن على ابن محمّد بن محمّد الانصارى الموصلى الحاكم بمدينـة سيوط والخطيب بها كان بقراءتى عليـه بالمدينـة المذكورة فى جمادى الآخرة سنة ٥٨٨ قـال

أخبرنا الشيخ الامام العالم حجة الدين جمال الاسلام ابو هاشم محمد بن ابى محمد بن ظفر أيده الله بطاعته بقراءتى عليه بحماة فى رجب سنة ٥٦٦ من أصل كتابه وهو ينظر فى نسختى مصححا لها قال الحمد لله مولى اوليائه الرفعة والتمكين الخ،

2° (F° 46 r°). Titre : كتاب انباء نجباء الابناء, recueil de traits moraux et d'anecdotes sur les enfants célèbres, par le même. Cf. Brockelmann, *loc. cit.*, n° 2. L'ouvrage a été imprimé au Caire en 1322, et une analyse en a été donnée par M. Ben Cheneb, in *Revue Africaine*, 1906, p. 280. Manuscrit daté de 762/1360-61.

Papier. Écriture orientale, type *nasḫī*, entièrement vocalisée. 102 feuillets. 28 lignes par page. Dimensions : 0.24 × 0.16. (Cas. 1516.)

1522

Exemplaire complet de l'ouvrage relatif aux traditions « abrogeantes » et « abrogées », intitulé : كتاب الاعتبار فى الناسخ والمنسوخ من الحديث, par Abū Bakr Muḥammad b. Mūsā AL-ḤĀZIMĪ al Hamadānī aš-Šāfi'ī, † 584/1188 ; cf. Brockelmann, *Ar. Litt.*, I, 356. Incipit : الحمد لله الكبير المتعال الكثير النوال... امّا بعد فهذا كتاب اذكر فيه ما انتهت الىّ معرفته من ناسخ حديث رسول الله صلعم ومنسوخه... ويشهد بصحّة ما رسمناه ما اخبرنيه ابو موسى محمد بن عمر الحافظ الخ. Copie datée de 596/1199-1200. Cf. *infra*, n°s 1802 et 1852, un autre exemplaire du même ouvrage.

Papier. Écriture orientale. 208 feuillets. 15 à 17 lignes par page. Dimensions : 0.22 × 0.15. (Cas. 1517.)

1523

Recueil de la même main, comprenant :

1° Titre : الليث العابس فى صدمات المجالس, répertoire des termes de la technologie des *ḥadīṯ* avec leurs définitions, composé, en 871/1466, par Ismā'īl b. 'Alī b. Ḥasan Ibn Mu'allā aṣ-Ṣa'īdī aš-Šāfi'ī : cf. Brockelmann, *Ar. Litt.*, II, 97. A ne pas confondre avec un ouvrage de même titre, dont l'incipit est donné par Ḥāǧǧī Ḫalīfa, *Kašf aẓ-ẓunūn*, II, 367, et qui est signalé par Brockelmann, *Ar. Litt.*, II, 41. Incipit : اللّهمّ لا سهل الّا ما جعلته سهلا الخ.

2° (F° 31 r°). Commentaire, intitulé موصّل الطلّاب الى قواعد الاعراب, par Ḫālid b. 'Abd Allāh b. Abī Bakr al-Azharī, † 905/1499, du traité grammatical d'Ibn Hišām, † 761/1360 : الاعراب عن قواعد الاعراب. Publié au Caire en 1292. Copie datée de 974/1566-67. (Le n° 2 de Casiri n'est pas dans le manuscrit.)

Papier. Écriture orientale. 63 feuillets. 23 lignes par page. Dimensions : 0.22×0.14. (Cas. 1518.)

1524

Épître, intitulée رسالة فى بحث الرواية والكلام, sur des questions de théologie, par Ḫaṭīb Zādeh Muḥammad b. Ibrāhīm ar-Rūmī, † 901/1495 : cf. Brockelmann, *Ar. Litt.*, II, 229. Incipit : الحمد لله على نعمائه الخ. Contient deux مطلب, chacun avec trois مبحث ou مقام. Copie datée de 903/1497.

Papier. Écriture orientale, type persan. 73 feuillets. 17 lignes par page. Dimensions : 0.24×0.15. (Cas. 1519.)

1525

Titre : كتاب الملل والنحل, « le livre des religions et des sectes », d'Abu 'l-Fatḥ Muḥammad b. ʿAbd al-Karīm aš-Šahrastānī, † 548/1153 : cf. Brockelmann, *Ar. Litt.*, I, 428. Publié à Londres, en 1846, par W. Cureton : *Book of religious and philosophical sects*, à Būlāḳ en 1261. Le manuscrit paraît autographe, sauf aux f°s 1-18 et 189-193, ajoutés après coup. Pas de date de copie : en tout cas, ce manuscrit, que Casiri date de 539/1144-45, n'est pas postérieur à la première moitié du VIIe siècle H. — Cf. *infra*, n°s 1601 et 1701, d'autres exemplaires du même ouvrage.

Papier. Écriture orientale. 193 feuillets. 23 lignes par page. Dimensions : 0.215×0.12. (Cas. 1520.)

1526

Manuscrit de l'ouvrage intitulé كتاب الحيدة النيرة فى [الرد] على من قال بخلق القرآن, compte rendu par ʿAbd al-ʿAzīz b. Yaḥyā b. Muslim al-Kinānī al-Mālikī (seconde moitié du IIIe siècle H.), d'une discussion qui eut lieu sous la présidence du calife al-Ma'mūn sur la « création » éventuelle du Coran : cf. Brockelmann, *Ar. Litt.*, I, 193. Incipit : ذكر ما جرى بين عبد العزيز بن يحيى الكنانى وبين بشر بن غياث المريسى حدّثنا محمد ابن يونس القاضى ... سنة ٢٩٦ ... قال عبد العزيز بن مسلم الكنانى اتّصل بى وانا بمكّة ... بشر بن غياث المريسى ببغداد ... على أمير المؤمنين المأمون الخ. Copie non datée (début du XIIIe siècle).

Papier. Écriture maġribine, type *mabsūṭ*, vocalisée. 78 feuillets. 17 lignes par page. Dimensions : 0.20×0.14. (Cas. 1521.)

1527

Titre : كتاب سنن المهتدين فى مقامات الدين, commentaire mystique du verset 29 de la Sūrate XXXV du Coran en neuf « séances » (*maḳāmat*) et un appendice, par Abū ʿAbd Allāh Muḥammad b. Yūsuf al-ʿAbdarī al-Mauwāḳ, † 897/1492 : cf. M. Ben Cheneb, *Idjâza,* § 68, p. 122, et E. Lévi-Provençal, *Les Manuscrits Arabes de Rabat,* Paris, 1921, I, p. 3, n° 6. Cet ouvrage, composé à la demande du dernier sultan naṣride de Grenade, Abū ʿAbd Allāh (Boabdil), débute ainsi : ان الله سبحانه يقول فى محكم كتابه يخاطب هذه الأمّة المحمديّة بكريم خطابه الخ. Copie exécutée sur l'original, en 895/1489-90.

Papier. Écriture maġribine, type *mabsūṭ*. 152 feuillets. 19 lignes par page. Dimensions : 0.21×0.15. (Cas. 1522.)

1528

Exemplaire de l'abrégé de droit mālikite, intitulé الرسالة, par ʿUbaid Allāh b. ʿAbd ar-Raḥmān Ibn Abī Zaid al-Ḳairawānī, mort à la fin du IVe siècle H. : cf. Brockelmann, *Ar. Litt.*, I, 177. La *Risāla* a été publiée très souvent en Orient et au Maġrib. Sans date.

Papier. Écriture maġribine. 112 feuillets. 15 lignes par page. Dimensions : 0.215×0.145. (Cas. 1523.)

1529

Exemplaire, à partir du cinquième *ǧaz'* jusqu'à la fin (*ǧaz'* XIV), du كتاب مسناد الشهاب d'AL-ḲUḌĀʿĪ. Ce manuscrit constitue la suite de celui décrit *supra*, n° 752, mais n'appartient pas au même exemplaire. On trouvera plus haut (t. II, p. 41) des indications sur le contenu et le but de cet ouvrage. Cf. aussi *supra*, n° 1386. Copie hâtive, non datée (début du XIIe siècle de J.-C.). Mention de lecture de 503/1109.

Papier. Écriture orientale, sans points diacritiques. 121 feuillets. 21 à 22 lignes. Dimensions : 0.225×0.155. (Cas. 1524.)

1530

Titre : كتاب معرفة انواع علم الحديث وبيان اصوله وايضاح فروعه واحكامه وكشف اسراره وشرح مشكلاته وابراز نكته وفرائده وابانة مصطلحات اهل الحديث ورسومهم وتعالهم ومقاصدهم. Cet ouvrage, qui embrasse tout ce qui a trait à la science des traditions, est aussi connu sous le titre de كتاب اقصى الامل والشوق فى علوم حديث الرسول. Il a pour auteur Taḳī ad-dīn Abū ʿAmr ʿUṯmān b. ʿAbd ar-Raḥmān b. ʿUṯmān IBN AṢ-ṢALĀḤ aš-Šahrazūrī aš-Šāfiʿī, † 643/1243 (cf. *supra*, n° 1509). Copie datée de 688/1289. Cf. *infra*, n° 1611, un autre exemplaire du même ouvrage.

Papier. Écriture maġribine très belle. 119 feuillets. 19 lignes par page. Dimensions : 0.22×0 15. (Cas. 1525.)

1531

Tome quatrième d'un exemplaire du commentaire, intitulé : الكوكب المنير, composé en 968/1560, par Šams ad-dīn Muḥammad b. ʿAbd ar-Raḥmān AL-KAUKABĪ, mort vers 978/1570, sur le répertoire de traditions الجامع الصغير من حديث البشير النذير de ǦALĀL AD-DĪN AS-SUYŪṬĪ : cf. Brockelmann, *Ar. Litt.*, II, $147_{56\,a}$. Commencement : حرف الكاف. حديث كادت النميمة ان تكون سحرا الخ. Copie de 1005/1596-1597.

Papier. Écriture orientale. 388 feuillets. 23 lignes par page. Dimensions : 0.21×0.15. (Cas. 1526.)

1532

Manuscrit acéphale du commentaire, par Abū ʿAbd Allāh Muḥammad b. ʿAlī al-Fihrī IBN AT-TILIMSĀNĪ, de l'ouvrage de Faḫr ad-dīn Muḥammad b. ʿUmar AR-RĀZĪ, † 606/1209, sur les principes du droit, intitulé : المعالم فى أصول الفقه : cf. Brockelmann, *Ar. Litt.*, I, 506_5 ; le commentaire est signalé par Ḥāǧǧī Ḫalīfa, *Kašf aẓ-ẓunūn*, II, 459. Sans date.

Papier. Écriture maġribine. 154 feuillets. 30 lignes par page. Dimensions : 0.20×0.13. (Cas. 1527.)

1533

Titre : كتاب جواهر العقدين فى فضل الشرفين شرف العلم الجلى والنسب العلى, ouvrage consacré à la noblesse intellectuelle et à la noblesse religieuse, par Nūr ad-dīn ʿAlī b. ʿAbd Allāh al-Ḥasanī AS-SAMHŪDĪ, † 911/1505 : cf. *supra*, t. I, p. 497, n° 702, la description d'un autre exemplaire du même ouvrage, signalé par Brockelmann, *Ar. Litt.*, II, 174_4. Copie datée de 975/1567-68.

Papier. Écriture orientale. 159 feuillets. 23 lignes par page. Dimensions : 0.22×0.12. (Cas. 1528.)

1534

Manuscrit du commentaire intitulé : كتاب ايضاح الرموز ومفتاح الكنوز, par Šams ad-dīn Muḥammad b. Ḫalīl al-Kubāḳībī, † 849/1445, sur son ouvrage relatif aux méthodes de lecture coranique : مجمع السرور ومطلع الشموس والبدور : cf. Brockelmann, *Ar. Litt.*, II, 113. Incipit : الحمد لله وكفى . . . امّا بعد فانّى لمّا رأيت كتابى المسمّى بمجمع السرور . . . الجامع بين مذاهب القرّاء الخ. Copie datée de 998/1590.

Papier. Écriture orientale. 100 feuillets. 21 lignes par page. Dimensions : 0.21×0.15. (Cas. 1529.)

1535

Ce manuscrit (Cas. 1530) est maintenant à la Bibliothèque Nationale de Madrid (fonds Gayangos), où il est coté *Gg*, 41. Cf. *supra*, t. I, p. xxi, 13°.

1536

Recueil tout entier de la même main, contenant sept opuscules de ʿIzz ad-dīn Abū Muḥammad ʿAbd al-ʿAzīz b. ʿAbd as-Salām b. Abi 'l-Ḳāsim as-Sulamī aš-Šāfiʿī, † 660/1262 : cf. Brockelmann, *Ar. Litt.*, I, 430-31.

1° Titre : كتاب شجرة المعارف والاحوال وصالح الاقوال والاعمال, sur la connaissance de la divinité et des devoirs qui en découlent pour le musulman : cf. Brockelmann, *loc. cit.*, n° 13. Incipit : الحمد لله الذى اكرمنا بكتابه الخ.

2° (F° 110 r°). « Épitre » sur la différence de sens entre les termes *īmān* et *islām* : معنى الايمان والاسلام : cf. Brockelmann, *loc. cit.*, n° 23. Incipit : الحمد لله مشكرا على نعمته حمده الخ.

3° (F° 115 r°). Titre : بداية السؤول فى تفضيل الرسول : cf. Brockelmann, *loc. cit.*, n° 15. Incipit : ... قال الله تعالى لنبينا متمننا عليه معروف القدرة لديه وانزل الله عليك الكتاب والحكمة واعلمك ما لم تكن تعلم الخ،

4° (F° 119 v°). Titre : مقاصد الصلاة. Incipit : قاعدة مقصود العبادات كلّها التقرّب الى الله تعالى الخ. Cf. *supra*, n° 679₄ ; Brockelmann, *loc. cit.*, n°s 10 et 22 (les deux ouvrages signalés ne font qu'un).

5° (F° 125 r°). Opuscule sur les avantages du jeûne, كتاب الصوم, en dix *faṣl*.

6° (F° 132 r°). Opuscule sur les rites du pèlerinage, مناسك الحجّ. Incipit : ينبغى لمن أراد سفرا الخ.

7° (F° 137 r°). Titre : الفتن والبلايا والمحن والرزايا, en dix-sept *fā'ida*.

Toute la copie est datée de 665/1266-67 ; elle a été exécutée d'après un exemplaire copié du vivant de l'auteur.

Papier. Écriture orientale. 139 feuillets. 21 lignes par page. Dimensions : 0.21 × 0.15. (Cas. 1531.)

1537

Exemplaire acéphale du premier tome de la glose de Ḥusām Čelebī sur le commentaire du كتاب المواقف d'al-Īğī, par aš-Šarīf al-Ğurğānī : cf. *supra*, n° 1500_3. Copie non datée. Les f°s 1 à 110 sont encadrés d'un double trait rouge.

Papier. Écriture orientale. 167 feuillets. 19 lignes par page. Dimensions : 0.22×0.14. (Cas. 1532.)

1538

Titre : بغية الطالب فى شرح عقيدة ابن الحاجب, commentaire, par Aḥmad b. Muḥammad Ibn Zakrī at-Tilimsānī, † vers 900/1495 (cf. M. Ben Cheneb, *Idjâza*, § 218, p. 244-245, et les références citées), de la *'akīda* de Ğamāl ad-dīn Abū 'Amr 'Uṯmān b. 'Umar Ibn al-Ḥāğib, † 646/1248 : cf. Brockelmann, *Ar. Litt.*, I, 303 *sqq.*; M. Ben Cheneb, in *Enc. Isl.*, II, 404-405. Incipit : الحمد لله الذى ابدع العالم من غير مثال الخ. Copie non datée.

Papier. Écriture mağribine. 123 feuillets. 22 lignes par page. Dimensions : 0.21×0.145. (Cas. 1533.)

1539

Recueil de la même main, comprenant :

1° Ouvrage en huit parties (*faṣl*) et une introduction, intitulé : كتاب الأقوال القوية فى حكم النقل من الكتب القديمة, par Burhān ad-dīn Abu 'l-Ḥasan Ibrāhīm b. 'Umar b. Ḥasan al-Biḳā'ī aš-Šāfi'ī, † 885/1480 : cf. Brockelmann, *Ar. Litt.*,

II, 142. Incipit : الحمد لله الذى جعل الافراد محشودين فى كلّ عصر بين العباد الخ.

2° (F° 93 r°). Titre : كتاب ألفاظ الكفر والعياذ بالله تعالى, sur les expressions qui constituent la marque de l'infidélité, par Šams ad-dīn Muḥammad b. Ismāʿīl b. Maḥmūd b. Muḥammad, connu sous le nom de BADR AR-RAŠĪD, † 768/1366 : cf. Brockelmann, *Ar. Litt.*, II, 80. Incipit : امّا بعد فانّ الناس لما فسدت قلوبهم فسد سائر بدنهم وفشا منهم ما فشا من الكذب والنميمة والتهالك الخ. Copie non datée.

Papier. Écriture orientale. 107 feuillets. 21 lignes par page. Dimensions : 0.21 × 0.15. (Cas. 1534.)

1540

Autre exemplaire de l'ouvrage décrit *supra*, n° 1539₁. Copie datée de 873-1468-69.

Papier. Écriture orientale. 77 feuillets. 21 lignes par page. Dimensions : 0.18 × 0.13. (Cas. 1535.)

1541

Titre : كتاب الصواعق المحرقة فى الردّ على إخوان الضلالة والزندقة, ouvrage de polémique contre les doctrines šīʿites, par Šihāb ad-dīn Aḥmad b. Muḥammad b. ʿAlī IBN ḤAĞAR AL-HAITAMĪ, † 974/1567 : cf. Brockelmann, *Ar. Litt.*, II, 388₄, et C. van Arendonk, in *Enc. Isl.*, II, 403-404. L'ouvrage a été publié au Caire en 1308 et étudié par I. Goldziher, in *Sitzungsberichte der Kais. Akad. der Wiss. zu Wien*, phil.-hist. Cl., LXXVIII, p. 453 *sqq*. Copie non datée (XIe siècle H.).

Papier. Écriture orientale. 163 feuillets. 23 lignes par page. Dimensions : 0.21 × 0.15. (Cas. 1536.)

1542

Autre manuscrit du même ouvrage, copié en 976/1569.

Papier. Écriture orientale. 91 feuillets. 27 lignes par page. Texte très serré. Dimensions : 0.23 × 0.155. (Cas. 1537.)

1543

Titre : كتاب شرح الصدور بشرح حال الموتى فى [ms. و] القبور, traité d'eschatologie musulmane, par Ǧalāl ad-dīn as-Suyūṭī, † 911/1505 : cf. Brockelmann, *Ar. Litt.*, II, 146_{30}. L'ouvrage a été publié au Caire en 1309. Copie datée de 997/1588-89.

Papier. Écriture orientale. 192 feuillets. 19 lignes par page. Dimensions : 0.21 × 0.15. (Cas. 1538.)

1544

Recueil de la même main, tout entier composé d'opuscules de Ǧalāl ad-dīn as-Suyūṭī, † 911/1505 :

1° Titre : طرق الحامة. Signalé par Ḥāǧǧī Ḫalīfa, *Kašf aẓ-ẓunūn,* II, 103. Incipit : الحمد لله مجير الحام فى البيت الحرام الخ.

2° (F° 12 r°). Titre : الطرثوث فى فوائد البرغوث. Cf. Brockelmann, *Ar. Litt.*, II, 154, 218. Incipit : الحمد لله . . . وبعد فقد

الّف حافظ العصر ابو الفضل ابن حجر جزءا سمّاه البسيط المبثوث فى خبر البرغوث الخ ،

3° (F° 22 r°). Titre : التنبيه بمن يبعثه [الله سبحانه] على رأس كلّ مائة. Signalé par Ḥāǧǧī Ḫalīfa, *Kašf aẓ-ẓunūn*, I, 331. Incipit : الحمد لله الذى خصّ هذه الأمّة الشريفة بخصائص واضحة للمهتدين... عن النبى صلعم قال انّ الله يبعث على رأس كلّ مائة سنة من يجدّد لها أمر دينها الخ ،

4° (F° 40 r°). Titre : المُهَذَّب فيما وقع فى القرآن من المعرّب. Signalé par Ḥāǧǧī Ḫalīfa, *Kašf aẓ-ẓunūn*, II, 576. Incipit : الحمد لله الذى فضل هذه الأمّة بالكتاب العربى... هذا كتاب تتبّعت فيه الالفاظ المعربة التى وقعت فى القرآن مستوعبا ما وقفت عليه من ذلك مقرونا بالعزّ والبيان الخ. Dictionnaire, par ordre alphabétique des initiales, des mots d'origine non arabe contenus dans le Coran, composé en ḏu 'l-ḥiǧǧa 898/septembre-octobre 1493.

5° (F° 53 r°). Titre : الردّ فى كراهية السؤال والردّ, sur la mendicité et les restitutions des aumônes non mendiées. Cf. Brockelmann, *Ar. Litt.*, II, 154_{225}. Incipit : الحمد لله... الصوفية فى السؤال والردّ على ثلاثة طرق الخ.

6° (F° 57 r°). *Manāḳib* de l'imām Abū Ḥanīfa, تبييض الصحيفة بمناقب الامام ابى حنيفة. Cf. Brockelmann, *Ar. Litt.*, II, 157_{286}. Incipit : الحمد لله... هذا جزء الّفته فى مناقب الامام ابى حنيفة الخ.

7° (F° 71 r°). *Manāḳib* de l'imām Mālik b. Anas, تزيين الممالك بمناقب الامام مالك. Signalé par Ḥāǧǧī Ḫalīfa, *Kašf aẓ-ẓunūn*, I, 282.

8° (F° 110 r°). Titre : جزيل المواهب فى اختلاف المذاهب, sur

les avantages de la variété des rites orthodoxes. Cf. Brockelmann, *Ar. Litt.*, II, 153_{196}. Incipit : الحمد لله . . . روى البيهقى فى المدخل الخ.

9° (F° 116 r°). Titre : الاحاديث الحسان فى فضل الطيلسان. Cf. Ḥāǧǧī Ḫalīfa, *Kašf aẓ-ẓunūn*, I, 52. Incipit : الحمد لله الذى اجزل لى المنّة . . . وبعد فقد ألّفت من نحو عشرين سنة كتابا فى فضل الطيلسان . . . ولخّصت من ذلك المجموع هذا المختصر الخ ،

10° (F° 142 r°). Titre : التضلّع فى معنى التقنّع. Signalé par Ḥāǧǧī Ḫalīfa, *Kašf aẓ-ẓunūn*, I, 290. Incipit : الحمد لله . . . قال ابو داوود قال الاصمعى ينبغى ان يفسر حديث رسول الله صعلم كما ينبغى ان يفسر القرآن الخ ،

11° (F° 152 r°). Titre : أربعون حديثا فى الطيلسان. Incipit : الحمد لله . . . هذه أربعون حديثا فى الطيلسان خرّجتها بالاسناد الخ ،

12° (F° 159 r°). Titre : أربعون حديثا. Autre collection de quarante *ḥadīṯ*. Cf. Brockelmann, *Ar. Litt.*, II, 148_{69}. Incipit : الحمد لله الشكر لله . . . هذه أربعون حديثا من الصحاح والحسان جمعتها فى فوائد من الأحكام الشرعية وفضائل الأعمال الخ ،

13° (F° 161 r°). Titre : ما رواه الواعون فى أخبار الطاعون, sur la peste. Cf. Brockelmann, *Ar. Litt.*, II, 146_{32}. Incipit : الحمد لله مقدر الارزاق والآجال الخ ،

Copie non datée (XVIe siècle).

Papier. Écriture orientale. 190 feuillets. 23 lignes par page. Dimensions : 0.215 × 0.155. (Cas. 1539, sans détails.)

1545

Recueil tout entier de la même main, exclusivement composé, comme le précédent, d'opuscules de Ǧalāl ad-dīn as-Suyūṭī, † 911/1505 :

1° Titre : الفتاوى القرآنية, *fatwās* relatives à des questions coraniques. Incipit : سورة الفاتحة مسألة ما وجد فى بعض الثقات فى قوله فى سورة الفاتحة الخ.

2° (F° 29 v°). Titre : حسن المقصد فى عمل المولد. Cf. Brockelmann, *Ar. Litt.*, II, 157_{285}. Incipit : الحمد لله... وبعد فقد وقع السؤال عن عمل المولد النبوى فى شهر ربيع الاوّل الخ،

3° (F° 35 r°). Titre : تنزيه الانبياء عن تسفية الاغبياء, sur l'impossibilité d'une comparaison entre les Prophètes et les choses humaines. Cf. Brockelmann, *Ar. Litt.*, II, 153_{197}. Incipit : امّا بعد حمد الله غافر الزلات الخ.

4° (F° 43 r°). Titre : تمهيد الفرش فى الخصال الموجبة لظلّ العرش. Cf. *supra*, n° 1363_2.

5° (F° 59 r°). Titre : تلقيح الفؤاد فى أحاديث لبس السواد. Cf. Brockelmann, *Ar. Litt.*, II, 154_{228} (variante au début du titre : ثلج).

6° (F° 60 r°). Titre : وصول الامانى بأصول التهانى. Cf. Brockelmann, *Ar. Litt.*, 153_{191}. Incipit : الحمد لله... وبعد فقد طال السؤال عن ما اعتاده الناس من التهنية بالعيد والعام والشهر والولايات ونحو ذلك الخ،

7° (F° 63 r°). Titre : الفتاوى المتعلّقة بالتصوّف. Incipit : مسألة

فيما نقله الحافظ ابو نعيم فى الحلية عن ابى عبد الله محمّد بن الورّاق لما سئل عن أشياء الخ ،

8° (F° 66 v°). Titre : القول الاشبه فى حديث من عرف نفسه وقد عرف ربّه. Cf. Brockelmann, II, 148_{72}. Incipit : الحمد لله... وبعد فقد كثر السؤال عن معنى الحديث... من عرف الخ ،

9° (F° 68 r°). Titre : الخبر الدالّ على وجود القطب والاوتاد والنجباء والابدال. Cf. Brockelmann, *Ar. Litt.*, 156_{266}. Incipit : الحمد لله الذى فاوت بين خلقه فى المراتب الخ ،

10° (F° 77 r°). Titre : تنوير الحلك فى امكان رؤية النبى والملك. Cf. Brockelmann, *Ar. Litt.*, II, 153_{201}. Incipit : الحمد لله... وبعد فقد كثر السؤال عن رؤية أرباب الاحوال للنبى صلعم فى اليقظة الخ،

11° (F° 87 r°). Titre : مطلع البدرين فيمن يوتى أجرين. Cf. Brockelmann, *Ar. Litt.*, II, 147_{37}. Incipit : الحمد لله.، وبعد فقد وقع الكلام فيمن يوتى أجره مرّتين فجمعت من ذلك عشرة وردت فى عدة أحاديث ونظمتها فى أبيات ثمّ وقفت على عدّة اخرى فأردت جمع ذلك فى هذه الكرّاسة الخ ،

12° (F° 91 v°). Titre : مسألة هل تداوى النبى صلعم فان ثمّ من انكر ذلك... الجواب الخ ،

13° (F° 93 r°). Titre : العرف الوردى فى أخبار المهدى. Cf. Brockelmann, *Ar. Litt.*, II, 151_{157}. Incipit : الحمد لله... هذا جزء جمعت فيه الأحاديث والآثار الواردة فى المهدى لخّصت فيه الأربعين التى جمعها الحافظ ابو نعيم وزدت عليه ما فاته الخ ،

14° (F° 113 r°). Titre : الكشف عن مجاوزة هذه الامة الألف.

Cf. Brockelmann, *Ar. Litt.*, II, 151_{135}. Incipit : ...الحمد لله وبعد كثر السؤال عن الحديث... ان النبى صلعم لا يمكث فى قبره ألف سنة الخ. Cf. *infra*, n° 1769_2, un autre exemplaire.

15° (F° 118 r°). Titre : مسالك الحنفا فى والدى المصطفى. Cf. *supra*, n° 1363_2.

16° (F° 140 r°). Titre : الحبائك فى اخبار الملائك. Cf. Brockelmann, *Ar. Litt.*, II, 147_{51}. Incipit : امّا بعد حمد الله جاعل الملائكة رسلا اولى اجنحة الخ،

17° (F° 228 r°). Titre : رفع الباس وكشف الالتباس فى ضرب المثل من القرآن والاقتباس. Incipit : مسألة استعمال الفاظ القرآن فى المحاورات والمخاطبات والمجاوبات والانشآت والخطب والرسائل والمقامات مرادا بها غير المعنى الذى اريدت به فى القرآن الخ،

Copie non datée (XVIIe siècle).

Papier. Écriture orientale. 245 feuillets. 23 lignes par page. Dimensions : 0.21 × 0.15. (Cas. 1540, sans détails.)

1546

Manuscrit de l'ouvrage intitulé : كتاب حلّ الرموز ومفاتيح الكنوز, par ʿIzz ad-dīn ʿAbd as-Salām b. Aḥmad Ibn Ġānim al-Maḳdisī, † 678/1279, dont un autre exemplaire a été décrit *supra*, n° 530_2, t. I, p. 359. Cf. aussi Brockelmann, *Ar. Litt.*, I, 451. Copie non datée.

Papier. Écriture orientale. 87 feuillets. 13 lignes par page. Dimensions : 0.21 × 0.14. (Cas. 1541.)

1547

Titre : كتاب المقتضب من كتاب التمييز لما اودعه الزمخشرى من الاعتزال فى تفسير الكتاب العزيز, par Abū [Alī] ʿUmar b. Muḥammad b. Ḫalīl AS-SUKŪNĪ, † 707/1307. C'est, avec des variantes dans le titre, le même ouvrage que celui décrit *supra*, nº 1357. Copie datée de 1011/1602-1603.

Papier. Écriture orientale. 137 feuillets. 23 lignes par page. Dimensions : 0.21×0.15. (Cas. 1542.)

1548

Répertoire de *ḥadīṯ*, par ordre alphabétique, intitulé : كتاب الجمع الفائق من حديث خاتمة رسول الخالق, composé en 1007/1598-99, par Muḥammad ʿABD AR-RAʾŪF b. Tāǧ al-ʿārifīn AL-MUNĀWĪ aš-Šāfiʿī, † 1031/1622 : cf. Brockelmann, *Ar. Litt.*, II, 306. Cet ouvrage n'est pas signalé dans le *Kašf aẓ-ẓunūn* ; il est différent du répertoire de *ḥadīṯ* du même auteur, intitulé كنوز الحقائق. Incipit : الحمد لله الذى جعل احسن الحديث كتابه القديم . . . وبعد فيقول . . هذه احاديث قصيرة انتخبتها من دفاتر كثيرة الخ. Copie non datée, paraissant peu postérieure à l'original.

Papier. Écriture orientale. 215 feuillets. 25 lignes par page. Dimensions : 0.215×0.15. (Cas. 1513.)

1549

Titre : فضائل البسملة par ملا بن تدوينه ; commentaire mystique de la *basmala*. Incipit : الحمد لله الذى خلق آدم عم من طين الخ. Copie de 916/1510-11.

Papier. Écriture orientale. 387 feuillets. 19 lignes par page. Dimensions : 0.21×0.15. (Cas. 1544.)

1550

Exemplaire acéphale d'un ouvrage consacré à la réfutation des doctrines mu'tazilites, intitulé : كتاب الارشاد, anonyme. Copie non datée (XVe siècle). Plusieurs feuillets ajoutés après coup.

Papier. Écriture maġribine. 143 feuillets. 17 lignes par page. Dimensions : 0.20×0.13. (Cas. 1545.)

1551

Titre : العقود المنظومة والآثار المرقومة, traité de théologie anonyme. Incipit : الحمد لله الذى دلّنا على معرفته بالشواهد والاعلام ... امّا بعد فهذه عقود منظومة من سنن سيد المرسلين الخ، Exemplaire non daté.

Papier. Écriture orientale, type *nasḫī*. 126 feuillets. 13 lignes par page. Dimensions : 0.215×0.15. (Cas. 1546).

1552

Ce manuscrit (Cas. 1547) semble avoir été substitué au n° 1786. Cf. *supra*, t. I, p. XXI, 14°.

1553

Exemplaire acéphale de l'ouvrage d'AS-SANŪSĪ, intitulé (f° 9 r°) : عمدة اهل التوفيق والتسديد فى شرح عقيدة اهل التوحيد :

cf. *supra*, n° 1513_2, et *infra*, n° 1559_1. Manuscrit en grand désordre, avec des lacunes. Copie datée de 989/1581.

Papier. Écriture maġribine. 135 feuillets. 21 lignes par page. Dimensions : 0.20×0.14. (Cas. 1548.)

1554

Manuscrit, mutilé du début et de la fin, d'un ouvrage, sans doute écrit par un maġribin du XVIe siècle, où l'on lit les titres de chapitres suivants : au f° 5 v° : الفصل الثانى فى تصحيح نية المريد فى اخذ العهد ; au f° 8 r° : الفصل الثالث فى ذكر العهد وصفته ; au f° 21 r° : الفصل الرابع فى احكام المشيخة والتلمذة ; au f° 38 r° : الفصل الخامس فى حقيقة الوراثة والوارث. Sans date.

Papier. Écriture maġribine. 48 feuillets. 19 lignes par page. Dimensions : 0.22×0.15. (Cas. 1549.)

1555

Manuscrit persan, sans doute réfutation du christianisme, commençant par : هذا كتاب مُصقل صفا در تجليه وتصفيه اينه حق نما در ردّ مذهب نصارى ١٠٣٢. Commencement : بعد از حمد قيومى كه استان ربوبيتش از سدرة المنتهاى ساكنان بركاه لاهوت برتراست وقدّوسى الخ. On trouve avant le titre la mention suivante : Ex collegio Linguarum S. Petri montis aurei in Vrbe cum licentia Superiorum generalium 1645.

Papier. Écriture orientale. 202 feuillets. 13 lignes par page. Dimensions : 0.21×0.14. (Cas. 1550.)

1556

Titre : شرح الراسم, par IBN AL-BANNĀ'. Cf. *supra*, n°s 1479_2 et 1501. Copie datée de 788/1386. Le premier feuillet est retourné.

Papier. Écriture maġribine. 122 feuillets. 25 lignes par page. Dimensions : 0.22×0.15. (Cas. 1551.)

1557

Ce manuscrit (Cas. 1552) a disparu.

1558

Ce manuscrit (Cas. 1553) est devenu le n° 1868. Cf. *supra*, t. I, p. XXI, 15°.

1559

Recueil factice (*maǧmū'*), comprenant :

1° La عقدة اهل التوفيق والتسديد d'AS-SANŪSĪ. Cf. *supra*, n°s 1513_2 et 1553. Copie datée de 900/1494-95. 27 lignes par page.

2° (F° 94 r°). Commentaire par le même de sa petite *'akīda*. Cf. *supra*, n°s 636_{14} et 1512_2. Copie de 815 (?). Même main qu'au n° 1 jusqu'au f° 103, ensuite autre main (19 lignes par page).

3° (F° 146 r°). Texte de la grande *'akīda* du même. Même main qu'à la fin de 2°.

4° (F° 160 r°). Opuscule du même. Incipit : الحمد لله . . .

روى البخارى ومسلم بسنده عن النبى صلعم قال من قال لا اله الا الله وحده لا شريك له له الملك وله الحمد . . . فى يوم مائة مرّة الخ ،

5° (F° 167 r°). *'Akīda*, par Abū 'Imrān al-Ġūrādī. Incipit : بالمخلوقات يعرف الخالق كما ان بالمصنوعات يعرف الصانع الخ. Copie de 896/1490-91. Autre main. 14 lignes par page.

Papier. Écritures maġribines. 173 feuillets. Dimensions : 0.215 × 0.145. (Cas. 1554.)

1560

Ce manuscrit (Cas. 1555) est devenu le n° 788. Cf. *supra*, t. I, p. XXI, 16°.

1561

Recueil de deux mains, comprenant :

1° Poème didactique en vers *raǧaz* sur la théologie, intitulé محصّل القاصد, par Aḥmad b. Muḥammad IBN ZAKRĪ at-Tilimsānī, sur lequel cf. *supra*, n° 1538.

2° (F° 43 v°). Autre *urǧūza*, sur la parole, privilège de l'homme, par Abu 'l-'Abbās Aḥmad al-Mālikī AL-FĀRISĪ, composée en 900/1494-95. Incipit :

الحمد لله الذى بالقلم * يعلم الانسان ما لم يعلم

3° (F° 72 r°). *Urǧūza* sur la logique, du célèbre Avicenne, Abū 'Alī al-Ḥusain b. 'Abd Allāh IBN SĪNĀ, † 428/1037. Cf. *supra*, n° 627, et Brockelmann, *Ar. Litt.*, I, 456_{68}.

4° (F° 81 r°). Les *'akā'id* d'AN-NASAFĪ. Cf. Brockelmann, *Ar. Litt.*, I, 427.

5° (F° 86 r°. Autre main). العقيدة البرهانية, par Abū 'Amr 'Uṯmān b. 'Abd Allāh AS-SALĀLIĠĪ. Incipit : الحمد لله ربّ

العالمين . . . اعلم أرشدك الله ان العالم عبارة من كلّ موجود سوى الله تعالى وصفات ذاته. Cf. *supra*, n° 1273_3.

6° (F° 91 r°). *'Aḳīda* par Abū 'Amr 'Uṯmān Ibn al-Ḥāǧib. Cf. Brockelmann, *Ar. Litt.*, I, 303 *sqq*. Incipit : يجب على المكلف شرعا ان يكون على عقد صحيح فى التوحيد ،

7° (F° 93 r°). Opuscule de Muḥammad b. Aḥmad al-Maḳḳarī at-Tilimsānī. Incipit : هذا كتاب سفعت فيه الحقائق بالرقائق ومن حيث المعنى الفائق باللطف الرائق الخ.

Manuscrit non daté.

Papier. Écritures maġribines. 96 feuillets. 19 lignes par page. Dimensions : 0.21 × 0.145. (Cas. 1556.)

1562

Ce manuscrit (Cas. 1557) a disparu.

1563

Recueil de la même main, comprenant :

1° كتاب الوصية, « la recommandation », écrite par le célèbre jurisconsulte Abū Ḥanīfa an-Nu'mān b. Ṯābit, † 150/767, à l'intention de son fils : cf. Brockelmann, *Ar. Litt.*, I, 171_4, et Th. W. Juynboll, *Enc. Isl.*, I, 92-93. Incipit : اصل التوحيد وما يصح الاعتقاد عليه ان تقول آمنت بالله واليوم الآخر وملائكته الخ ،

2° (F° 6 r°). Autre *waṣīya*, du même, adressée à ses disciples au moment de sa mort. Incipit : اعلموا اصحابى واخوانى انّ مذهب اهل السنة والجماعة اثنا عشر خصل الخ ،

3° (F° 10 r°). Titre : القلائد فى شرح العقائد, commentaire,

composé en 755/1354, par Muḥammad b. Maḥmūd b. Mas'ūd AL-ḲUNĀWĪ aš-Šāfi'ī, de l'ouvrage de dogmatique العقائد الدينية d'Abū Ğa'far Aḥmad b. Muḥammad b. Salama al-Azdī AṬ-ṬAḤĀWĪ, † 321/933. Incipit : حمدا لله المتوحّد بكمال سمديته الخ. Le texte commenté est à l'encre rouge.

Manuscrit non daté (XVᵉ siècle).

Papier. Écriture orientale. 171 feuillets. 21 lignes par page. Dimensions : 0.18 × 0.14. (Cas. 1558.)

1564

Ce manuscrit (Cas. 1559) est devenu le nº 1951. Cf. *supra*, p. XXI, 17º.

1565

Titre : كتاب بحر الكلام, par Abu 'l-Mu'īn Maimūn b. Muḥammad AN-NASAFĪ, † 508/1114 : cf. Brockelmann, *Ar. Litt.*, I, 426. Incipit : الحمد لله ذى الجلال والاكرام... اعلموا انّى اعتقد معرفة الله تعالى والتوحيد واقول بان الله تعالى واحد فرد قديم الخ. A la suite, fº 92 vº, le poème sur le *tauḥīd*, intitulé : بدء الأمالى, par Sirāğ ad-dīn 'Alī b. 'Uṯmān AL-ŪŠĪ (vers 569/1173) : cf. Brockelmann, *Ar. Litt.*, I, 429. Copie non datée.

Papier. Écriture orientale, type *nasḫī*. 95 feuillets. 13 lignes par page. Dimensions : 0.18 × 0.13. (Cas. 1560.)

1566

Recueil contenant :

1º Titre : كتاب التجريد فى كلمة التوحيد, par Aḥmad b.

Muḥammad b. Muḥammad AL-ĠAZĀLĪ, † 520/1126, le frère du fameux théologien Abū Ḥāmid. Cf. *supra*, n° 762_1, et Brockelmann, *Ar. Litt.*, I, 426. Copie datée de 841/1437-38. 13 lignes par page.

2° (F° 48 r°). Titre : عمدة المريد الصادق من أسباب المقت فى بيان الطريق وذكر حوادث الوقت, sur la lutte à entreprendre contre l'impiété des hommes, par Aḥmad b. Aḥmad b. Muḥammad b. ʿĪsā al-Burnūsī al-Fāsī, connu sous le nom d'AḤMAD ZARRŪḲ, † 899/1493. Cf. Brockelmann, *Ar. Litt.*, II, 253, et M. Ben Cheneb, *Idjāza*, § 51, n° 21. Incipit : الحمد لله الذى رفع عماد السنّة واعلى منارها. Copie datée de 977/1569-70. 17 lignes par page.

Papier. Écritures orientales. 152 feuillets. Dimensions : 0.18 × 0.13. (Cas. 1561.)

1567

Résumé anonyme de l'*Iḥyā' ʿulūm ad-dīn* d'Abū Ḥāmid AL-ĠAZĀLĪ (cf. Brockelmann, *Ar. Litt.*, I, 422_{25}), sans date. Incipit : الحمد لله الذى استخرج الانسان من وجود علمه الى وجود عينه... امّا بعد... ما رأيت كتابا حاويا لحقائق هذه العلوم... سوى إحياء علوم الدين... فاردت ان اجمع لبابه وأصوله... وذلك فى الشأم فى مقام أمير محمود الخوارزمى فى الصالحيّة سنة ٨٥٢ الخ. Le personnage qui vient d'être cité a été pris par Casiri pour le nom de l'auteur. Copie datée de 868/1463-64.

Papier. Écriture orientale. 247 feuillets. 15 lignes par page. Dimensions : 0.18 × 0.13. (Cas. 1562.)

1568

Titre : كتاب الاربعين فى اصول الدين, par Abū Ḥāmid AL-ĠAZĀLĪ : cf. Brockelmann, *Ar. Litt.*, I, 421. Copie de 684/1285-86.

Papier. Écriture orientale. 242 feuillets. 20 lignes par page. Dimensions : 0.185×0.13. (Cas. 1563.)

1569 et 1570

Ces deux manuscrits (Cas. 1564 et 1565) ont disparu.

1571

Titre : كتاب الاصطفا فى شرح غريب الشفاء, manuscrit autographe du résumé, par Muḥammad b. Ṭūlūn العالجي (*sic*) al-Ḥanafī, du commentaire de Tāǧ ad-dīn ʿAbd al-Bāḳī b. ʿAbd al-Maǧīd al-Ḳurašī al-Yamānī, sur le كتاب الشفاء du ḳāḍī ʿIyāḍ : cf. Brockelmann, *Ar. Litt.*, II, 369, 1, a. Incipit : الحمد لله على كلّ حال من الحالات ... وبعد فهذا تعليق سميته ... لخّصته من كتاب الاكتفاء فى بيان ألفاظ الشفاء تاليف الامام تاج الدين ابى اليمن عبد الباقى ... القرشى اليمانى التهامى نزيل حرم رسول الله الخ. Copie non datée.

Papier. Écriture orientale. 247 feuillets. 23 lignes par page. Dimensions : 0.175×0.13. (Cas. 1566.)

1572

Manuscrit d'un ouvrage du ḳāḍī Abu 'l-Faḍl ʿIYĀḌ b. Mūsā b. ʿIyāḍ al-Yaḥṣubī as-Sabtī, † 544/1149, sur la science des traditions, intitulé : كتاب الالماع الى معرفة أصول الرواية والسماع : cf. Brockelmann, *Ar. Litt.*, I, 370_2. Incipit : الحمد لله الذى هدى لطاعته والهم الخ. Copie datée de 632/1234-1235.

Papier. Écriture magribine. 17 feuillets. 19 lignes. Dimensions : 0.195×0.145. (Cas. 1567.)

1573

Exemplaire, augmenté de notes marginales et interlinéaires, du traité de métaphysique intitulé : كتاب طوالع الانوار من مطالع الانظار, par 'Abd Allāh b. 'Umar AL-BAIḌĀWĪ, le célèbre commentateur du Coran, mort en 685/1286. Cf. *supra*, n° 664_1; Brockelmann, *Ar. Litt.*, I, 418, VI; le même, in *Enc. Isl.*, I, 603. Incipit : الحمد لمن وجب وجوده وبقاؤه الخ. Copie datée de 819/1416-17. Cf. *supra*, n° 1293, un autre exemplaire du même ouvrage.

Papier. Écriture orientale. 93 feuillets. 13 lignes par page. Dimensions : 0.18×0.14. (Cas. 1568.)

1574

Autre manuscrit du même ouvrage, daté de 883/1478-79.

Papier. Écriture orientale. 151 feuillets. 11 lignes par page. Dimensions : 0.185×0.14. (Cas. 1569.)

1575

Glose anonyme sur le commentaire de Maḥmūd b. 'Abd ar-Raḥmān al-Iṣfahānī, † 749/1348, sur le même ouvrage : cf. Brockelmann, *Ar. Litt.*, I, 418, VI_2. Copie datée de 928/1522.

Papier. Écriture orientale. 73 feuillets. 21 lignes par page. Dimensions : 0.195×0.14. (Cas. 1570.)

1576

Manuscrit d'un commentaire du même traité de métaphysique, شرح الطوالع, par AS-SAMARKANDĪ. Incipit : الحمد لله الذى تحير فى ادراك جلاله عقول العقلاء الخ. Sans date. Note d'un possesseur de 885/1480-81.

Papier. Écriture orientale. 265 feuillets. 21 lignes par page. Dimensions : 0.18×0.135. (Cas. 1571.)

1577

Recueil de la même main, comprenant divers opuscules ou gloses composées à la fin du XVe siècle, à Constantinople, par Ḫiḍr b. Yūsuf b. Ḫiḍr المشتهر بطانه كوززاده :

1° Gloses sur un commentaire du كتاب المواقف d'al-Īǧī (cf. *supra*, n° 1475). Incipit : الحمد لمن هو مبدأ كل موجود الخ.

2° (F° 48 r°). Ouvrage sans titre débutant ainsi : الحمد لمن وجب التصديق بوجوده ... وبعد هذه مجلة مشتملة على حوامد الفوائد الخ،

3° (F° 88 r°). Glose sur le commentaire, par Ḥusām addīn al-Ḥasan al-Kātī, † 760/1359, de l'*Introduction* (ايساغوجى = εἰσαγωγή) de Porphyre : cf. *supra*, 612_2, et Brockelmann, *Ar. Litt.*, 464, II_1. Incipit : الحمد لله الذى انطقنا بالميزان ... وبعد ... انّ حصول السعادات الابديّة واللذّات السرمديّة انّما يتوقع باكتساب الكمالات العلميّة الخ. Composé en 899/1493-94.

4° (F° 104 v°). Incipit : الحمد لمن خلق اللفظ لبيان المعانى ...

انّ الانسان بقوّة الفضائل العلميّة من غرر فصاحته ودرر بلاغته يضاهى الروحانيّات النورانيّة الخ ،

5° (F° 114 r°). Titre : رسالة أجوبة عن أسئلة مولا بدر الدين المدّرس بالمدرسة العثمانيّة. Incipit : الحمد لمن عصم العلماء من الضلالة... انّ العلوم على تنوّع فنونها وتنوّع شجونها الخ.

6° (F° 124 r°). Incipit : ... الحمد لمن جعل الرسم تابعا للعقل قد اورد الحافظ العجمى اسئلة... منها الرموز الدقيقة الخ ،

7° (F° 138 v°). Recueil d'épîtres morales. Début : الحمد لمن انشأ العلم بقدرته... فجمعت ما وقع من منشآت البال والمبدعات على مقتضى الاحوال من نتائج ابكار القلب وعرائس افكار النفس ليكون نصيحة للفصحاء الخ. Tout le manuscrit, vraisemblablement autographe, ne porte pas à la fin d'indication de date.

Papier. Écriture orientale, type persan. 165 feuillets. 13 lignes par page. Dimensions : 0.19×0.13. (Cas. 1572.)

1578

Autre manuscrit de la glose décrite au n° 1537. Sans date. Note d'un lecteur de 956/1549.

Papier. Écriture orientale. 376 feuillets. 21 lignes par page. Dimensions : 0.18×0.125. (Cas. 1573.)

1579

Exemplaire de la glose d'as-Saiyid AŠ-ŠARĪF AL-ĞURĞĀNĪ, † 816/1413, sur le commentaire de Maḥmūd al-Iṣfahānī, 749/1348, sur le traité de métaphysique التجريد de Nāṣir ad-dīn aṭ-Ṭūsī, † 672/1273 : cf. *supra,* n° 618, et Brockelmann, *Ar. Litt.*, I, 509, 2 *b*. Copie de 959/1552.

Papier. Écriture orientale. 279 feuillets. 25 lignes par page. Dimensions : 0.18×0.125. (Cas. 1574.)

1580

Manuscrit de la glose du même AL-ĞURĞĀNĪ sur le *Kaššāf* d'az-Zamaḫšarī : cf. Brockelmann, *Ar. Litt.*, I, 290_9. Copie de 890/1485.

Papier. Écriture orientale. 149 feuillets. 21 lignes par page. Dimensions : 0.185×0.13. (Cas. 1575.)

1581

Manuscrit du commentaire de Sa'd ad-dīn AT-TAFTAZĀNĪ sur les عقائد d'an-Nasafī : cf. *supra,* n° 1497_1. Copie de 855/1451.

Papier. Écriture orientale. 79 feuillets. 22 lignes par page. Dimensions : 0.175×0.11. (Cas. 1576.)

1582

Exemplaire de la glose sur le commentaire précédent, par AL-KISTALĪ : cf. *supra,* n° 1497_3. Copie de 904/1498-99.

Papier. Écriture orientale. 82 feuillets. 21 lignes par page. Dimensions : 0.18×0.13. (Cas. 1577.)

1583

Glose, intitulée نفائس الفرائد وعرائس الفوائد, du commentaire d'at-Taftazānī, sur les عقائد d'an-Nasafī, par Šams ad-dīn Muḥammad b. Ḳāsim AL-ĠAZĪ, dit Ibn al-Ġarābīlī, † 918/1512 : cf. Ḥāǧǧī Ḫalīfa, *Kašf aẓ-ẓunūn*, II, 120. Ce personnage est signalé par Brockelmann, *Ar. Litt.*, I, 392, et II, 320 (rectifier la date de la mort : 981 = 918). Incipit : اما بعد حمد الله الذى نارت بصائر القلوب بحقائق معارفه الخ. Copie exécutée du vivant de l'auteur en 913/1507-1508.

Papier. Écriture orientale. 108 feuillets. 21 lignes par page. Dimensions : 0.18 × 0.13. (Cas. 1578.)

1584

Autre exemplaire de la même glose, copié en 914/1508-1509 et lu devant l'auteur.

Papier. Écriture orientale. 114 feuillets. 21 lignes par page. Dimensions : 0.18 × 0.13. (Cas. 1579.)

1585

Exemplaire de la glose sur le même commentaire, de KAMĀL AD-DĪN Muḥammad b. Abī Šarīf AL-MAḲDISĪ : cf. *supra*, n° 1497_2. Copie datée de 969/1561-62.

Papier. Écriture orientale. 254 feuillets. 17 lignes par page. Dimensions : 0.18 × 0.14. (Cas. 1580.)

1586

Autre exemplaire de la glose décrite au n° 1583, malgré le titre qui l'attribue à l'auteur du n° 1585. Sans date.

Papier. Écriture orientale. 122 feuillets. 16 lignes par page. Dimensions : 0.175 × 0.125. (Cas. 1581.)

1587

Glose sur le même commentaire, intitulé كتاب الايضاح لشرح العقائد الصحاح, par Badr ad-dīn Muḥammad b. Ǧum'a Ibn al-Ġars al-Ḥanafī. Incipit : اما بعد حمد الله الذى شرح العقائد الاسلامية صدورنا الخ. Copie exécutée en 890/1485, du vivant de l'auteur, et collationnée sur son autographe.

Papier. Écriture orientale. 273 feuillets. 21 lignes par page. Dimensions : 0.175×0.13. (Cas. 1582.)

1588

Glose sur le même commentaire, par Ḳara Kamāl, supplément à la glose d'al-Ḫayālī, † 860/1456 : cf. Brockelmann, *Ar. Litt.*, I, 427, b α. Incipit : الحمد لله الذى له المنّ والاحسان الخ. Sans date.

Papier. Écriture orientale. 133 feuillets. 21 lignes par page. Dimensions : 0.19×0.135. (Cas. 1583.)

1589

Commentaire anonyme du تجريد العقائد de Nāṣir ad-dīn aṭ-Ṭūsī, † 672/1373 : cf. Brockelmann, *Ar. Litt.*, I, 509. Sans date.

Papier. Écriture orientale. 350 feuillets. 19 lignes par page. Dimensions : 0.185×0.13. (Cas. 1584.)

1590

Manuscrit de l'ouvrage d'eschatologie intitulé : كتاب الروح, de Šams ad-dīn Abū 'Abd Allāh Muḥammad b. Abī

Bakr Ibn Ḳaiyim al-Ğauzīya, † 751/1350 : cf. *supra*, n° 699, la description d'un autre manuscrit du même ouvrage. Cf. aussi Brockelmann, *Ar. Litt.*, II, 106_{23}, et *Enc. Isl.*, II, 416. Cet ouvrage a été publié à Ḥaidarābād en 1318, 1324. Copie de 798/1395-96.

Papier. Écriture orientale. 163 feuillets. 21 lignes par page. Dimensions : 0.195×0.14. (Cas. 1585.)

1591

Titre : كتاب حادى الارواح الى بلاد الافراح, par le même. Cf. Brockelmann, *Ar. Litt.*, II, 106_{25}. Imprimé au Caire en 1326. Copie de 809/1406-1407.

Papier. Écriture orientale. 44 feuillets. 23 lignes par page. Dimensions : 0.19×0.14. (Cas. 1586.)

1592

Autre exemplaire du n° 1590. Copie vocalisée, de 819/1416.

Papier. Écriture orientale, type *nasḫī*. 328 feuillets. 15 lignes par page. Dimensions : 0.185×0.13. (Cas. 1587.)

1593

Recueil contenant trois ouvrages du même auteur :

1° الكلام فى مسألة السماع, série de réponses sur la question de savoir si la musique est licite. Contient, avant la réponse d'Ibn Ḳaiyim al-Ğauzīya, celles de Taḳī ad-dīn as-Subkī, Ḥusām ad-dīn al-Ḥanafī, Burhān ad-dīn b. ʿAbd al-Ḥaḳḳ al-Ḥanafī, Abū ʿUmar b. Abi 'l-Walīd al-Mālikī,

ʿImād ad-dīn b. Kaṯīr aš-Šāfiʿī et de Šams ad-dīn Muḥammad b. Abī Bakr al-Ḥanbalī.

2° (F° 61 r°). Discussion du même sur le même sujet. Incipit : فصل فى عقد مجالس فى المناظرة بين صاحب القرآن وصاحب السماع الخ ،

3° (F° 65 r°). Autre ouvrage sur le même sujet, sans titre. Copie non datée.

Papier. Écriture orientale. 142 feuillets. 20 lignes par page. Dimensions : 0.18×0.135. (Cas. 1588.)

1594

Commentaire de l'*Alfīya* d'al-ʿIrāḳī sur la science des traditions, par Šams ad-dīn Abu 'l-Ḫair Muḥammad b. ʿAbd ar-Raḥmān as-Saḫāwī, † 902/1497 : cf. Brockelmann, *Ar. Litt.*, II, 34-35. Le commentaire est signalé par Ḥāǧǧī Ḫalīfa, *Kašf aẓ-ẓunūn*, I, 144. Incipit : الحمد لله الذى جعل العلم بفنون الخير مع العمل المعتبر... فهذا تنقيح لطيف... شرحت فيه الألفيّة الحديث الخ. La fin manque. Le texte commenté est en rouge. Sans date. D'une même main jusqu'au f° 221. Contient tout le commentaire, sauf la lacune finale, et non le premier volume seulement, comme l'a écrit Casiri.

Papier. Écritures orientales. 271 feuillets. 19 lignes par page. Dimensions : 0.19×0.14. (Cas. 1589.)

1595

Recueil de la même main contenant deux ouvrages de Ǧalāl ad-dīn as-Suyūṭī, † 911/1505, sur l'*Alfiya* d'al-ʿIrāḳī sur la science des *ḥadīṯ* :

1° Commentaire des termes de technologie (*iṣṭilāḥ*) des *ḥadīṯ* contenus dans le poème didactique. Incipit : الحمد لله الذى فضلنا بأنواع العلوم على كثير من خلقه تفضيلا الخ ،

2° (F° 51 r°). Commentaire du poème proprement dit, intitulé فتح الباقى لشرح ألفيّة العراقى. Il est signalé par Ḥāǧǧī Ḫalīfa, *Kašf aẓ-ẓunūn*, I, 144. Incipit : الحمد لله الذى وصل من انقطع اليه بدينه القويم الخ. Copie datée de 976/1568-69.

Papier. Écriture orientale. Encadrements rouges. Mouillures. 144 feuillets. 27 lignes par page. Dimensions : 0.20 × 0.14. (Cas. 1590.)

1596

Exemplaire d'un ouvrage relatif à l'explication des noms d'Allāh, شرح الاسماء الحسنى, par Muḥyī ad-dīn Muḥammad b. Sulaimān AL-KĀFIYAĞĪ, † 879/1474 : cf. Brockelmann, *Ar. Litt.*, II, 114-115, où l'ouvrage n'est pas signalé. Incipit : الحمد لله الذى عظمت كبرياء ذاته الخ. Copie datée de 875/1470-71. Le manuscrit a été lu par le célèbre Ğalāl ad-dīn as-Suyūṭī, qui fut le disciple de l'auteur. Il l'indique de sa main au f° 1 r° : وكان مؤلف هذا الشرح شيخى.

Papier. Écriture orientale. 93 feuillets. 17 lignes par page. Dimensions : 0.185 × 0.14. (Cas. 1591.)

1597

Titre : كتاب المبهم على حروف المعجم, répertoire par ordre alphabétique, avec leur explication, des termes à sens caché (*mubhamāt*) contenus dans le Coran et les traditions, par Abu Zakarīyā Yaḥyā b. Šaraf AN-NAWAWĪ, † 676/1278.

Cet ouvrage est le résumé d'un autre, d'Abū Bakr Aḥmad b. ʿAlī b. Ṯābit AL-ḪAṬĪB AL-BAĠDĀDĪ, † 403/1071. Sur ces deux auteurs, cf. Brockelmann, *Ar. Litt.*, II, 329 et 394. Les deux ouvrages sont signalés par Ḥāǧǧī Ḫalīfa, *Kašf aẓ-ẓunūn*, II, 374. Incipit : الحمد لله بارى المصنوعات الخ. Copie datée de 780/1378-79.

Papier. Écriture orientale, type *nasḫī*. 79 feuillets. 11 lignes par page. Dimensions : 0.185 × 0.13. (Cas. 1592.)

1598

Recueil factice (*maǧmūʿ*), où l'on trouve :

1° Un exemplaire vraisemblablement autographe du résumé (مختصر), par Badr ad-dīn Muḥammad b. Ibrāhīm b. Saʿd Allāh IBN ǦAMĀʿA al-Kinānī al-Ḥamawī, † 733/1333 (cf. Brockelmann, *Ar. Litt.*, II, 74-75₃, et *Enc. Isl.*, II, 393), de l'ouvrage d'IBN AṢ-ṢALĀḤ, † 643/1243 (cf. Brockelmann, *Ar. Litt.*, I, 359) sur la science des traditions, intitulé : اقصى الامل والشوق فى علوم حديث الرسول. Incipit : الحمد لله الذى اوضح لعالم السنة سبيلا الخ. Composé en 687/1288, à Damas.

2° (F° 58 r°). Titre : تنقيح المناظرة فى تصحيح المخابرة, par le même. Incipit : الحمد لله ربّ العالمين ... وبعد فقد تقدم من تجب طاعته وتتعين اشارته بشرح مسألة المزارعة والكلام عليها لعموم حاجة الناس اليها وذكر ما فيها من الاختلاف الخ. Exemplaire écrit de la main de l'auteur en 704/1304-1305, بالمدرسة الكاملية بين القصرين من القاهرة. Note de l'auteur sur ce livre, de l'année suivante, et mention de lecture d'un disciple, f° 66 r°.

3° (F° 67 r°). Ouvrage du même, intitulé : كتاب غرر التبيان لمن لم يسمّ فى القرآن. Incipit : هذا ... الحمد لله ربّ العالمين... كتاب اختصرت فحوة من كتاب سبق لى فى معناه اذكر فيه... اسم من ذكر فى القرآن العظيم بصفته او لقبه او كنيته الخ. Dans l'ordre des Surates. Les passages coraniques cités sont écrits à l'encre rouge. Exemplaire lu à l'auteur en 704/1304-1305.

Papier. Écritures orientales. 171 feuillets. 1° et 2° : 19, 3° : 16 à 17 lignes par page. Dimensions : 0.185×0.13. (Cas. 1593.)

1599

Ouvrage intitulé : كتاب معرفة علوم الحديث وكمّيّة اجناسه, sur la science des traditions, par Abū ʿAbd Allāh Muḥammad b. ʿAbd Allāh Ibn ʿAbd al-Ḥakam al-Ḥāfiẓ, juriste égyptien, frère du grand historien, mort en 262/875 : cf. Brockelmann, *Ar. Litt.*, II, 692 (148), et C. C. Torrey, in *Enc. Isl.*, II, 375. Incipit : حدّثنا علىّ بن العباس بن احمد بن العبّاس الثغدى... قال اخبرنا الحاكم القاضل ابو عبد الله محمّد بن عبد الله بن عبد الحكم الحافظ الحمد لله ذى المنّ والاحسان والقدوم الخ، Ouvrage en huit *ǧazʾ*. Copie sans date, exécutée à Damas (XIVe siècle). Exemplaire complet.

Papier. Écriture orientale. 138 feuillets. 18 lignes. Dimensions : 0.18×0.13. (Cas. 1594.)

1600

Titre : كتاب كشف الاسرار عمّا خفى عن الافكار, questions de théologie présentées et résolues par Šihāb ad-dīn Abu 'l-

'Abbās Aḥmad b. 'Imād ad-dīn AL-AḲFAHSĪ, † 808/1405 : cf. Brockelmann, *Ar. Litt.*, II, 93. Publié à Alexandrie en 1315.

Papier. Écriture orientale. 126 feuillets. 17 lignes par page. Dimensions : 0.20×0.125. (Cas. 1595.)

1601

Exemplaire du كتاب الملل والنحل d'AŠ-ŠAHRASTĀNĪ. Cf. *supra*, n° 1525. Copie datée de 686/1287. On trouve sous le titre au f° 1 r°, d'une main moderne, une mention déclarant l'exemplaire autographe, mais qui est fausse, l'auteur étant mort en 548/1153 : وهو بخطّ مؤلفه رحمة الله عليه.

Papier. Écriture orientale. 241 feuillets. 20 lignes par page. Dimensions : 0.175×0.12. (Cas. 1596.)

1602

Recueil de diverses mains, contenant :

1° Commentaire théologique de la Sūrate CXII du Coran (سورة الاخلاص), par Aḥmad b. 'Imād ad-dīn ar-Rūmī, connu sous le nom de MAULĀNĀ ZĀDEH, avec le titre de رسالة الخلاص فى تفسير سورة الاخلاص. Incipit : اللهمّ يسّر امورنا فيا رضاك الخ. Copie de 832/1428-29. 15 lignes par page.

2° (F° 37 r°). رسالة فى الثناء على الله, « épître » sur les formules d'éloge et de reconnaissance à l'adresse d'Allāh, par Abū Muḥammad al-Ḳāsim b. Muḥammad ad-Duyimartī (*sic* : الدّيمرتى). Incipit : انّ الثناء على الله بما هو أهله النشر لجميل الائه... غرض المصنّف لهذا الكتاب تكثير الالفاظ التى يدلّ كلّ واحد

منها على ما يدلّ عليه غيره وقصده فيما بـدأ بـه الى انّ الثناء على الله احقّ ما بُـدئ بـه الخ. Copie non datée. Des f°s 37 à 77 r°, 11 lignes par page. A partir de 77 v°, autre main, 17 à 20 lignes par page.

Papier. Écritures orientales. 106 feuillets. Dimensions : 0.19 × 0.145. (Cas. 1597.)

1603

Recueil contenant :

1° Titre : كتاب الهداية, résumé par Nūr ad-dīn Abū Muḥammad Aḥmad b. Maḥmūd b. Abī Bakr AṢ-ṢĀBŪNĪ al-Buḫārī, † 580/1184, de son ouvrage intitulé كتاب الكفاية في الهداية : cf. Brockelmann, *Ar. Litt.*, I, 375. Incipit : الحمد لله ذى الجلال و الاكرام . . . وبعد لما كان الفراغ . . . من كتاب الكفاية في البداية الخ. Le f° 45, qui est moderne, a été ajouté pour compléter l'ouvrage. Sans date.

2° (F° 46 r°). Commentaire sans nom d'auteur du تلخيص المفتاح d'al-Ḳazwīnī. Cf. *supra*, n° 211, et Brockelmann, *Ar. Litt.*, I, 295. Incipit : الحمد لله الذى اسبغ على الانسان نعمه ظاهرة وباطنة الخ. La fin manque. Sans date.

Papier. Écritures orientales. 124 feuillets. 15 et 21 lignes par page. Dimensions : 0.175 × 0.145. (Cas. 1598.)

1604

Commentaire, en quatorze sections, par Naǧm ad-dīn Abu 'l-Ḳāsim Maḥmūd b. Abi 'l-Ḥasan AN-NĪSĀBŪRĪ al-Ḳazwīnī, de son ouvrage d'exégèse coranique intitulé :

ايجاز البيان في معانى القرآن et composé par lui en 553/1158. Cf. Ḥāǧǧī Ḫalīfa, *Kašf aẓ-ẓunūn,* I, 173. Incipit : الحمد لله الذى بحمده ابتدأ كل مقال الخ. Copie datée de 851/1447-48.

Papier. Écriture orientale vocalisée. 192 feuillets. 17 lignes par page. Dimensions : 0.20 × 0.15. (Cas. 1599.)

1605

Titre : تهافت أقوال الحكماء, réfutation des philosophes musulmans, par Muṣṭafā b. Yūsuf Ḫuāǧa Zādeh ar-Rūmī, † 893/1488 : cf. Brockelmann, *Ar. Litt.,* II, 230. Imprimé au Caire en 1303. La fin manque. Sans date.

Papier. Écriture orientale. 94 feuillets. 19 lignes par page. Dimensions : 0.175 × 0.135. (Cas. 1600.)

1606

Manuscrit du commentaire, par ʿAbd Allāh b. Muḥammad Ibn at-Tilimsānī, † 658/1260, de l'ouvrage théologique intitulé : كتاب لمع الادلة فى قواعد عقائد اهل السنة, par ʿAbd al-Maʿālī ʿAbd al-Malik b. ʿAbd Allāh al-Ǧuwainī Imām al-Ḥaramain, † 478/1005 : cf. Brockelmann, *Ar. Litt.,* I, 389$_{VI}$. Incipit : الحمد هو الثناء على الله بذكر اوصاف جلاله وكماله الخ. Dernier feuillet ajouté après coup. Pas d'indication de date de copie.

Papier. Écriture orientale. 132 feuillets. 17 lignes par page. Dimensions : 0.185 × 0.13. (Cas. 1601.)

1607

Recueil factice (*mağmū'*), comprenant :

1° Titre : كتاب الكشف الجليل عن سرّ التمويل وبيان مشاهد يا مولاى يا واحد, par Burhān ad-dīn Abu 'ṭ-Ṭaiyib Ibrāhīm b. Maḥmūd b. Aḥmad b. Ḥasan aš-Šādilī al-Mawāhibī AL-AKṢARĀ'Ī, † 909/1502 : cf. Brockelmann, *Ar. Litt.*, II, 123. Incipit : الحمد لله المتعالى بسلطته مولويته على مواليه بدوام تواليه الخ.

2° (F° 14 r°. Même main). Titre : كتاب البارق الاسنى بسرّ الكنى, par le même. Incipit : الحمد لله الذى اظهر اسرار الارواح ... وبعد فقد الاح الفتاح فى زجاجة مصباح عبيد عبد اهل الفلاح معنى يشتمل على احكام الكنى... فبيان اصلها من السنّة... وبيان مآخذها فهو ما يغلب من الاحوال والصفات على المكنى من الذوات الخ،

3° (F° 17 r°. Même main). Titre : هداية الربّ لمن احبّ, par le même : cf. Brockelmann, *Ar. Litt.*, II, 123_3. Incipit : اعلموا رحمكم الله ان الطريق يشتمل على جمل ثلاث الخ،

4° (F° 18 v°. Même main). Autre opuscule du même, sur la hiérarchie des ṣūfīs, intitulé : رسالة قوانين حكم الاشراق الى كلّ الصوفية بجميع الافاق; cf. *supra*, n° 780_2 et Brockelmann, *loc. cit.*, n° 1.

5° (F° 20 r°. Même main). La « petite *'aḳīda* » d'AS-SANŪSĪ.

6° (F° 24 r°. Même main). Epître de l'auteur de 1°-4°, intitulée : أصول مقدّمات الوصول : cf. Brockelmann, *loc. cit.*, n° 5. Incipit : الحمد لله واجب الوجود الخ.

7° (F° 29 r°. Même main). Titre : الفتح القريب فى حكمة

الاستغفار بعد شمّ الطيب, par le même : cf. Brockelmann, *loc. cit.*, n° 2. Incipit : الحمد لله ربّ العالمين... وبعد فقد وقفت مع من وقف من أهل مكة والمدينة... في ما هي الحكمة عقيب الشمّ بالاستغفار الخ ،

8° (F° 32 r°. Même main). Titre : كتاب التفريد بضوابط فوائد التوحيد, par le même : cf. Brockelmann, *loc. cit.*, n° 4. Incipit : الحمد لله الذى اطلع قمر توحيده فى افق سماء تفريده الخ. Tout le *mağmū'*, jusqu'à ce numéro, est daté de 981/1573-74.

9° (F° 37 r°. Même main). Titre : كتاب الاعلام باشارات اهل الالهام, par Muḥyī ad-dīn Abū 'Abd Allāh Muḥammad b. 'Alī Ibn al-'Arabī, † 638/1240 : cf. Brockelmann, *Ar. Litt.*, I, 444_{42}. Incipit : سألنا فى تفسير بعض من تكرّم علينا من الاخوان. Fin : قال جامع هذه الاشارات ما قيّدت فامتثلنا مرسومه الخ منها الّا ما سمعته من قائله الّا من ذكرت اسمه ،

10° (F° 43 r°. Nouvelle main). Titre : كتاب العظمة, commentaire de la première Sūrate du Coran, par le même. Cf. Brockelmann, *Ar. Litt.*, I, 442_{4}. Incipit : الحمد لله مبدع الثانى فى الثانى الخ ،

11° (F° 54 r°. Même main qu'au n° 10). Titre : كتاب النقباء, sur les douze *nakībs* qui vivaient à l'époque du Prophète, par le même. Cf. Brockelmann, *Ar. Litt.*, I, 445_{66}. Incipit : الحمد لله... امّا بعد حفظ الله سرائر اخواننا الاصفياء الخ ،

12° (F° 65 r°. Même main). Opuscule du même, sans titre, débutant ainsi : الحمد لله الذى جعل الانسان الكامل معلم

الملك . . . امّا بعد فانّ الله تعالى لما وجد العالم اوحده على ثلاثـة انواع من الايجاد الخ. Copie de 981/1573-74.

13° (F° 71 r°. Même main). Opuscule du même, sans titre, débutant ainsi : . . . الحمد للذات الواحدة من جميع الوجوه فبعد هذا التجلّى الاقدس السارى الذى تحقّقوه ما قـام لهم حجاب دونـه الّا وفيه ادركوه الخ ،

14° (F° 76 r°. Même main). Commentaire de termes ṣūfis : شرح ألفاظ اهل طريـق الله جمعته لبعض العارفين, sans doute par le même. Incipit : الحمد لله وسلام على عبيده الذين اصطفى وعليك ايها الولى الحميم والصفى الكريم . . . امّا بعد فانّك اشرت علينا بشرح الالفاظ الّتى تداولتها الصوفيّة المحقّقون من أهل الله بينهم الخ ،

17° (F° 82 r°. Même main). Titre : مراتب علوم الوهب, sur l'inspiration ṣūfie, par le même : cf. Brockelmann, *Ar. Litt.*, I, 444_{44}. Opuscule composé en 602/1205-1206. Incipit : الحمد لله منقح الفهوم الخ ،

18° (F° 89 r°. Même main). Vers *basīṭ* du même, débutant ainsi :

انظر الى الحق من مدلول اسمائى * وكـونـه عين كـلّى عين اجزائى

19° (F° 92 v°. Même main). *Ḳaṣīda* du mètre *ṭawīl,* par Šaraf ad-dīn Ismā'īl b. Abī Bakr AL-MUḲRI' at-Tamīmī, † 837/1433 (cf. Brockelmann, II, 190-191), débutant ainsi :

الى كم تماد فى غرور وغفلة * وكم هكذا نوم الى غير يقظه

20° (F° 93 v°. Même main). Autre *ḳaṣīda* du même, intitulée : هدية المسافر الى النور السافر. Incipit :

تيقّظ لنفس عن هداها تولّت * وبادر ففى التأخير اعظم وحشة

21° (F° 99 v°. Même main). Extraits mystiques.

22° (F° 103 r°. Même main). Titre : الاتّحاد الكونى فى حضرة الاشهاد العينى, par IBN AL-ʿARABĪ : cf. Brockelmann, *Ar. Litt.*, I, 444 $_{32}$:

23° (F° 112 v°. Même main). Commentaire, par Abu 'l-Ġanā'im wa 'l-faḍā'il Ibrāhīm AL-AKṢARĀ'Ī (cf. *supra*, n° 1), de l'aphorisme suivant : من سأل عن التوحيد فهو جاهل ومن أجاب عنه فهو ملحد ومن عرفه فهو مشرك ومن لم يعرف ذلك فهو كافر ،

24° (F° 118 v°. Même main). Poésie sans nom d'auteur, commençant ainsi :

كيف ترقى رفعك الانبياء * يا سماء ما طاولتها سماء

25° (F° 129 r°. Même main). *Ḳaṣīda* de 125 vers, mètre *ṭawīl*, par le šaiḫ aṣ-Ṣāliḥī. Début :

تنزّهت لما ان حللت بحضرتى * ووحّدت فى تلك المقام بنظرتى

Tout le manuscrit date de 981/1573-74.

Papier. Écritures orientales. 138 feuillets. 23 et 25 lignes par page. Dimensions : 0.18×0.13. (Cas. 1602.)

1608

Titre : كتاب المحدّث الفاصل بين الراوى والواعى, traité de la science des traditions musulmanes, par Abū Muḥammad al-Ḥasan b. ʿAbd ar-Raḥmān b. Ḫallād AR-RĀMHURMUZĪ, † 360/970-71. L'ouvrage est signalé par Ḥāǧǧī Ḫalīfa, *Kašf aẓ-ẓunūn*, II, 391, qui rapporte d'après Ibn Ḥaǧar que c'est le plus ancien traité de la science des *ḥadīṯ*. Cf. *supra*, n° 1405, un autre ouvrage du même auteur. Celui-ci est divisé en sept *ǧazʾ*, le titre de chacun étant chaque fois suivi de cette chaîne des *rāwī* de l'ouvrage : رواية القاضى ابى عبد

الله احمد بن اسحق بن خربان النهاوندى عنه رواية ابى الحسن علىّ بن احمد ابن علىّ القالى عنه رواية ابى الحسن المبارك بن عبد الجبّار بن احمد الصيرفى عنه رواية ابى طاهر احمد بن محمّد بن احمد بن محمّد السلفى الاصبهانى عنه رواية ابى محمّد عبد الوهّاب بن ظافر بن علىّ بن فتوح بن رواج عنه رواية شيخنا شرف الدين يحيى بن محمّد بن ابى الفتوح المقدسى عرف بابن المصرى. L'ouvrage débute ainsi : اخبرنا الشيخ رشيد الدين ابو محمّد عبد الوهّاب بن ظافر بن علىّ بن فتوح بن رواج القرشى اجازة قال اخبرنا الامام الحافظ ابو طاهر... السلفى الاصبهانى قراءة عليه وانا اسمع فى شهر رمضان سنة ٥٧٤ ... [اخبر]نا القاضى ابو محمّد الحسن ابن محمّد بن خلّاد الرامهرمزى قال الحمد لله ولا اله الّا الله... اعترضت طائفة ممّن يشنأ الحديث الخ. Copie non datée, écrite peu après 731/1330-31, d'après une note de 23 r°.

Papier. Écriture orientale. 151 feuillets. 17 lignes par page. Dimensions : 0.18×0.14. (Cas. 1603.)

1609

Exemplaire de l'écrit mystique de Muḥyī ad-dīn Abū Bakr b. ʿAlī Ibn al-ʿArabī, † 638/1240, intitulé فصوص الحكم فى خصوص الكلم, terminé en 624/1229 à Damas : cf. Brockelmann, *Ar. Litt.*, I, 442$_{12}$, et T. H. Weir, in *Enc. Isl.*, II, 384$_a$. Publié à Būlāḳ en 1252 avec un commentaire turc ; au Caire en 1309, 1321, avec le commentaire de ʿAbd ar-Razzāḳ al-Ḳāšānī. Copie datée de 773/1371-72.

Papier. Écriture orientale. 130 feuillets. 15 lignes par page. Dimensions : 0.185×0.13. (Cas. 1604.)

1610

Ouvrage de métaphysique, sans titre, autographe, écrit en 552/1157, par Ismā'īl b. 'Alī b. al-Muslim b. Muḥammad b. al-Fatḥ as-Sulamī AS-SUHRAWARDĪ ad-Dimašḳī. Incipit : الحمد لله ربّ العالمين... هذا وقد تجدّدت الرغبات فى طلب علوم الديانات... واتّفق لى بسرد طريقة معتضدة بتوسّط بين المختصرات فى المعتقدات والمبسوطات المبينة على درك الزيادات فى المحرّم سنة ٥٥٢ باب فى النظر وذكر حقيقته واحكامه الخ. Les f°s 151-153 contiennent quelques notes ajoutées par l'auteur en 556.

Papier. Écriture orientale. 153 feuillets. 22 lignes par page. Dimensions : 0.20 × 0.10. (Cas. 1605.)

1611

Autre exemplaire du كتاب معرفة انواع علم الحديث d'IBN AṢ-ṢALĀḤ aš-Šahrazūrī, † 643/1243 : cf. *supra*, n° 1530. Copie datée de 792/1390.

Papier. Écriture orientale. 124 feuillets. 19 lignes par page. Dimensions : 0.185 × 0.125. (Cas. 1606.)

1612

Recueil de la même main, comprenant cinq opuscules de ṢALĀḤ AD-DĪN Ḫalīl b. Kaikaldī AL-'ALĀ'Ī aš-Šāfi'ī, † 761/1359 : cf. Brockelmann, *Ar. Litt.*, II, 64 et 88 :

1° Titre : كتاب التنبيهات المجملة على المواضع المشكلة, commentaire des passages obscurs contenus dans les recueils de *ḥadīṯ* d'al-Buḫārī, de Muslim et de Mālik. Incipit : بعد حمد الله على ما هدى اليه والهم الخ. Copie datée de 776/1374-75.

2° (F° 23 r°). Titre : النقد الصحيح لما اعترض عليه من احاديث المصابيح, composé à Jérusalem en 760/1358. Incipit : امّا بعد حمد الله على هدى اليه من معرفة السنن... السؤال عن عدّة احاديث ممّا عدّه الامام ابو محمد البغوى فى كتابه المرسوم بالمصابيح الخ،

3° (F° 34 r°). Titre : كتاب منيف الرتبة لمن ثبت له شريف الصحبة. Incipit : امّا بعد حمد الله الذى وسع كل شئ رحمة وعلما... وهذا الكتاب يشتمل على تحقيق من مصنّف هذه الرتبة التى هى الصحبة الشريفة وبماذا ثبت من الطرق. Copie de 776/1374-75, sur l'original.

4° (F° 61 r°). Titre : كتاب توفية الكيل لمن حرم لحوم الخيل. Composé en 758/1357. Incipit : امّا بعد حمد الله موضح عالم الطرق وميسرها... مسألة اكل لحوم الخيل تفرّقت فيها المذاهب الخ،

5° (F° 94 r°). Titre : الكلام فى بيع الفضولى. Composé en 756/1355. Incipit : مسألة اختلف العلماء فى بيع الانسان مال غيره بدون ولاية ولا وكالة وهو المسمّى ببيع الفضولى الخ،

Papier. Écriture orientale. 117 feuillets. 19 lignes par page. Dimensions : 0.19×0.14. (Cas. 1607.)

1613

Introduction à la science des principes de la religion, مقدّمة فى أصول الدين, par Muḥammad b. Aḥmad AL-BISṬĀMĪ. † 807/1404 : cf. Brockelmann, *Ar. Litt.*, II, 120. Le nom de l'auteur est fourni par le titre, écrit d'une main plus moderne. La tranche attribue l'ouvrage à al-Bāǧī. Incipit : الحمد لله ربّ العالمين . . . وبعد فانّه لمّا ارتفع او كاد علم أصول الدين من بين الناس وبيعة كتبه بالابطال وغيرهم الخ. Contient cinq livres. Marque de possession du copiste, Muḥammad al-Bisāṭī (vers 1044/1634 : cf. Brockelmann, *Ar. Litt.*, II, 285).

Papier. Écriture orientale. 139 feuillets. 19 lignes par page. Dimensions : 0.175×0.13. (Cas. 1608.)

1614

Manuscrit autographe d'un résumé, par le célèbre historien Abū Zaid ʿAbd ar-Raḥmān b. Muḥammad IBN ḪALDŪN al-Ḥaḍramī, mort en 808/1406, du traité métaphysique de Faḫr ad-dīn Muḥammad b. ʿUmar Ibn al-Ḫaṭīb AR-RĀZĪ, † 606/1209, intitulé : محصّل افكار المتقدّمين والمتأخّرين من العلماء والحكماء والمتكلّمين (cf. Brockelmann, *Ar. Litt.*, I, 507_{22}, et *supra*, n° 650_5). L'ouvrage, intitulé لباب المحصّل, a été terminé en 752/1351. Cf. M. Ben Cheneb, *Idjâza*, p. 349, n° 3 et références citées. Incipit : لباب المحصّل فى أصول الدين تصنيف العبد . . . عبد الرحمن بن محمد بن خلدون الحضرمى غفر الله له ، احمد من تفرّد بعظمته وكبريائه . . . وبعد فانّ العلوم كثيرة . . . واشهر فيها علم الالاهى . . . طلع الآن بسمائه شمس . . . وهو سيّدنا . . . فخر الدنيا والدين . . . ابو عبد الله محمّد بن ابراهيم الابلى . . . قرأنا عليه كتاب المحصّل الذى صنّفه الامام الكبير مجد الدين ابن الخطيب . . . فاختصرته وهذّبته . . . وسمّيته . . . ورتّبته على اركان الخ ،

Papier. Écriture maġribine. 65 feuillets. 15 lignes par page. Dimensions : 0.175×0.125. (Cas. 1609.)

1615

Recueil factice, comprenant :

1° Titre : كتاب المنتخب فى علم الحديث, par Raḍī ad-dīn Abū Isḥāḳ Ibrāhīm b. Muḥammad b. Ibrāhīm b. Abī Bakr AṬ-ṬABARĪ al-Makkī. C'est un choix de l'ouvrage d'Ibn aṣ-Ṣalāḥ : cf. *supra*, n° 1509. Incipit : الحمد لله على عموم نعمه وخصوص فضاله الخ. Copie de 731/1330-31. 16 lignes par page.

2° (F° 35 r°. Même main). Résumé de la vie du Prophète, مختصر سير رسول الله صلعم, par Abu 'l-Ḥusain Aḥmad B. FĀRIS b. Zakarīyā al-Ḳazwīnī ar-Rāzī, † 395/1005 : cf. Brockelmann, *Ar. Litt.*, I, 130. Incipit : هذا ذكر ما يحق على المرء المسلم حفظه ويجب على ذى الدين معرفته من نسب رسول الله صلعم. Copie également de 731.

3° (F° 49 r°. Autre main). L'*Alfīya* d'AL-'IRĀḲĪ sur la science des traditions. Sans date. 13 à 15 lignes par page.

Papier. Écriture maġribine. 88 feuillets. Dimensions : 0.18× 0.13. (Cas. 1610.)

1616

Manuscrit autographe d'un commentaire des expressions difficiles contenues dans le *Ṣaḥīḥ* d'al-Buḫārī, intitulé : كتاب تيسير منهل القارى فى تفسير مشكل البخارى, écrit en 846/1442-1443 par Muḥammad b. Muḥammad b. Yūsuf b. Mūsā aš-Šāfi'ī al-Hanzalī. Incipit : قال فقير غفور ربّه ... الحمد لله على فضله وتوفيقه الخ.

Papier. Écriture orientale. 120 feuillets. 15 lignes par page. Dimensions : 0.18×0.135. (Cas. 1611.)

1617

Titre : مختصر الكشّاف في معرفة الاطراف, par Muḥammad b. ʿAlī b. al-Ḥasan AL-ḤUSAINĪ, † 765/1364. C'est le résumé d'un abrégé, par le même auteur, d'un répertoire de traditions intitulé تحفة الاشراف بمعرفة الاطراف d'Abu 'l-Ḥaǧǧāǧ Yūsuf b. ʿAbd ar-Raḥmān AL-MIZZĪ, † 742/1341 : cf. Brockelmann, *Ar. Litt.*, II, 64 et 65. Incipit : الحمد لله ربّ العالمين... وبعد فانّه لمّا منّ الله تعالى على تأليف... كتابى المسمّى بالكشّاف في معرفة الاطراف المقتضب من كتاب شيخى الحافظ ابى الحجّاج المسمّى بتحفة الاشراف بمعرفة الاطراف وهى اطراف الاحاديث الواردة في صحيحَى البخارى ومسلم وسنن ابى داوود والترمذى والنسائى وابن ماجة سنح لى تلخيص احاديثه بحذف طرقها مرتبة على حروف المعجم الخ. Sans date.

Papier. Écriture orientale. 164 feuillets. 17 lignes par page. Dimensions : 0.19×0.14. (Cas. 1612.)

1618

Opuscule de théologie musulmane, intitulé : جوهرة العقائد. L'auteur n'est mentionné dans tout le manuscrit que sous sa *kunya* d'Abu 'l-Ḥasan. Incipit : الحمد لله الخالق القدير الخ. Copie datée de 876/1471-72.

Papier. Écriture orientale. 59 feuillets. 15 lignes par page. Dimensions : 0.18×0.135. (Cas. 1613.)

1619

Titre : كتاب الطبّ النبوى, recueil des *ḥadīṯ* relatifs à la médecine, en sept *maḳālas*, par Abu 'n-Nu'aim Aḥmad b. 'Abd Allāh b. Aḥmad b. Isḥāḳ al-Iṣbahānī, † 430/1038 : cf. Brockelmann, *Ar. Litt.*, I, 362; le même, in *Enc. Isl.*, I, 104. Incipit : اخبرنا الشيخ... ابو الحجّاج يوسف بن خليل بن عبد الله الدمشقى قراءة عليه ونحن نسمع فى... سنة ٦٣٧ قيل له اخبركم ابو جعفر محمّد بن احمد بن نصر بن ابى الفتح الصيدلانى بقراءة عليه باصبهان فاقرّ به [حد]ثنا ابو على الحسن بن احمد بن الحسن الحدّاد المقرئ قراءة عليه وانا حاضر فى سنة ٥١٢ اخبرنا الامام ابو النعيم... الحافظ قال الحمد لصانع الارواح والاجسام الخ. La fin manque. Sans date.

Papier. Écriture orientale. 141 feuillets. 15 lignes par page. Dimensions : 0.18×0.13. (Cas. 1614.)

1620

Recueil contenant :

1° Exemplaire du recueil de traditions الشمائل, d'Abū 'Īsā Muḥammad b. 'Īsā b. Saura at-Tirmiḏī, † 279/892 : cf. Brockelmann, *Ar. Litt.*, 161-162. Les *Šamā'il* ont été publiées à Calcutta en 1262, au Caire en 1273, à Dehli en 1308, à Fās, sans date, etc. Copie non datée.

2° (F° 89 r°). Recueil de traditions relatives aux mains levées pendant la prosternation, au cours de la prière, par Ḳauwām ad-dīn Amīr Kātib b. Amīr 'Umar al-Itḳānī,

† 758/1357 : cf. Brockelmann, *Ar. Litt.*, II, 79. Incipit : الحمد لله على نعمائه… وبعد… لمّا قدمت بلد الانبياء والصالحين بلد الشأم… سنة ٧٤٧… تشرّفت فى دمشق المحروسة بعد ايّام بلقاء النائب سيف أمير المؤمنين ملك الامراء… فصلّينا عنده المغرب ورفع الامام يديه فى الركوع فعند رفع الناس من الركوع فاعدت صلوتى وقلت للامام انت مالكىّ المذهب ام شافعىّ المذهب قال انا شافعىّ فقلت فان لم ترفع يديك فى صلاتك ما كان يضرّك ولا تفسد صلاتك على مذهبك فلمّا رفعت فسدت صلاتنا الخ. Exemplaire probablement autographe, écrit à Damas en 747/1346-47.

3° (F° 103 v°). Vers *ṭawīl* attribués à aš-Šāfiʿī. Début : اليك اله الخلق ارفع رغبتى * وان كنتُ يا ذا المنّ والجود مجرما Sans date.

Papier. Écriture orientale, type persan. 107 feuillets. 21 et 11 lignes par page. Dimensions : 0,175×0 125. (Cas. 1615.)

1621

Manuscrit acéphale d'un commentaire des noms d'Allāh, شرح الاسماء الحسنى. Le nom d'auteur n'est pas cité à la fin, et l'on n'y trouve pas non plus d'indication de date de composition : وقد انتهى كتابنا هذا ونحن على وصف الاختصار وسبيل الايجاز. Copie de 949/1542-43.

Papier. Écriture magribine. 71 feuillets. 29 lignes par page. Dimensions : 0.20×0.14. (Cas. 1616.)

1622

Persan. Ouvrage sans titre, réfutation du christianisme, composé en 1031/1621-22 par Aḥmad b. Zain al-'ābidīn 'Alwī.

Papier. Écriture orientale, type persan. 278 feuillets. 14 lignes par page. Texte seulement sur le verso des feuillets. Dimensions : 0.20×0.13. (Cas. 1617.)

Ouvrages chrétiens.

1623

Ce manuscrit (Cas. 1618) est actuellement à la Bibliothèque Nationale de Madrid, où il porte la cote *Gg*. 132. Cf. *supra*, t. I, p. xxi-xxii.

1624

Latin. Manuscrit autographe de la réfutation du Coran, par Germain de Silésie. Pas de titre. On lit à la fin : EXPLICIT Interpretatio literalis Alcorani. In vigilia S. Mathiae Apostoli Anno Milesimo Sexcentesimo Sexagesimo nono. La préface débute ainsi : Non malè me otium ac studium meum impendisse arbitratus sum, si interpretationem Alcorani, non ex dictionarijs lexicisque, sed ex ipsiusmet autoris discipulorum, aliorumve ipsis coaevorum, vel aevo proximorum, ac ipsiusmet Alcorani domesticorum expositorum sententia et declaratione venatus fuero... Si quis autem impiè hanc meam germanam literalem interpretationem calumniari voluerit, pugnabo non armis Câmus, seu, ut vocant, Thesauri linguae Arabicae, aut quibusvis aliis lexicis dictionariisque, nec etiam proprio, in tyrocinio edito, Verùm ipsis rebus validioribus, h. e. geniunis Alcorani expositionibus. Trãsferendo disputationem ad armamentarium Regis Bibliothecae Escurialensis, haud ulli in orbe, maxime in hâc palestrâ, secundae. Vnde me gratia et favore Catholicissimi Hispaniarum Regis, Indiarum, Philippi Quarti et RR. PP. Ordinis S. Hieronymi eximiâ charitate in conventu S. Laurentii, omnia haec et nonnulla alia opuscula exanclata ingenue confiteor. Ex mandato Sacrae Congregationis de propaganda fide, autoritate S. Sedis Apostolicae. Cujus pedibus hunc meum laborem et studium, ac tandem me totum supplex submitto.

Papier. 520 feuillets. 29 lignes par page. Dimensions : 0.30 × 0.21. (Cas. 1619.)

1625

Recueil de diverses mains, contenant en traduction arabe :

1° Le *Cantique des Cantiques* : نشيد الانشاد وتسبيح التسابيح. Incipit : ليقبّلنى بقبل فيه لان نهديك احسن من الخمر مروحة على الاطياب الجليلة. 12 lignes par page.

2° (F° 11 r°). *Épître aux Romains*, de saint Paul : رسالة الرسول السعيد بواص الى اهل رومية الوتّد. 16 chapitres. Complet. 20 lignes par page.

3° (F° 33 v°. Même main). Première *épître aux Corinthiens* : الرسالة الاولى الى اهل قرنتية. Incomplet.

4° (F° 47 r°). *Épître aux Galates* : رسالة القديس بولس الرسول الى اهل غلاطيا. Incomplet. 15 lignes par page.

5° (F° 53 r°. Même main). Première *épître* de saint Pierre : رسالة اولى مار بطرس رسول يسوع المسيح الى المنتخبين الغرباء المتفرقين فى بنطس وغلاطية. Incomplet.

6° (F° 67 r°). *Actes des Apôtres* : كتاب قصص اعمال الرسل. Complet. 19 lignes par page. Encadrement rouge.

7° (F° 117 r°. Même main). Les trois *épîtres* de saint Jean : الرسالة الاولى لمار يوحنا الرسول. (F° 121 r°). الرسالة الثانية. (F° 121 v°). الرسالة الثالثة.

8° (F° 124 r°. Même main). *Apocalypse* de saint Jean : رؤيا مار يوحنا الرسول الانجيلى. Complet.

Papier. Écriture orientale. 148 feuillets. Dimensions : 0.14×0.09. (Cas. 1620.)

1626

Traduction arabe des quatre Évangiles, faite vraisemblablement en Espagne. Incipit : بسم الأب والابن والروح القدوس الاله الواحد بشارة متا الخ. Copie datée de 1553.

Papier. Écriture maġribine vocalisée. 304 feuillets. 11 lignes par page. Dimensions : 0.15×0.10. (Cas. 1621.)

1627

Traduction persane des quatre Évangiles. Titre enluminé : بنام پدر ویسر وروح القدس بك خداى انجيل مقدس يسوع مسيح. Cf. *infra*, n° 1821. Sans date.

Papier. Écriture persane. Encadrements bleus et rouges. 592 feuillets. 11 lignes par page. Dimensions : 0.20 × 0.14. (Cas. 1622.)

1628

Recueil de la même main :

1° Version de l'Apocalypse en syriaque.

2° (F° 36 r°). Traduction en arabe, écrite en caractères syriaques, du rituel du baptême. Le titre est en arabe : هذا كتاب الغطاس بلغة العربية (*sic*) والحرف كلداني ،

Papier. 58 feuillets. Dimensions : 0.20 × 0.13. (Cas. 1623.)

1629

Cf. Casiri, 1624, exact. Le manuscrit, qui occupe 19 feuillets sur 37, paraît bien avoir servi pour l'impression. Cf. aussi *supra*, t. I, p. XLI et note 1.

Papier. 37 feuillets. Dimensions : 0.24 × 0.17.

1630

Manuscrit autographe d'un traité de théologie persan-latin, par Germain de Silésie. Le texte persan est sur le recto et le plus souvent le texte latin lui fait face sur le verso. Titre : مقالت يا تصنيف مختصر. Au-dessous :

Veni Mecum
Ad Mohhammaedanos
Id est
Brevis tractatus, De divinis processionibus
Et Incarnatione Verbi Aeterni
Compactus

A. P. Fratre Dominico Germano, de Silesia
Episcopatus Wratislaviensis. Ord. Min.
Prou. Rom. reformatae, ac totius Ordinis
patre. S. Theol. Lectore, Linguarum Orienta-
lium Magistro. et olim, autoritate S. Sedis Apo-
stolicae, missionis Magnae Tartariae prefecto;
In civitate Aspahan regia
Persarum Regis.
Anno 1647.

Papier. 105 feuillets. Persan : 17 lignes; latin : 24 lignes par page. Dimensions : 0 20×0.12. (Cas. 1625.)

1631

Manuscrit latin autographe, de GERMAIN DE SILÉSIE. C'est l'adaptation du traité de logique الرسالة الشمسية فى القواعد المنطقية, de Naǧm ad-dīn ʿAlī b. ʿUmar AL-KĀTIBĪ, † 675/1276 : cf. *supra*, n° 619_1, et Brockelmann, *Ar. Litt.*, I, 466. Titre :

LOGICA SOLANA
Ex Arabico Latinati donata, et Latino
ordine Arabicė conciñata
Congesta
Ex diversis, praecipuorum Arabum docto-
rum Scriptis, variisque figuris illustata.
In quibus nonnullæ, haud ingratæ, antiquorũ
Arabum molitiones, a nemine Latinarũ
hactenus animadversæ, explicantur,
latinisque coæquantur, ac tandem ci-

tra aliorum morem, evangelicis apostolicisque sententiis muniuntur.

ORDITA

In Aspahan Regia Persarum in Conventu S. Augustini.

CONTEXTA

In Regio Hispaniarum Conventu Escurialensi
S. Laurentii ordinis RR. PP. ordinis S. Hieronimi
Domo utraque eximiæ Charitatis et hospitalitatis

PER

P. F. Dominicum Germanum de Silesia Eps Wratislaviensis ex Opido Schurgast ordinis S. Francisci, Prou. Rom. reformatæ S. Theol. Lect. provinciæ huj. ac totius Orientis patrem. Linguarum Orientalium Magistrum, ac olim S. Sedis Apost. autoritate, missionis magnae Tartariæ Præfectum.

Papier. 77 feuillets. 22 lignes par page. Dimensions : 0.22×0.15. (Cas. 1626.)

1632

1° Sentences recueillies par Germain de Silésie chez les auteurs arabes en un recueil qu'il a intitulé : كتاب الفوائد والقلائد. Sans date.

2° Apologie et exposé du catholicisme, en persan et en latin, par le même. Le texte est écrit sur deux colonnes, une pour le persan, une pour le latin, seulement sur les rectos, les versos restant en blanc. A partir du f° 47, la colonne du latin reste vide. Sans date.

Papier. 129 feuillets. 19 lignes par page. Dimensions : 0.15 × 0.15. (Cas. 1627.)

1633

Manuscrit autographe, par GERMAIN DE SILÉSIE, d'une grammaire en latin des langues arabe, persane et turque. Titre :

Introdvctorivm practicvm
in linguas
Arabicam, Persicam, Turcicam
Collectum et obseruatum
Per plures annos, in orientalibus provinciis, ac tandem
in Regia Escurialensi Biblioteca, Conventus RR.
PP. ordinis S. Hieronymi, haud ulli secūda,
organice concinnatum.

Papier. 100 feuillets. 23 lignes par page. Dimensions : 0.215 × 0.15. (Cas. 1628.)

GÉOGRAPHIE ET HISTOIRE

1634

Titre : خريدة العجائب وفريدة الغرائب. C'est l'ouvrage de cosmographie, de géographie et d'histoire naturelle, écrit par Sirāǧ ad-dīn ʿUMAR IBN AL-WARDĪ (850/1446), publié plusieurs fois au Caire, et sur lequel cf. Brockelmann, *Ar. Litt.*, II, 131 ; M. Ben Cheneb, in *Enc. Isl.*, II, 454. Bonne copie datée de 898/1493. A gauche du titre, enluminé, marque de possession du sultan saʿdien Zaidān : من كتب زيدان أمير المؤمنين ابن احمد المنصور أمير المؤمنين الحسني... Une carte.

Papier. Écriture orientale. 128 feuillets. 26 lignes par page. Dimensions : 0.265×0.17. (Cas. 1629.)

1635

Second volume du traité de géographie, intitulé كتاب المسالك والممالك, d'ABŪ ʿUBAĪD ʿAbd Allāh b. ʿAbd al-ʿAZĪZ AL-BAKRĪ († 487/1094 ; cf. Brockelmann, *Ar. Litt.*, I, 476 ; A. Cour, in *Enc. Isl.*, I, 619-20 ; édition et traduction partielle par de Slane, *Description de l'Afrique septentrionale*, Alger, 1857-58). Le début et la fin manquent ; le ms. a été relié en désordre à l'Escurial, comme le constatent deux notes de P. de G[ayangos] aux f°s 84 r° et 104 v°. C'est néanmoins un splendide exemplaire d'une partie des *Masālik* d'al-Bakrī. Commencement : ... المسافات بين منـاف ودلاص تسعة فراسخ. La description de l'Ifrīḳīya commence au f° 28 v°.

Papier. Écriture maġribine du genre *mabsūṭ*, vocalisée entièrement. Notes marginales, dont la plus grande partie a été rognée, au moment de la reliure du ms.. 104 feuillets. 19 lignes par page. Dimensions : 0.28×0.20. Sans date (XIIIe siècle J.-C.). (Cas. 1630.)

1636

1° Manuscrit mutilé du premier feuillet. On lit au f° 99 r° : تمّ كتاب سهل بن بشر الاسرائلى فى المواليد, « Fin du livre de SAHL B. BAŠR al-Isrā'ilī sur les *choses produites*[1] ». Ce traité d'alchimie, qui contient huit chapitres, est signalé par Ṣā'id de Tolède, *Kitāb Ṭabaḳāt al-umam*, éd. L. Cheikho, Beyrouth, 1912, p. ٨٨ et note ٤. L'auteur avait la filiation suivante : Abū 'Uṯmān Sahl b. Bašr b. Ḥabīb b. Hānī. Cf. aussi Casiri, *B.A.H.*, I, p. 360, n° 914. Commencement du f° 1 r° : وكذلك فانظر الى سهم السعادة وربّه فانّ السهم يـدلّ على أوّل العمد الخ.

Parchemin. Écriture maġribine. 99 feuillets. 22 lignes par page. Sans date.

2° (F° 100 r°). Traité, sans nom d'auteur, sur le flux et le reflux : كتاب المدّ والجزر, et comprenant trente chapitres (*faṣl*). Le but de l'ouvrage est défini en ces termes : قصد

1. Cf. Dozy, *Suppl. Dict. Ar.*, II, 841 *a*.

هذه المقالة هو تبيّن السبب الموجب لحركات البحر الجارية على حكم المدّ والجزر. L'ouvrage ne débute vraiment qu'au troisième *faṣl*, le premier étant constitué par l'*istiftāḥ* et le second par le sommaire général. L'exemplaire comporte 19 figures géographiques et cosmographiques, et porte la date de 588/1192. A-t-on affaire ici à une copie de la *risāla fī 'l-madd wa 'l-ǧazr* d'Abū Yūsuf Ya'ḳūb b. Isḥāḳ AL-KINDĪ (IXe siècle de J.-C.), signalée par Brockelmann, *Ar. Litt.*, I, 210 (6)? Casiri attribue l'ouvrage, peut-être d'après une indication disparue au moment de la reliure du manuscrit, à un Abū 'Alī Ibn az-Zaiyāt de Séville.

Papier. Écriture maġribine. 18 feuillets. 29 lignes par page. Dimensions : 0.285×0.20. (Cas. 1631.)

1637

Exemplaire du كتاب عجائب البلدان, « Livre des Merveilles des Pays », de Zakarīyā b. Muḥammad b. Maḥmūd AL-ḲAZWĪNĪ († 682/1283), surtout connu comme auteur de la cosmographie intitulée كتاب عجائب المخلوقات وآثار البلاد, éditée à Göttingen par Wüstenfeld, en 1848, et sur lequel cf. Brockelmann, *Ar. Litt.*, I, 481; M. Streck, in *Enc. Isl.*, II, 891-895. C'est un dictionnaire alphabétique des lieux-dits, rangés par « climats », avec la liste des personnages notoires qui en sont originaires : procédé de plusieurs géographes arabes, Yāḳūt entre autres. L'ouvrage est mentionné par Ḥāǧǧī Ḫalīfa, *Kašf aẓ-ẓunūn*, II, 107. Le manuscrit, complet à l'origine, présente des lacunes aux fos 71, 133, 145, 157 et 185, chacune d'un cahier; mais ces cinq cahiers qui manquent au ms. 1637 forment aujourd'hui une partie du *legajo* 1924. Copie de 701/1301-1302. Incipit : العزّ لـك والجلال لكبريائـك الخ. Fin : انتهى علم اهل بـلادنا والله اعلم بما وراء ذالك من البلاد والتجار ولكن هذا آخر الكلام ،

Papier. Écriture orientale. 239 feuillets. 19 lignes par page. Dimensions : 0.18×0.14. (Cas. 1632.)

1638

Ce manuscrit (Cas. 1633) a disparu.

1639

Manuscrit de l'ouvrage de Šihāb ad-dīn Abu 'l-ʿAbbās Aḥmad Ibn Faḍl Allāh al-ʿUmarī, † 748/1348, intitulé : كتاب التعريف بالمصطلح الشريف. Sur l'auteur et l'ouvrage, manuel du secrétaire de chancellerie et source du *Subḥ al-aʿšā* d'al-Ḳalḳašandī, cf. Brockelmann, *Ar. Litt.*, II, 141, et Gaudefroy-Demombynes, *La Syrie à l'époque des Mamelouks d'après les auteurs arabes*, Paris, 1923, p. IV. Cf. aussi *Enc. Isl.*, II, 40. Cet ouvrage a été publié au Caire en 1312. Cf. *supra*, t. I, n° 550, p. 379, un traité sur le même sujet, « redressement » de celui d'Ibn Faḍl Allāh. La date de copie, qui se trouvait inscrite au f° 240 v°, a été grattée (Casiri donne 869/1464-65). On lit au-dessous du titre, en lettres d'or, la mention suivante : للخزانة العالية المولوية الزينيّة عمر بن ابى السقّاح وكيل بيت المال, et au-dessus du titre, après la *ḥamdala* : تملّكه عبد الله المتوكّل عليه المفوّض امره اليه زيـدان أمير المؤمنين الخ ،

Papier. Écriture orientale. 240 feuillets. 13 lignes par page. Dimensions : 0.185 × 0.13. (Cas. 1634.)

1640

Autre exemplaire de l'ouvrage décrit au numéro précédent. Le titre porte au lieu de كتاب التعريف, [= تثقيف] سمف التعريف. Le manuscrit, auquel il manque beaucoup de points diacritiques, est peu soigné et porte une date évidemment fausse : 11 rabīʿ I 669. L'auteur est qualifié en tête : شهاب الدين احمد بن فضل الله صاحب دواوين الانشاء بالديار المصريّة ʿ

Parchemin. Écriture orientale. 208 feuillets. 13 lignes par page. Dimensions : 0.18 × 0.13. (Cas. 1635.)

1641

Titre se détachant sur un fond enluminé et portant en caractères kūfiques sur champ or et azur : المختصر من تـأريخ البشر تأليف الملك المؤيّد صاحب حماة. C'est un volume de la grande histoire antéislāmique et islāmique, jusqu'à l'année 729/1329, d'Abu 'l-Fidā' Ismāʿīl b. ʿAlī b. Maḥmūd (cf. Brockelmann, *Ar. Litt.*, II, 44-46 ; le même, in *Enc. Isl.*, I, 88), dont plusieurs éditions et traductions partielles ont été publiées en Europe et une édition complète à Constantinople en 1286 H. (2 vol.). Cf. *infra*, n° 1760. L'exemplaire, ici, se termine à l'année 710/1310 : ثمّ دخلت سنـة ٧١٠ وهذا آخر ما وجدتّه من هذا التأريخ. Une note précise : لا شكّ أنّ المؤلّف الّف الى ما هو بعد هذا ولكن هكذا وجد فنقل كما هو لكنّه مات بعد

الثلاثين. La copie est datée de 792/1390. Elle porte plusieurs marques de possession, dont celle du sultan sa'dien Zaidān.

Papier. Écriture orientale cursive. Titres à l'encre rouge. 421 feuillets. 23 lignes par page. Dimensions : 0.26×0.17. (Cas. 1636.)

1642

Exemplaire acéphale du XIe livre de l'encyclopédie d'Abu 'l-'Abbās Aḥmad b. 'Abd al-Wahhāb AN-NUWAIRĪ († 732/1332; cf. Brockelmann, *Ar. Litt.*, II, 139-140), intitulée : نهاية الارب فى فنون الادب, dont une édition est en cours de publication au Caire. Premier titre de chapitre : ذكر ميلاد ابراهيم عم. La copie, déclarée faite sur l'autographe, est de 970/1562.

(F° 92 r°). XIIe livre du même ouvrage, commençant par ذكر نبوة سليمان بن داوود عليهما السلام. La copie, de même main que la précédente, est de 972/1564.

Papier. Écriture orientale. 182 feuillets. 25 lignes par page. Dimensions : 0.27×0.18. (Cas. 1637.)

1643

Exemplaire de l'anthologie intitulée سكردان السلطان الملك الناصر, composée en 757/1356 par Abu 'l-'Abbās Aḥmad b. Yaḥyā IBN ABĪ ḤAĞALA al-Maġribī († 776/1375). Sur cet ouvrage (publié à Būlāḳ en 1288 H. et au Caire en 1317, en marge du *Kitāb al-Miḫlāt*) et son auteur, cf. Brockelmann, *Ar. Litt.*, II, 12-13; le même, in *Enc. Isl.*, II, 377-78. Copie de 889/1484. Cf. un autre exemplaire, *infra*, n° 1713.

Papier. Écriture orientale. 67 feuillets. 28 lignes par page. Dimensions : 0.265×0.18. (Cas. 1638.)

1644

Premier tome de la grande œuvre historique de Šams ad-dīn Abu 'l-Muẓaffar Yūsuf b. Ḳizuġlū SIBṬ IBN AL-ĞAUZĪ († 654/1257), intitulée كتاب مرآة الزمان فى تاريخ الاعيان. Cf. Brockelmann, *Ar. Litt.*, I, 347; *Enc. Isl.*, II, 395. Ce volume contient, outre des prolégomènes, le commencement de l'histoire juive. Il s'arrête à فصل فى قصة كالب بن يوقنا, inclusivement. Exemplaire très soigné, sans date, écrit, d'après une note au f° 34 r°, avant 849/1445. Incipit : الحمد لله. الواحد القديم المنان الخ. Cf. *infra*, n°s 1645, 1646 et 1665.

Papier. Écriture orientale. 341 feuillets. 19 lignes par page. Dimensions : 0.28×0.18. (Cas. 1639.)

1645

Neuvième tome de l'ouvrage précédent, allant de l'année 167/783-84 à l'année 209/824-25 inclusivement. Sans date.

Papier. Écriture orientale. 186 feuillets. 21 lignes par page. Dimensions : 0.27×0.19. (Cas. 1640.)

1646

Treizième tome de l'ouvrage précédent, allant du milieu de 218/833 au milieu de 253/867. Incipit : ذكر وزراء المأمون وحجابه وقضاته. Copie datée de la fin de 719/1320.

Papier. Écriture orientale très large. 34 feuillets. 21 lignes par page. Dimensions : 0.26×0.18. (Cas. 1641.)

1647

Titre : السفر الاوّل من كتاب الاكمال فى رفع عارض الارتياب عن المؤتلف والمختلف فى الاسماء والكنى والانساب (var. Brockelmann, كتاب الاكمال فى المختلف والمؤتلف من اسماء الرجال). C'est un exemplaire du premier volume du dictionnaire biographique, rédigé par ordre alphabétique des initiales, d'Abū Naṣr ʿAlī b. Hibat Allāh b. ʿAlī b. Ǧaʿfar Ibn Mākūlā, qui vivait dans la seconde moitié du Ve siècle H., et sur lequel cf. Brockelmann, *Ar. Litt.*, I, 354-355. Le tome II (à partir de la lettre ز) commence au fo 173 ro. Incipit : الحمد لله ربّ العالمين... وبعد فانّى لمّا نظرت فى كتاب ابى بكر احمد بن على بن ثابت الذى سمّاه التكملة لكتابى ابى الحسن على بن عمر الدارقطنى وابى محمّد عبد الغنى بن سعيد الازدى فى المؤتلف والمختلف وكتاب عبد الغنى بن سعيد فى مشتبه النسبة ووجدته تداخل باشياء كثيرة لم يذكرها الخ، Copie non datée, du IXe siècle H.

Papier. Écriture orientale, avec titres de chapitres (*bāb*) à l'encre rouge. 378 feuillets. 25 lignes par page. Dimensions : 0.27×0.18. (Cas. 1612.)

1648

Exemplaire admirable du sixième et dernier *ǧazʾ* de l'*Ikmāl* d'Ibn Mākūlā. Commence à la lettre ل. Copie non datée, exécutée sur l'autographe, et reproduisant, comme le no 1647 (au fo 173 ro), la note suivante de l'auteur : قال الامير مصنّف هذا الكتاب رحمه الله فى آخر أصله الذى كتبه بخطّه فرغ من تصنيف هذا الكتاب يوم الاثنين ثالث شعبان من سنة

سبع وستين واربع مائـة وكان الابتداء بتصنيفه ليلة السبت الثانى من صفر سنـة اربع وستين واربع مـائـة وعملت الى بعض حرف الحاء فتشاغلت عنه مدة طويلة ثمّ عدت فـاكملته يوم الاحد (*blanc*) شعبان من سنـة سبع وستين وبـدأت بكتب هذه النسخة فى سنـة سبع ثمّ خرجت من بغداد وقد بلغ الى آخر العاشر منها ثمّ عدت الى تبييضه الثانى من شهر رمضان سنـة سبعين واربع مائـة وفرغ من كتب هذه النسخة يوم الثلاثاء السادس عشر من شوّال سنـة سبعين واربع مـائـة ببغداد ولله الحمد الخ (L'année 464 H. correspond à 1071-72 J.-C.).

Papier. Écriture orientale (*nasḫī*). Manuscrit en partie vocalisé. 193 feuillets. 17 lignes par page. Dimensions : 0.245 × 0.165. (Cas. 1643.)

1649

Titre : المجلد الرابع من الإكمال فى رفع الارتياب عن المختلف والمؤتلف من الأسماء والكنى والألقاب. Dernier quart de l'*Ikmāl* d'Ibn Mākūlā. Commence a la lettre غ. Cet exemplaire porte la même note de composition que les n°s 1647 et 1648. Il a été copié à Mauṣil en 618/1221 (non 587, donné par Casiri).

Papier. Écriture orientale. 203 feuillets. 20 lignes par page. Dimensions : 0.26 × 0.19. (Cas. 1644.)

1650

Titre : كتاب الغريب المصنّف, le grand ouvrage philologique d'Abū ʿUbaid al-Ḳāsim b. Sallām al-Herewī, † 223/837 : cf. Brockelmann, *Ar. Litt.*, I, 106-107; le même, in *Enc. Isl.*, I, 114. L'exemplaire de l'ouvrage semble incomplet :

il débute ainsi, après la mention du titre du premier *bāb* (صفة خلق الانسان ونعوته) حدّثنا ابو على اسمعيل بن القاسم البغدادى قال قرأت هذا الكتاب على ابى بكر محمّد بن قاسم بن بشّار الانبارى سنة ٣١٧ ، [حدّ]ثنا ابو بكر قراءة عليه قال حدّثنى ابى قال قرأنا على ابى الحسن الطوسى علىّ بن عبد الله بسرّ من رأى قال قال ابو عبيد القاسم بن سلّام سمعت ابا عمرو الشيبانى يقول الأنوف يقال لها المخاطم واحدها مخطم الخ. Il comprend dix parties : (f° 167 r°) تمّ الجزء العاشر من الغريب المصنّف وبتمامه تمّ جميع الديوان. — F° 50 r° : باب الجبال وما فيها. — F° 66 v° : كتاب السحاب والرياح. — F° 79 r° : كتاب أمثلة الافعال. — F° 109 v° : باب السباع أسماء الاسد. — F° 148 v° : كتاب الاجناس. La copie porte la date de 601/1205.

Papier. Écriture maġribine. 167 feuillets. 25 lignes par page. Dimensions : 0.29×0.20. (Cas. 1645.)

1651

Recueil de la même main, où l'on trouve :

1° Un exemplaire, mutilé du début et de la fin, du dictionnaire géographique intitulé معجم ما استعجم d'Abū ʿUbaid ʿAbd Allāh b. ʿAbd al-ʿAzīz AL-BAKRĪ († 487/1094), qui a été publié par Wüstenfeld à Göttingen, en 1876-77. Cf. Brockelmann, *Ar. Litt.*, I, 476 (1). Commencement actuel : ··· قيس فهم بالحرة حرة بنى سالم, un peu avant le باب حرف الهمزة والالف. Fin (f° 149 v°) : الزاى والباء زبد ··· موضع بالشأم مذكور فى رسم صوران زبيد ··· بلد باليمن معروف وزبيد مكتوب انوشروان. Le manuscrit correspond aux pages ٥٩ à ٤٣٤ de l'édition Wüstenfeld.

2° (F° 150 r°). Fragment d'histoire antéislāmique, sans début ni fin. Commencement : وجمعوا جماجمهم وجعلوها كالكوم فسمى ذلك الموضع دير الجماجم ومن رواية ابى على القالى عن رجاله قالوا كانت اياد لما نزلوا العراق نقزوا اهله ومن ناواهم حتى ملك كسرى انوشروان الخ. Premier vers cité : قال راجز

الاحمران اهلكت ايادا * وحرما قومها السوادا

Deuxième page : وقال شاعرهم

ومنّا الذى اردى لقيطا برمحه * غداة الصفى وهو الكمى المقنع
لحياشة كتب لقيطا لوجهه * واقبل منها عانـد يتـدفـع

Papier. Écriture maġribine. Sans date. 173 feuillets. 24 lignes par page. Dimensions : 0.25×0.17. (Cas. 1646.)

1652

Titre : تحفة الانفس وشعار سكان الاندلس, par ʿAlī b. ʿAbd ar-Raḥmān Ibn Huḏail al-Andalusī. Cet ouvrage qui se compose de deux parties, l'une relative à la guerre sainte et au *ribāṭ* des *muǧāhid* (فى الجهاد والرباط), l'autre (à partir du f° 63 r°) à l'art de l'équitation et à l'hippologie (فى الخيل), fut dédié par l'auteur en 763/1361-62 au prince naṣride de Grenade Muḥammad b. Yūsuf b. Ismāʿīl Ibn Naṣr. Une publication en est annoncée par Louis Mercier, *La Parure des Cavaliers et l'Insigne des Preux*, Paris, 1922, Préface. Incipit : الحمد لله المنعم بسوابغ المنن والالاء ، المحسن بجلائل القِسَم والنعماء . . . امّا بعد كتب الله النصر المؤيد والعزّ المؤبد

والثنا ، المخلّد للمقام الكريم السنى الجليل الطاهر العلى مقام مولانا وملجئنا
ومنجانا وعصمة ديننا ودنيانا ... امير المسلمين الغنى بالله ابى عبد الله
محمد بن ... ابى الحجاج يوسف بن ... ابى الوليد اسمعيل بن نصر الخ ،

Manuscrit non daté, antérieur à 821/1418, date d'une mention d'achat.

Papier. Très belle écriture maġribine, type *mabsūṭ*. 135 feuillets. 17 lignes par page. Dimensions : 0.27×0.18. (Cas. 1647.)

1653

Titre : كتاب نزهة البصائر والابصار, œuvre d'Abu 'l-Ḥasan ʿAlī b. ʿAbī Muḥammad ʿAbd Allāh b. Muḥammad b. al-Ḥasan AL-ĞUḎĀMĪ al-Mālaḳī, mort après 794/1391, composée en 781/1379. Elle constitue le commentaire d'une « séance » du même auteur, intitulée المقامة النخلية (dialogue entre un palmier et un figuier), et, en même temps, avec des digressions littéraires, une histoire des rois naṣrides de Grenade et de leurs ancêtres depuis Saʿd b. ʿUbāda. Le manuscrit est décrit en ces termes dans une note de Lafuente y Alcántara : « El codice contiene un comentario a la oracion retórica llamada de la palmera, por Abul Hasan Aly ben Abdallah ben Mohammed Al-Chodzami, natural de Málaga. En ella se nombra por incidencia a Saad ben Obada, de cual se preciaban de descender los reyes de Granada, y con tal motivo inserta une breve pero curiosa historia de estos, que alcanza hasta Mohammed 5°. Comprende desde el f° 37 al 46. Despues sigue el comentario, y no hay nada de historia de los reyes de Africa, como dice la nota manuscrita de la ultima hoja. El libro se intitula : كتاب نزهة البصائر والابصار, Libro del recreo de las inteligencias y los ojos. » Cet ouvrage a été également signalé par Pons Boigues, *Ensayo*[1], p. 348, n° 297, et Brockelmann, *Ar. Litt.*, II, 263. M. J. Müller en a donné des extraits dans ses *Beiträge zur Geschichte der westlichen Araber*, t. I, München, 1866, p. 101-160. (F° 1 r°) : Incipit de la *maḳāma* : قلتُ اخاطب من اجرى من السراة ذكر العراق فاهاج للنفس الشعاع لواعج الاشواق الخ. (F° 4 r°) : Copie d'un poème composé à la louange de l'auteur et du commentaire de sa *maḳāma* (*taḳrīẓ*) : الاكليل فى تفضيل النخيل مما نظمه احد الشعراء الكتاب فى مدح هذا الكتاب اثر مطالعته ومنظوم عندى بخطه. (F° 4 v°): Incipit de l'ouvrage proprement dit : امّا بعد حمد الله العلى العظيم ... فانّى كنت قد امليت احرفا فى الايّام الماضية على لسانى نخلة وكرمة جوابا عن سؤال تكرّر لدىّ فى ذلك. (F° 109 v°) : Fin : وهذا ما انتهى اليه تقييد الجواب على ما تقدّم من الفاظ المقامة النخلية ، Le manuscrit n'est pas daté, mais paraît peu postérieur à l'original.

Papier. Écriture maġribine, genre *mabsūṭ*. 109 feuillets. 21 lignes par page. Dimensions : 0.29×0.22. (Cas. 1648)

1654

Recueil contenant sous la même reliure :

1° Un exemplaire acéphale du répertoire biographique des poètes arabes de l'Espagne du Ier au VIIe siècle H., in-

1. Francisco Pons Boigues, *Ensayo bio-bibliográfico sobre los Historiadores y Geógrafos arábigo-españoles*, Madrid, 1898.

titulé كتاب الحلّة السيراء, œuvre d'Abū ʿAbd Allāh Muḥammad b. ʿAbd Allāh b. Abī Bakr Ibn al-Abbār al-Ḳuḍāʿī al-Balansī, † 658/1260 : cf. Brockelmann, *Ar. Litt.*, I, 340-341. Sur l'ouvrage, cf. principalement Dozy, *Notices sur quelques manuscrits arabes*, Leyde, 1847-51, p. 29 *sqq.*, qui en a donné de larges extraits. Cf. aussi M. J. Müller, *Beiträge* (texte de la première partie), et Pons Boigues, *Ensayo*, p. 295. En tête se trouve une table des personnages cités (فهرسة رجال الكتاب). Commencement du manuscrit :

بنى لى المجد آباء كرام * ورثنا مجدهم باعا فباعا

وهذبنى الآباء فقات طرفى * وكلّ بعد يجرى ما اسطاعا

L'ordre suivi dans du répertoire est par siècles, jusqu'au f° 179 v°, où l'on trouve une reprise du Ier siècle pour additions. La copie est datée de 990/1582 et est déclarée collationnée sur l'original. Cf. Casiri, II, 30-65.

Papier. Écriture maġribine. 197 feuillets. 19 lignes par page. Dimensions : 0.27×0.20.

2° Court fragment sur l'histoire de l'Espagne musulmane, acéphale, débutant par une fin de chapitre : فكانت الكرة عليه فانهزم العلج بجنده فى فحص اوريولة بموضع لا يستتر به منهزم الا فضحته ذكر السهول والرمال الخ. Puis vient un chapitre intitulé : ذكر استفتاح طارق لجزيرة الاندلس فى سنة ٩٢ من الهجرة قال احمد لما افتتح طارق ابن زياد الاندلس حسده موسى بن نصير الخ. Cet opuscule comprend de nombreuses citations d'un Aḥmad b. Abi 'l-Faiyāḍ, ce qui a poussé Dozy à l'attribuer à ce personnage lui-même (in Introduction à son édition d'*al-Bayān al-*

mugrib, Histoire de l'Afrique et de l'Espagne, intitulée al-Bayano 'l-mogrib par Ibn-Adhâri (de Maroc)), Leyde, 1848-51, p. 75-76. Ce manuscrit a récemment fait l'objet d'un article du P. Melchor M. Antuña, *Un fragmento arábigo-histórico (Biblioteca del Escorial)*, in *la Ciudad de Dios*, revue publiée par les P. P. Augustins de San Lorenzo del Escorial, vol. CXXVII, 1921, p. 103-114. L'auteur passe en revue les opinions émises au sujet de ce fragment historique par Casiri, Conde (I, 22-28), Gayangos, in *Memorias de la Real Academia de la Historia*, VIII, p. 10, n. 4, et révoque en doute l'attribution à Ibn Abi 'l-Faiyāḍ proposée par Dozy. Cf. aussi Pons Boigues, *Ensayo*, p. 63-66. Le texte du fragment est donné tout au long par Casiri, II, p. 320-325.

Papier. Écriture maġribine. 3 feuillets. 23 lignes par page. Dimensions : 0.27×0.17. (Cas. 1649.)

1655

Manuscrit mutilé du premier feuillet et de la fin. Titre dans l'introduction : نجعة (*sic*) الرواد فى ذكر ملوك بنى عبد الواد. L'auteur, qui n'est pas nommé ici, est Abū Zakarīyā Yaḥyā Ibn Ḫaldūn, † 788/1387, le frère de ʿAbd ar-Raḥmān, l'auteur du *Kitāb al-ʿIbar*. C'est l'histoire de la dynastie des ʿAbd al-Wādides de Tlemcen, éditée et traduite par A. Bel, 2 vol. en 3 fascicules, Alger, 1904, 1911, 1913. Cf. A. Bel, in *Enc. Isl.*, II, 419-420. Cf. aussi Brockelmann, *Ar. Litt.*, II, 241. L'ouvrage est plus connu avec la variante, au titre, de بغية الرواد. Incipit du manuscrit (éd. Bel, t. I, p. ٢) : المفترض البدار ونصلّى على سيدنا ومولانا محمد الخ. Il se termine par la pièce de vers en rime الانصاف, dernier vers : رفعا سماء الملك فوق بسيطة الخ (éd. Bel, t. II, p. ٣٢٠, avant-dernière ligne). Copie non datée.

Papier. Écriture mağribine. 186 feuillets. 21 lignes par page. Dimensions : 0.29×0.21. (Cas. 1650.)

1656

Recueil factice (*mağmū'*), comprenant :

1° Un opuscule acéphale, débutant par la citation du حديث ابن جبل et un *faṣl* فى ذكر الصلوات الخمس وفضائلها, suivis d'autres fragments sur la prière et les pratiques musulmanes.

2° (F° 14 r°). Titre : كتاب منهاج الذاكرين وتنبيه الغافلين وعمدة الواعظين قال ابن عبّاس... سمعت النبى صلعم يقول خير الناس وخير من يمشى على حديد الارض المعلمون الخ. Suivi de séances (*mağlis*) et de *ḥadīṯ* sur Allāh, le Prophète et l'Islām.

3° (F° 36 r°). Les مسائل d'ABŪ ḤĀZIM. Incipit : قال بينما انا سائر على ساحل البحر اذ لقينى رجل من اصحاب رسول الله صلعم الخ. Suivi d'autres fragments destinés à l'édification, entre autres, de trois séances (*mağlis*).

4° (F° 59 r°). Titre : الاربعون حديثا. Incipit : قال الشيخ... ابو عبد الله محمد بن ابى بكر... الحمد لله ربّ العالمين الخ.

5° (F° 76 r°, milieu). Récit anonyme de la conversion à l'Islām de Ḫālid b. al-Walīd : كتاب اسلام خالد بن الوليد وما جرى له رضه من الغرائب والعجائب.

6° (F° 78 v°). Récit de la غزوة الزرقان.

7° (F° 111 r°). Commencement : هذا كتاب فيه غزوة سطيح الغسانى الاسود وآل غسان وهم عباد النار... وكيف غزاهم الامام على... ،

8° (F° 119 v°). Commencement : قصة غزوة حصن الغراب وكيف فتحه اصحاب رسول الله... . Tout ce qui précède est d'une même main maġribine médiocre. Sans date. 31 lignes par page.

9° (F° 126 v°). Récit anonyme de la conquête de l'Afrique Mineure par les Musulmans. Commencement : كتاب فيه فتوح افريقية وبالله تعالى التوفيق وهى تسمّى بتونس وبالمدينة الخضراء فبعث اليها سيدنا عثمان رضه جيشا وامّر عليهم سيدنا عقبة بن عامر (*sic*) رضه فأتوا الى موضع يقال له القيروان... . Voici les titres des différents chapitres : (f° 158 v°) قصة فتوح سبيبة ; (f° 216 r°) رحلة المسلمين الى مدينة ساطف ; (f° 246 v°) قصة فتوح وجدة ; (f° 254 v°) (?) قصة فتوح تكلامة. La copie date de 1005/1596. 21, 25 et 32 lignes par page.

10° (F° 311 r°). Opuscule en prose mêlée de vers, intitulé : كتاب الحيل والادوية, « traité des artifices et des remèdes ».

Papier. Écriture maġribine. 316 feuillets. Dimensions : 0.26 × 0.20. (Cas. 1651.)

1657

Manuscrit mutilé du premier feuillet. Je crois pouvoir lire sur la tranche le titre suivant : مشرع الخاتم على مشروع الخاتم. C'est une monographie des sceaux connus à l'époque de l'auteur, qui est appelé ici (f° 90 r°) Manṣūr b. Muḥammad b. Hudba (هدبة). Ce manuscrit, non daté, mais aussi ancien que possible, est entièrement vocalisé. L'ouvrage comprend cinq *faṣl,* dont voici les titres, d'après l'incipit : [الاوّل] فى لفظ الخاتم واشتقاقه ووزنه وحكاية اللغات المشرعة فيه عن العرب وأسمائه ، والثانى فى ايراد ما رويناه فيهن الاحاديث النبوية بعد تصحيح متونها الجلية وسرد اسانيدها العلية ، والثالث فيما يتعلّق به من المباحث الشرعية ويتفرّع عليه من القضايا الفقهية ، والرابع فى ذكر من لبسه فى الاسلام من ائمته وخلفائه والاعلام ، والخامس فى نبذ من الادب متعلّقة من ذكره ولو ببعض السبب ،

(F° 69 v°). C'est le fils de l'auteur qui a terminé l'ouvrage, resté inachevé à la mort de son père : يقول منصور بن محمد بن منصور بن على بن هدبة القرشى هذا الذى املى علىّ سيّدى الوالد رحمه الله من الفصل الخامس... والحقت بالفصل الخامس الذى لم يكمله سيّدى الوالد... نبذا من الادب متعلقة من ذكره كما شرط... ولو ببعض السبب مريدا بذلك تكميل مقصده.... Aucune indication de date de composition ou de copie.

Papier. Cursive maġribine. 90 feuillets. 19 lignes par page. Dimensions : 0.24×0.17. (Cas. 1652.)

1658

Titre : شرح قصيدة ابن عبدون. Commentaire du poème historique, intitulé البشّامة, sur la chute de la dynastie espagnole des Afṭasides de Badajoz, d'Abū Muḥammad ʿAbd al-Maǧīd Ibn ʿAbdūn, † 529/1134, par Abū Marwān ʿAbd al-Malik b. ʿAbd Allāh Ibn Badrūn al-Ḥaḍramī (seconde moitié du VIe siècle H. = seconde moitié du XIIe de J.-C.). Cf. Brockelmann, *Ar. Litt.*, I, 271 et 340; *Enc. Isl.*, II, 376-377. Cet ouvrage a été publié par R. Dozy : *Commentaire historique sur le poème d'Ibn Abdoun, par Ibn Badroun*, Leyde, 1846. La copie n'est pas datée, mais paraît ancienne (VIIe siècle H.). Le texte des vers commenté est écrit en très gros caractères. Cf. deux autres exemplaires du même ouvrage, *supra*, n° 274_2, et *infra*, n° 1774.

Papier. Écriture orientale. 107 feuillets. 24 lignes par page. Dimensions : 0.25×0.18. (Cas. 1653.)

1659

Titre : كتاب زهر الكمام فى قصّة يوسف عليه السلام. Histoire de Joseph, en seize *mağlis*, œuvre de ʿUMAR b. Ibrāhīm b. ʿUmar AL-AUSĪ, originaire de Murcie. Brockelmann, *Ar. Litt.*, II, 265, appelle l'auteur Abū Isḥāḳ Ibrāhīm b. Yaḥyā... al-Ausī, né en 687/1288 et mort en 751/1350. Il y a là une impossibilité, car l'ouvrage est expressément daté ici du 26 ğumādā I 683/10 août 1284. La copie, non datée mais peu postérieure à l'original, a été collationnée sur lui. Incipit : الحمد لله ربّ العالمين كثيرا . . . اعلموا رحمكم الله انّ قصص الانبيا٠ عليهم السلام عظة لمن سمعها وتذكرة نافعة لمن جمعها الخ ،

Papier. Écriture mağribine. 176 feuillets. 21 lignes par page. Dimensions : 0.245×0.16. (Cas. 1654.)

1660

Traduction en arabe du *Šāh-Nāmeh* de FIRDAUSĪ, faite, sur l'ordre du sultan aiyūbide ʿĪsā b. al-Malik al-ʿĀdil, par

AL-BUNDĀRĪ (vers 624/1227). Manque le premier feuillet. F° 1 v° : ... الكتاب الموسوم بشاه نامه الذى عنى بنظمه الامير الحكيم ابو القاسم منصور بن الحسن الفردوسى الطوسى... فامر مملوكه وصنيعته الفتح بن على بن الفتح البندارى الاصبهانى ان يترجمه. Cf. Brockelmann, *Ar. Litt.*, I, 321 ; *Enc. Isl.*, I, 760. Manuscrit non daté.

Papier. Écriture orientale, type *nashī*. 237 feuillets. 25 lignes par page. Dimensions : 0.27 × 0.18. (Cas. 1655.)

1661

Persan. Le titre est donné à la fin du manuscrit : الكتاب المسمّى بروضة الصفا المشتهر بتاريخ ميرخواند (Histoire de Mirḫond). La copie paraît complète et est datée de la fin de 1012/1604.

Papier. Écriture persane. 342 feuillets. 25 lignes par page. Dimensions : 0.30×0.19. (Cas. 1656.)

1662

Persan. On lit sur la page de titre enluminée : كتاب شرف نامه سكندر. Le manuscrit a été écrit avant 946/1539, d'après une note du f° 83 r°.

Papier. Écriture persane. 83 feuillets. 21 lignes sur 4 colonnes, par page. Dimensions : 0.28×0.19. (Cas. 1657.)

1663

Turc. Premier volume d'une histoire de Ḫair ad-dīn Pāšā Barberousse. Beau manuscrit encadré d'or. Une note arabe en tête vaut la peine d'être transcrite : قصّة خير الدين باشا

بالتركية وخط تورکی (*sic*) وهو السفر الاوّل خصّه السفر الثانی وهو فی بلاد النصاری يسمّونه بَارْبَرْشَه. Exemplaire non daté.

Papier. Très belle écriture orientale. Enluminure au f° 1 v°. 321 feuillets. 15 lignes par page. Dimensions : 0.26×0.17. (Cas. 1658.)

1664

Fragment acéphale de l'histoire d'Abu 'l-Fidā' (cf. *supra*, n° 1641), débutant aux événements de l'année 541 H. et se poursuivant jusqu'à la fin de l'ouvrage. Incipit : ذكر استيلاء الفرنج على طرابلس وسبب ذلك انّهم نزلوا عليها وحصروها فلمّا كان اليوم الثالث من نزلهم سمع الفرنج ضجة عظيمة وخلت الاسوار من المقاتلة الخ (cf. éd. de Constantinople, II, p. ١٩). Copie antérieure à 962/1555.

Papier. Écriture orientale. 148 feuillets. 25 lignes par page. Dimensions : 0.27×0.18. (Cas. 1659.)

1665

Exemplaire acéphale du quatorzième tome de la *Mir'āt al-maḥāsin* de Sibṭ Ibn al-Ǧauzī : cf. *supra*, n°s 1644, 1645, 1646. La chronique commence au milieu de l'année 235. F° 8 v° : année 236. Va jusqu'à l'année 270 (f° 233 r°) inclusivement. La copie est datée de la fin de 733/1333.

Papier. Élégante écriture orientale. 247 feuillets. 17 lignes par page. Dimensions : 0.26×0.17. (Cas. 1660.)

1666

Titre : المسند الصحيح الحسن فى مآثر مولانا ابى الحسن. C'est l'exemplaire unique et fort beau, dont il manque malheureusement le premier feuillet, de la monographie consacrée au sultan marīnide Abu 'l-Ḥasan ʿAlī (731-752/1331-1351), par Muḥammad b. Aḥmad Ibn Marzūḳ al-Ḫaṭīb, † 781/1379. Sur cet ouvrage et sur son auteur, cf. la notice consacrée au présent manuscrit par E. Lévi-Provençal, *Un nouveau document d'histoire mérinide : Le* Musnad *d'Ibn Marzūḳ,* in *Hespéris,* 1925, p. 1-82. En cours de publication dans la collection des *Textes arabes relatifs à l'histoire de l'Occident Musulman,* tome V. Incipit actuel : .... مدن هذه الاوصاف والغيب الطاهر الاعراق والجيب الخ. Copie exécutée à Tlemcen et terminée le 27 ǧumādā Ier 773/7 décembre 1371.

Papier. Belle écriture maġribine, type *mabsūṭ*. 130 feuillets. 21 lignes par page. Dimensions : 0.29 × 0.21. (Cas. 1661.)

1667

Très bel exemplaire, daté de 495/1102, des « dictées » littéraires الأمالى d'Abū ʿAlī Ismāʿīl b. al-Ḳāsim al-Baġdādī, surnommé al-Ḳālī, mort à Cordoue en 356/967. Ce manuscrit contient, outre l'ouvrage proprement dit, un supplément (ذيل), commençant au f° 135 r°, et un second supplément (ذيل الذيل), à partir du f° 169 r°, le tout du même auteur : آخر الزيادة المعروفة بذيل الذيل التى بتمامها تمّت الزيادات اجمع تأليف ابى على الخ. Cf. *supra,* n° 359, un exemplaire partiel du même ouvrage (voir aussi t. II, fasc. 1, p. XIII). Les *Amālī* ont été publiées à Būlāḳ en 1324. Sur l'auteur et l'ouvrage, cf. aussi Brockelmann, *Ar. Litt.*, I, 132. *Ibid.*, p. 324, il cite d'après Casiri Abū 'Alī Ibrāhīm b. al-Ḳāsim al-Baġdādī, sans s'apercevoir que c'est là le vrai nom d'al-Ḳālī.

Papier. Écriture maġribine serrée. 180 feuillets. 28 lignes par page. Dimensions : 0.27 × 0.19. (Cas. 1662.)

1668

Fragments anonymes, relatifs aux Prophètes (*Ḳiṣaṣ al-anbiyā'*) et à la *Sīra* de Muḥammad. Commence par : حكاية فى رجل الذى (*sic*) جرى له مع ابليس بمعنى التوبة. On y rencontre, entre autres mélanges : (f° 16 r°) حكاية ذى القرنين حديث ملك (f° 18 r°) ; لابى مرائيد الحميرى وقصة الصنم والملك وابنته حديث الفخ (f° 59 r°) ; الحزين الذى يرصد الرأى لغيره ولا يرصده لنفسه والعصفور والصياد : ces deux derniers opuscules ont été copiés sur des exemplaires illustrés ; le copiste, ici, s'est borné à recopier les légendes des figures ; (f° 94 v°) كتاب فيه نفيحة ابتداء (f° 107 v°) ; ذكر خلق السحب والمطر والبرد (f° 107 r°) ; ابليس ; (f° 118 v°) حديث شعيب النبى صلعم ; (f° 120 v°) مقادير الخير والشر ; (f° 154 v°) حديث عيسى بن مريم ; حديث العلا الشهير رحمه الله. La fin manque. La date de la copie, 928/1522, est fournie à la fin de 54 r°, dans un curieux libellé : تم بتاريخ يوم الخميس الاربعة عشر من شهر اغشت الذى من عام 928 للهجرة المحمدية.

Papier. Écriture maġribine. 155 feuillets. 29 lignes par page. Dimensions : 0.29 × 0.20. (Cas. 1663.)

1669

Première partie de الطبقات الكبرى, c'est-à-dire de la recension la plus développée du répertoire des savants šāfiʿītes, classés par « catégories » (*ṭabaḳāt*), œuvre d'Abū Naṣr ʿAbd al-Wahhāb b. ʿAlī b. ʿAbd al-Ġanī Tāǧ ad-dīn as-Subkī, † 771/1370. Cf. Brockelmann, *Ar. Litt.*, II, 89-90. Ce volume date de 884/1479 et contient surtout les notices des personnages nommés Muḥammad et Aḥmad. Les points diacritiques font défaut. Incipit : الحمد لله نحمده ونستعينه ونستغفره ونستمده.

Papier. Écriture orientale peu soignée. 230 feuillets. Dimensions : 0.27×0.185. (Cas. 1664.)

1670

Titre : كتاب حياة الحيوان الكبرى. C'est un exemplaire de la grande recension du dictionnaire des noms d'animaux établi par Kamāl ad-dīn Muḥammad b. Mūsā b. ʿĪsā b. ʿAlī ad-Damīrī, † 808/1405 : cf. Brockelmann, *Ar. Litt.*, II, 138; D. M. Macdonald, in *Enc. Isl.*, I, 936. Le manuscrit comprend deux tomes; du premier, il manque le premier feuillet (incipit, f° 1 r° : من الصبر على الجوع وقلّة الحاجة الى الماء). Le second débute au f° 162 r°. L'ouvrage a été publié à Būlāḳ en 1284 et au Caire en 1313. La copie, non datée, semble peu postérieure à la mort d'ad-Damīrī. Elle reproduit à la fin une note de l'auteur sur la genèse de composition de son ouvrage : وكان الفراغ من مسودته فى شهر رجب الفرد سنة ٧٩٣

ومن هذه النسخة المباركة فى شعبان سنة ٨٠٥ ثمّ منها هذه النسخة المباركة فى آخر يوم من رجب الفرد المبارك سنة [un blanc] وثمانمائة قال ذلك وكتبه مؤلفه الفقير الى رحمة ربّه محمّد بن موسى بن عيسى ابن علىّ الدميرى ؛

Papier. Écriture maġribine très serrée. 290 feuillets. 33 lignes par page. Dimensions : 0.29 × 0.22. (Cas. 1665.)

1671

Exemplaire acéphale de الديباج المذهب فى معرفة اعيان علماء المذهب, le dictionnaire des savants du rite mâlikite, œuvre de Burhân ad-dîn Ibrâhîm b. ʿAlî b. Muḥammad Ibn Farḥûn al-Yaʿmarî; † 799/1397. Cf. Brockelmann, *Ar. Litt.*, II, 175-176; M. Ben Cheneb, in *Enc. Isl.*, II, 399. L'ouvrage a été publié au Caire (1319) et lithographié à Fâs (1316). Incipit actuel : ... صوفة فاجابته الى ذلك وقد روى عنه أنّه لم يجب الخ, quatre lignes avant ذكر آله وبنيه (éd. de Fâs, p. 25). Une copie de la partie initiale manquante avait été insérée dans le volume par Codera : je ne l'y retrouve plus en 1924. Le manuscrit est ancien, mais ne porte comme date que celle de la fin de la composition du répertoire : 761/1360.

Papier. Écriture maġribine peu soignée. 146 feuillets. 25 lignes par page. Dimensions : 0.29 × 0.21. (Cas. 1666.)

1672

Titre : فهرست الامام الشهير بابن خير, « la *fahrasa* (ou *fihrist*) de l'imâm connu sous le nom d'Ibn Ḫair », de son vrai nom

Abū Bakr Muḥammad b. Ḫair b. ʿUmar b. Ḫalīfa al-Umawī al-Išbīlī, † 575/1179. Ce dictionnaire bibliographique a été publié, d'après le manuscrit de l'Escurial, par F. Codera et J. Ribera Tarrago, *Index Librorum de diversis scientiarum ordinibus quos a magistris didicit Abu Bequer ben Khair, Bibliotheca Arabico-Hispana*, t. X, Cæsaraugustæ, MDCCCXCV, 2 vol. Cf. aussi Pons Boigues, *Ensayo*, p. 242 *sqq.*, nº 197. Copie datée de 712/1312. Marque de possession des sultans saʿdiens.

Papier. Écriture maġribine. 155 feuillets. 23 lignes par page. Dimensions : 0.27 × 0.19. (Cas. 1667.)

1673

Partie du tome VIII et tome IX de الاحاطة فى تأريخ غرناطة, la grande monographie historique et bio-bibliographique de la ville de Grenade qui constitue l'œuvre capitale du vizir, historien, littérateur et poète célèbre Abū ʿAbd Allāh Muḥammad b. ʿAbd Allāh Ibn al-Ḫaṭīb Lisān ad-dīn, né à Loja en 713/1313, mort assassiné à Fās en 776/1374. Cf. Brockelmann, *Ar. Litt.*, II, 260-63; Pons Boigues, *Ensayo*, nº 297, p. 334-347; C. F. Seybold, in *Enc. Isl.*, II, 421. L'*Iḥāṭa* comprend deux versions, l'une développée (celle qui nous occupe); l'autre, résumée, sous le titre de *Markaz al-Iḥāṭa*. Les deux premiers tomes de cet abrégé ont été publiés au Caire en 1319. Casiri a donné un long extrait du présent manuscrit : cf. *Bibl. ar. hisp. Esc.*, II, 71-121. Cet exemplaire et le nº 1674, dont l'existence a été maintes fois signalée, ne valent pas les copies qui se trouvent actuellement au Maroc, dans certaines bibliothèques privées, et ne fourniront guère, en vue d'une édition de l'ouvrage, que des variantes. Le tome VIII va jusqu'au f° 99 r°; il commence à la *tarǧama* de محمد بن احمد بن محمد بن ابى خيثمة. Le tome IX (f° 102) commence à la *tarǧama* de محمد بن احمد بن محمد بن على الغسانى et se poursuit jusqu'à la fin de l'ouvrage, y compris l'autobiographie d'Ibn al-Ḫaṭīb. Il se termine ainsi : قلت وهنا انتهى ما قصدناه وتمّ بحول الله ما اردناه . . . وذلك بغرناطة . . . وبتأريخ اوائل شهر ربيع الآخر من عام خمسة وتسعين وثمان مائة. La copie a donc été exécutée à Grenade en 895/1490, aux tous derniers temps de l'occupation musulmane. L'exemplaire, d'une écriture assez peu soignée, porte la marque de possession du sultan Zaidān.

Papier. Écriture maġribine. 250 feuillets. 32 lignes par page. Dimensions : 0.30×0.22. (Cas. 1668.)

1674

Manuscrit en désordre et très endommagé d'un fragment du neuvième tome de l'*Iḥāṭa* d'Ibn al-Ḫaṭīb. La copie est ancienne et de peu postérieure à la mort de l'auteur : 806/1404. Acéphale, elle commence au chapitre sur القرئون بالاصلين, par la *tarǧama* de موسى بن عبد الرحمن بن يحيى العربى, et se termine par celle de عبد الودود بن عبد الرحمن بن على بن عبد الملك الهلالى.

Papier. Écriture andalouse. 98 feuillets. 22 lignes par page. La date se trouve au f° 96 v° qui est réellement le dernier, mais a été relié hors de sa place. Dimensions : 0.27×0 19. (Cas. 1669.)

1675

Tome second du كتاب التكملة لكتاب الصلة, d'IBN AL-ABBĀR. Le tome premier est classé sous le n° 1678. Cf. *infra,* sous ce numéro, pour la description des deux volumes.

Papier. Écriture maġribine. Sans date. 142 feuillets. 25 lignes par page jusqu'au f° 129, 34, du f° 130 à la fin. Dimensions : 0.26×0.19. (Cas. 1670.)

1676

Titre : كتاب بغية الملتمس فى تأريخ رجال أهل الاندلس, le dictionnaire biographique des celébrités de l'Espagne musulmane, œuvre d'Aḥmad b. Yaḥyā b. Aḥmad b. ʿUmaira AḌ-ḌABBĪ, † 599/1203. Il a été publié, d'après le présent manuscrit, par Fr. Codera et J. Ribera, au tome III de la *Bibliotheca Arabico-Hispana,* sous le titre de *Desiderium quærentis historiam virorum populi Andalusiæ,* Matriti, MDCCCLXXXV. Cf. l'introduction de l'édition, où l'on trouve un spécimen du ms., et aussi Brockelmann, I, 340, avec la mauvaise lecture *buġjat al-mutalammis* ; Pons Boigues, *Ensayo,* n° 212, p. 257-59, et C. F. Seybold, in *Enc. Isl.,* I, 907. L'exemplaire n'est pas daté (fin du VIIe siècle). Sur les bords latéral et inférieur, il a été endommagé ou pâli par l'humidité.

Papier. Écriture maġribine. 171 feuillets. 23 lignes par page. Dimensions : 0.26×0.21. (Cas. 1671.)

1677

Le dictionnaire biographique des *imāms* andalous d'Abu' l-Ḳāsim Ḫalaf b. ʿAbd al-Malik b. Masʿūd Ibn Baškuwāl, † 578/1183, intitulé : كتاب الصلة في اخبار ائمة الاندلس et publié, d'après le présent manuscrit, par Fr. Codera, aux tomes I et II de la *Bibliotheca Arabico-Hispana*, sous le titre de *Aben-Pascualis Assila (Dictionarium biographicum)*, 2 vol., Matriti, MDCCCLXXXIII. Cf. aussi Pons Boigues, *Ensayo*, nº 200, p. 246-249; Brockelmann, *Ar. Litt.*, I, 340, et M. Ben Cheneb, in *Enc. Isl.*, II, 390. La copie est déclarée collationnée sur l'original. Elle est datée de 609/1212.

Papier. Écriture maġribine soignée. 149 feuillets. 28 lignes par page. Dimensions : 0 24×0.18. (Cas. 1672.)

1678

Tome premier, acéphale, du كتاب التكملة لكتاب الصلة, supplément au dictionnaire précédent, œuvre d'Abū ʿAbd Allāh Muḥammad b. ʿAbd Allāh b. Abī Bakr al-Ḳuḍāʿī al-Balansī, dit Ibn al-Abbār. Cf. *supra*, le tome II, sous le nº 1675. Ces deux manuscrits ont servi de base à l'édition de la *Takmila* par Fr. Codera dans les tomes V et VI de la *Bibliotheca Arabico-Hispana*, sous le titre de *Complementum Libri Assilah*, 2 vol., Matriti, MDCCCLXXXVII et MDCCCLXXXIX. Une autre partie de l'ouvrage et des corrections ont été données par M. Alarcón et C. A. González Palencia, d'après un manuscrit du Caire, sous le titre de *Apéndice a la edición Codera de la « Tecmila » de Aben al-Ábbar* dans *Miscelánea de estudios y textos árabes*, Madrid, MCMXV. Le début de l'ouvrage a été récemment publié, d'après un ms. provenant de Fās, par A. Bel et M. Ben Cheneb, 1 vol., Alger, 1920. Enfin M. Ben Cheneb a publié le début de la préface, qui manquait encore, dans la *Revue Africaine*, 1923, p. 163. Cf. aussi Brockelmann, I, 341. Incipit actuel : ... في الاخذ باليد وأجاز له ابو بحر الاسدى, quatre lignes avant la *tarǧama* de جابر بن يحيى. Le tome II commence à la *tarǧama* de محمد بن محمد بن على العكى et se termine avec les عبد الوهاب. La copie est ancienne et soignée, en partie vocalisée. Elle ne porte pas de date.

Papier. Écriture maġribine. 56 feuillets. 25 lignes par page. Dimensions : 0.27×0.21. (Cas. 1673.)

1679

Ce manuscrit (Cas. 1674) est probablement devenu le n° 1860. Cf. *supra*, t. I, p. xxii, 19°.

1680

Cinquième livre du manuscrit autographe de la relation de voyage (*riḥla*) en Orient d'Abū ʿAbd Allāh Muḥammad b. ʿUmar Ibn Rušaid as-Sabtī, † 721/1321. Le titre complet est : ملء العيبة فيما جمع بطول الغيبة فى الرحلة الى مكة وطيبة, d'après Brockelmann, *Ar. Litt.*, II, 245-246. Cf. aussi Pons Boigues, *Ensayo*, n° 270, p. 317-318. On trouvera *infra*, n°s 1735, 1736, 1737, la description d'autres livres du même manuscrit autographe. Celui-ci débute au ذكر توجّهنا من دمشق... الى مدينة النبي, en l'année 84 (= 684/1285). Il a appartenu au grand jurisconsulte marocain Aḥmad al-Wanšarīsī, qui y a apposé sa signature. Cf. aussi le n° 1739.

Papier. Cursive maġribine. Sans date. 80 feuillets. 27 lignes par page. Dimensions : 0.25 × 0.17. (Cas. 1675.)

1681

Ce manuscrit (Cas. 1676) est devenu le n° 1912. Cf. *supra*, t. I, p. xxii, 20°.

1682

Fragment d'un dictionnaire biographique de l'Espagne musulmane. Un titre, d'une écriture différente de celle de la copie, porte من تكملة ابن عبد الملك المراكشي et il s'agit bien sans doute, ici, d'une partie de ce répertoire, exactement intitulé كتاب الذيل والتكملة, « le livre de l'appendice et du complément » au *Kitāb aṣ-Ṣila* d'Ibn Baškuwāl, œuvre de Muḥammad b. Muḥammad Ibn ʿAbd al-Malik al-Ausī al-Marrākušī, qui vivait au VIIIe siècle H. = XIIIe siècle J.-C.. Cf. Brockelmann, *Ar. Litt.*, I, 340 (8), et Pons Boigues, *Ensayo*, p. 414. Note manuscrite de Codera : « La Biblioteca Real de Paris tiene otro tomo de la misma obra ». Exact : cf. Paris, 2156. Le fragment qui nous occupe va du début de la lettre س (سابق بن عبد الرحمن بن يحيى سرقسطى ابو يحيى) jusque dans la lettre ع (dernière *tarǧama* : عبد الله بن رشيق قرطبي). — Dans ce manuscrit a été inséré un fragment de 4 feuillets (19 lignes par page; dimensions : 0.26 × 0.16 ; écriture maġribine du genre *mabsūṭ*) facilement identifiable à un extrait de l'*Iḥāṭa* d'Ibn al-Ḫaṭīb. Il contient les *tarǧama* suivantes : [يحيي بن] عبد الله الحاربى — يحيي بن احمد بن محمّد الفناسى — يحيي بن الحسن بن احمد الجذامى — يحيي بن احمد بن محمد الانصارى — يحيي الزعارى من أهل سبتة — يحيي بن احمد بن هذيل التجيبي شيخنا من أهل غرناطة — يحيي ابن احمد اليعمرى — يزيد بن على بن رفاعة الغسّانى — يعقوب بن يحيي المرينى ،

Papier. Écriture maġribine. Sans date. 61 feuillets. 25 lignes par page. Dimensions : 0.27×0.19. (Cas. 1677.)

1683

Titre : كتاب الشفاء بتعريف حقوق المصطفى, par Abu 'l-Faḍl 'Iyāḍ b. Mūsā b. 'Iyāḍ al-Yaḥṣubī as-Sabtī, † 544/1149. Cf. Brockelmann, *Ar. Litt.*, I, 869. Cet ouvrage, qui a trait à la vie du Prophète, et dont on a vu plus haut des commentaires, a été publié au Caire, à plusieurs reprises. La copie du manuscrit a été achevée en 759/1358.

Papier. Bonne écriture orientale, genre *nasḫī*. 180 feuillets. 27 lignes par page. Dimensions : 0.26×0.175 (Cas. 1678.)

1684

Exemplaire du tome IV de l'ouvrage sur la *sīra* du Prophète, intitulé : سبيل الهدى والرشاد فى سيرة خير العباد (variante Brockelmann, سبل الهدى والارشاد), par Abū 'Abd Allāh

Muḥammad b. Yūsuf b. ʿAlī AṢ-ṢĀLIḤĪ aš-Šā'mī aš-Šāfiʿī, † 942/1536. Cf. Brockelmann, *Ar. Litt.*, II, 304. Ce tome commence à باب فى صفة صلاته صلعم ; il est folioté en chiffres arabes de ١٠١٢ à ١٣٦٢ et porte en chiffres 971/1563 comme date de copie. Il a appartenu à la bibliothèque du sultan Zaidān. Cf. *infra*, nº 1686, le tome V de la même copie faisant suite à celui-ci.

Papier. Écriture orientale. 352 feuillets. 31 lignes serrées par page. Dimensions : 0.27 × 0.185. (Cas. 1679.)

1685

1º Titre : كتاب مصباح الظلام فى المستغيثين بخير الانام فى اليقظة والمنام, ouvrage de Šams ad-dīn Abū ʿAbd Allāh Muḥammad b. Mūsā b. an-Nuʿmān AL-MUZĀLĪ al-Fāsī (VIIᵉ siècle H.). Cf. *supra*, nºˢ 530₁ (t. I, p. 359 et t. II, p. XVII), et 746 (t. II, p. 37), et Brockelmann, *Ar. Litt.*, I, p. 371-72 et 385. Incipit : الحمد لله المجيب من دعاه الموفق من قصده ورجاه . . . اما بعد فانّه سبق جماعة من العلماء الاعلام الى جمع اخبار من استغاث بالله الخ. La copie est datée de 722/1322.

2º (Fº 56 rº). Premier feuillet, en belle écriture *nasḫī*, du كتاب الروض الفائق فى المواعظ والرقائق, recueil d'anecdotes et de traditions compilé, à la fin du VIIIᵉ siècle H., par Abū Madyan Šuʿaib ʿAbd Allāh b. Saʿd AL-ḤURAIFĪŠ, † 801/1398. Au-dessous du titre, indication du contenu de l'ouvrage : يشتمل على خطب وتنزيهات واحاديث ومرويات وقصائد وحكايات ونجديات ومناقب الصالحين وذكر المشايخ العارفين الخ L'ouvrage a été publié à Būlāḳ en 1280, et ensuite au Caire, à plusieurs reprises. Cf. Brockelmann, *Ar. Litt.*, II, 177-178.

Papier. Écriture orientale, du type *nasḫī*. 56 feuillets. 25 lignes par page (f° 56 : 21 lignes). Dimensions : 0.26×0.17. (Cas. 1680.)

1686

Tome V et dernier de l'ouvrage signalé au n° 1684. Commencement : الباب السادس فى عصمته صلعم من النضر بن الحارث . La copie a été exécutée par un disciple de l'auteur, et celle de ce tome terminée au début de 974/1566.

Papier. Écriture orientale serrée. 357 feuillets. 31 lignes par page. Dimensions : 0.27×0.185. (Cas. 1681.)

1687

Titre : كتاب سيرة رسول الله صلعم « Le livre de la biographie du Prophète d'Allāh », d'Abū ʿAbd Allāh Muḥammad Ibn Isḥāḳ, † 151/768. Cf. Brockelmann, *Ar. Litt.*, I, 134-135; le même, in *Enc. Isl.*, II, 413. Le commencement donne la suite des رواية du livre jusqu'à l'auteur : حدّثنى ابو عثمان نجبة بن يحيي بن خلف بن نجبة الرعينى ... قال حدّثنى ابو الحسن شريح بن محمد بن شريح ... عن ابى على الحسين بن محمد العمانى عن ابى القاسم حاتم بن محمّد الطرابلسى التميمى قال حدّثنى ابو محمّد عبد الله ابن محمّد عرف بابن اللمايني عن ابى محمّد عبد الله بن جعفر بن المورد عن ابى سعيد عبد الرحمن بن عبد الله البرقى عن ابى محمّد عبد الملك بن هشام البصرى عن زياد بن عبد الله البكائى عن محمّد بن اسحق المطلبى قال هذا كتاب سيرة رسول الله صلعم الخ. Manuscrit très soigné et très serré; exemplaire provenant de la bibliothèque du sultan Zaidān. Non daté.

Papier. Belle écriture maġribine. 147 feuillets. 43 lignes par page. Dimensions : 0.26×0.19. (Cas. 1682.)

1688

Titre : كتاب المعجزات والخصائص, « Livre des miracles et des vertus particulières (du Prophète) », ouvrage du grand polygraphe Ǧalāl ad-dīn as-Suyūṭī (ms. الاسيوطى), † 911/1505. Cf. Brockelmann, *Ar. Litt.*, II, 146, n° 29. Incipit : الحمد لله الـذى اطلع فى سماء النبوة سراجا لامعا وقرا منيرا الخ. La copie, très peu postérieure à la mort de l'auteur et exécutée en Égypte, date du début de 915/1509.

Papier. Écriture orientale. 285 feuillets. 29 lignes par page. Dimensions : 0.27×0.19. (Cas. 1683.)

1689

Ouvrage autographe d'Abū ʿAbd Allāh Muḥammad b. Aḥmad ad-Ḏahabī, le grand historien et biographe religieux, mort en 748/1348. C'est un répertoire des *tābiʿ* du Prophète, rangés par ordre alphabétique des noms, d'après l'histoire d'Abū Ḥātim Muḥammad Ibn Ḥibbān al-Busṭī, † 354/965. Sur le premier, cf. Brockelmann, *Ar. Litt.*, II, 46-48, et M. Ben Cheneb, in *Enc. Isl.*, I, 980-81; sur le second, Brockelmann, *Ar. Litt.*, I, 165 et *Enc. Isl.*, II, 410. Le plan de l'ouvrage est ainsi expliqué au début : معرفة التابعين الثقات لابن حبان وهو تلخيصى من المجلد الثالث من تأريخه فاذا

كان الرجل معروفا كتبت اسمه مجرّدا واذا كان ليس بالمشهور علقت قول المؤلّف فيه قاله وكتبه محمّد بن الذهبي لنفسه ليستضئ به. L'exemplaire est dépourvu de date.

Papier. Écriture cursive orientale peu soignée. Il s'agit sans doute d'un brouillon. 46 feuillets. 28 lignes par page. Dimensions : 0 25 × 0 18. (Cas. 1684.)

1690

Titre enluminé : (الجزء الاول من) المقاصد السنية فى الاحاديث الالهية[1]. Ouvrage en dix *ǧuz'* très courts, réunissant en tout cent *ḥadīṯ* relatifs à la divinité, par 'Alā' ad-dīn Abu 'l-Ḳāsim 'Alī b. Balabān b. 'Abd Allāh an-Namīrī AL-FĀRISĪ, † 731/1331 (cf. Brockelmann, *Ar. Litt.*, I, 164 (8) et 172, l. 14-15). Incipit : الحمد لله ذى الكلمة العلية والعدّة الوفية... وبعد فأن افضل العلوم بعد الكتاب العزيز كلام خير البرية وقد خرّج العبد الفقير علىّ بن بلبان من مسموعاته ببغداد ودمشق والقاهرة ومصر والاسكندرية هذه المائة حديث الالهية الخ. La copie est complète et date de 730/1330.

Papier. Très belle écriture orientale. 165 feuillets. 19 lignes par page. Dimensions : 0.24 × 0.17. (Cas. 1685.)

1691

Titre : كتاب مشارق الانوار النبوية من صحاح الاخبار المصطفوية, recueil de traditions compilé par Abu 'l-Faḍā'il al-Ḥasan b. Muḥammad b. al-Ḥasan AṢ-ṢAĠĀNĪ, † 650/1252. Cf. Brockelmann, *Ar. Litt.*, I, 360-361. Copie de 815/1412.

Papier. Écriture orientale, type *nasḫī*. 150 feuillets. 16 lignes par page. Dimensions : 0.25 × 0.16. (Cas. 1686.)

1692

Titre : لطائف المنن فى مناقب الشيخ ابى العبّاس وشيخه ابى الحسن, biographie et recueil des actes miraculeux (*manāķib*) du saint musulman Abu 'l-'Abbās Aḥmad b. 'Umar al-Anṣārī AL-MURSĪ († 686/1287) et de son maître, le fameux Abu 'l-Ḥasan 'Alī AŠ-ŠĀḎILĪ († 656/1258), par Tāğ ad-dīn Abu 'l-'Abbās Aḥmad IBN 'AṬĀ' ALLĀH AL-ISKANDARĪ († 709/1309). Cf. Brockelmann, *Ar. Litt.*, II, 117-118 (n° 15) ; le même, in *Enc. Isl.*, II, 387. Incipit : الحمد لله الذى فتح لاوليائه باب محبّته... امّا بعد فأنّى قصدت فى هذا الكتاب ان اذكر جملا من فضائل سيّدنا ومولانا الامام... شهاب الدين ابى العباس احمد بن عمر الانصارى المرسى الخ. Copie exécutée avant 757/1356 (d'après une note au f° 112 v°). Cf. *infra*, deux autres exemplaires du même ouvrage, sous les n°s 1752 et 1808. Publié à Tunis en 1304 et au Caire en 1321.

Papier. Écriture orientale, demi-vocalisée. 112 feuillets. 21 lignes par page. Dimensions : 0.25×0.17. (Cas. 1687.)

1693

1° Titre : كتاب اعلام النصر المبين فى المفاضلة بين اهلَى صفّين, ouvrage consacré à la bataille de Ṣiffīn (37/657), par Abu' l-Ḫaṭṭāb 'Umar b. al-Ḥasan b. 'Alī IBN DIḤYA as-Sabtī al-Balansī, dit Ḏu' n-nasabain, † 633/1235. Cet ouvrage n'est pas signalé par Brockelmann, dans sa notice sur cet écrivain, *Ar. Litt.*, I, 310-312. Incipit : امّا بعد حمد الله مقدر الحياة والاجال... فانك سألتنى... عن أخبار حرب صفين وما جرى فيه

بين المسلمين المختلفين وفضل على التعيين فوجب ان ابين ذلك احسن تبيين حدّثنا غير واحد من شيوخنا... منهم الشيخ... ابو موسى محمّد ابن ابى بكر عمر بن عيسى المدينى اذنا والشيخ الثقة ابو المكارم احمد بن محمّد بن محمّد بن عبد الله المعروف باللبّان ومفتى الفرق بخراسان العالم ابو سعيد عبد الله بن عمر الصفّار والقاضى العالم محيي الدين ابو سالم احمد بن نبهان الاسدى الابهرى والشيخ الصالح ابو القاسم عبد الواحد بن ابى المطهر قاسم بن الفضل بن عبد الواحد الصيدلانى والشيخ... موفق الدين ابو جعفر محمّد بن احمد بن نصر قراءة منّى عليه باصبهان قالوا حدّثنا الثقة ابو على الحسن بن احمد المقرئ قال حدّثنا الحافظ الامام ابو نعيم احمد بن عبد الله بن احمد بن اسحق قال ذو النسبين... ونقلته من خطّه وأصله بحقّ سماعه على ابى بكر احمد بن جعفر بن حمدان القطيعى الثقة قال حدّثنا الامام ابو عبد الرحمن عبد الله بن احمد بن محمّد بن حنبل قال سمعت ابى رحمه الله يقول وفى شهر ربيع الاوّل سنة ٣٧ كانت وقعة صفّين الخ ؛

2° (F° 20 r°). Titre : كتاب الادوار العنصرية المستخرجة من الزرجة السبتية, opuscule d'astrologie, traitant de la prévision de l'avenir, par Aḥmad b. al-Ġazzī at-Tamlīḫī. Commencement : الحمد لله الواحد لا من عدد محسوب ؛ المنفرد بعلم بواطن الغيوب ... وبعد فانّ النفوس لها ميل جبلىّ والتفات كلّىّ الى الاطّلاع على الامور المستقبلة الخ. Ouvrage peu postérieur à l'année 835/1432, citée par l'auteur au f° 21 v°. Copie non datée.

Papier. Écriture orientale. 23 feuillets. 1° 25 lignes et 2° 27 lignes par page. Dimensions : 0.27 × 0.18. (Cas. 1688.)

1694

Titre : كتاب التقريب فيما يتعلّق بالسيّد النقيب, histoire des descendants du Prophète à la Mekke et de leur chef à l'époque de l'auteur, par le généalogiste égyptien al-Ḥasan b. Muḥammad AL-ḤASANĪ (VIIIe siècle H.). Cf. Brockelmann, *Ar. Litt.*, I, 323 et II, 698 (323). Incipit : الحمد لله الذى اعطى سلطاننا فضلا وشرفا. Un ou deux feuillets manquent à la fin du manuscrit qui n'est pas daté, mais ne semble pas remonter plus haut que le IXe siècle H.

Papier. Écriture orientale. 122 feuillets. 17 lignes par page. Dimensions : 0.27 × 0.185. (Cas. 1689.)

1695

Deuxième tome de l'ouvrage intitulé كتاب السنن عن رسول الله صلعم, recueil de *ḥadīṯ* compilé par Abū 'Īsā Muḥammad b. 'Īsā b. Saura AT-TIRMIḎĪ, † 279/892. Cf. Brockelmann, *Ar. Litt.*, I, 161-162. Commence à أبواب الحجّ عن رسول الله, et finit au باب فى لباس الحبر, le tome suivant devant débuter au كتاب الاطعمة. Le manuscrit, non daté, a été collationné sur l'original. C'est à tort que ce manuscrit est déclaré par Brockelmann, *loc. cit.*, comme un exemplaire du commentaire d'al-'Irāḳī sur le *Kitāb aš-Šamā'il* d'at-Tirmiḏī (d'après Casiri).

Papier. Écriture maġribine vocalisée. 192 feuillets. 20 lignes par page. Dimensions : 0.26 × 0.19. (Cas. 1690.)

1696

Titre : بساتين الفضلاء ورياحين العقلاء فى اخبار الدولة الديلمية والسامانية. C'est le premier tome d'un commentaire, par Abū 'Abd Allāh Maḥmūd b. 'Umar AN-NAĞĀTĪ an-Nīsābūrī, et de la propre main de cet auteur, de l'histoire des dynasties daïlamide et sāmānide et principalement du règne du sultan Yamīn ad-daula Maḥmūd al-Ġaznawī (début du Ve siècle H.), intitulée الكتاب اليمينى, œuvre d'Abu 'n-Naṣr Muḥammad b. 'Abd al-Ğabbār AL-'UTBĪ, † 427/1036. Cf. Brockelmann, *Ar. Litt.*, I, 314. Commencement : الحمد لله المحمود على اليمن الفائض عن يمينه السحاء ... وبعد فيقول ابو عبد الله النجاتى محمود ابن عمر النيسابورى ... ومن المعروف والمعلوم عند اولى الادب انّه قلّما وقع بعد كتاب الله ... كتاب عربى فى العالم مثل اليمينى المنسوب الى السلطان يمين الدولة وامين الملّة محمود بن سُبُكتِكين الخ. Dans le texte, les passages commentés sont introduits par قال et le commentaire lui-même, par اقول. A la fin du manuscrit, un second tome est annoncé. Cet autographe est de l'année 713/1313. Le titre en est signalé par Ḥāğğī Ḫalīfa, *Kašf aẓ-ẓunūn*, I, 196.

Papier. Écriture orientale cursive. 252 feuillets. 25 lignes par page. Dimensions : 0.24 × 0.17. (Cas. 1691.)

1697

Persan. Manuscrit sur quatre colonnes du *Maṯnawī* de ĞALĀL AD-DĪN AR-RŪMĪ : هذا كتاب المثنوى وهو أصول أصول أصول الدين فى كشف اسرار الوصول. Cf. Carra de Vaux, in *Enc. Isl.*, I,

1033-34. F° 2 v° : 1er tome. F° 58 v° : 2e tome. F° 110 v° : 3e tome. F° 178 v° : 4e tome. F° 231 v° : 5e tome. F° 292 v° : 6e tome. La copie, datée de 902-903/1497, se termine ainsi : تمت المثنوى شيخ العارفين . . . جلال الملّة والدين الرومى '

Papier. Écriture persane. 359 feuillets. 20 lignes par page. Dimensions : 0.24×0.17. (Cas. 1692.)

1698

Titre : كتاب النسب الكبير. Exemplaire du traité de généalogie des Arabes, également intitulé : الجمهرة فى النسب, écrit par Abu 'l-Mundir Hišām b. Muḥammad b. as-Sā'ib al-Kalbī, dit Ibn al-Kalbī, † 146/763. Cf. Brockelmann, *Ar. Litt.*, I, 138-140. Commencement : قال هشام بن محمد الكلبى وولد ربيعة بن نزار بن معدّ بن عدنان اسدا الخ. Fin : وهو آخر كتاب انسب معدّ واليمن الكبير. La copie est datée de 626/1229.

Papier. Écriture orientale. 265 feuillets. 17 lignes par page. Dimensions : 0.245×0.165. (Cas. 1693.)

1699

Ce manuscrit (Cas. 1694) a disparu.

1700

Premier tome d'une sorte d'histoire universelle, sans titre, allant jusqu'à l'époque du prophète Muḥammad, et surtout consacré aux *ḳiṣaṣ* des prophètes antérieurs. L'auteur s'y nomme Abū 'Abd Allāh Muḥammad b. Aḥmad b.

Muṭarrif al-Kinānī aṭ-Ṭarafī. Incipit : الحمد لله باعث الرسل بما شرع من الملل حجة على عباده ... فلمّا كان الانبياء والرسول افضل بنى آدم عليه السلام حصّوا بالفضائل العظام الخ ،

Papier. Écriture maġribine. Sans date. 133 feuillets. 18 lignes par page. Dimensions : 0.20×0.14. (Cas. 1695.)

1701

1° Titre : كتاب الملل والنحل « Livre des religions et des sectes (écoles philosophiques) », écrit en 521/1127 par Abu' l-Fatḥ Muḥammad b. ʿAbd al-Karīm aš-Šahrastānī, † 548/1153. Copie datée de 969/1562. Cf. *supra*, n°s 1525 et 1601, d'autres manuscrits du même ouvrage.

2° (F° 184 v°). Titre : رسالة فى حيّ بن يقظان, allégorie mystique d'Ibn Sīnā (Avicenne), reprise et développée par Ibn Ṭufail dans son célèbre roman philosophique. Cf. *supra*, n° 703_4 ; Brockelmann, *Ar. Litt.*, I, 455_{26} ; *Enc. Isl.*, II, 450.

3° (F° 190 v°). Épître (*risāla*) en quatre *faṣl*, écrite par Faḫr ad-dīn Abū ʿAbd Allāh Muḥammad b. ʿUmar al-Ḫaṭīb ar-Rāzī, † 606/1209, sur le sens caché de certaines sūrates du Coran : هذه رسالة عملتها فى التنبيه على بعض الاسرار المودعة فى بعض سور القرآن العظيم. C'est sans doute la même que celle qui est signalée par Brockelmann, *Ar. Litt.*, I, 506 (III, 7), sous le titre de رسالة فى اسرار بعض سور القرآن. Copie non datée.

Papier. Écritures orientales. 193 feuillets. 1° 19 lignes, 2° 22 lignes, 3° 23 lignes par page. Dimensions : 0.21×0.15. (Cas. 1696.)

1702

Recueil (*mağmū'*) écrit de la même main et comprenant :

1° Titre : كتاب لبّ اللباب فى لطائف الحكايات المائة فى عشرة ابواب, recueil de cent anecdotes classées en dix chapitres, par Abu 'l-Ḥasan Aḥmad b. Muḥammad b. Ibrāhīm al-Aš'arī. Commencement : الحمد لله الذى عمّنا بالانعام وخصّنا بالاكرام وفضّلنا على الانعام الخ. Copie datée de 996/1588.

2° (F° 112 r°). Titre : كتاب الغرر والدرر فى نجباء الاولاد, recueil de traits et d'anecdotes sur les bons fils, par Ğamāl ad-dīn Abū Hāšim Muḥammad b. Muḥammad b. Muḥammad Ibn Ẓafar al-Makkī, † 565/1169. C'est le même opuscule que celui signalé *supra*, n° 1521_2, sous le titre de كتاب انباء نجباء الابناء،

3° (F° 174 r°). Titre : تنبيه الاديب على ما فى شعر ابى الطيّب من الحسن والمعيب, étude critique des poèmes d'al-Mutanabbī, par Wağīh ad-dīn 'Abd ar-Raḥmān Abū Kaṯīr aš-Šāfi'ī, qui vivait, d'après Brockelmann, *Ar. Litt.*, II, 380, vers 930/1524. Commencement : حمدا لمن ارشدنا لحسن اتباع ادب نبيه احمد ابى الطيّب الخ. L'ouvrage se compose d'une introduction, de deux *bāb* et d'une conclusion (*ḫātima*). Copie de 993/1585.

4° (F° 253 r°). Titre : العردة الوثيقة فى نظم الشريعة والطريقة. Sans auteur signalé. C'est un poème qui débute ainsi :

الام وقد بدت سبل الرشاد * ونادى بالرحيل لك المناد
تسوق كلّ يوم بالتماد

5° (F° 257 r°). Pièce de 72 vers, par Ğamāl ad-dīn Ibn

Ḥimyar (حمير), ainsi introduite : قال... جمال الدين ابن حمير يمدح النبى صلعم ويتشفع به فى امره لمّا امر السلطان الملك المظفّر شمس الدين يوسف ابن الملك المنصور عمر بن على ابن رسول بتغريقه...

يا من لعينٍ قد اضربها الشهر * واضالعٍ حُدبٍ طوين على الشرر

6° (F° 260 v°). Poème de 34 vers, intitulé الاستغفار, chaque vers, sauf le dernier, commençant par la formule استغفر الله, œuvre du « pôle » Abū Madyan Šuʿaib b. al-Ḥasan, le célèbre saint de Tlemcen, mort en 598/1193. Cf. Brockelmann, *Ar. Litt.*, I, 438 (15, 6). Premier vers :

استغفر الله مجرى الفلك فى الظلم * على عباب من التيار ملتطم

7° (F° 262 v°). Épître (*risāla*) sur les compagnons du Prophète qui dépassèrent l'âge de cent vingt ans, intitulée : نح النسرين فيمن عاش من الصحابة مائة وعشرين, par Ǧalāl ad-dīn as-Suyūṭī. Signalée par Ḥāǧǧī Ḫalīfa, *Kašf aẓ-ẓunūn*, I, 591. Commencement : حسان بن عبد الرحمن وقيل ابو الحسام.

8° (F° 263 v°). Autre épître du même, intitulée : دفع التعسّف فى اخوة يوسف. Commencement : مسألة فى رجلين قال احدهما ان اخوة يوسف كانوا انبياء،

9° (F° 266 v°). *Ḳaṣīda* de 19 vers, par Šaraf ad-dīn Ismāʿīl b. Abī Bakr al-Muḳrī', † 837/1433 (cf. Brockelmann, *Ar. Litt.*, II, 190-191), ainsi introduite : هذه القصيدة للفقيه العلامة شرف الدين اسماعيل المقرئ قالها يوم حجّ الى مكّة وسعى بالصلح بين الشريف حسن بن عجلان صاحب مكّة والشريف موسى صاحب حلى وجازان قال رحمة الله عليه

احسنت فى تدبير ملكك يا حسن * واجدت فى تحليل اخلاط الفتن

10° (F° 267 v°). Commencement : وهذه صورة جواب سيّدنا ... مجد الدين الفيروزابادى ... اللهمّ ارنا الحقّ حقّا وارزقنا اتباعه الخ ،

11° (F° 270 v°). Titre : رسالة لبس الاحمر, par Ḳāsim al-Ḥanafī (personnage signalé par Brockelmann, *Ar. Litt.*, I, 429 (15, 10). Commencement : سئلت عن لبس الاحمر البَحْت هل هو جائز او مكروه الخ ،

12° (F° 272 v°). Titre : رسالة فى بيان ما لم يثبت فيه حديث صحيح من الابواب, par Maǧd ad-dīn AL-FĪRŪZĀBĀDĪ, l'auteur du *Ḳāmūs*. Commencement : الحمد لله ربّ العالمين ... هذه اشارة الى ابواب روى فيها احاديث ولم يصح فيها شئ عند جهابذة علماء الحديث الخ ،

13° (F° 277 r°). Titre : المقامة الثانية المصرية من النفحة المسكية والتحفة المكّية, par ǦALĀL AD-DĪN AS-SUYŪṬĪ. Cf. Brockelmann, *Ar. Litt.*, II, 157 (291). Commencement : اخبر هاشم ابن القاسم قال اتيت الى قلعة مصر فى يوم عيد فبار فحضرت المصلّى لاجوز فضيلة الصلاة الخ ،

14° (F° 277 v°). Poésies de l'Imām aš-Šāfi'ī ; d'Abu 'n-Nu'aim Riḍwān b. Muḥammad b. Yūsuf al-'Uḳbī, composée en 850/1446 ; de Šaraf ad-dīn Ismā'īl b. Abī Bakr al-Muḳri', à l'éloge du roi Ismā'īl b. al-'Abbās ; d'Ibn Duraid ; d'Ibn al-Ḥāǧib.

15° (F° 285 v°). Pièce de 139 vers de Šaraf ad-dīn Abū 'Alī al-Būṣīrī, ainsi introduite : قال شرف الدين ابو على البوصيرى يمدح ... أبا العباس المرسى ... ويعزّيه فى شيخه ... ابى الحسن الشاذلى

كتاب المشيب بابيض فى اسود ✲ بقضاء ما بينى وبين الخرّد

A partir de 4°, la copie est datée de 990/1582.

Papier. Belle écriture orientale fine, type *nasḫī*. Pages encadrées de rouge. 289 feuillets. 1° et 2°, 23 lignes, 3°, 21 lignes, 4° à 15°, 15 lignes par page. Dimensions : 0.22 × 0.12. (Cas. 1697.)

1703

Ce manuscrit (Cas. 1698) est devenu le n° 1918. Cf. *supra*, t. I, p. XXII, 21°.

1704

Titre : كتاب الانباه فى ذكر اصول القبائل الرواة عن رسول الله صلعم, monographie des tribus qui transmirent les traditions d'après le Prophète, par Abū ʿUmar Yūsuf b. ʿAbd Allāh Ibn ʿAbd al-Barr an-Namarī, † 463/1071 : cf. Brockelmann, *Ar. Litt.*, I, 367-368 et II, 700 (368). Incipit : الحمد لله ذى القدرة والالاء . . . امّا بعد فانّى ذكرت فى كتابى هذا امّهات القبائل التى روت عن رسول الله صلعم. Copie complète, datant, d'après une indication portée au bas du f° 1 r°, de l'année 499/1106.

Papier. Écriture orientale. 48 feuillets. 19 lignes par page. Dimensions : 0.22 × 0.13. (Cas. 1699.)

1705

Splendide manuscrit, tout entier de la main du grand philologue Abū Manṣūr Mauhūb b. Aḥmad b. Muḥammad b. al-Ḫiḍr al-Ǧawālīḳī, † 539/1145. Cf. Brockelmann, *Ar. Litt.*, I, 280 ; le même, in *Enc. Isl.*, I, 1055-56.

1° Titre : كتاب اسماء خيل العرب وفرسانها (عن ابى عبد الله

محمّد بن زيـاد الاعـرابى), monographie des chevaux arabes les plus célèbres, par al-Ǧawālīḳī. Commencement : قـال ابـو البخترى يرفعه قـال قـال رسول الله صلعم ارتبطوا هذه الخيل فانها دعوة ابيكم اسماعيل وكانت وحوشا فدعا ربّه مسخّرها له ويقال ان اصل خيل العرب من فرس زوّده سليمان عمّ ناسا من العماليق يقال لـه زاد الركب ، 26 lignes par page.

2° (F° 12 r°). Titre : كتاب نسب فحول الخيل فى الجاهليّة والاسلام واخبارها, par Abu 'l-Mundir Hišām b. Muḥammad as-Sā'ib AL-KALBĪ, تأليف ابى المنذر هشام بن محمّد بن السائب الكلبى رواية ابى محمّد على بن عبد الله بن العبّـاس بن العبّـاس بن المغيرة الشيبـانى الجوهرى عن ابى الحسن احمد بن محمّد بن عبد الله بن صالح بن شيخ بن عميرة الاسدى عن ابى عبد الله محمّد بن صالح بن النطّاح مولى جعفر بن سليمان بن على بن عبد الله بن العبّـاس بن عبد المطلب سماع لموهوب بن احمد بن محمّد بن الخضر بن الحسن بن محمد الجواليقى. Cf. Brockelmann, *Ar. Litt.*, I, 139, 2. Commencement : اخبرنا ابو الحسين محمّد بن عبد الواحد بن رزمة البزّاز اجازةً قـال حدّثنا ابو محمّد على بن عبد الله بن العبّـاس بن العبّـاس بن المغيرة الشيبـانى الجوهرى من كتابه ببغداد فى منزله قراءة عليه قـال حدّثنا ابو الحسن الاسدى قـال حدّثنا محمّد بن صالح بن النطّاح مولى جعفر بن سليمان بن على بن عبد الله بن عبّاس قـال اخبرنا هشام بن محمّد بن السائب عن ابيه قـال هذا كتاب نسب فحول الخيـل فى الجاهليّة والاسلام... La date de 450 donnée 26 r° est d'une autre main et parait très suspecte. A la même page, attestation de lecture, anonyme : قرأت جميع كتاب

نسب الخيل لابن الكلبى هذا... فى جمادى الآخرة من سنة ٥٨٧ ،
17 lignes par page.

3° (F° 27 r°). Titre : كتاب الابل, par Abū Sa'īd 'Abd al-Malik b. Ḳuraib al-Aṣma'ī, le célèbre philologue arabe, mort en 213/828 : cf. Brockelmann, *Ar. Litt.*, I, 104-105; A. Haffner, in *Enc. Isl.*, I, 497-498. Commencement, après indications de transmission : اوقات الابل واسنانها وسيرتها والوانها. Édité par Haffner, in *Texte zur arabischen Lexicographie*, Leipzig, 1905, p. 66-157. 23 lignes par page.

4° (F° 34 r°). Titre : كتاب الشاء, par al-Aṣma'ī. Commencement, après indications de transmission : ... قرأت على الاصمعى الوقت الجيد فى الشاء ان تخلّى سبعة اشهر بعد ولادها. Édité par Haffner, in *Sitzungsberichte der Ak. des Wiss.*, à Vienne, en 1895. 20 lignes par page.

5° (F° 39 r°). Titre : كتاب الامثال, par Abū 'Ikrima 'Āmir b. 'Imrān ad-Ḍabbī. Incipit : اخبرنا الشيخ ابو الغنائم محمّد بن على بن النَرْسى قرأته عليه وكتبته من كتابه قال اخبرنا ابو المثنّى دارم بن محمد بن زيد النهشلى قراءة عليه فى شهر رمضان سنة ٤٤٧ قال اخبرنا ابو حكيم محمّد بن ابراهيم بن السّرى بن يحيي التميمى قال حدّثنا ابى ابو القاسم ابراهيم بن السرى بن يحيي التميمى قال اخبرنا ابو عكرمة عامر بن عمران الضبّى قال هذا كتاب الّفناه من معانى كلام العرب السائر من ما يحتاج الى تفسيره لكثرة استعماله وبيّناه بشواهد من الشعر واللغة وفسّرنا ذلك ونسبنا الى كلّ عالم قوله من ذلك الخ ،
22 lignes par page.

6° (F° 59 r°). Titre : كتاب فيه نسب عدنان وقحطان, par Abu'

l-ʿAbbās Muḥammad b. Yazīd AL-MUBARRAD al-Azdī, † 285/998 : cf. Brockelmann, *Ar. Litt.*, I, 108-109. Incipit : كتبت من خطّ على بن عيسى بن على الرمّانى واخبرنا بـه الشيخ ابو الحسين المبارك بن عبـد الجبّار بن احمد الصيرفى قرئ عليـه وانا اسمع قال اخبرنا الرئيس ابو الحسين هلال بن المحسّن بن ابراهيم قال اخبرنا ابو الحسن على بن عيسى بن على النحوى قراءة عليـه وانا اسمع قـال اخبرنا ابو بكر محمّد بن السرى السرّاج قـال اخبرنا ابو العبّاس محمّد بن يزيـد المبرّد قال مضر بن نزار بن معدّ بن عدنان بن أُدد الخ. On lit à la fin de la copie, au f° 68 v° : وكتب موهوب بن احمد ين محمّد بن الخضر الجواليقى فى جمادى الاولى من سنـة ٤٩٩. C'est la date du manuscrit tout entier. L'année 499 correspond à 1105-1106 de J.-C.. 18 lignes par page.

7° (F° 69 r°). Titre : ما يُذَكَّـر ويؤنَّث من الانسان واللباس عن ابى موسى سليمان بن محمّـد النحوى. Incipit : اخبرنـا الشيخ ابو الحسين المبـارك بن عبـد الجبّـار بن احمد الصيرفى قرئ عليـه وانا اسمع من اصل سماعــه قــال اخبرنا ابو الحسن محمّد بن عبـد الواحد بن محمّد بن جعفر الحريرى المعروف بابن زوج الحُرّة قراءةً عليه وهو يسمع عرضا باصله وذلك فى شوّال من سنـة ٤٤١ قـال اخبرنا ابو عمر محمّد بن العبّاس بن محمّد ابن زكريا بن حيّويـه قراءةً عليه فى رجب من سنـة ٣٧٥ قـال اخبرنا ابو محمّد عبـد الرحمان بن محمّد بن عبيـد الله بن سعد بن ابراهيم بن سعد بن ابراهيم بن عبد الرحمان بن عوف الزُّهرى قراءةً عايه وانا اسمع قـال أملى علىَّ ابو موسى سليمان بن محمّد النحوى ما يـذكّر ويؤنّث من الانسان فقـال قـال ابو عمر وقرئ على ابى عمر محمّد بن عبـد الواحد

اللغوى صاحب ثعلب على جهة التصحيح وانا اسمع الرأس ذكر والهامة انثى الخ. 21 lignes par page.

8° (F° 71 r°). Titre : كتاب الامثال, par Abū Faid Mu'arriğ b. ʿAmr as-Sadūsī al-ʿIğlī, 195/810 : cf. Brockelmann, *Ar. Litt.*, I, 102. Commencement : كتبت من خطّ ابى العبّاس محمّد بن العبّاس بن الفُرات واخبرنى الشيخ ابو الحسين المبارك بن عبد الجبّار بن احمد الصيرفى قرئ عليه وانا اسمع قال اخبرنا ابو طاهر محمّد ابن على بن محمّد بن يوسف العلّاف قراءةً عليه فاقرّ به قال حدّثنى ابى رحمه الله قال اخبرنا ابو بكر احمد بن عمران بن موسى الحذّاء قراءة عليه فى جامع المدينة يوم الجمعة بعد الصلاة سنة ٣٣٦ فى شهر رمضان قال حدّثنا ابو على الحسن بن عُليل العَنَزىّ بسرّ من رأى قال حدّثنا ابو على اسماعيل بن ابى محمّد يحيى بن المبارك اليزيدى فى سنة ٢٦٣ بسرّ من رأى فى دار سليمان بن وهب قال اخبرنى مؤرّج بن عمرو السدوسى ابو فَيْد قال العرب تقول اقدح وانت مسترخ اقدح بدِفْلَى فى مرخ الخ ، 17 lignes par page. Pas d'indication de date à la fin du manuscrit.

Papier. Très belle écriture orientale, type *nashī*, partout vocalisée avec soin et science. 84 feuillets. Dimensions : 0.22 × 0.15. (Cas. 1700.)

1706

Un titre, qui semble avoir été placé assez récemment en tête de ce manuscrit, porte : كتاب فيه حكا[يا]ت عن الخلفاء الراشدين وعن الشعراء المتقدّمين ونوادر وهزل وجد على التمام والكمال ،

Mais, à l'examen, ce manuscrit se révèle comme une partie du célèbre *Kitāb al-Aġānī* d'Abu 'l-Faraǧ ʿAlī b. al-Ḥusain al-Ḳurašī al-Iṣbahānī, † 356/967, sur lequel cf. Brockelmann, *Ar. Litt.*, I, 146 ; le même, in *Enc. Isl.*, I, 87-88. Elle débute à أخبار أبي النجم ونسبه (correspondant dans l'édition du Caire, 1905-1906, au t. IX, p. ٧٣) et se poursuit jusqu'à la fin de أخبار عائشة بن طلحة ونسبها (édition du Caire, t. X, p. ٦٠) : ... يعنى أنّ هذا الريح اذا هبّت طرد الرعاء الابل الى مراحها وأعطانها فتسكن فيها. Exemplaire peu soigné, écrit avant 910 H., d'après une note d'un lecteur au verso du dernier feuillet.

Papier. Écriture orientale assez peu lisible. 166 feuillets. 17 lignes par page. Dimensions : 0.23×0.16. (Cas. 1701).

1707

Titre : الوفا بما يجب لحضرة المصطفى, par Nūr ad-dīn Abu 'l-Ḥasan ʿAlī b. ʿAbd Allāh b. Aḥmad as-Samhūdī al-Ḥasanī aš-Šāfiʿī, † 911/1505. D'après le manuscrit, f° 70 v°, la date de la mort de cet auteur est 922/1516. Cet ouvrage, consacré à l'histoire de Médine, semble constituer une version antérieure à la rédaction de celles qui sont signalées par Brockelmann, *Ar. Litt.*, II, 174 (1, 2, 3). Commencement : الحمد لله الذى شرع لعباده تعظيم اهل وداده ، وجعل الغاية من ذلك لحبيبه وصفيّه بانفراده.... Après avoir rappelé l'incendie de Médine en 654, l'auteur poursuit : فنبهت على ذلك فى كتابى الموسوم بدفع التعرّض والانكار لبسط روضة المختار وبسطت القول فى ذلك بعض

البسط ثمّ استخرت الله فى ايراد ذلك مع ما حضرنى من الزيادات بتأليف ورتبته على ثلاثة ابواب وخاتمة. L'ouvrage fut terminé en 876/1471. La copie, très belle et rehaussée d'encadrements d'or à chaque page, porte la date de 946/1540.

Papier. Fine écriture orientale, type *nasḫī*. 75 feuillets. 19 lignes par page. Dimensions : 0.20×0.12. (Cas. 1702.)

1708

Recueil (*maǧmūʿ*), tout entier de la même main et comprenant :

1° Abrégé anonyme de l'histoire des Arabes depuis Muḥammad jusqu'en l'an 882/1477, intitulé : مختصر مورد اللطافة فيمن ولى السلطنة والخلافة, version résumée du مورد اللطافة, dont l'auteur, non nommé ici, est l'historien égyptien Ǧamāl ad-dīn Abu 'l-Maḥāsin Yūsuf Ibn Taġrībardī, † 874/1469. Cf. Brockelmann, *Ar. Litt.*, II, 41-42; le même, in *Enc. Isl.*, I, 101-102. Incipit : الحمد لله خالق الامم ومحيي الرمم... وبعد... لمّا رأيت بعض سادتنا العلماء... ارّخوا تواريخا (*sic*) جمعوا فيها اخبار الصحابة والتابعين والخلفاء والسلاطين... احببت ان اجمع نبذهم الخ. Ce résumé chronologique, peu intéressant, est attribué, dans le titre, à بعض المتأخرين من علماء مصر. On retrouve le même incipit dans Ḥāǧǧī Ḫalīfa, *Kašf aẓ-ẓunūn*, II, 594, pour un ouvrage dont le titre rappelle de très près celui du n° 2, *infra*, النزهة السنيّة فى اخبار الخلفاء والملوك المصريّة. C'est certainement l'ouvrage qui nous occupe ici. Son auteur est, d'après la même source, Ḥasan b. Ḥusain b.

Aḥmad Ibn at-Ṭūlūnī al-Ḥanafī, né en 832/1428-29, et qui vécut au moins jusqu'en 909/1503-1504.

2° (F° 8 r°). Titre : كتاب النزهة السنيّة فيما يطلب من اخبار الملوك والخلفاء الديار المصريّة, petite monographie résumée des rois et des califes d'Égypte, œuvre de ʿAbd al-ʿAzīz b. ʿUmar Ibn Fahd al-Hāšimī al-Makkī aš-Šāfiʿī, mort en 921/1515, d'après Brockelmann, *Ar. Litt.*, II, 175 (où cet ouvrage n'est pas cité). Commencement : الحمد لله خالق كلّ شئ وله الصفات الازلية . . . وبعد فهذه نزهة سنية مغنية مما يطلب من اخبار الخلفاء والملوك المصريّة وجعلتها خدمة للخزائن العاليّة اليشبكيّة ادام الله مالكها لحفظ الملّة المحمديّة الخ. Cf. *infra*, n° 1766, un autre exemplaire du même ouvrage.

3° (F° 25 r°). Poème historique en vers *rağaz*, intitulé : كتاب نزهة الانام بتأريخ الخلفاء ومن يذكر من ملوك الاسلام (à ne pas confondre avec l'histoire d'Ibn Duḳmāḳ, de titre presque identique), par Ḥasan b. Muḥammad al-ʿUṯmānī, dit ad-Dimyāṭī, postérieur à Ğalāl ad-dīn as-Suyūṭī, qu'il cite. Commencement :

قال الفقير حسن العثمانى * الحمد لله على البيان

4° (F° 32 r°). Titre : القول المستظرف فى سفر السلطان الملك الاشرف, par Abu 'l-Baḳā' Ibn al-Ğīʿān (cf. Brockelmann, *Ar. Litt.*, II, 30). C'est la relation par un témoin oculaire du voyage du roi Abu 'n-Naṣr Ḳā'it-bāy du Caire en Syrie en 882/1477. Commencement : الحمد لله الذى عمر ممالك الاسلام بسلطاننا الاشرف . . . فاردتُ ان اكتب نبذة مما وقع من هذا الامر العظيم ،

5° (F° 50 r°). Titre : المقامة البديعية فى وصف جمال المعالم المكّيّة, « séance » religieuse, par Muḥyī ad-dīn ʿAbd al-Ḳādir b. Muḥammad b. Ṣaḥṣāḥ b. Muḥammad AL-FAIYŪMĪ al-Ḫānikī al-Miṣrī (ce personnage est signalé par Brockelmann, *Ar. Litt.*, II, 125 (1, *c*), comme auteur d'un commentaire d'un traité d'arithmétique). Commencement : الحمد لله الذى المع نجوم البلاغة فى سماء الفصاحة فاهتدى بنورها اهل الادب... وبعد فلمّا كان الثناء الجميل على ذوى الفضائل وذوى الفواضل واجبا على اهل الادب والرسائل فاردتُ أن اهدى له تحفة من بنات الافكار لا من البنات الابكار بديعة الافتتاح والختام الخ ،

6° (F° 63 r°). Titre : الهدية الصالحة والنصيحة الواضحة, par le même. Commencement : الحمد لله الذى فضل ذوى العقول وميّز العالم من الجاهل المجهول... امّا بعد فان اولى ما تأدّب به الفطن العاقل اليقظ الكامل كتاب الله الخ ،

7° (F° 72 r°). Titre : اللؤلؤ والمرجان والفرائد الحسان فى مدائح مولانا الوزير الاعظم عزّ الدين اصف خان, par Muḥammad Abu 'l-Fatḥ b. Muḥammad Ṣalāḥ ad-dīn b. Abi 'l-Fatḥ b. Ṣāliḥ aš-Šāfiʿī al-Kinānī al-Madanī. Commencement : الحمد لله الذى نوّر مطالع خواطرنا فى افق البلاغة بسجايا اصف الواضحة... احببت ان استخرج بعض بواهر صفاته. Ouvrage écrit à Médine.

8° (F° 83 r°). Panégyrique du même vizir, par le même auteur : الشكر والبيان لمدح الوزير اصف خان, écrit également à Médine. Commencement : الحمد لله الذى خلق الانسان ، وعلّمه البيان... وبعد فلمّا كان الواجب على من شملته العوارف الخ ،

9° (F° 88 r°). Titre : كتاب التحفة اللطيفة فى عمارة المسجد النبوى وسور المدينة الشريفة, histoire des restaurations de la mosquée et des remparts de Médine, postérieure à 948/1541, par le ḳāḍī ḥanafite de cette ville, Muḥammad b. Ḫiḍr al-Ǧalālī AR-RŪMĪ. Cf. Brockelmann, *Ar. Litt.*, II, 360. Commencement : الحمد لله ربّ العالمين... وبعد فهذه نبذة لطيفة ونخبة شريفة تتضمّن ما وقع من العمائر الشريفة بسور المدينة النبويّة والمسجد الشريف والمنارة السنيّة الخ ‹

Papier. Écriture orientale. Sans date (XVIIIe siècle). 93 feuillets. 17 lignes par page. Dimensions : 0.23×0.17. (Cas. 1703.)

1709

Exemplaire acéphale du tome second du كتاب تجارب الامم, la grande histoire d'Abū ʿAlī Aḥmad b. Muḥammad b. Yaʿḳūb IBN MISKAWAIH, † 421/1030. Cf. Brockelmann, *Ar. Litt.*, I, 342; *Enc. Isl.*, II, 429. L'ouvrage est publié (reproduction en fac-similé du ms. de Constantinople) par Caetani di Teano, dans la collection *Gibb Memorial*, Leyde et Londres, 1909-1913, en cours de publication.

Le manuscrit débute au passage suivant : يا زبير أتذكر يوم مررت مع رسول الله صلعم فى بنى غنم, et accuse par la pagination la perte des 41 premiers feuillets. Il se termine par la fin du *ǧuz'* second : ويتلوه ان شاء الله فى الجزء الثالث ذكر راى المختار فى تلك الحال وكان صوابا. Plusieurs feuillets de la partie manquante se trouvent dans les *legajos* n°s 1921_5, 1934_{10}, 1939_7. Cf. aussi *infra*, n° 1714, un autre tome du même exemplaire. Manuscrit non daté (VIIe siècle H.).

Papier. Écriture orientale. 181 feuillets. 15 lignes par page. Dimensions : 0.235×0.15. (Cas. 1704.)

1710

Dixième tome du كتاب العقد, l'encyclopédie littéraire et l'anthologie d'Abū 'Umar Aḥmad b. Muḥammad Ibn 'Abd Rabbih, † 328/940. Les tomes I, III et IV du même exemplaire ont été décrits, *supra*, nos 726 (t. II, p. 15) et 725 (t. II, p. 12-13). Cf. aussi Brockelmann, *Ar. Litt.*, I, 154-155 ; le même, in *Enc. Isl.*, II, 375-376. Commence à خلافة معاوية بن يزيد بن معاوية. L'ouvrage a été publié à Būlāḳ en 1293 et au Caire en 1303, 1305, 1315, 1321. Comme les autres tomes existant à l'Escurial, il a été copié en 424/1033 et collationné pour la seconde fois en 483/1090.

Papier. Magnifique écriture orientale, semi-vocalisée. 82 feuillets. 13 lignes par page. Dimensions : 0.24×0.18. (Cas. 1705.)

1711

Manque. C'était, d'après Casiri (1706), un exemplaire du *Rauḍ al-ḳirṭās*, histoire des dynasties du Maġrib et de la ville de Fās, par Ibn Abī Zar' al-Fāsī. L'inventaire manuscrit de la bibliothèque renvoie au n° 1872.

1712

Titre : كناسة الدكان بعد انتقال السكان, du célèbre polygraphe andalou Lisān ad-dīn Ibn al-Ḫaṭīb. L'ouvrage, composé pendant le séjour de l'auteur à Salé, comprend surtout des lettres royales, avec leurs réponses, dont la plupart — ainsi que l'attestent des notes marginales — ont été transcrites dans la *Raiḥānat al-kuttāb* du même auteur. Commencement : امّا بعد حمد الله الـذى لا يغادر صغيرة ولا كبيرة كتابُـه ، ولا يخلف عملا صالحا ثوابُـه ،. . . فـانّى عثرت لمّا فـكّ العقال ، وصحّ الى خدمة جناب الله الانتقال ، وحلاتُ مرعى الحرمة ولله المنّة فطاب الانتقال ، واستقرّ القرار بمدينة سلا لاستدراك ما فـات ، ممّا اوجب الانعطاف والالتفات ، وتهنى صبابة اناء العمر ، واغتنام اغضاء الدهر ، على مسودّات عديدة تشرق نجوم معانيها فى ظلم السخيم ، وتستجير كرائمها من سكنى المكان الوخيم ، لم يتفرّغ الوقت لاثباتها ، فتشتّت جسومها البالية برمق حياتها ، وفيها تحميد ، وغرض البلاغة سديـد ، وتـأريخ لم يهتدِ اليه تقييد ، واساليب يتنفع بها كاتب الـدول ويستفيد ، الخ ، La copie ne porte pas de date : elle a appartenu à Aḥmad al-Wanšarīsī, dont Casiri fait l'auteur de l'ouvrage.

Papier. Belle écriture maġribine, type *mabsūṭ*. 60 feuillets. 19 lignes par page. Dimensions : 0.205 × 0.15. (Cas. 1707.)

1713

Exemplaire du كتـاب السكّردان d'Ibn Abī Ḥaǧala. Cf. *supra*, un autre manuscrit du même ouvrage, nº 1643. Il y manque le premier feuillet et il débute à وامّا الابواب فـالباب الاوّل الخ ،

Papier. Écriture orientale. Sans date (Xe siècle). 109 feuillets. 21 lignes par page. Dimensions : 0.205 × 0.12. (Cas. 1708.)

1714

Fragment du كتاب تجارب الامم d'IBN MISKAWAIH, appartenant à la même copie que l'exemplaire décrit *supra*, nº 1709. Commencement : وكان السبب فى قتل عثمان... وذلك ان عبد الله بن سبا كان يهوديا من اهل صنعاء وامّه سوداء واسلم ايام عثمان الخ. Lacunes après les fos 2 et 10.

Papier. Écriture orientale. 53 feuillets. 15 lignes par page. Dimensions : 0.235 × 0.16. (Cas. 1709.)

1715

Turc. Manuscrit en vers, portant au titre enluminé كتاب يوسف [و]زليخا من كلام حمدى : histoire de Joseph et de Zulaiḫā, femme de Putiphar, par ḤAMDĪ, † 909/1503-1504 : cf. Ḥāǧǧī Ḫalīfa, *Kašf aẓ-ẓunūn*, II, 661.

Papier. Écriture orientale. 191 feuillets. 17 lignes par page. Pages encadrées. Sans date. Dimensions : 0.21 × 0.12. (Cas. 1710.)

1716

Manuscrit mutilé du début et de la fin. Histoire de Joseph, dont il existerait un autre exemplaire à l'Escurial, d'après une note latine inscrite sur le feuillet de garde. Commencement : ....احلام الكاذبة اذعُ الشمس والقمر والكواكب Fin : ويقول اجلست على سرير الملك واكلت معه.... Contient de nombreuses pièces de vers, introduites par شعر فى المعنى.

Papier. Grosse écriture maġribine, type *mabsūṭ*. Sans date (XIIe siècle). 69 feuillets. 11 lignes par page. Dimensions : 0.225 × 0.15. (Cas. 1711.)

1717

Turc. Deux volumes de la même main, reliés ensemble. Titre : هذا كتاب قران حبشى الجلد الاول. F° 155 v° : هذا جلد ثانى قران حبشى. La feuille de garde porte en arabe cette indication : السفر الاول من كتاب قران حبشى ابو الطاهر موسى الطرسوسى فى قصة قباد بن اردشير ملك الشام. La copie a été exécutée à Constantinople en 960/1553.

Papier. Écriture orientale. 320 feuillets. 15 lignes par page. Dimensions : 0.205 × 0.15. (Cas. 1712.)

1718

Turc. Titre : هذا كتاب خاوآرن نامه. Manque la fin. Incipit : الحمد لله ربّ العالمين كريد تد يقدن. Cf. Ḥāǧǧī Ḫalīfa, *Kašf aẓ-ẓunūn*, I, 459. Sans date.

Papier. Écriture orientale. 218 feuillets. 19 lignes par page. Dimensions : 0.21 × 0.15. (Cas. 1713.)

1719

Persan. Magnifique manuscrit exposé dans une vitrine de la grande salle de la Bibliothèque. Le premier feuillet (r° et v°) et le recto du second sont couverts de merveilleuses enluminures. La reliure n'est pas moins remarquable : elle porte au centre un médaillon circulaire de cuir découpé sur fond vert et azur. Titre : خمسة خسرو فهرست. Cf. Ḥāǧǧī Ḫalīfa,

Kašf aẓ-ẓunūn, I, 474 (auteur mort en 720/1320). 1° مطالع الانوار. — 2° (F° 68) : كتاب شيرين وخسرو. — 3° (F° 148) : كتاب مجنون وليلى. — 4° Acéphale : كتاب هشت بهشت. — 5° (F° 223) : كتاب آيينه اسكندرى. Manque la fin. La copie date de 844-845/1440-41. Le f° 290 fait suite au f° 163. Manuscrit écrit sur trois colonnes.

Papier. Écriture persane. 324 feuillets. 19 lignes par page. Dimensions : 0.22×0.12. (Cas. 1714.)

1720

Titre : كتاب البرق اليمانى فى الفتح العثمانى, histoire de la conquête du Yaman par les Ottomans, ouvrage de Ḳuṭb ad-dīn Muḥammad b. Aḥmad b. Muḥammad b. Ḳāḍı Ḫān Maḥmūd AN-NAHRAWĀLĪ al-Makkī, † 990/1582. C. Brockelmann, *Ar. Litt.,* II, 381-382. Des extraits de cet ouvrage ont été publiés et traduits en portugais par David Lopes, *Extractos da historia da conquista da Jaman pelos Othmanos,* Lisboa, 1892. Incipit : الحمد لله الذى نصر الدين الحنيفى بصارم وسنان ، وقطع دابر اهل الفساد والبدعة بانتصار اهل الايمان . . . امّا بعد فهذا كتاب لطيف ، وتأريخ منتخب ظريف ، جمعت فيه ما تجدّد فى عصرنا من فتوحات اليمن ، وما حدث فيه من الاهوال والفتن ، الخ. Copie de 1002/1594.

Papier. Écriture orientale. 243 feuillets. 21 lignes par page. Dimensions : 0.21×0.15. (Cas. 1715.)

1721

Autre exemplaire du même ouvrage. Manque le dernier feuillet et la date (XVIe siècle). Porte une marque de possession du sultan Zaidān.

Papier. Écriture orientale. 257 feuillets. 19 lignes par page. Dimensions : 0.21×0.15. (Cas. 1716.)

1722

Manuscrit autographe du VIIe tome (lettre ع) du dictionnaire biographique du VIIIe siècle H. : أعيان العصر وأعوان النصر, par Ṣalāḥ ad-dīn Abu 'ṣ-Ṣafā' Ḫalīl b. Aibak AṢ-ṢAFADĪ, † 764/1383. Cf. Brockelmann, *Ar. Litt.*, II, 31-33. Le manuscrit débute par une note signée de l'auteur, de la même écriture que le reste (1 v°) : . . . قرأ علىّ المولى الشيخ الامام المحدّث
نور الدين ابو بكر احمد بن محمّد بن على بن ابى الفتح المنذرى الحنفى
عُرف بابن المفصوص ما قبل هذه المجلّدة من كتابى اعيان العصر واعوان
النصر اجمع وهذه المجلّدة بكمالها وهى الجزء السابع من التأريخ المذكور
وسمع جمع ذلك أوّلا وآخرا ولداى المحمّدان ابو عبد الله وابو بكر وفتاى
اسنبُغا بن عبد الله التركى وسمع هذه المجلّدة شهاب الدين احمد بن الشيخ
شمس الدين الشاعر الخيّاط الدمشقى الحنفى وسمع بعض هذه المجلّدة
المولى الشيخ كمال الدين محمّد بن الشيخ. . . شرف الدين الحسين بن سلّام
الشافعى وذلك بالحائط الشمالى بالجامع المعمور بذكر الله تعالى الاموى
بدمشق المحروسة مدّة كان آخرها باوّل شهر ربيع الآخر سنة ٧٥٨

...(1357 J.-C.) وكتب خليل بن ايبك بن عبد الله الصفدى حامدا ومصليًا. Les *tarǧama* vont de عيسى بن على à عيسى بن يحيى, fin de la lettre. Des blancs, en fin de page, sont parfois laissés à la suite des *tarǧama*. Les noms des personnages passés en revue sont inscrits à l'encre rouge.

Papier. Belle écriture orientale très lisible. 127 feuillets. 15 lignes par page. Dimensions : 0.22×0.11. (Cas. 1717.)

1723

Troisième tome, d'après l'intitulé, du تأريخ ابن خلكان, c'est-à-dire du كتاب وفيات الاعيان وانباء أبناء الزمان de Šams ad-dīn Abu 'l-ʿAbbās Aḥmad b. Muḥammad b. Ibrāhīm Ibn Ḫallikān, † 681/1282. Cf. Brockelmann, *Ar. Litt.*, I, 326-328; le même, in *Enc. Isl.*, II, 420. Le manuscrit débute à la lettre ن par la biographie de نافع مولى عبد الله بن عمر. La fin manque : la copie s'arrête deux lignes après le début de la *tarǧama* de الشيخ يونس الفقيه الاربلى à وكمال الى حامد بن محمد الدين ابى الفتح موسى وقد تقدم... L'ouvrage a été édité par Wüstenfeld à Göttingen en 1835-43; par de Slane, Paris, 1838-42 (en partie); traduit en anglais par de Slane, 4 vol., Paris-Londres, 1843-71; publié à Būlāḳ en 1275, 1299, au Caire, en 1310. Le manuscrit semble dater du VIIIe siècle H.

Papier. Écriture orientale. 193 feuillets. 27 lignes par page. Dimensions : 0.23×0.17. (Cas. 1718.)

1724

1° Partie du فوات الوفيات d'AL-KUTUBĪ. La description de ce manuscrit sera donnée en même temps que celle du n° 1779, qui fait partie du méme exemplaire.

2° (F° 147 r°). Titre : مختار من اللغة والشعر من كتاب ابى زيد سعيد بن اوس الانصارى, extraits du livre d'ABŪ ZAID Sa'īd b. Aus AL-ANṢĀRĪ, † 215/830, intitulé كتاب النوادر فى اللغة, par Muḥammad b. 'Alī an-Nablī (?) (ms. النبلى). L'ouvrage d'Abū Zaid, sur lequel cf. Brockelmann, *Ar. Litt.*, I, 104; le même, in *Enc. Isl.*, I, 116-117, a éte publié à Beirout en 1894 par Sa'īd aš-Šartūnī. Commencement des extraits : قال ابو زيد بنو كلاب يقولون للمهزول من الرجال شاحب وانشد قد يجمع المال الفتى وهو شاحب الخ. Le manuscrit, non daté, semble remonter au plus tôt au VIIe siècle H. Vocalisé en partie. 10 lignes par page.

Papier. Écriture orientale. 177 feuillets. Dimensions : 0.215 × 0.15. (Cas. 1719.)

1725

1° Manuscrit autographe, postérieur à 901 (f° 42 v°), qui est le brouillon de la *fahrasa* d'Aḥmad b. 'Alī b. Aḥmad al-Balawī al-Wādī 'āšī al-Andalusī. Il porte en tête le titre suivant : ثبت مبارك بحول الله يحتوى على اسماء شيوخ كاتب الاحرف افقر الخلق الى الله سبحانه عبيده الضعيف احمد بن على بن احمد بن على بن احمد بن عبد الرحمن بن خلف البلوى الوادى آشى الاندلسى ،

Commencement : اوّل من قرأت عليه بحضرة غرناطة شيخنا . . . ابو الحسن على بن محمّد بن محمّد بن على القرشى الشهير بالقلصادى. (Ce dernier personnage est mort en 891/1486.) Cf. Pons Boigues, *Ensayo*, p. 392.

Papier. Écriture maġribine serrée. 34 lignes par page.

2° (F° 51 r°). Titre : كتاب التعلّل برسوم الاسناد بعد انتقال أهل المنزل والناد. C'est l'exemplaire autographe de la *fahrasa* du célèbre juriste marocain Abū ʻAbd Allāh Muḥammad b. Aḥmad Ibn Ġāzī al-ʻUṯmānī al-Miknāsī al-Fāsī, † 919/1513. Sur ce personnage et cet ouvrage, cf. E. Lévi-Provençal, *Les Historiens des Chorfa*, p. 224-30. Cf. aussi Brockelmann, *Ar. Litt.*, II, 240. Le manuscrit est daté du 18 raǧab 896/27 mai 1491. Il se termine ainsi : نجز على يد مؤلفه المذنب المستغفر الفقير لرحمة مولاه محمّد بن احمد بن محمّد بن محمّد بن على بن غازى العثمانى المكناسى سمح الله تعالى لـه والحمد لله وكفى وسلام على عباده الذين اصطفى ؛

Papier. Excellente écriture maġribine. 17 lignes par page. 1° et 2° : 113 feuillets. Dimensions : 0.225×0.155. (Cas. 1720.)

1726

Titre : برنامج الشيخ ابى عبد الله الوادى آشى, liste des maîtres (*barnāmaǧ*) de Šams ad-dīn Abū ʻAbd Allāh Muḥammad b. Muḥammad b. ʻAbd ar-Raḥmān Ibn Ǧābir al-Wādī 'āšī, mort à Grenade en 746/1345 : cf. Pons Boigues, *Ensayo*, n° 279, p. 326, et les références citées à la note 4. Commencement : الحمد لله ذى النعم التى منها وجودنا من العدم . . . امّا

بعد فانّ بعض ارباب الرواية... احبّ ان اقيد له اسماء من لقيته من شيوخى الجلّة زمن مقامى بتونس وفى زمن الرحلة واسمّى لهم ما اخذته عنهم... وجعلته له فى جزئين كما امل فى احدهما اسماء الشيوخ وانسابهم وكناهم... وفى الآخر ذكر الماخوذ عنهم مضافا لهم ما فيه علوّ سند ولاكن بالاجازة معتمدا فى ذلك طريق ذوى الاستجازة الخ. La seconde partie annoncée dans l'introduction débute au f° 60 r°. Plusieurs dates y sont citées, la plus ancienne étant 693 (f° 3 r°) et la plus récente, 722 (f° 60 r°). La copie est ancienne, mais non datée. Le premier feuillet porte un rappel d'achat qui me paraît mériter d'être transcrit ici : الحمد لله تملّك هذا السفر المكتتب هذا على ظهر الورقة الاولى منه بالشراء الصحيح الفقيه الاجلّ العدل الاستاذ سيّدى ابو العبّاس احمد بن الحاجّ المرحوم سيّدى قاسم القذومى من سوق الكتبيّين من فاس بثمن قدره ستّة اثمان اوقية وقبض صاحبه بل بائعه الثمن وتبرّأ منه على بقيّة المسلمين فى بيعهم ومرجع دركهم وفى سادس عشر جمادى الاولى المباركة تسعة وستّين وتسعمائة ،

Papier. Belle écriture maġribine. 121 feuillets. 17 lignes par page. Dimensions : 0.21 × 0.15. (Cas. 1721.)

1727

1° Titre : كتاب المستجاد من فعلات الاجواد, recueil d'anecdotes sur les belles actions de personnages illustres, par Abu 'l-Ḥasan ʿAlī b. ʿAbd al-Muḥsin b. ʿAbd al-Munʿim (Brockelmann, d'après Ḥāǧǧī Ḫalīfa : Abū ʿAlī Muḥsin b. ʿAlī) at-Tanūḫī, † 384/994. Cf. Brockelmann, *Ar. Litt.*, I,

155. Commencement : الحمد لله ذى الجود والكرم ومسبغ الالآء والنعم... امرتَ اطال الله فى النعمة عمرك... ان اجمع لك من اخبار الاجواد اجودها، ومن فعلات الكرام اسناها وابعدها، فسارعت الى الامتثال، وتحيّرت من ذلك ما امتنخ لى فى الحال، ممّا احسبه يستفزّ القارئ والسامع، ويقع من القلوب ارفع المواقع الخ. L'ouvrage comprend deux *ǧuz'*. Copie de 959/1552.

2° (F° 151 v°). Même main. Titre : الفارسيّة فى مبادى الدولة الحفصيّة, chronique de la dynastie ḥafṣide de Tunis, jusqu'à la fin de 805/1403, écrite en 806 à Constantine par Abu 'l-'Abbās Aḥmad b. Ḥusain b. 'Alī Ibn al-Ḫaṭīb Ibn Ḳunfuḏ al-Ḳusanṭīnī, † 810/1407-1408. Sur cet auteur, cf. les références fournies par E. Lévi-Provençal, *Les Historiens des Chorfa,* p. 98, note 2. Cf. aussi Brockelmann, *Ar. Litt.,* II, 241. Cherbonneau a donné une traduction partielle de cette chronique dans le *Journal Asiatique* de 1852. M. Ben Cheneb en prépare une édition avec traduction. Commencement : الحمد لله ربّ العالمين، والصلاة على سيّدنا محمد خاتم النبيين... ورضى الله عن الامام المهدى المعلوم القائم بالحقّ بانصاره الصادقين... (à qui l'ouvrage fut dédié et dont il porte le nom) ابى فارس عبد العزيز... وبعد فهذا مختصر فيه ما تتشوّق النفوس اليه من الاطلاع على مبادى الدولة الحفصيّة وما تعلّق بها من مهمّات الوقائع الجلية الخ، Fin : وهاهنا انتهى الغرض فيما تعلّق بالدولة الحفصيّة... من مبداها الى هذا التأريخ الذى هو آخر سنة ٨٠٥. La copie a été faite sur l'autographe de l'auteur en 959/1552.

Papier. Bonne écriture maġribine. 215 feuillets. 17 lignes par page. Dimensions : 0.23×0.17. (Cas. 1722.)

1728

Titre : كتاب الغصون اليانعة فى محاسن شعراء المائة السابعة, répertoire biographique et anthologie des poètes arabes de l'Andalousie, qui vécurent au VIIe siècle de l'hégire, sans nom d'auteur mentionné. C'est probablement une œuvre d'Ibn al-Abbār, d'après son *al-Ḥullat as-siyarā*. Commencement : امّا بعد حمد الله... فهذا (titre) وهو الثامن من الكتب التى اشتمل عليها جامع طبقات الشعراء الموسوم بالحلّة السيراء وترتيبُ هذا الكتاب العصرى على ثلاثة اقسام الاوّل فى تراجم الذين تحققت سنو وفاتهم الثانى فى تراجم الذين لم يوقف منهم على ذلك الثالث فى من استقرّ العلم على حياته عند انتهاء هذا التصنيف وذلك فى سنة ٦٥٧، L'ouvrage fut donc composé en 657/1259, et Pons Boigues fait erreur quand il suppose (*Ensayo*, p. 347, n° 23) que l'auteur en pourrait être Lisān ad-dīn Ibn al-Ḫaṭīb. La copie est peu postérieure : elle date de 685/1286.

Papier. Écriture maġribine peu soignée, mais néanmoins lisible. 41 feuillets. 21 lignes par page. Dimensions : 0.21×0.14. (Cas. 1723.)

1729

La فهرسة ou liste de ses maîtres, écrite en 656/1258 par Abu 'l-Ḥasan ʿAlī b. Muḥammad b. ʿAlī AR-RUʿAINĪ, † 666/1268 : cf. Pons Boigues, *Ensayo*, n° 254, p. 301. Exemplaire auquel manque le premier feuillet. On y trouve de nombreux renseignements sur les savants que l'auteur a rencontrés et dont il a suivi les leçons en Espagne et au Maġrib ou en Orient, principalement à Séville, à Ceuta, à Ḳanǧā'ir (Canjáyar, au N.-O. d'Almeria), à Jaen, à Quesada, à Murcie, à Orihuela, à Játiva, à Valence, à Tlemcen et à Bougie. F° 1 v° : ذكر من لقيته من حملة كتاب الله العزيز المتصدرين لاقرائه... ورتبتهم على حسب اخذى منهم ولقائى لهم. — F° 7 r° : ذكر من لقيته واخذتُ عنه ما يسّر لى من مصنفات الحديث ومسنداته وكتب الفقه. — F° 14 r° : ذكر من لقيته من النحويين والكتّاب وحملة اللغة والاداب. — F° 24 v° : ذكر سائر من لقيته من المشيخة المسندين. Copie exécutée sur l'original en 663/1264-65. Porte à la fin une mention d'« audition par récitation » datée de 712/1312 et signée de la main d'un personnage bien connu : ʿAbd al-Muhaimin b. Muḥammad b. ʿAbd al-Muhaimin al-Ḥaḍramī, secrétaire d'État de la dynastie mérinide.

Papier. Écriture maġribine, à demi vocalisée. 45 feuillets. 28 lignes par page. Dimensions : 0.21 × 0.15. (Cas. 1724.)

1730

Titre : المعجم فى اصحاب القاضى الامام ابى على الصدفى, par Abū ʿAbd Allāh Muḥammad b. ʿAbd Allāh b. Abī Bakr al-Ḳuḍāʿī Ibn al-Abbār. C'est le recueil par ordre alphabétique (*muʿǧam*) des *rāwī* andalous rapportant les *ḥadīṯ* d'après le fameux traditionniste Abū ʿAlī Ḥusain b. Muḥammad b. Fierro aṣ-Ṣadafī, dit Ibn Sukkara, mort en 514/1120, et sur lequel cf. E. Lévi-Provençal in *Journal Asiatique*, avril-juin 1923, p. 223. L'ouvrage a été publié par Codera, d'après le présent manuscrit, dans le tome IV de la *Bibliotheca Arabico-Hispana*, sous le titre de *Almôcham de discipulis Abu Ali Açcadafi,* Matriti, MDCCCLXXXVI. Cf. aussi Pons Boigues, *Ensayo,* p. 295. Le manuscrit comprend, au début et à la fin, beaucoup de notes de lecture et d'indications biographiques sur l'auteur. Il ne porte pas de date, mais remonte au moins à 721/1321, car il a appartenu à Muḥammad Ibn Rušaid; plusieurs des ouvrages de la bibliothèque de ce savant, y compris les manuscrits autographes de sa *riḥla* sont maintenant à l'Escurial. L'exemplaire provient, en second lieu, de la bibliothèque des sultans sa'diens du Maroc, comme l'atteste l'indication suivante : اشترى للخزانة المباركة العلمية الامامية المنصورية الحسنية المولوية عمرها الله بدوام ذكره على يد عبده وقائم خزانته اقل عبيده محمد بن الحاج الاندلسي ،

Papier. Écriture maġribine. 81 feuillets, plus 1 devenu 79 *bis* et provenant du *legajo* 38. 31 lignes par page. Dimensions : 0.24 × 0.16. (Cas. 1725.)

1731

Manuscrit d'un autre ouvrage du même Ibn al-Abbār, répertoire des secrétaires de cour andalous avec spécimens de leurs œuvres poétiques, intitulé اعتاب الكتاب. Cf. la description d'un autre exemplaire de cet ouvrage avec liste des chapitres, in E. Lévi-Provençal, *Les Manuscrits arabes de Rabat,* tome I, Paris, 1921, n° 409, p. 149-153. Cf. aussi Brockelmann, *Ar. Litt.,* I, 340. Incipit : اما بعد حمد الله الذى

يعفو عن السيئات... فهذه نبذة من اعتاب الكتاب وتشفيع الاداب الخ. Le manuscrit ne porte aucune indication de date (VIIe siècle H.).

Papier. Écriture maġribine. 78 feuillets. 21 lignes par page. Dimensions : 0.21 × 0.14. (Cas. 1726.)

1732

1° Titre : كتاب افادة النصيح بالتعريف باسناد الجامع الصحيح, sur les traditionnistes de l'Espagne musulmane, par Abū ʿAbd Allāh Muḥammad b. ʿUmar Ibn Rušaid al-Fihrī as-Sabtī al-Andalusī, l'auteur de la *riḥla* (cf. *supra*, n° 1680). Commencement : الحمد لله الذى جعل الاسناد خصوصيّة لهذه الامّة واثارة باقية وجنّة من التقول على نبيه صلعم الخ. La copie a été exécutée pour lui-même par Muḥammad b. ʿAlī Ibn Hānī al-Laḫmī as-Sabtī, † 733/1332 (cf. Pons Boigues, *Ensayo,* n° 273, p. 319-20) et déclarée authentique par l'auteur à la fin de ṣafar 706/septembre 1306. Elle porte en outre, au début, des attestations de lecture de deux personnages connus : a) début de 793/1390, de Yaḥyā b. Aḥmad b. Muḥammad an-Nafzī al-Ḥumaidī, dit as-Sarrāǧ († 805/1403 : cf. E. Lévi-Provençal, *Les Mss. arabes de Rabat,* tome I, p. 271); b) d'Aḥmad b. ʿAbd al-Wāḥid al-Wanšarīsī. Cf. un autre exemplaire du même ouvrage, *infra,* n° 1785₁. Brockelmann, *Ar. Litt.,* II, 246 (2), lui donne, d'après Casiri, le titre de سلسلة السمع وافادة النصيح. Il a été composé en 689/1290.

2° (F° 31 r°). Également de la main d'Ibn Hānī. Titre : كتاب الاشراف على اعلى الشرف فى التعريف برجال سند البخارى من

طريـق الشريـف ابى على ابن ابى الشرف, opuscule sur les traditionnistes andalous faisant remonter leur chaîne d'*isnād* à Buḫārī par l'intermédiaire d'Abū ʿAlī Ibn Abi 'š-Šaraf, par Abu 'l-Ḳāsim al-Ḳāsim b. ʿAbd Allāh b. Muḥammad al-Anṣārī, connu sous le nom d'Ibn aš-Šāṭ, † 723/1323 (cf. Pons Boigues, *Ensayo*, n° 271, p. 318-319; Brockelmann, *Ar. Litt.*, II, 264). Cet ouvrage, composé en 690-1291 et divisé en sept « catégories » (*ṭabaḳāt*), constitue en quelque sorte la *fahrasa* de l'auteur. Incipit : الحمد لله الذى شرّف هذه الامّة بخصيصة الاسناد ، وعرّف لمّا اكمل النعمة وجوب التثبت عند اعتبار اخبار الآحاد ، ... وبعد فانّه لمّا اعرض الناس عن العنايـة بطريق الروايـة فى هذه البلاد الخ. L'auteur a inscrit de sa main sur la copie (f° 31 r°) la déclaration d'authenticité suivante : (بسملة حمدلة) وبعد فانّه سمع من لفظى هذا الجزء الذى جمعه الفقيه السنى ... ابو عبد الله محمّد ابن الشيخ الاجلّ ... ابى الحسن على بن هانى اللخمى واجزته روايته عنّى قال ذلك وكتبه حامدا ... قاسم بن عبد الله بن محمّد الانصارى فى يوم الاثنين السابع عشر لشهر ربيع الاوّل المبارك من عام ٧٠١. Cf. un autre exemplaire du même ouvrage, *infra*, n° 1785_2.

Papier. Bonne écriture maġribine. 41 feuillets. 21 lignes par page. Dimensions : 0.21 × 0.135. (Cas. 1727.)

1733

Fahrasa d'Abū Muḥammad ʿAbd al-Ḥaḳḳ b. Abī Bakr Ġālib Ibn ʿAṭīya al-Muḥāribī al-Ġarnāṭī, † 541/1146. Cf. Brockelmann, *Ar. Litt.*, I, 412; Pons Boigues, *Ensayo*, n° 170, p. 207-208. L'ouvrage, écrit en 533/1139, débute ainsi : الحمد لله ربّ العالمين... هذه تسمية من لقيته من الشيوخ حملة العلم وذكر ما رويته عنهم ومن اجازني منهم ابي رضه الفقيه ابو بكر غالب بن عبد الرحمن بن غالب بن عبد الرؤف بن قاسم بن تمّام بن عبد الله بن تمّام بن عطيّة بن خلد بن عطيّة وعطيّة هو الداخل الاندلس وقت الفتح الخ. La copie date de l'année même de la composition de la *fahrasa*. Plusieurs mentions de lecture.

Parchemin. Très belle écriture maġribine vocalisée. 56 feuillets. 13 lignes par page. Dimensions : 0.24×0.17. (Cas. 1728.)

1734

Manuscrit autographe, qu'il faut rapprocher du n° 483, décrit *supra*, I, p. 323-25. Mais j'ai peine à croire qu'il puisse s'agir d'un mémorial autographe d'aṣ-Ṣafadī, ne serait-ce qu'à cause des écritures maġribines des deux manuscrits ? Ce sont des notes historiques, poétiques et littéraires, des rappels d'*isnād* de traditionnistes, dont les plus anciens remontent au VIIIe siècle H., qui ont été reliés ensemble. Sans doute, le tout mériterait une lecture attentive. Je pense qu'il s'agit d'un cahier de notes prises en vue de la rédaction d'un répertoire biographique, et écrit au Maroc au VIIIe siècle de l'Hégire, par un personnage dont il est difficile de retrouver le nom, qui vécut à Ceuta, à Tanger et à Fās. On trouve au f° 40 v° une indication historique purement marocaine : خلع السلطان ابو عبد الله مولانا محمّد الشريف الحسني ولد السلطان مولانا عبد الله من

سلطانـه بالسوس الادنى والاقصى فى جمادى الاولى لعام ٩٨٤ وبويـع بعده عمّه الامام الملك السلطان مولاى عبد الملك بن مولانا محمد الشريف ايّـده الله ونصره. Cette indication se date exactement du court règne de ʿAbd al-Malik le Saʿdien : 984-986/1576-78.

Papier. Écriture maġribine. 46 feuillets. 16 à 22 lignes par page. Dimensions : 0.21 × 0.15. (Cas. 1729.)

1735

Ce manuscrit, comme les deux suivants, constitue une partie de l'exemplaire autographe de la *riḥla* de Muḥammad b. ʿUmar Ibn Rušaid, dont on a déjà décrit plus haut le cinquième livre au nº 1680. Celui-ci est acéphale et c'est l'une des parties de l'ouvrage relatives au second séjour de l'auteur à Tunis en 685-86/1286-87, soit le troisième livre. On trouve, fº 63 rº, la confirmation suivante : قـالـه وخـطّه العبد المستغفر الشاكر محمّد بن عمر بن محمّد بن عمر بن محمّد بن رشيـد الفهرى. Cf. aussi *infra*, nº 1739.

Papier. Écriture maġribine. 67 feuillets. 27 lignes par page. Dimensions : 0.24 × 0.16 (Cas. 1730.)

1736

Ce manuscrit précède normalement le nº 1735. Il est également acéphale et débute à وممّن لقينـاه بتـونس. Il relate le premier séjour de l'auteur à Tunis, en 682. C'est le tome second de la *riḥla*. On trouve la mention suivante, à la fin du volume : يتّصل بهذا السفر فى الـذى يتـلوه كان سفرنا من تونس كلاها الله تعالى الخ ،

Papier. Écriture maġribine. 66 feuillets. 27 lignes par page. Dimensions : 0.24×0.16. (Cas. 1731.)

1737

Ce manuscrit est fort en désordre. On lit au début : ذكر بعض ما جرى لنا على ظهر البحر من اسكندرية الى الطرابلس... قاصدا المغرب. Il a, comme le n° 1735, trait au second séjour de l'auteur à Tunis, en 685. Nulle date de composition ou de mise au net n'est indiquée dans ces trois manuscrits.

Papier. Écriture maġribine. 118 feuillets. 27 lignes par page. Dimensions : 0.24×0.16. (Cas. 1732.)

1738

Titre : الرحلة المغربيّة, exemplaire de la relation du voyage au Maġrib (*riḥla*) d'Abū Muḥammad b. Muḥammad b. Muḥammad AL-ʿABDARĪ, originaire de Valence, entrepris en 688/1289. Cf. Pons Boigues, *Ensayo*, n° 261, p. 310; Brockelmann, *Ar. Litt.*, I, 482; M. Ben Cheneb, in *Enc. Isl.*, I, 69-70. Commencement : احمد الله حمد عائذ بوجهه الاكرم ... وبعد فانى قاصد بعد استخارة الله سبحانه الى تقييد ما امكن تقيده ورسم تيسّر رسمه... فى حين الرحلة الى بلد المشرق الخ. L'ouvrage se termine par un poème qui résume la relation de voyage. Cette *riḥla* a fait l'objet d'un travail de Cherbonneau : *Notice et Extraits du voyage d'El-Abdery*, dans le *Journal Asiatique*, 5ᵉ série, IV, p. 144 *sqq*. La copie date du début de 977/1569. Elle porte au f° 1 r° cette annotation qui ne lui fait pas honneur : طالعت هذه النسخة رحلة العبدرى وهى سقيمة غاية فتركناها على سقمها ‘

Papier. Écriture maġribine. 150 feuillets. 21 lignes par page. Dimensions : 0.23×0.17. (Cas. 1733.)

1739

Titre plus moderne que la copie : الثالث من رحلة ابن رشيد. C'est le troisième tome d'un exemplaire, autre que l'autographe décrit plus haut, de la *riḥla* d'Ibn Rušaid. Il a trait aux voyages de l'auteur en 684/1285. Commencement : وممن لقيناه ايضا بثغر الاسكندرية. Relate principalement son séjour au Caire. Cette copie, soignée, ne porte pas de date (XIVe siècle).

Papier. Écriture maġribine. 123 feuillets. 25 lignes par page. Dimensions : 0.23×0.155. (Cas. 1734.)

1740

Titre : كتاب شمائل رسول الله صلعم, le recueil de *ḥadīṯ* d'Abu ʿĪsā Mūsā b. ʿĪsā b. Saura at-Tirmiḏī, † 279/892. Cf. Brockelmann, *Ar. Litt.*, I, 161-62. L'ouvrage a été plusieurs fois publié en Orient et lithographié à Fès. On en trouve deux autres exemplaires manuscrits à l'Escurial (*infra*, nos 1789 et 1870). Ce qui fait l'intérêt de celui-ci, c'est son ancienneté : il porte en effet la date de 514/1120. Il va de باب ما جاء فى رؤية النبى à باب خلق النبى inclusivement. Il est malheureusement fort endommagé par l'humidité. Les fos 1 vo et 2 ro portent des enluminures. Le texte commence par l'*isnād* du grand traditionniste andalou aṣ-Ṣadafī, sur lequel cf. *supra*, n° 1730. En voici le texte : حدّثنا الفقيه الحافظ ابو على حسين بن محمّد الصدفى رضه قال قرأت على الشيخ الامام زين الائمّة جمال الاسلام ابى القاسم عبد الله بن طاهر بن محمّد التميمى رضه فى شهر صفر من سنة ٤٨٤ بمدينة السلام قدمها حاجّا من بلخ ، اخبرنا الشيخ الفقيه الاديب ابو بكر محمّد بن عبد الله بن الحسين المقرئ النيسابورى قراءة عليه بغزنة يوم الاثنين الثالث عشر من رمضان سنة ٤٦١ والشيخ الفقيه ابو عبد الله محمّد بن احمد بن الحسين المحمّدى قراءة عليه فى رجب سنة ٤٦٧ والقاضى ابو على الحسين بن على بن محمّد بن جعفر الوخشى قراءة عليه ببلخ يوم الاربعاء الثالث عشر من المحرّم سنة ٤٧١ ، قال كلّ واحد منهم اخبرنا ابو القاسم على بن محمّد بن [redacted] قراءة عليه قال اخبرنا ابو سعيد [redacted] بن شريح بن معقل الاديب الشاشى ببخارى قراءة فى سنة ٣٣٤ قال حدّثنا ابو عيسى محمّد (*sic*) بن عيسى بن سورة الترمذى رحمه الله حدّثنا ابو رجاء قتيبة الخ ،

Parchemin. Très belle écriture maġribine, vocalisée. 57 feuillets. 19 lignes par page. Dimensions : 0.20 × 0.16. (Cas. 1735.)

1741

Titre : كتاب الدرّ المنظّم فى المولد المعظّم, ouvrage sur la nativité du Prophète, écrit par Muḥammad b. Aḥmad al-Laḫmī Ibn al-ʿAzafī as-Sabtī, en 633/1236. Cf. Brockelmann, *Ar. Litt.*, I, 366. Commencement : احمد الله حمد من عرف جلاله وكماله الخ. Le manuscrit, qui porte la marque de possession du sultan Zaidān, a été copié en 935/1528, « dans l'oratoire du saint Saiyidī Yaʿlā, à la *ṭāliʿa* de Fās ».

Papier. Écriture maġribine. 109 feuillets. 29 lignes par page. Dimensions : 0.20 × 0.145. (Cas. 1736.)

1742

Titre : المصباح المضئ فى كتاب النبى الامّى ورسله الى ملوك الارض من عربى وعجمى, ouvrage sur les secrétaires et les ambassadeurs du Prophète, divisé en deux parties, et écrit en 779/1378 par ʿAbd Allāh b. ʿAlā' ad-dīn ʿAlī b. Aḥmad b. ʿAbd ar-Raḥmān Ibn Ḥadīda al-Anṣārī al-Ḫazraǧī al-Maḳdisī al-Miṣrī. Cf. Brockelmann, *Ar. Litt.*, II, 72. Incipit : الحمد لله الملك الديّان ، ذى العزّة والسلطان ، قاهر الجبابرة ذوى التيجان . . . امّا بعد نور الله قلوبنا بنور معرفته الخ. La copie date de l'année 992/1584.

Papier. Écriture orientale. 154 feuillets. 21 lignes par page. Dimensions : 0.21 × 0.15. (Cas. 1737.)

1743

1° Titre : مزيل الخفاء عن الفاظ الشفاء, commentaire du كتاب الشفا فى تعريف حقوق المصطفى d'Abu 'l-Faḍl ʿIyāḍ b. Mūsā b. ʿIyāḍ al-Yaḥṣubī as-Sabtī, † 544/1149, par Aḥmad b. Muḥammad b. Muḥammad b. Ḥasan aš-Šumunnī, † 872/1467-68. Cf. Brockelmann, *Ar. Litt.*, I, 369, l. 9, *ant. fin.*, et II, 82. Incipit : . . . امّا بعد حمد الله على افضاله . . . فيقول . . . قد يسّر الله تعالى عند اقرائى الشفاء شيئا من تفسير مفرداته ونبذا من فتح مغلقاته وحلّ مشكلاته فجمعت ذلك نفعا لطالبيه واعانة لمحصليه وقارئيه وسمّيته الخ. La copie date du vivant du commentateur; elle fut exécutée en 871/1466. Cf. *infra*, deux autres manuscrits du même ouvrage, nos 1845 et 1846.

2° (F° 63 r°). Même main. Titre : اغتنام الفرصة فى محادثة عالم قفصة, entretiens d'ordre théologique et juridique avec le savant de Ḳafṣa (Gafsa, en Tunisie) Abū Yaḥyā Abū Bakr Ibn ʿUḳaiba, par Abū ʿAbd Allāh Muḥammad b. Aḥmad b. Muḥammad Ibn Marzūḳ, † 842/1439 : Cf. *supra*, n° 1517, et M. Ben Cheneb, *Étude sur les personnages mentionnés dans l'Idjâza du cheikh ʿAbd el-Qâdir el-Fâsy*, § 58, p. 113, n° 13. Commencement : الحمد لله الذى يقذف بالحق علام الغيوب ... وبعد فقد ورد علىّ من بعض من وجبت محبّته ... وهو ... ابو يحيي ابو بكر بن عقيبة مسائل وقعت له الخ. Copie de la fin de 871/1467.

Papier. Écriture maġribine. 139 feuillets. 27 et 29 lignes par page. Dimensions : 0.20 × 0.14. (Cas. 1738.)

1744

Titre : مختصر فى السيرة النبوية, « résumé sur la vie du Prophète », par Abū ʿUmar ʿAbd al-ʿAzīz b. Muḥammad b. Ibrāhīm ʿIzz ad-dīn Ibn Ǧamāʿa al-Kinānī, † 767/1366. Cf. Brockelmann, *Ar. Litt.*, II, 72, *Enc. Isl.*, II, 393. Commencement : الحمد لله حمدا يوافى جزيل نعمائه ، ويكافى مزيد الائه ... امّا بعد فهذا مختصر فى سيرة سيدنا رسول الله صلعم جمعته من كتب فى المغازى والسير واعتمدت فيما فيه من التصحيح وتاريخ المغازى على الحافظ ... شرف الدين ابى محمد عبد المؤمن الدمياطى الخ ، La copie n'est postérieure que d'une année à la composition de l'ouvrage : elle a été exécutée à la Mekke, à la fin de 736/1136.

Papier. Belle écriture orientale, type *nasḫī*. 96 feuillets. 11 lignes par page. Dimensions : 0.21×0.16. (Cas. 1739.)

1745

Recueil (*maǧmūʿ*) de *sīra*, tout entier de la même main, comprenant :

1° Titre : النجم الثاقب فى اشرف المناقب, ouvrage sur les actes miraculeux du Prophète, par Badr ad-dīn Abū Muḥammad al-Ḥasan b. ʿAmr (Brockelmann : ʿUmar) Ibn Ḥabīb al-Ḥalabī, † 779/1377. Cf. Brockelmann, *Ar. Litt.*, II, 36-37; *Enc. Isl.*, II, 402. Incipit : الحمد لله الولى الحميد الخ.

2° (F° 34 v°). *Manāḳib* des compagnons du Prophète, intitulés كتاب مناقب العشرة وعمى رسول الله صلعم, par Ḏu 'l-Wizāratain Abū ʿAbd Allāh Muḥammad b. Masʿūd b. Farağ b. Ḫalaf b. Ḫadama Ibn Abi 'l-Ḫiṣāl al-Ġāfiḳī al-Andalusī, † 540/1146. Cf. Brockelmann, *Ar. Litt.*, I, 368-369. Commencement : الحمد لله الذى هدانا لفضيلة حمده الخ.

3° (F° 53 v°) Titre : ظلّ الغمامة وطوق الحمامة, autre ouvrage sur les *manāḳib* des compagnons du Prophète, par le même auteur. Il existe deux versions de cet ouvrage, l'une en vers (celle-ci), l'autre en prose (cf. *infra*, n° 1787). Incipit : قال رضه يصف مناقبهم (الصحابة) ويذكر شرفهم وينشر محاسنهم...

اليك فهمى والفؤاد بيثرب * وان عاقنى عن مطلع الوحى مغربى

L'exemplaire a été copié sur l'original et collationné en 987/1579.

4° (F° 61 r°). Titre : ذكر ازواج النبي صعلم والحسن والحسين رضهما, par le même.

5° (F° 76 r°). Résumé (مختصر) anonyme, peut-être du précédent, d'un ouvrage d'Abu 'l-Ḳāsim Ḫalaf b. ʿAbd al-Malik Ibn Baškuwāl al-Anṣārī al-Ḳurṭubī, l'auteur du *Kitāb aṣ-Ṣila,* intitulé القربة الى ربّ العالمين فى فضل الصلاة على سيّد المرسلين (sur les avantages qu'il y a à appeler la bénédiction d'Allāh sur le Prophète). Incipit : الحمد لله ربّ العالمين ... وبعد فانّه لمّا كان كتاب القربة ... للحافظ المحدّث ... ابن بشكوال الانصارى ممّا ينبغى الاهتمام بـه الخ ،

6° (F° 86 r°). Titre : الصلاة المحسّنة والصلاة المحصّنة, par Yaḥyā b. ʿAbd aṣ-Ṣamad al-Anṣārī al-Biǧā'ī.

7° (F° 88 v°). Passages relatifs à la biographie du Prophète, extraits du كتاب تهذيب الكمال فى اسماء الرجال, de Ǧamāl ad-dīn Yūsuf b. az-Zakī ʿAbd ar-Raḥmān al-Mizzī al-Ḳuḍāʿī al-Kalbī, † 742/1341. Cf. Brockelmann, *Ar. Litt.*, I, 360.

8° (F° 103 v°). Titre : كتاب المقتفى من سيرة المصطفى, par Ibn Ḥabīb, l'auteur du premier ouvrage du présent recueil. Cf. Brockelmann, *Ar. Litt.*, II, 37 (5). Incipit : الحمد لله الذى جمعنا على محبّة سيّد البشر الخ.

9° (F° 150 r°). Histoire du Prophète, intitulée كتاب اشراف التواريخ, par Yaʿḳūb b. Idrīs al-Ḳarāmānī, † 833/1429. Cf. Brockelmann, *Ar. Litt.*, II, 223. Incipit : الحمد لله الذى خلق السموات والارض الخ. Le nom de l'auteur a été, ici, laissé en blanc par le copiste, et c'est à tort que Casiri a attribué l'ouvrage à as-Suyūṭī.

10° (F° 188 r°). Commencement : الحمد لله حق حمده . . . وبعد فهذه نبذة من الخصائص الشريفة النبويّة ذكرها . . . زين الدين عبد الوهاب بن احمد بن على الانصارى الشافعى الشهير بالشعراوى ثم المصرى ‹ Extraits d'un ouvrage d'aš-Šaʿrāwī, *alias* AŠ-ŠAʿRĀNĪ, † 973/1165, sur lequel cf. Brockelmann, *Ar. Litt.*, II, 335-38. Le manuscrit, non daté, remonte à la fin du X° siècle de l'Hégire.

Papier. Écriture orientale. Les pages, jusqu'au f° 190, sont encadrées de rouge. 198 feuillets. 25 lignes par page. Dimensions : 0.21 × 0.145. (Cas. 1740.)

1746

Titre enluminé : كتاب حسنات الحرمين فى مدح جدّ الحسنين, panégyrique du Prophète, en vers, par Muḥammad b. Muḥammad b. Aḥmad IBN SABʿ al-ʿAbsī aš-Šāfiʿī. Ce recueil poétique, où les pièces sont classées par ordre alphabétique des rimes, débute ainsi : ‹ احمد الله على سابغ عطائه واشكره على سائغ غطائه . . . وبعد فانّه لمّا قعد بى دهرى بعد القيام واصبحت شمس حظى وعليها ظلّة من الغمام الخ. A la fin, autographe du fils de l'auteur qui a lu l'œuvre paternelle dans cet exemplaire. Non daté, mais très ancien. Porte une mention de lecture en 904/1498, donc antérieur à cette date.

Papier. Écriture orientale, demi-vocalisée. 67 feuillets. 13 lignes par page. Dimensions : 0.205 × 0.125. (Cas. 1741.)

1747

Titre : كتاب فيه أسماء شيوخ مالك بن انس الاصبحى, « Livre contenant les noms des *šaiḫs* de Mālik b. Anas al-Aṣbaḥī », l'auteur du *Kitāb al-Muwaṭṭa'*, mort en 179/795, par Abū ʿAbd Allāh Muḥammad b. Ismāʿīl b. Muḥammad b. ʿAbd ar-Raḥmān Ibn Ḫalfūn al-Azdī al-Unubī (ethnique de اونبة, aujourd'hui Huelva, en Espagne), † 636/1238: cf. Pons Boigues, *Ensayo*, n° 241, p. 284. Incipit : الحمد لله الـذى احكم فى تـدبيره واتقن فى تصويره... امّا بعد... فـانّى ذكرت فى كتابى هذا شيوخ مالـك بن انس الـذين روى عنهم الآثار المذكورة فى كتاب التلخيص المستخرجة من موطّأ مالك بن انس روايـة يحيى بن يحيى الليثى القرطبي... وابتدأت فيه بـذكر مالـك بن انس. Après quoi, ce dictionnaire biographique range les *tarǧama* par ordre alphabétique des noms. Exemplaire collationné sur l'original. Ancien, non daté. Porte au f° 1 r° la marque de possession de Muḥammad al-Wanšarīsī.

Papier. Cursive andalouse peu soignée. 92 feuillets. 21 lignes par page. Dimensions : 0.205 × 125. (Cas. 1742.)

1748

Dixième et dernier tome du كتاب جامع الاصول فى احاديث الرسول, répertoire de *ḥadīṯ* et dictionnaire biographique des compagnons du Prophète, par Maǧd ad-dīn Abu 's-Saʿādāt al-Mubārak Ibn al-Aṯīr, † 606/1209, le frère du grand historien ʿIzz ad-dīn Ibn al-Aṯīr. Cf. Brockelmann, *Ar. Litt.*, I, 357; *Enc. Isl.*, II, 387. Ce manuscrit comporte la fin du dictionnaire des *ṣaḥāba*. Il débute par la *tarǧama* de عابس بن ربيعة (lettres ع à ى). L'auteur n'y est point nommé. Copie de 664/1266.

Papier. Écriture orientale. 137 feuillets. 25 lignes par page. Dimensions : 0.215 × 0.14. (Cas. 1743.)

1749

Titre : كتاب بغية النقّاد النقلة ، فيما اخلّ به كتاب البيان واغفله ، manuscrit acéphale d'un ouvrage sur les *uṣūl* du *ḥadīṯ*, par ʿAbd Allāh Ibn al-Mauwāḳ. Cf. Ḥāǧǧī Ḫalīfa, *Kašf aẓ-ẓunūn,* I, p. 201. Exemplaire collationné sur l'original. Incipit actuel : ...وذكر من طريق ابى داوود هكذا عن عرفجة بن اسعد انّه قُطع انفه يوم الكلاب فاتّخذ انفا من ورق فانتن عليه فامره النبي صلعم ان يتّخذ انفا من ذهب الخ. Copie non datée.

Papier. Écriture maġribine. 130 feuillets. 25 lignes par page. Dimensions : 0.22 × 0.14. (Cas. 1744.)

1750

Titre : الكواكب الزاهرة فى اجتماع الاولياء بسيد الدنيا والآخرة, monographie du saint Abu 'l-Ḥasan aš-Šāḏilī, terminée en 894/1489 par ʿAbd al-Ḳādir b. Ḥusain b. ʿAlī Ibn Muġaizil, non nommé ici. Cf. Brockelmann, *Ar. Litt.*, II, 122. Commencement : احمد الله حمدا مستمرّا على الدوام واثنى عليه ثناء المعترفين الخ. Copie écrite de plusieurs mains et terminée en 977/1569.

Papier. Écritures orientales. 228 feuillets. 17 à 23 lignes par page. Dimensions : 0.21 × 0.14. (Cas. 1745.)

1751

Titre : مرشد الزوار، الى زيارة قبور الابرار، واسماء ما فى القرافتين وسفح الجبل المقطّم من قبور الصحابة الاخيار، والشهداء والعلماء والاولياء اصحاب المناقب والاسرار، من المجتبين الاخيار, répertoire biographique des compagnons, des martyrs, des savants et des saints enterrés au mont al-Muḳaṭṭam, près du Caire, par Muwaffaḳ ad-dīn 'Uṯmān (seconde moitié du VIIIe siècle H.), non nommé ici. Cf. Brockelmann, *Ar. Litt.*, II, 34. Commencement : الحمد لله الذى شرف جبل المقطّم بكلّ مسجد شريف معظّم، وجعل فى سفحه غراس الجنة فهو بهم مكرّم، الخ. Copie de 1004/1595.

Papier. Écriture orientale. Titres en rouge. 106 feuillets. 23 lignes par page. Dimensions : 0.21 × 0.145. (Cas. 1746.)

1752

Titre : لطائف المنن فى مناقب الشيخ ابى العباس وشيخه ابى الحسن, par Ibn 'Aṭā' Allāh. Cf. *supra*, n° 1692. Un autre exemplaire du même ouvrage sera encore décrit, *infra*, n° 1808. Copie non datée, avec de nombreuses notes marginales. Cet exemplaire a appartenu à 'Abd Allāh b. 'Abd ar-Raḥmān b. 'Abd Allāh al-Ġazūlī.

Papier. Belle écriture maġribine. 96 feuillets. 19 lignes par page. Dimensions : 0.21 × 0.14. (Cas. 1747.)

1753

Titre moderne : ترجمة شيخ الاسلام البلقيني. Biographie de Ǧamāl ad-dīn ʿAbd ar-Raḥmān b. ʿUmar b. Raslān b. Nuṣair b. Ṣāliḥ AL-BULḲĪNĪ, né au Caire en 763/1363, mort en 824/1421, sur lequel cf. Brockelmann, *Ar. Litt.*, II, 112-113, par son frère Muḥammad AL-BULḲĪNĪ. Commencement : الحمد لله الذى جبر كسر من انصدع قلبه . . . امّا بعد فهذه ترجمة مباركة اذكر فيها شيئا من احوال الاخ. A partir du f° 49 r°, l'auteur insère dans la *tarǧama* de son frère, le *dīwān* de ce dernier, par ordre alphabétique des rimes. La copie porte la date de 862/1458. Marque de possession du sultan saʿdien Zaidān.

Papier. Écriture orientale médiocre. 99 feuillets. 25 lignes par page. Dimensions : 0.23×0.155. (Cas. 1748.)

1754

Recueil factice, comprenant :

1° Titre : المنهاج السّوىّ فى ترجمة الشيخ الامام محيى الدين النووى, biographie du grand théologien Abū Zakariyā Yaḥyā an-Nawawī, † 676/1278, par ǦALĀL AD-DĪN AS-SUYŪṬĪ. Cf. Brockelmann, *Ar. Litt.*, I, 395 et II, 157₂₈₇ (avec la variante, d'après Pertsch, Gotha : المنهج السوى). Ouvrage terminé en 871/1466. Commencement : الحمد لله العزيز الحكيم . . . هذه اوراق ترجمت فيها . . . محيى الدين ابا زكريا النووى . . . وسمّيتها الخ ، Copie de 995/1587. 15 lignes par page.

2° (F° 44 r°). Même main que 1°. Titre : كتاب الدرر المنتثرة فى الاحاديث المشتهرة, mise au point et résumé d'un ouvrage de Badr ad-dīn Muḥammad b. Bahādur AZ-ZARKAŠĪ, † 794/1392, sur les erreurs commises par les personnes non compétentes en matière de citations de *ḥadīṯ*, par ǦALĀL AD-DĪN AS-SUYŪṬĪ. Cf. Brockelmann, *Ar. Litt.*, II, 148₅₉. Incipit : الحمد لله تعظيما لشأنه . . . وبعد فانّ من المهمّ بيان حال الاحاديث التى اشتهرت على ألسنة العامّة ومن ضاهاهم من الفقهاء الذين لا علم لهم بالحديث وبيان ما له اصل من ذلك من غيره وقد ألّف بدر الدين الزركشى فى ذلك كتابا لطيفا غير انه محتاج الى تنقيح وزيادة وتنكيت وافادة فلخّصته هنا مع زيادة الجمّ الغفير الخ. Les *ḥadīṯ* sont rangés par ordre alphabétique. Même date de copie que le précédent. 15 lignes par page.

3° (F° 100 r°). Ouvrage anonyme, divisé en huit « séances » (*maǧlis*) et intitulé : كتاب طرف القلوب والخضوع لعلّام الغيوب. Commencement : المجلس الاوّل فى قوله تعالى شهد الله انّ لا اله الا هو والملائكة وأولو العلم قائما بالقسط لا اله الّا هو العزيز الحكيم ، (*Coran*, Sūr. III, vers. 16.) Porte en tête la date de 989/1581. 21 lignes par page.

4° (F° 156 r°). *Ḥizb* d'Abu 'l-Ḥasan al-Bakrī, suivi de quelques autres prières.

5° (F° 175 r°). Titre : الحزب الشامخ الافخم المشتمل على اسم الله الاعظم, par Muḥammad Abu 't-tuḳā Karīm ad-dīn AL-ḪALWATĪ, † 986/1578. Cf. Brockelmann, *Ar. Litt.*, II, 339. Commencement : اللهم لك الحمد ولك الجد. 13 lignes par page.

6° (F° 185 r°). Titre : كتاب المناسك الكبرى, par Šams ad-dīn Muḥammad al-Ḫaṭīb AŠ-ŠARBĪNĪ, † 977/1569. Incipit :

الحمد لله الــذى جعل البيت مثابــة للناس وامنا... وبعد فيقول...
محمد الشربينى الخطيب انى استخرت الله تعالى فى جميع مــا يحتاج اليــه
الناسك. من الناسك المناسك الخ 13 lignes par page.

7° (F° 214 r°). Divers écrits utiles (فوائــد) et considérations sur les diverses prières. Manque la fin. 15 lignes par page.

Papier. Écritures orientales. 223 feuillets. Dimensions : 0.21 × 0.14. (Cas. 1749.)

1755

Deuxième volume, d'après le titre inscrit sur la tranche inférieure, du كتاب نفاضة الجراب فى علالة الاغتراب, par Lisān ad-dīn Ibn al-Ḫaṭīb as-Salmānī, † 776/1374. Cet ouvrage constitue en quelque sorte les mémoires de l'auteur pendant son séjour au Maroc. La partie conservée ici mentionne d'abord le voyage de l'auteur à la montagne des Hintāta, où mourut le sultan marīnide Abu 'l-Ḥasan ʿAlī, et à Āġmāt, puis son retour à Salé en passant par le territoire des Dukkāla et la ville d'Āzemmūr. Elle débute ainsi :
فصل فى ذكر جبل هنتاتــة ، وعملنا على الصعود الى الجبل المطلّ عليها
والجارح المرفرف على حراجها مقتصرين على حدود هنتاتة عنصر الدعوة
واولياء الدولة المرينيّة وحلفاء الطاعة المخصوصين برعى الجوار والاستقامة
من دون الحرمة وشدّ عروة الوفــاء وسدّ الخلّة واستحقاق الشفوف على
غيرهم والمزمة اذ كان ذلك اقوى بوارث الوجهة واخلص مقاصد الرحلة الخ ،
Cf. Brockelmann, *Ar. Litt.*, II, 262, 7, d'après Casiri et Pons Boigues, *Ensayo*, p. 343, n° 7. L'autre exemplaire

mentionné en même temps (sous le n° 1811 = 1816) n'a jamais existé. Un troisième volume suivait celui-ci. Sans date.

Papier. Écriture mağribine assez peu lisible. 159 feuillets. 19 lignes par page. Dimensions : 0.22×0.145. (Cas. 1750.)

1756

Titre : برنامج, à peu près l'équivalent de *fahrasa,* liste des principaux ouvrages de culture musulmane étudiés par l'auteur, avec les *isnād* de transmission pour chacun d'eux, par al-Ḳāsim b. Yūsuf b. Muḥammad b. 'Alī b. al-Ḳāsim at-Tuğībī al-Balansī, de Ceuta, sur lequel voir la notice, uniquement inspirée de Casiri, donnée par Pons Boigues, *Ensayo,* n° 231, p. 274. Commencement : فالحمد لله قبل كل مقال . . . امّا بعد فانّه لما كان جآتنا معشر فئة الحديث . . . رأيت ان اتعلّق باهذابهم واتمسّك باذيالهم واستضى، بانوارهم واقتدى بآثارهم واجمع برنامجا يضمّ على ما حضرنى الآن ذكره مما قرأته او سمعته الخ ‘ L'exemplaire n'est pas daté, mais a été écrit avant 724/1324, date citée au f° 1 r°. Il porte une mention de lecture, par Yaḥyā b. Aḥmad an-Nafzī, en 792/1389. Je ne retrouve pas la date de composition (626/1128) fournie par Casiri.

Papier. Belle et fine écriture mağribine. 129 feuillets. 23 lignes par page. Dimensions : 0.22×0.145. (Cas. 1751.)

1757

Exemplaire du répertoire de proverbes arabes, intitulé كتاب الامثال, d'Abū 'Ubaid al-Ḳāsim b. Sallām al-Harawī,

† 223/837, recopié sur une copie de l'autographe accrue de notes marginales, comme en fait foi l'incipit ci-dessous. Cf. Brockelmann, *Ar. Litt.*, I, 106-107; *Enc. Isl.*, I, 114. Publié avec une traduction latine par E. Bertheau, à Göttingen, en 1836, et à Constantinople, en 1300. Cf. aussi *supra*, n° 526, t. I, p. 353. Commencement : قال على بن عبد العزيز نسخت هذا الكتاب من نسخة ابى عبيد رحمه الله بخط يده وعارضته به حرفا حرفا ثمّ قرأته على ابى محمّد سلمة بن عاصم النحوى صاحب الفراء فزاد فيه اشياء الحقتها فى حواشى الكتاب ثمّ قرأته على ابى عبد الله الزبير بن بكّار قاضى اهل مكّة فكتبت ايضا ما زاد فيه (mort en 251/870 : cf. Brockelmann, *Ar. Litt.*, I, 141) ونسبت ذلك اليه والذى وجدت بخط ابى عبيد هذا كتاب الامثال وهى حكمة العرب فى الجاهليّة والاسلام الخ. Les proverbes y sont classés par sujets et non par ordre alphabétique, comme c'est l'usage dans les recueils de proverbes. Manuscrit non daté (VIe siècle H.).

Papier. Très belle écriture maġribine. 59 feuillets. 24 lignes par page. Dimensions : 0.22×0.16. (Cas. 1752.)

1758

Recueil factice, comprenant :

1° *Iǧāza* (licence), avec la liste des maîtres et les *isnād* du rédacteur, accordée par Muḥammad b. Muḥammad aš-Šumunnī. Commencement : يقول محمّد بن محمّد بن الحسن بن على الشمنّى التميمى الدارمى . . . الحمد لله المتفضل باجابة السؤال اذا توجه

اليه . . . امّا بعد فان الفقيه . . . ابا سعيد ولد القاضى . . . ابى محمّد
عبد الله بن ابى سعيد السلان (*sic*) . . . سألنى ان اجيزه واجيز ولده
. . . النجيب ابا عبد الله محمّدا . . . ما رويته من الكتب جميعا مجازا
كان او مسموعا وان اذكر اسانيد فيها موصولة الى مؤلّفيها . . . فاجبته
الى ذلك الخ. Cette licence date de l'année 876/1471 (f° 10 r°). 21 lignes par page.

2° (F° 13 r°). Divers extraits écrits très négligemment, entre autres, f° 21 v°, un fragment d'Ibn ʿAbbād sur le ṣūfisme ; f° 35 v°, un passage du commentaire de la *Lāmīyat al-ʿağam,* par aṣ-Ṣafadī ; f° 44 v°, un passage d'Abū Ḥaiyān ; une poésie empruntée à la *Buġyat ar-ruwād* (cf. *supra,* n° 1655) et d'autres passages du même ouvrage historique ; f° 60 v°, quelques pages du كتاب روضة الانس وبهجة النفس d'Ibn Ḫalaf as-Sarakusṭī. 21 et 22 lignes par page.

3° (F° 83 r°). Titre : كتاب اسنى التاجر فى بيان احكام من غلب على وطنه النصارى ولم يهاجر وما يترتب عليه من العقوبات والزواجر, par Aḥmad b. Yaḥyā AL-WANŠARĪSĪ, † 914/1508, sur lequel cf. Brockelmann, *Ar. Litt.,* II, 248. Cette *fatwā* a été partiellement publiée par M. J. Müller, *Beiträge zur Geschichte der westlichen Araber,* Munich, 1866, p. ٤١-٤٣. Elle fut écrite en 896/1491.

4° (F° 95 r°). Extrait du كتاب العزلة de Muḥammad b. Muḥammad b. Ibrāhīm AL-ḪAṬṬĀBĪ (fin du IVe siècle H.). Cf. Brockelmann, *Ar. Litt.,* I, 165. 23 lignes par page.

5° (F° 108 v°). *Urǧūza* grammaticale de mille vers (*alfīya*), par Ibrāhīm b. Aḥmad. Incipit :

يقول ابراهيم نجل احمدا * الحمد لله دواما سرمدا

Papier. Écriture maġribine. 125 feuillets. Dimensions : 0.22 × 0.15. (Cas. 1753.)

1759

Recueil factice, comprenant :

1° Glose anonyme sur le commentaire du *Coran*, par al-Baiḍāwī, à propos de la Sūrate LXXVIII. La fin manque. 21 lignes par page.

2° (F° 14 v°). Glose anonyme sur le commentaire du *Coran*, par al-Baiḍāwī, à propos de la Sūrate VI. Incipit : الحمد لله الذى جعل قصر الدين على الجدار الخ. Sans date. 17 lignes par page.

3° (F° 26 r°). Titre : رسالة پرويز افندى فى وقف الوصى. Commencement : اما بعد لما وقع الخلاف وظهر الاصراف الخ. De 962/1555. 17 lignes par page.

4° (F° 42 r°). Titre : الفوائح المسكية فى الفواتح المكية, encyclopédie sur cent sciences, par ʿAbd ar-Raḥmān b. Muḥammad b. ʿAlī al-Bisṭāmī, † 858/1454. Cf. Brockelmann, *Ar. Litt.*, II, 231 ; *Enc. Isl.*, I, 752. Commencement : كتاب الفوائح . . . وفيه درة ابكار الافكار وغرة افطار الابطار الخ ، 23 lignes par page.

5° (F° 176 r°). Titre : رسالة الاجوبة الفاخرة فى رد الاسئلة الفاجرة, par Šihāb ad-dīn Aḥmad b. Idrīs al-Karāfī, † 684/1285. Cf. Brockelmann, *Ar. Litt.*, I, 385. Début : الحمد لله العظيم من غير عدد . . . اما بعد فان بعض النصارى انشأ رسالة على لسان النصارى . . . مشتملة على الاحتجاج بالقرآن العظيم على صحة

مذهب النصرانيّة. L'épître constitue une réponse à cet écrit. Sans date. 21 lignes par page.

Papier. Écriture orientale. 262 feuillets. Dimensions : 0.21 × 0.15. (Cas. 1754.)

1760

Second tome de المختصر فى تأريخ البشر, l'œuvre historique d'Abu 'l-Fidā', dont un manuscrit a déjà été décrit *supra*, n° 1641. Les événements relatés par cette partie de l'ouvrage vont de l'année 41 à l'année 454 H. Le manuscrit, excellent et vocalisé, n'est pas daté, mais paraît fort ancien et peu postérieur à la composition de l'ouvrage (VIIIe siècle H.). A la fin est annoncé le tome III, devant faire suite à celui-ci et débuter par : ثم دخلت سنة ٤٥٥.

Papier. Écriture orientale de type archaïque. 245 feuillets. 15 lignes par page. Dimensions : 0.18 × 0.14. (Cas. 1755.)

1761

Manuscrit débutant ainsi : شرح لمعة من أخبار الإمام المعزّ لدين الله وتسييره عساكره الى مصر وحضوره اذ كان رافع عملها ومؤمن حرمها ومادّة عمرانها وسبب استيطانها فهو المعزّ لدين الله ابو تميم معدّ بن المنصر ابى الطاهر اسماعيل بن القائم بامر الله الخ. Casiri, suivi par Brockelmann, *Ar. Litt.*, I, 149 (avec le titre ما كفى من اخبار الائمّة), attribue cette histoire d'al-Mu'izz li-dīn Allāh (341/952), à Muḥammad Abu 'l-Ḥasan al-Iskandarānī, mais il faut croire qu'il a pris ce nom sur la tranche du manuscrit, aujourd'hui rognée, car on n'en découvre maintenant nulle trace. Cet ouvrage paraît fort intéressant pour l'histoire politique et topographique du Caire. Il cite plusieurs sources : ainsi, f° 3 v°, Šihāb ad-dīn Aḥmad b. al-Awḥadī al-Miṣrī, f° 23 r°, le *Kitāb masālik al-abṣār* d'aṣ-Ṣafadī († 764/1383), f° 41 r°, Abu 'l-Walīd al-Azraḳī (première moitié du IIe siècle H.). Il est divisé en sept مقصد. Il se termine par l'histoire d'Abraha et de l'éléphant, tirée de la *Sīra* d'Ibn Isḥāḳ, d'après Ibn Hišām. La fin manque et la copie s'arrête brusquement à 48 r°, ligne 3. L'ouvrage est non daté, de même que la copie qui a été terminée avant 920/1514, d'après une note de f° 48 r°.

Papier. Écriture orientale. 48 feuillets. 15 lignes par page. Dimensions : 0.175×0.135. (Cas. 1756.)

1762

Persan. Titre à la tranche inférieure : كتاب انوار سهيلى. Manquent le commencement et la fin. Écrit avant 994/1586, d'après une note du f° 142 v°. Ce manuscrit n'offre aucun rapport avec celui décrit par Casiri, sous le n° 1757.

Papier. Écriture persane. 142 feuillets. 11 lignes par page. Dimensions : 0.21×0.15.

1763

Titre enluminé : حسن المحاضرة فى اخبار مصر والقاهرة. C'est un exemplaire complet et non daté (fin du Xe siècle H.) de l'œuvre historico-biographique bien connue de Ǧalāl ad-dīn as-Suyūṭī, † 911/1505. Cf. Brockelmann, *Ar. Litt.*, II, 157_{279}. Elle a été imprimée au Caire, 2 vol., 1299, 1321.

Papier. Écriture orientale. 526 feuillets. 21 lignes par page. Dimensions : 0 195×0.125. (Cas. 1758.)

1764

Manuscrit contenant deux ouvrages de Ǧalāl ad-dīn as-Suyūṭī, † 911/1505, consacrés tous deux aux mérites des Abyssins.

1° Titre : ازهار العروش فى اخبار الحبوش, résumé du suivant. Cf. Brockelmann, *Ar. Litt.*, II, 158_{308}. Commencement : الحمد لله وسلام على عباده الذين اصطفى هذا كتاب يسمّى ازهار العروش ... لخّصته من كتابى المسمى رفع شأن الحبشان الخ،

2° (F° 40 r°). Titre : رفع شأن الحبشان, version développée d'un ouvrage composé sur le même sujet par Ibn al-Ǧauzī (cf. *infra*, n° 1835, et Brockelmann, *Ar. Litt.*, I, 505_{75}). Cf. sur celui-ci Brockelmann, *Ar. Litt.*, 158_{307}. Il a été signalé par S. de Sacy, *Chrestomathie arabe*, I, p. 458-459. Commencement : الحمد لله الذى فضل بعض الاجناس على بعض... هذا كتاب وضعته فى فضل الحبش مرتّب على مقدّمة وسبعة فصول وخاتمة ... وسمّيته... وقد وقفت على كتاب فى هذا المعنى للحافظ ابى الفرج ابن الجوزى سمّاه تنوير الغبش الخ. Manuscrit non daté. (De la fin du Xe siècle H.).

Papier. Écriture orientale. 149 feuillets. 13 lignes par page. Dimensions : 0.185 × 0.13. (Cas. 1759.)

1765

Titre : كتاب الوسائل الى معرفة الاوائل, par Ǧalāl ad-dīn as-Suyūṭī. Cf. Brockelmann, *Ar. Litt.*, II, 158_{305}. C'est le résumé du كتاب الاوائل d'al-ʿAskarī, † 395/1005 (cf. Brockelmann, *Ar. Litt.*, I, 126-127) sur les débuts de la société humaine. Les deux ouvrages ont été publiés par Gosche, in *Festgruss zur XXV. Philologenversammlung*, Halle, 1867. Incipit : الحمد لله الاوّل فليس لـه آخر... وبعد فهذا كتاب لطيف جامع للاوائل لخّصت فيه كتاب الاوائل للعسكرى الخ. Il débute ensuite par le commencement de la création, باب بدء الخلق, suivi de باب الطهارة, باب الصلاة, etc. Manuscrit non daté (XIe siècle H.).

Papier. Écriture orientale. 85 feuillets. 19 lignes par page. Dimensions : 0.19×0.13. (Cas. 1760.)

1766

Histoire des sultans d'Égypte, intitulée : كتاب النزهة السنيّة فى اخبار الملوك المصريّة. Cf. *supra*, n° 1708_2, un autre exemplaire du même ouvrage. Le titre est enluminé et écrit en très beau *nasḫī*. On trouve, f° 1 r°, le nom suivant qui est sans doute celui du prince auquel l'ouvrage a été dédié : الامام السلطانى بكتاش التوقاتى et, dans un médaillon enluminé : برسم الخزانة الشريفة السلطانيّة خلّد الله ملك مالكها. Copie datée de 926/1520, donc fort peu postérieure à l'original.

Papier. Écriture orientale. 59 feuillets. 9 lignes par page. Dimensions : 0.185×0.13. (Cas. 1761.)

1767

Titre : كتاب المستقصى فى فضائل المسجد الاقصى, description de la mosquée de Jérusalem et rituel du pèlerinage à ce sanctuaire, par Nāṣir ad-dīn Muḥammad b. Ḫiḍr AR-RŪMĪ al-Ḥanafī, auteur de *supra,* n° 1708₉. L'ouvrage a été terminé le 10 ṣafar 948/5 juin 1541. Cf. Brockelmann, *Ar. Litt.*, II, 360. Commencement : الحمد لله الذى رفع بالفضل بعض البقاع على بعض... امّا بعد فهذا مختصر لطيف لخّصته عجلا فيما يتعلّق بالاماكن والزيارات بالمسجد الاقصى وما يستحبّ للزائر من الادعية الصالحة فى الاماكن المشرفة بالمسجد الاقصى وما حوله واذكر ايضا ما يتعلّق بزيارة قبر السيّد الخليل واولاده الكرام عليهم افضل الصلوة والسلام والسبب فى وضعه أنّى رأيت كثيرا من الواردين يشتبه عليه بعض الاماكن... فرتّبت هذا الكتاب وقصدت فيه الاختصار والتقريب... وسمّيته بالمستقصى فى فضل الزيارات بالمسجد الاقصى ورتّبته فى عشرة فصول الخ. Le manuscrit n'est pas daté, mais paraît peu postérieur à l'époque de composition de l'ouvrage.

Papier. Écriture orientale. 104 feuillets. 11 lignes par page. Dimensions : 0.18 × 0.13. (Cas. 1762.)

1768

Titre enluminé : كتاب تحفة الكرام باخبار البلد الحرام, histoire de la Mekke, par Abu 'ṭ-Ṭaiyib Muḥammad b. Aḥmad b. ʿAlī al-Ḥasanī AL-FĀSĪ al-Makkī al-Mālikī, † 732/1429. Cf. Brockelmann, *Ar. Litt.,* II, 172-73. C'est le résumé d'un autre ouvrage du même auteur, sur le même sujet, intitulé شفاء الغرام باخبار البلد الحرام : il a été terminé le 20 rabīʿ I 817/9 juin 1414. Commencement : الحمد لله الذى خصّ مكّة المشرفة بوافر الكرامة... امّا بعد فانّى الّفت تأريخا لمكّة على نمط

تاريخها الذى الّفه الامام ابو الوليد محمّد بن عبد الله بن احمد بن محمّد ابن الوليد بن عقبة بن الازرق بن ابى شمر الغسّانى الازرقى المكّى سمّيته شفاء الغرام باخبار (cf. Brockelmann, *Ar. Litt.*, 1, 137) البلد الحرام ثمّ انّى بعد تسويد غالبه وترتيب ما بقى منه بذهنى استطلته فاختصرته فى نحو نصف حجمه... وسمّيته تحفة... ورتبته على ترتيب أصله فى الابواب وهى اربعون بابا الخ. Le manuscrit a été recopié sur l'original en 836/1433.

Papier. Écriture orientale. 292 feuillets. 17 lignes par page. Dimensions : 0.18 × 0.135. (Cas. 1763.)

1769

Recueil factice, comprenant :

1° Épître, intitulée : رسالة متعلّقة بالتعذير بحسب الشرع المنير, par Ni'mat Allāh b. 'Uṯmān aš-Šarīf. Commencement : الحمد لله الملك العلام... وبعد فيقول... لمّا دفعت مدينة مصر العظمى... الى من له علم كامل... عبد الباقى چلبى ابن على العربى الخ ' Manuscrit daté de 956/1549. 14 lignes par page.

2° (F° 17 r°). Titre : كتاب الكشف عن مجاوزة هذه الامّة الالف, par Ǧalāl ad-dīn as-Suyūṭī. Cf. *supra*, n° 1545_{14}, la description d'un autre exemplaire du même opuscule. Sans date. 21 lignes par page.

3° (F° 24 r°). Extrait, relatif à la vie du Prophète, d'une encyclopédie intitulée كتاب الفوائد المعدّدة فى العلوم المشيّدة, par Muḥammad b. Muḥammad as-Sanhūrī al-Azharī aš-Šāfi'ī. Commencement : ممّا الّفه الفقير محمّد السنهورى الشافعى

فى سيره صلعم من كتابه الفوائد المعدّدة فى العلوم المشيّدة الخ. Sans date. Paraît autographe. 15 lignes par page.

Papier. Écriture orientale. 28 feuillets. Dimensions : 0.22×0.15. Ce manuscrit n'offre aucun rapport avec celui décrit par Casiri sous le n° 1764.

1770

Titre : عمدة الصفوة فى حلّ القهوة, ouvrage sur la question de savoir si l'usage du café est licite pour les Musulmans, par 'Abd al-Ḳādir b. Aḥmad al-Ansārī AL-ĞAZĪRĪ, écrit en 966/1558. Cf. Brockelmann, II, 325. L'ouvrage a été publié par S. de Sacy, *Chrestomathie arabe,* 2e édition, Paris, 1826-27, I, p. 138-169. Commencement : حمدا لله الذى اباح لنا من خصّنا به من الطيّبات الخ. Copie de 979/1571.

Papier. Écriture orientale. 86 feuillets. 15 lignes par page. Dimensions : 0.175×0.135. (Cas. 1765.)

1771

Deux opuscules de l'historien égyptien Taḳī ad-dīn Abu' l-'Abbās Aḥmad b. 'Alī b. 'Abd al-Ḳādir AL-MAḲRĪZĪ, † 845/1442 :

1° Titre : كتاب شذور العقود فى ذكر النقود, histoire des monnaies arabes. Cf. Brockelmann, *Ar. Litt.,* II, 40, 8 a. Ce traité a été édité, d'après le manuscrit de l'Escurial, par O. G. Tychsen, Rostochiae ,1797, et traduit la même année par S. de Sacy, in *Magasin encyclopédique,* 2e année, IV, 472, 3e année, I, 38. Publié à Constantinople en 1298.

2° (F° 22 v°). Même main. Titre : كتاب الذهب المسبوك فى ذكر من حجّ من الخلفاء والملوك, ouvrage relatif aux souverains musulmans qui accomplirent le pèlerinage, terminé par son auteur au mois de ḏu 'l-ḳaʿda 841/mai 1438. Cf. Brockelmann, *Ar. Litt.*, II, 40, 8 n. Incipit : الحمد لله وبه المستعان على كلّ ما عزّ وهان الخ. Manuscrit non daté et portant la marque de possession du sultan saʿdien Zaidān.

Papier. Écriture orientale. 75 feuillets. 15 lignes par page. Dimensions : 0.18×0.105. (Cas. 1766.)

1772

Titre : دفع النقمة فى الصلاة على نبى الرحمة, traité sur les avantages de la prière, composé dans un but propitiatoire, à l'occasion de la peste qui sévit en l'année 764/1363 (f° 76 r°), par Šihāb ad-dīn Aḥmad b. Yaḥyā Ibn Abī Ḥağala, † 776/1375 (l'auteur du *Sukkardān as-sulṭān* : *supra*, n°s 1643 et 1713). Ouvrage non cité par Brockelmann, *Ar. Litt.*, II, 13 (cf. Ḥāğğī Ḫalīfa, *Kašf aẓ-ẓunūn*, I, 493. Commencement : الحمد لله الذى خصّ نبيه بافضل الصلاة والسلام... وبعد فلمّا كانت الصلاة على النبى صلعم تغفر الذنوب السالفة... وكان هول هذا الطاعون الحادث... ممّا خلع القلوب... فالّفت فى فضل الصلاة عليه هذا الكتاب العظيم البركات المنجى من العاهات وسمّيته الخ ، Manuscrit non daté (X° siècle H.).

Papier. Écriture orientale. 87 feuillets. 17 lignes par page. Dimensions : 0.185×0.135. (Cas. 1767.)

1773

Manuscrit autographe d'une histoire de la dynastie mérinide du Maroc, intitulée النفحة النسرينية واللمحة المرينية, par Abu 'l-Walīd Ismā'īl b. Yūsuf b. Muḥammad Ibn al-Aḥmar an-Naṣrī, mort à Fās en 807/1404 ou 810/1407. Cette chronique constitue une version antérieure, s'arrêtant à 789/1387, sous le règne du sultan Abu 'l-ʿAbbās Aḥmad, à qui elle est dédiée, de la *Rauḍat an-nisrīn* du même auteur, publiée et traduite par Gh. Bouali et G. Marçais, Paris, 1917. Cf. aussi E. Lévi-Provençal, in *Journal Asiatique*, octobre-décembre 1923, p. 219-255; Pons Boigues, *Ensayo*, p. 347-48; Brockelmann, *Ar. Litt.*, II, 241. Sauf le titre et les premières lignes de la doxologie, il n'y a aucune différence entre les textes de la *Nafḥa* et de la *Rauḍa* : cf. l'observation de G. Marçais, *op. cit.*, Introduction, p. x-xi. Incipit : الحمد لله الذى فضّل اهل التأريخ بعلمهم انباء من مضى بالقراءة والعرض الخ. On lit au f° 1 r° une note de Conde, signée يوسف انطون قنده et ainsi conçue : « Ismael ben Juzef Historia de los reyes de Mauritania breve noticia del orden de sucesion de estos principes, exacta en las fechas de nacimiento, proclama, muerte ó deposicion. Se traduxe año 1802 Jos. Ant. Conde ἰδίᾳ τῇ χειρὶ ἔγραψα. »

Papier. Écriture maġribine. 29 feuillets. 15 lignes par page. Dimensions : 0.205×0.145. (Cas. 1768.)

1774

Exemplaire du commentaire de la *ḳaṣīda* d'Ibn ʿAbdūn, par Ibn Badrūn. On a déjà décrit un manuscrit du même ouvrage, *supra*, sous le n° 1658. La copie est complète et datée de 978/1570-71.

Papier. Écriture orientale. 128 feuillets. 21 lignes par page. Dimensions : 0.185 × 0.14. (Cas. 1769.)

1775

Traité de médecine, mutilé du début et de la fin. Porte sur la page de garde, en latin : *Galenus de febribus*. F° 2 r° : اولئك من لهم من اخلاق اناس الاسطار يدخلون الامصار وينشدون الاشعار ويقولون الاخبار كلهم سمسار الخ. Le titre كتاب الحيل qu'a lu Casiri est moderne. Les f°s 63 et 64 n'appartiennent pas au volume.

Papier. Écriture orientale. Pas de date. 64 feuillets. 11 lignes par page. Dimensions : 0.17 × 0.13. (Cas. 1770.)

1776

1° Titre : كتاب رقم الحلل فى نظم الدول, *urǧūza* historique, avec commentaire en prose à la suite de chaque chapitre, par Lisān ad-dīn Ibn al-Ḫaṭīb, composée en 965/1364. Cf. Pons Boigues, *Ensayo*, p. 342 ; Brockelmann, *Ar. Litt.*, II, 262, 5. L'ouvrage a été publié à Tunis en 1316.

2° (F° 72 r°). Trois pages sur les merveilles d'al-Andalus, sans titre ni nom d'auteur.

3° (F° 73 v°). Titre : اللمحة البدريّة فى الدولة النصريّة, histoire de la dynastie naṣride de Grenade, par Lisān ad-dīn Ibn al-Ḫaṭīb. Cf. Brockelmann, *Ar. Litt.*, II, 262, 2 ; Pons Boigues, *Ensayo*, p. 342-343 ; Casiri (II, p. 246-319) a donné le texte de la plus grande partie. Commencement : الحمد لله الذى جعل الازمنة كالافلاك ، ودول الاملاك كالنجم الاحلاك ... امّا بعد فانّ فى تأريخ الدول عبرة لاولى النهى وذكرى لمن غفل عن الله وسهى لتحوّل الاحوال وتصيّر الرسوم الى الزوال الخ. L'histoire est divisée en cinq parties, dont voici les titres : القسم الاوّل فى ذكر المدينة التى اقتعد هذا الملك سريرها واحكم تدبيرها — القسم الثانى فيما يرجع اليها من الاقاليم والاقطار على الايجاز والاختصار — القسم الثالث فيمن دال بها من امير وسلطان شهير — القسم الرابع فى عوائد اهلها واوصافهم — القسم الخامس فى نسق الدول واتّصال الاواخر منها بالاول. La composition de l'ouvrage fut terminée à la fin de muḥarram 765/novembre 1363. Fin : ... وهذا الكتاب عيون ونكت ومن اراد الاستقصاء فعليه بكتاب نفاضة الجراب من تآليفنا (cf. *supra*, n° 1755) والله يحسن. La copie, non datée, paraît ancienne.

Papier. Belle écriture maġribine, type *mabsūṭ*. 132 feuillets. 19 lignes par page. Dimensions : 0.215 × 0.14. (Cas. 1771.)

1777

Recueil écrit de la même main, comprenant :

1° كتاب رقم الحلل فى نظم الدول, de Lisān ad-dīn Ibn al-Ḫaṭīb. Cf. *supra*, n°1776₁.

2° (F° 89 v°). Mémoire juridique écrit en 864/1460 par un ḳāḍī de Grenade, Abū ʿAmr Muḥammad b. Muḥammad Ibn Manṣūr al-Ḳaisī, un descendant de l'auteur de *supra*, 1393_1. Commencement : اما بعد حمد الله العلى العظيم... فانّه لمّا قدّر الله تعالى بولايتى قضاء الجماعة بحضرة غرناطة مهّدها الله تعالى واضيف لى معها قضاء الاقليم ومن شأن هذه الخطّة النظر فى فرض النفقات للزوجات المطلقات على ازواجهنّ فيما يكون بينهم من البنين والبنات والنساء الحاضنات على ما لهنّ من المحضونين والمحضونات وتارة يكون الفرض على الانسان المحضون فى ماله الخ. Fin : انتهى ما قصدته من التذكير لنفسى ولمن شاء الله من بعدى... قاله ابو عمرو محمّد بن محمّد بن محمّد بن عبيد الله بن محمّد بن منصور القيسى... تاريخ اوائل ذى القعدة ٨٦٤. Écrit autographe, ou peu postérieur.

3° (F° 96 v°). Titre : معيار الاختيار فى ذكر المعاهد والديار, par Lisān ad-dīn Ibn al-Ḫaṭīb. Sur cet ouvrage, dont d'autres exemplaires existent à l'Escurial (*supra*, n° 554_1, et *infra*, 1825, incorporé dans la *Raiḥānat al-kuttāb*), cf. Pons Boigues, *Ensayo*, p. 344, n° 11 ; Brockelmann, *Ar. Litt.*, II, 262-63, n° 10 ; C. F. Seybold, in *Enc. Isl.*, II, 421. L'ouvrage a été édité par M. J. Müller dans ses *Beiträge zur Geschichte der westlichen Araber*, tome I, Munich, 1866, p. 45-100, et a été imprimé à Fās en 1325.

Papier. Écriture maġribine. 126 feuillets. 17 lignes par page. Dimensions : 0.22 × 0.15. (Cas. 1772.)

1778

Titre sur la tranche inférieure et à la fin : تأريخ الحكماء. Exemplaire du répertoire des philosophes, par ordre alphabétique, dressé par Ǧamāl ad-dīn ʿAlī b. Yūsuf b. Ibrāhīm Ibn al-Ḳifṭī, † 846/1248, et résumé par az-Zauzanī sous le titre de المنتخبات الملتقطات من كتاب تاريخ الحكماء. Cf. Brockelmann, *Ar. Litt.*, I, 325; C. Mittwoch, in *Enc. Isl.*, II, 422. L'auteur n'est pas nommé ici; on pourrait l'identifier par sa déclaration, au f° 38 r°, qu'il se trouvait à Jérusalem en 595/1199. Commencement : الحمد لله خالق الكلّ وعالم ما قلّ وجلّ وواهب العقل ... وقد عزمت على ذكر من اشتهر ذكره من الحكماء من كلّ قبيل وامّة قديمها وحديثها الى زمانى الخ. La copie date de la fin de 926/1520.

Papier. Belle écriture orientale. 251 feuillets. 15 lignes par page. Dimensions : 0.18×0.13. (Cas. 1773.)

1779

Le manuscrit et le n° 1724_1 forment deux volumes du كتاب فوات الوفيات, dictionnaire biographique, complément du كتاب وفيات الاعيان d'Ibn Ḫallikān, † 681/1282, composé par Muḥammad b. Šākir b. Aḥmad al-Kutubī, † 764/1363. Cf. Brockelmann, *Ar. Litt.*, I, 328 et II, 48. L'ouvrage a été publié à Būlāḳ en 1282 et 1299.

N° 1724_1. Va de راشد, jusqu'à عبد العزيز بن محمّد, avec lacune d'un cahier après le f° 106. Puis (f° 137 r°), fragment de la lettre ا depuis اسماء بن خارجة jusqu'à اسمعيل بن على. En tête du manuscrit, table des matières terminée par la note suivante : تمت تراجم هذا الجزء وهو الثانى من فوات الوفيات ويتلوه اول الثالث المكتفى بالله ؛

N° 1779. Début de l'ouvrage. Il manque dans ce manuscrit, après le f° 69, un cahier qui se trouve en partie au manuscrit 1724_1, f°s 137-146. Il reste ensuite une seconde lacune, sans doute elle aussi d'un cahier. Puis le texte se poursuit régulièrement jusqu'à la première *tarǧama du* د (f° 169 v°). On a donc ainsi, avec quelques lacunes, le texte du dictionnaire du début à la lettre ع en partie. Exemplaire très soigné, non daté.

Papier. Écriture orientale, type *nasḫī*. Les noms propres, en tête de chaque biographie, sont écrits à l'encre rouge. 146 et 211 feuillets. 17 lignes par page. Dimensions : 0.22 × 0.155. (Cas. 1719 et 1774.)

1780

Titre : المختصر المختار من وفيات الاعيان, résumé choisi du dictionnaire biographique d'Ibn Ḫallikān, par Tāǧ ad-dīn Aḥmad Ibn al-Aṯīr al-Ḥalabī. Signalé sans titre et sans nom d'auteur, d'après Casiri, par Brockelmann, *Ar. Litt.*, I, 328, l. 16. Le répertoire commence *ex abrupto*, après la *basmala*, par la *tarǧama* de ابو اسحق ابراهيم المروزى et se termine par celle de موفق الدين يعيش بن يعيش. On ne trouve dans le manuscrit ni la date de composition de l'ouvrage, ni celle de la copie. Celle-ci est ancienne et est sans doute peu postérieure à l'époque de l'auteur.

Papier. Écriture orientale. 203 feuillets. 13 lignes par page. Dimensions : 0.165 × 0.125. (Cas. 1775.)

1781

Titre : [كتاب المشتبه [فى اسماء الرجال, par Šams ad-dīn Abū ʿAbd Allāh Muḥammad b. Aḥmad AḎ-ḎAHABĪ, † 748/1348. C'est un répertoire par ordre alphabétique des noms, des èthniques, des *kunya* et des *laḳab* que l'on rencontre dans les ouvrages de *ḥadīṯ* et prêtant à confusion ou à erreurs. Cf. Brockelmann, *Ar. Litt.*, II, 47_6; M. Ben Cheneb, in *Enc. Isl.*, I, 980 *a-b*. L'ouvrage a été édité à Leide par de Jong, en 1881. Copie de 788/1386.

Papier. Écriture orientale soignée. Les noms propres, en tête de chaque article, sont écrits en rouge. 239 feuillets. 17 lignes par page. Dimensions : 0.19 × 0.14. (Cas. 1776.)

1782

Manuscrit, mutilé du premier feuillet, du كتاب نكت الهميان فى نكت العميان, répertoire biographique, classé par ordre alphabétique, des aveugles qui devinrent célèbres, par Ṣalāḥ ad-dīn Ḫalīl b. Aibak AṢ-ṢAFADĪ, † 764/1383. Cf. Brockelmann, *Ar. Litt.*, II, 32_6. Incipit actuel : ... ومنها انّه لا يجب عليه الحج اذا لم يجد قائدا متبرعا الخ. Ouvrage publié au Caire en 1329/1911. Copie non datée (IXe siècle H.).

Papier. Écriture orientale, type *nasḫī*. 112 feuillets. 15 lignes par page. Dimensions : 0.18 × 0.14. (Cas. 1777.)

1783

Titre : المشيخة البغدادية, répertoire des *šaiḫs* de Baġdād, par Abu 't-Ṭāhir Aḥmad b. Muḥammad as-Silafī al-Iṣbahānī, † 576/1180 : cf. Brockelmann, *Ar. Litt.*, I, 364. Commencement : انبانى ابو الطاهر احمد بن محمّد بن احمد بن محمّد بن ابراهيم سلفة السلفى الاصبهانى الحافظ الفقيه الشافعى الصوفى نزيل الاسكندرية فى كتابة صفها فى ربيع الآخر سنة ٥٨٤ قال انّ ابو (*sic*) الخطاب نصر بن احمد بن عبد الله بن العطو القارى ببغداد بقراءتى عليه فى صفر سنة ٤٩٤ الخ. Copie exécutée à Alexandrie en 594/1198. Mention de *samā'* datée de 609/1212.

Papier. Écriture orientale. 347 feuillets. 20 lignes par page. Dimensions : 0.18 × 0.12. (Cas. 1778.)

1784

Titre : كتاب الكاشف فى معرفة من له ذكر فى كتب الائمّة الستّة, par Šams ad-dīn Abū 'Abd Allāh Muḥammad b. Aḥmad b. 'Uṯmān ad-Ḏahabī, † 748/1348 : cf. Brockelmann, *Ar. Litt.*, I, 360 et II, 47_8, et M. Ben Cheneb, in *Enc. Isl.*, I, 980, *b*, 5°. C'est un répertoire biographique de transmetteurs de *ḥadīṯ*, par ordre alphabétique des noms, dont le but est expliqué en titre : الحمد لله والشكر لله ... هذا مختصر ... فى رجال الكتب الستّة الصحيحين والسنن الاربعة مقتضب من تهذيب الكمال لشيخنا الامام ابى الحجاج المزّى الخ. Copie de l'année 824/1421.

Papier. Écriture orientale, vocalisée en partie. 285 feuillets. 20 lignes par page. Dimensions : 0.18 × 0.14. (Cas. 1779.)

1785

Recueil factice (*maǧmūʿ*), comprenant :

1° Titre : كتاب افادة النصيح بالتعريف باسناد الجامع الصحيح, par Ibn Rušaid. On a déjà décrit un autre exemplaire de cet ouvrage, *supra*, n° 1732_1. 25 lignes par page.

2° (F° 18 r°). Même main. Titre : كتاب الاشراف على اعلى الشرف فى التعريف برجال البخارى من طريق الشريف ابى على ابن ابى الشرف, par Ibn aš-Šāṭ. Cf. *supra*, n° 1732_2, la description d'un autre exemplaire du même ouvrage.

3° (F° 24 v°). Même main. *Barnāmaǧ* du même auteur, consacré aux maîtres d'Abu 'l-Ḥusain ʿUbaid Allāh b. Aḥmad Ibn Abi 'r-Rabīʿ, mort en 688/1289 (cf. Brockelmann, *Ar. Litt.*, I, 313). Commencement : الحمد لله الذى انعم علينا بهدايته . . . وبعد فانّه لمّا كان شيخنا . . . ابو الحسين عبيد الله ابن احمد بن عبيد الله بن محمّد بن ابى الربيع القرشى الاموى العثمانى . . . اعلم من لقيناه . . . ولم يكن تقدّم الى تأليف برنامج يجمع ذكر شيوخه الخ. La copie des trois ouvrages qui précèdent, d'une fine écriture maǵribine, fut exécutée en 892/1487.

4° (F° 31 r°). Titre : تحفة الصديق فى براءة الصديق, par Abū ʿAbd Allāh Muḥammad b. ʿAlī b. Aḥmad b. Muḥammad al-Ausī, connu sous le nom d'al-Balansī, né en 714/1314, mort en 782/1380, d'après des indications contenues dans le manuscrit. Commencement : الحمد لله الذى أيّد انبياءه بالعصمة . . . امّا بعد فانّ بعض الاخوان . . . سألنى ان اقيّد له ما

اذكره من براءة الصديق على نهج الايجاز والتحقيق الخ. La copie (19 lignes par page) date de 847/1443-44.

5° (F° 39 r°). *Makāla* sur la peste qui sévit en Andalousie en 749/1348-49, intitulée مقنعة السائل عن المرض الهائل, par Lisān ad-dīn Ibn al-Ḫaṭīb. Commencement : لما كان الحكم على الشىء فرعا من تصوره وجب لنا ان نبين حقيقة هذا المرض ، Cf. Pons Boigues, *Ensayo*, p. 343, 9°; Brockelmann, *Ar. Litt.*, II, 262, 9°; Seybold, in *Enc. Isl.*, II, 421. Édité et traduit par M. J. Müller, dans les *Sitzungsber. der Bayr. Akad. der Wissenschaften* de 1863. Sans date. Vocalisé. 18 lignes par page.

6° (F° 49 r°). Opuscule sur le même sujet, intitulé تحصيل غرض القاصد فى تفصيل المرض الوافد, composé en 749/1348-49 ou peu après par Abū Ǧaʿfar Aḥmad b. ʿAlī b. Muḥammad b. ʿAlī Ibn Ḫātima, mort vers 770/1369. Cf. Pons Boigues, *Ensayo*, p. 331, n° 289; Brockelmann, *Ar. Litt.*, II, 259, et *supra*, n°s 381, 419$_1$. Commencement : الحمد لله المحمود على المحبوب والمكروه . . . وبعد فانّ بعض اصدقائى . . . سألونى عن حقيقة هذا الطاعون الظاهر بالمريّة بتأريخ عام ٧٤٩ الخ. Sans date. 16 lignes par page.

7° (F° 106 r°). Résumé, intitulé النصيحة, « le bon conseil », par Abū ʿAbd Allāh Muḥammad b. ʿAlī al-Laḫmī aš-Šaḳūrī (ethnique de Segura, en Espagne), de son ouvrage sur la même épidémie de peste, intitulé تحقيق النبأ عن امر الوباء. Cet opuscule comprend deux parties; la première فى اصلاح الهواء, la seconde فى اصلاح الابدان والغذا والدواء. Sans date. 15 lignes par page. Suivi (f° 111 r°) d'extraits de 5° et de 6°.

Papier. Écritures maġribines. 115 feuillets. Dimensions : 0.21 × 0.15. (Cas. 1780.)

1786

Recueil comprenant :

1° Manuscrit sans titre ni nom d'auteur. Commencement : الحمد لله الذى استحمد الى عباده بوجبات المحامد... وهذا الكتاب قصدت فيه اجمام خواطر الناظرين فى الكشاف عن حقائق التنزيل وان تكون مطالعته ترفيها لمن مل والنظر فيه احماضا لمن اختل فاخرجته لهم روضة مزهرة وحديقة مثمرة. Il s'agit d'une défense en faveur du *Kaššāf* d'az-Zamaḫšarī (cf. *supra*, 1276, etc.), dont plusieurs théologiens musulmans critiquèrent dans des écrits les tendances muʿtazilites. Copie datée de 972/1564-65.

Papier. Écriture orientale fine. 180 feuillets à 29 lignes par page. Aucun rapport avec Casiri, 1781.

2° (F° 181 r°). Livre de philologie, intitulé عنقود الزواهر, divisé en trois parties, par ʿAlā' ad-dīn ʿAlī b. Muḥammad AL-ḲŪŠĞĪ, † 879/1474, non nommé ici. Cf. Brockelmann, *Ar. Litt.*, II, 234-35. Incipit : الحمد لمن جلت اسماؤه عن ان يغيرها حال الخ. Copie sans date (Xe siècle H.).

Papier. Écriture orientale. 156 feuillets. 21 lignes par page. Dimensions du recueil : 0.18 × 0.12. (Cas. 1547, pour le n° 2. Cf. *supra*, I, Introduction, p. XXI.)

1787

Exemplaire de la version en prose du كتاب ظلّ الغمامة وطوق الحمامة, sur les *manākib* des compagnons du Prophète, par Ibn Abi 'l-Ḫiṣāl al-Ġāfiḳī al-Andalusī, † 540/1146. On a décrit, *supra*, n° 1745_3, la version en vers du même ouvrage. Commencement : الحمد لله الذى هدانا لفضيلة حمده ولاعتبار عظمة ملكوته ومجده الخ. Manque la fin. Manuscrit en désordre, non daté.

Papier. Écriture maġribine. 80 feuillets, y compris 2 feuillets blancs entre 1 et 4. 14 lignes par page. Dimensions : 0.20×0.135. (Cas. 1782.)

1788

Commentaire du كتاب الشمائل d'Abū 'Īsā Muḥammad b. 'Īsā at-Tirmiḏī, † 279/892, et gloses sur les commentaires de cet ouvrage, par al-Isfarā'inī, † 943/1536, et Ibn Ḥaǧar al-Haitamī, † 973/1565, par 'Abd ar-Ra'ūf Muḥammad b. 'Alī al-Munāwī, † 1031/1622. Cf. Brockelmann, *Ar. Litt.*, I, 162 (2, 7) et II, 305-307. Commencement : شمائل اهل الفضائل فى الحديث والقديم ... وبعد فانّ كتاب الشمائل لعلم الرواية وعالم الدراية للامام الترمذى ... كتاب وحيد فى بابه ... وكان ممّن تصدّى لشرحه افضل المدقّقين ... عصام الدين الاسفرائنى ... وتلاه ... الشهاب بن حجر الهيثمى نزيل مكّة الخ. Copie établie du vivant du commentateur, à la fin de 1007/1599.

Papier. Écriture orientale. 214 feuillets. 27 lignes par page. Dimensions : 0.21×0.15. (Cas. 1783.)

1789

1° Exemplaire du كتاب الشمائل d'AT-TIRMIḎĪ, écrit pour son propre usage par Muḥammad b. ʿAlī b. Muḥammad ar-Ruʿainī. Cf. d'autres exemplaires du même ouvrage, *supra*, n° 1740, et *infra*, n° 1870. Sans date.

2° (F° 62 r°). Même main. Titre : كتاب ادب الصُحبة [وحسن العشرة], traité de l'amitié, par Abū ʿAbd ar-Raḥmān Muḥammad b. al-Ḥusain b. Muḥammad b. Mūsā as-Sulamī AL-AZDĪ AN-NĪSĀBŪRĪ, † 412/1021. Cf. Brockelmann, *Ar. Litt.*, I, 200-201. Incipit : الحمد لله الذى اكرم خواصّ عباده بالالفة فى الدين الخ. Sans date (VIII° siècle H.).

Papier. Belle écriture maġribine de type archaïque. 89 feuillets. 17 lignes par page. Dimensions : 0.175 × 0.11. (Cas. 1784.)

1790

Recueil autographe, daté de la fin de 831/1428, par Aḥmad IBN AS-SAIRAĞĪ :

1° Anthologie intitulée المختار من نوادر الاخبار, en onze *faṣl*. Commencement : الحمد لله المنعم الكريم... وبعد فانّى استخرت الله... فى ان اجمع شيئا من فضائل سيّد المرسلين وذكر بعض الصحابة والتابعين وروايات من اخبار الصالحين والخلفاء الراشدين فجمعت مختصرا الخ.

2° (F° 201 r°). Anthologie de textes édifiants, en prose et en vers, ainsi intitulé : مجموع لطيف من كلام كاتبه وغيره. Commencement : قال رسول الله صلعم انّ من البيان لسحرا وانّ من الشعر لحكمة الخ ،

3° (F° 257 r°). Autre anthologie, débutant ainsi : الحمد لله الذى اطلع بدور الجمال فى ليالى الوصال . . . وبعد فهذه اوراق سقيت بها الذوق فاثمرت المعانى الخ ،

Papier. Écriture orientale. 295 feuillets. 13 lignes par page. Dimensions : 0.18×0.12. (Cas. 1785.)

1791

Recueil factice, comprenant :

1° Titre, en lettres d'or : الهداية فى علم الرواية, *urǧūza* de 370 vers sur la science de la transmission de la diction coranique, par Šams ad-dīn Abu 'l-Ḫair Muḥammad b. Muḥammad b. Muḥammad Ibn al-Ǧazarī, † 833/1429. Cf. Brockelmann, *Ar. Litt.*, II, 202_{13}; M. Ben Cheneb, in *Enc. Isl.*, II, 395, 13°. Premier vers :

يقول راجى عفو رب رؤف * محمد بن الجزرى السلفى

9 lignes par page.

2° (F° 25 r°). Copie du كتاب تلخيص المفتاح, le traité de rhétorique de Muḥammad b. ʿAbd ar-Raḥmān al-Kazwīnī, † 739/1338. Cf. *supra*, n°s 227, 232_2, 248_3, 420_3, 636_3. Sans date. 21 lignes par page.

3° (F° 65 v°). Titre à la fin : المختصر الملوكى, traité des flexions, par Abu 'l-Fatḥ ʿUṯmān Ibn Ǧinnī al-Mauṣilī, † 392/1002. Cf. Brockelmann, *Ar. Litt.*, I, 126_9; J. Pedersen, in *Enc. Isl.*, II, 396. Publié avec une traduction latine par G. Hoberg, Leipzig, 1885 et au Caire en 1331/1913. Commencement : هذه جمل من اصول التصريف يقرب تأمّلها وتقل الكلفة على ملتمس الفائدة الخ. Sans date. 21 lignes par page.

4° (F° 79 v°). Même main que le précédent. Titre : اختيار فصيح الكلام. Résumé anonyme du كتاب الفصيح de Ṯaʿlab, † 291/904. Cf. Brockelmann, *Ar. Litt.*, I, 118. Sans date.

Papier. Écritures orientales. 97 feuillets. Dimensions : 0.18 × 0.13. (Cas. 1786.)

1792

Recueil de la même main, comprenant trois opuscules de Ǧalāl ad-dīn as-Suyūṭī :

1° Titre : الاحاديث الحسان فى فضل الطيلسان, sur les avantages du manteau persan de ce nom. Cf. *supra*, n° 1544_9, un autre exemplaire du même opuscule.

2° (F° 33 r°). *Urǧūza* sur la rhétorique, intitulée : عقود الجمان فى علمى المعانى والبيان. Cf. Brockelmann, *Ar. Litt.*, I, 296 et II, 156_{289}. Commencement :

قال الفقير عابد الرحمن * الحمد لله على البيان

3° (F° 66 r°). Résumé de l'*Alfīya* d'Ibn Mālik, en vers *raǧaz*, intitulé : كتاب الوفية فى اختصار الالفية. Commencement :

يقول راجى رحمة العلى * عبد الرحمن ابن السيوطى

La copie du manuscrit a été terminée en 903/1497, du vivant d'as-Suyūṭī († 911/1505).

Papier. Écriture orientale. 89 feuillets. 1° 19 lignes, 2° et 3° 15 lignes par page. Dimensions : 0.185 × 0.14. (Cas. 1787.)

1793

Exemplaire, sans titre et mutilé de la fin, du grand recueil de traditions musulmanes, intitulé كتاب السنن والآثار, compilé par Abū Bakr Aḥmad b. al-Ḥusain b. ʿAlī AL-BAIHAḲĪ, † 458/1066. Cf. Brockelmann, *Ar. Litt.*, I, 363; le même, in *Enc. Isl.*, I, 604 *b*. Commencement : ... اخبرنا ابو الحسن عبد الله بن محمّد بن احمد البيهقى ... قال اخبرنا ... ابو بكر احمد بن الحسين بن على البيهقى قال الحمد لله الاوّل بلا ابتداء والآخر بلا انتهاء الخ. Copie ancienne, sans date.

Papier. Écriture orientale. 359 feuillets. 21 lignes par page. Dimensions : 0.20×0.15. (Cas. 1788.)

1794

Recueil de la même main, comprenant :

1° Titre : سفر السعادة, histoire de la vie du Prophète, œuvre de Maǧd ad-dīn Muḥammad b. Yaʿḳūb aš-Šīrāzī AL-FĪRŪZĀBĀDĪ, † 817/1414, l'auteur du *Ḳāmūs*. Cf. Brockelmann, *Ar. Litt.*, II, 183_{10}; le même, in *Enc. Isl.*, II, 120. Commencement : ... بعد الحمد والثناء ... على حضرة ذى الكبرياء فلتعلم طائفة الاحباب والاصحاب وزمرة العقلاء من ذوى الالباب انّ طريق الحقّ الذى هو الصراط المستقيم من اجلّ ان غايته هو الحقّ ... وهذا سفر السعادة جعلناه محتويا على فاتحة وخاتمة وابواب الخ. Publié au Caire, s. d.. Copie datée du début de 890/1485, à Damas.

2° (F° 142 r°). Même main. Titre : عقيدة النسفى. C'est un exemplaire des *ʿaḳāʾid* de Naǧm ad-dīn Abū Ḥafṣ ʿUmar

b. Muḥammad AN-NASAFĪ, † 537/1142. Cf. Brockelmann, *Ar. Litt.*, I, 427.

Papier. Écriture orientale. 146 feuillets. 17 lignes par page. Dimensions : 0.19×0.14. (Cas. 1789.)

1795

Titre : كتاب الاكتفاء فى شرح غريب الشفاء, commentaire du كتاب الشفا فى تعريف حقوق المصطفى du ḳāḍī ʿIYĀḌ, par Tāǧ ad-dīn ʿABD AL-BĀḲĪ b. ʿAbd al-Maǧīd al-Ḳurašī al-Maḫzūmī AL-YAMĀNĪ, † 743/1342. Cf. Brockelmann, *Ar. Litt.*, I, 369 (5, 1, a) et II, 171. Commencement : الحمد لله على كلّ حال من الاحوال ... امّا بعد فانّى امعنت النظر فى مصنّف الشيخ الامام ... ابى الفضل عياض بن موسى بن عياض السبتى اليحصبى الموسوم بالشفا بتعريف حقوق المصطفى فوجدته شعرا شرف بشرف من اختصّ به ... فاحببت ان اضع لها وضعا لطيفا الخ. Copie très soignée, exécutée sur l'original de l'auteur, au cours du VIIIe siècle H.

Papier. Écriture orientale, de type *nasḫī*. 109 feuillets. 15 lignes par page. Dimensions : 0.205×0.14. (Cas. 1790.)

1796

Titre enluminé : مناهل الصفا فى تخريج احاديث الشفا, autre commentaire du *Šifā* de ʿIYĀḌ, par ǦALĀL AD-DĪN AS-SUYŪṬĪ, non nommé ici. Cf. Brockelmann, *Ar. Litt.*, II, 147$_{53}$. Commencement : الحمد لله الذى اذا وعد وفى واذا اوعد عفا ... هذا كتاب ... خرّجت فيه احاديث الشفا القاضى عياض الخ ‹

Publié au Caire en 1276. Copie datée du début de 882/1477, donc exécutée du vivant de l'auteur.

Papier. Écriture orientale. 72 feuillets. 15 lignes par page. Dimensions : 0.18×0.13. (Cas. 1791.)

1797

Exemplaire d'un ouvrage anonyme sur le Prophète, du début du VIe siècle H., intitulé : كتاب اخلاق النبى صلعم وأحواله وآدابه. Commencement : الحمد لله على ستره، ما اعجز المستور عن شكره الخ. F° 2 r° : فاما حسن خلقه صلعم اخبرنا الشيخ... ابو الفضل العباس بن الشيخ ابى العباس السعانى (*sic*) رحمه الله فى المحرم سنة ٥٠٢ ... قال عبد الواحد بن ابى التياح عن الصادق كان رسول الله احسن الناس خلقا الخ. Copie (peut-être est-ce l'original lui-même ?) datée de l'année 565/1169. Ḥāǧǧī Ḫalīfa, *Kašf aẓ-ẓunūn*, I, 68, cite, mais sans donner d'incipit, deux ouvrages de ce titre, l'un d'al-Warrāḳ, l'autre d'Ibn Ḥibbān.

Papier. Écriture orientale. 211 feuillets. 14 lignes par page. Dimensions : 0.20 × 0.10. (Cas. 1792.)

1798

Recueil comprenant pour la plus grande part des opuscules de Ğalāl ad-dīn as-Suyūṭī :

1° Titre : انموذج اللبيب فى خصائص الحبيب, sur les qualités du Prophète, par as-Suyūṭī. Cf. Brockelmann, *Ar. Litt.*, II, 146_{29}. Incipit : الحمد لله الذى اتقن بحكمته كلّ شئ الخ.

2° (F° 41 r°). Titre : احاديث الشتاء, par le même. Cf. Brockelmann, *Ar. Litt.*, II, 152₁₆₃. Incipit : الحمد لله خالق الازمنة والفصول الخ ،

3° (F° 46 r°). Titre : سهام الاجابة فى الدعوات المجابة, par le même. Cf. Brockelmann, *Ar. Litt.*, II, 147₃₈. Incipit : الحمد لله الذى لا يخيب راجيه الخ ،

4° (F° 59 v°). Titre : الاغضاء عن دعاء الاعضاء, par le même. Incipit : الحمد لله والسلام على عباده الخ .

5° (F° 66 r°). Titre : اتحاف الوفد بنبأ سورتى الخلع والحفد, par le même. Cf. Brockelmann, *Ar. Litt.*, II, 146₁₄. Incipit : الحمد لله والسلام على عباده الخ ،

6° (F° 72 r°). Titre dans le titre général : مجموع فى تعاليه صلعم, par le même. Incipit : روى البخارى وابو داوود الخ .

7° (F° 81 v°). Titre : احياء الميت بفضائل اهل البيت, par le même. Cf. Brockelmann, *Ar. Litt.*, II, 149₈₇.. Incipit : هذه اربعون حديثا سميتها الخ ،

8° (F° 88 v°). Titre : الاساس فى مناقب بنى العبّاس, par le même. Cf. Brockelmann, *Ar. Litt.*, II, 147₅₄. Incipit : الحمد لله الذى وعد هذه الامّة المحمديّة بالعصمة الخ ،

9° (F° 98 v°). Titre dans le titre général : كتابة فى اهل اليمن, par le même. Incipit : الحمد لله وسلام على عباده... قال ابو سعيد السيرفى فى طبقاته... معنى قوله صلعم جاءكم اهل اليمن وهم انجا نفسا الخ ،

10° (F° 105 r°). Titre dans le titre général : كتاب الكُنى, par le même. Incipit : الحمد لله... اخرج عبد الرزّاق فى مصنّفه

عن نصر بن عـاصم قـال قـال رجل ليس على المجوس جزيـة الخ ،

11° (F° 122 r°). Lettre aux dynastes du pays de Takrūr, au Soudan, par le même. Cf. Brockelmann, *Ar. Litt.*, II, 158_{316}. Incipit : يا ايها الذين آمنوا اتقوا الله وقولوا قولا سديـدا ... من الفقير الى الله عبد الرحمن بن ابى بكر السيوطى الى الملوك والسلاطين ببلاد التكرور الخ ،

12° (F° 125 v°). Titre : تحفة الانجاب بمسألة السنجاب, par le même. Cf. Brockelmann, *Ar. Litt.*, II, 154_{222}. Composé en 870/1465-66. Incipit : ورد على سوال صورته ما قال مولانا ... فى شعر السنجاب ونحوه من شعور الميتـة الخ ،

13° (F° 149 r°). Titre : مطلع البدرين فيمن يؤتى أجرين, par le même. Cf. *supra*, n° 1545_{11}. Une note signale l'existence d'un ouvrage en vers du même auteur sur le même sujet.

14° (F° 157 r°). Titre : اللمع فى اسباب الحديث, par le même. Cf. Brockelmann, *Ar. Litt.*, II, 152_{158}. Incipit : الحمد لله مسبّب الاسباب الخ ،

15° (F° 194 r°). Titre : ختم المنهاج. Commentaire, par Nūr ad-dīn ʿAlī b. ʿAbd Allāh b. Aḥmad al-Ḥasanī AS-SAMHŪDĪ, † 911/1505 (cf. Brockelmann, *Ar. Litt.*, II, 173-174), de la conclusion (*ḫātima*) du كتاب منهاج الطالبين d'Abū Zakariyā Yaḥyā b. Šaraf AN-NAWAWĪ, † 676/1278 (cf. Brockelmann, *Ar. Litt.*, I, 394-96). Commencement : الحمد لله الذى ختم لمن احبّه بالحسنى ... وبعد فهذا تعليق افردته لشرح خاتمة كتاب المنهاج فى الفقه للامام ... ابى زكريا يحيى بن شرف النووى الخ ،

16° (F° 244 r°). Titre : الفوائد الغياثية, par ʿAḍud ad-dīn ʿAbd ar-Raḥmān b. Aḥmad AL-IĞĪ, † 756/1355, non nommé ici. Cf. Brockelmann, *Ar. Litt.*, I, 535 (296), et II, 209, IX. Commencement : الحمد لله الذى خلق الانسان والهمه المعانى وعلمه البيان . فهذا مختصرى على المعانى والبيان الخ ،

Manuscrit non daté, du Xe siècle environ (968 ?).

Papier. Écriture orientale. 273 feuillets. 1o à 12o, 15 lignes par page ; 13o à 16o, 19 lignes par page. Dimensions : 0.155×0.11. (Cas. 1793.)

1799

Manuscrit sans titre et anonyme, sur le « style sublime » du Coran (اعجاز القرآن). Commencement : الحمد لله المنعم على عباده بما هو اهم اليه من الايمان ... (fo 2 vo) وقد صنف الجاحظ فى نظم القرآن كتابا ... وسألنا سائل ان نذكر جملة من القول جامعة تسقط الشبهات وتزيل الشكوك التى تعرض للجهال ... فى وجه المعجزة فاجبناه الى ذلك الخ. Nombreuses citations de vers. Ouvrage divisé en *faṣl,* dont voici les principaux titres : فصل فى شرح ما بينا من وجوه اعجاز القرآن * فصل فى نفى السجع فى اعجاز القرآن * فصل فى كيفية الوقوف على اعجاز القرآن * فصل فى حقيقة المعجزة. Copie non datée.

Papier. Écriture maġribine. 108 feuillets. 20 lignes par page. Dimensions : 0.205×0.145. (Cas. 1794.)

1800

Manuscrit tout entier de la même main, comprenant douze opuscules sur la science des traditions, exécuté à Malaga en 709/1309 par un scribe d'une famille connue, Yaḥyā b. Abī Ṭālib b. Muḥammad Ibn al-ʿAzafī as-Sabtī :

1° Titre : نزهة الخاطر ونزهة الخاطر من الفوائد المنتقاة الاحاديث العوالى الموافقات والابدال والتساعيات والمصافحات والاناشيد المستحسنات ouvrage sur l'origine des traditions, composé en 699 par le maître du scribe, Šaraf ad-dīn Abū Muḥammad al-Ḥusain b. ʿAlī b. ʿĪsā b. al-Ḥasan b. ʿAlī al-Laḫmī Ibn aṣ-Ṣairafī aš-Šāfiʿī, mort au Caire le 24 ḏu 'l-ḥiǧǧa 699/10 septembre 1300, d'après une note de f° 21 v°.

2° (F° 23 r°). Titre : الجزء المنتقى من العشرين جزء المنتخبة من رواية ابى الحسن على بن الحسن بن الحسين الخلعى الشافعى ،

3° (F° 36 r°). Titre : جزء فيه احاديث وفوائد حسان عوالٍ ممزجة من حديث الشيخ ... نجم الدين على بن محمد بن هلال ،

4° (F° 43 r°). Titre : [جزء] فيه احاديث من الجزء الثانى من امالى ابى الحسين على بن محمد بن عبد الله بن بشران عن شيوخه ،

5° (F° 46 r°). Titre : جزء فيه احاديث مجرّدة من الجزء الاوّل من امالى المخلّص ومن جزء حديث الحفّار عن ابن عياش ،

6° (F° 49 r°). Titre : الجزء الرابع من حديث شُعْبة بن الحجّاج وسفيان بن سعيد الثورى ممّا اغرب بعضهم على بعض تصنيف ابى عبد الرحمن احمد بن شعيب النسائى ،

7° (F° 68 r°). Titre : جزء فيه من كتاب صفة النافق تأليف ابى بكر جعفر بن محمد بن الحسن ... القريانى ،

8° (F° 78 r°). Titre : كتاب شروط الائمة الخمسة ... البخارى ومسلم وابى داوود والترمذى والنسائى تصنيف ابى بكر محمد بن موسى ابن عثمان الحازمى. Sur l'auteur, mort en 884/1188, cf. Brockelmann, *Ar. Litt.*, I, 356 (13) = 366 (12).

9° (F° 89 r°). Titre : الجـزء فيــه السداسيــات التى خرّجهـا الحافظ ابو الطاهر بن محمد بن احمد السلفى الاصبهانى بانتقائــه من (mort en 576/1180; cf. Brockelmann, *Ar. Litt.*, I, 365) مسموعــات... ابى عبــد الله محمد بن احمد بن ابراهيم الرازى الشافعى المعروف بابن الخطّاب فى سنــة ٥١٢ ،

10° (F° 99 r°). Titre : الجزء الاول من الفوائـد المنتقاة الغرائب العوالى عن الشيوخ الثقات رواية الشيخ ابى طاهر محمّد بن عبد الرحن بن العبّاس بن عبد الرحمن المخلص ،

11° (F° 109 r°). Titre : جزء فيــه ستّـة احاديث من عوالى ابى عيسى الترمذى ،

12° (F° 111 r°). Titre : جزء فيــه احاديث عوال من الابــدال والموافقـات والتساعيات والمصافحات والاناشيد والمقطوعات من رواية... شرف الـدين ابى محمّد عبـد المؤمن بن خلف بن ابى الحسن الـدمياطى ، Sur cet auteur, mort en 705/1306, cf. Brockelmann, *Ar. Litt.*, II, 73-74.

Papier. Écriture maġribine très fine. 118 feuillets. 21 lignes par page. Dimensions : 0.175×0.12. (Cas. 1795.)

1801

Titre : كتاب تبيين كذب المفترى فيما ينسب الى الامام ابى الحسن الاشعرى, ouvrage relatif à la doctrine aš'arite, écrit par Abu'l-Kāsim 'Alī b. al-Ḥasan b. Hibat Allāh IBN 'ASĀKIR aš-Šāfi'ī, † 571/1176. Cf. Brockelmann, *Ar. Litt.*, I, 194 et 331 ; le même, in *Enc. Isl.*, II, 385. Commencement : الحمد لله الذى منح اهل التحقيق فى توحيده بصائر واحلاما الخ. Ouvrage divisé en neuf parties. La copie est datée, pour les quatre premières, de 580/1184, pour le reste, de 581.

Papier. Écriture orientale. 222 feuillets. 15 lignes par page. Dimensions : 0.17×0.12. (Cas. 1796.)

1802

Fin du tome II, tomes III et IV du كتاب الاعتبار فى الناسخ والمنسوخ من الحديث, ouvrage d'Abū Bakr Muḥammad b. Mūsā b. ʿUṯmān al-Ḥāzimī, 584/1188. Cf. *supra,* n° 1522, un autre exemplaire du même ouvrage. Le début de celui-ci est inventorié et sera décrit sous le n° 1852. Le présent manuscrit va jusqu'à la fin de l'ouvrage. La copie a été exécutée à Damas et terminée en 641/1243.

Papier. Écriture orientale. 156 feuillets. 14 lignes par page. Dimensions : 0.16×0.12. (Cas. 1797.)

1803

Titre : كتاب التقريب والتيسير الى معرفة سنن البشير النذير, traité résumé de la science des traditions, d'après l'ouvrage d'Ibn aṣ-Ṣalāḥ aš-Šahrazūrī, † 643/1243, par Abū Zakariyā Yaḥyā b. Šaraf an-Nawawī, † 676/1278. Cf. Brockelmann, *Ar. Litt.,* I, 358-359 et 394-397. Commencement : الحمد لله الفتاح المنان ، ذى الفضل والاحسان... اما بعد فان علم الحديث من افضل القرب الى رب العالمين فكيف لا يكون وهو بيان طريق خير الخلق واكرم الاولين والآخرين وهذا كتاب اختصرته من كتاب الارشاد الذى اختصرته من علوم الحديث للشيخ الامام... ابى

عمرو عثمان بن عبد الرحمن المعروف بابن الصلاح الخ. Copie datée de 876/1471.

Papier. Écriture orientale. 49 feuillets. 17 lignes par page. Dimensions : 0.18×0.13. (Cas. 1798.)

1804

Répertoire, dressé par ordre alphabétique, des *ṣūfīs* notables, intitulé : كتاب اختيار الرفيق لطلّاب الطريق. Pas de nom d'auteur mentionné. Le titre écrit sur la tranche inférieure donne la variante خير au lieu de اختيار. Commencement : الحمد لله الذى ابدى انوار معرفته لقلوب العارفين فبدت ... وبعد فانّ آثار المهتدين لمن شاء الاتّباع ... وانّ بعض اخوان الوفاء ، الواردين من الطريقة الصوفية عين الصفاء ، سألنى تأليف مختصر اجمع فيه من اسماء مشايخ السادات ما تفرّق فى كثير من المصنّفات واودعه من درر كلماتهم وغرر اشاراتهم الخ. L'auteur cite, f° 2 v°, parmi ses sources : الحلية d'Abū Nuʿaim al-Iṣfahānī († 430/1038 ; cf. Brockelmann, *Ar. Litt.*, I, 362) ; la صفوة الصفوة d'Abu 'l-Farağ Ibn al-Ğauzī († 597/1200 ; cf. Brockelmann, *Ar. Litt.*, I, 499 *sqq.*) ; le كتاب مناقب الابرار d'Ibn Ḫamīs († 552/1157 ; cf. Brockelmann, *Ar. Litt.*, I, 434) ; les طبقات الصوفية d'as-Sulamī († 412/1021 ; cf. Brockelmann, *Ar. Litt.*, I, 200-201) et l'épître mystique (رسالة) d'Abu 'l-Ḳāsim al-Ḳušairī († 465/1074 ; cf. Brockelmann, *Ar. Litt.*, I, 432). L'ouvrage est donc postérieur à la fin du VIe siècle H.. La copie porte à la fin la date de 894/1489 et le nom d'un personnage, qui est plutôt celui du scribe que celui de l'auteur :

Muḥammad b. Muḥammad Abū Ḥāmid b. Ḥusain al-Mālikī al-Bakrī al-Ḫalīlī.

Papier. Écriture orientale. 134 feuillets. 15 lignes par page. Dimensions : 0.18×0.135. (Cas. 1799.)

1805

Ce manuscrit (Cas. 1800) a disparu.

1806

Titre : كتاب السنن الابين والمورد الامعن فى المحاكمة بين الامامين فى السند المعنعن, par Abū ʿAbd Allāh Muḥammad b. ʿUmar b. Muḥammad Ibn Rušaid al-Fihrī, † 721/1321, l'auteur de la *riḥla* (cf. *supra*, n° 1680, etc.). Cf. Brockelmann, *Ar. Litt.*, II, 246. Sur le *sanad muʿanʿan*, c'est-à-dire transmis avec la préposition عن, cf. W. Marçais, *Le Taqrib de en-Nawawi*, Paris, 1902, p. 44. L'ouvrage porte au f° 1 r° un autographe de l'auteur attestant que l'exemplaire a été collationné sur l'original, en sa présence, en 702/1302. La composition de l'ouvrage a elle-même été achevée à la *madrasa* de Ceuta le 21 ǧumādā I 695/27 mars 1296. Commencement : ... الحمد لله الذى انعم علينا بالفضل الفيّاض العمم
امّا بعد فانّه جرت لى مفاوضة مع من اثق بجودة نظره والتحقّق صحّة تصوّره وهو صاحبنا الفقيه المتفنّن الابرع ابو القاسم القاسم بن عبد الله الانصارى فى المحاكمة بين الامامين ابى عبد الله محمّد بن اسماعيل البخارى امير امراء صنعة الحديث الخ ،

Papier. Écriture maġribine. 48 feuillets. 17 lignes par page. Dimensions : 0.20×0.13. (Cas. 1801.)

1807

Titre : كتاب الانتقاء فى اخبار الثلاثة الفقهاء, livre sur les trois fondateurs des rites qui portent leurs noms : Mālik, aš-Šāfi'ī et Abū Ḥanīfa, œuvre d'Abū 'Umar Yūsuf b. 'Abd Allāh b. Muḥammad Ibn 'Abd al-Barr (ms. بن عبد الله) an-Namarī, † 463/1071. Cf. Brockelmann, *Ar. Litt.*, I, 367-368. Commencement : اخبرنا ابو الحسين محمّد بن ... ابى جعفر احمد بن جبير الكتّانى الاندلسى قال انبانا والدى المذكور عن جدّى لامّى ابى عمران موسى بن ابى تليد الشاطبى قال اخبرنى ... ابو عمر يوسف بن عبد الله بن محمّد بن عبد البرّ النمرى الحمد لله ربّ العالمين الخ ، Le f° 154 r° donne du titre la variante suivante : ... فى فضائل الثلاثة الفقهاء مالك والشافعى وابى حنيفة. Copie de 834/1431, avec marque de possession du sultan sa'dien Zaidān.

Papier. Écriture orientale, type archaïque. 154 feuillets. 12 lignes par page. Dimensions : 0.165 × 0.125. (Cas. 1802.)

1808

Titre : كتاب لطائف المنن فى مناقب الشيخ ابى العبّاس وشيخه ابى الحسن, par Ibn 'Aṭā' Allāh. Cf. deux autres manuscrits du même ouvrage, *supra*, nos 1692 et 1752. Copie non datée, antérieure à 952/1545, d'après un rappel de consultation.

Papier. Écriture orientale. 109 feuillets. 18 lignes par page. Dimensions : 0.18 × 0.13. (Cas. 1803.)

1809

Monographie du saint musulman Abu 'l-Ḥasan aš-Šāḏilī, intitulée : كتاب درّة الاسرار وتحفة الابرار فيما لسيّدنا ... ابى الحسن على من الاحوال والمقامات والخوارق والكرامات والدعوات والاذكار, par Muḥammad b. Abi 'l-Ḳāsim al-Ḥimyarī, connu sous le nom d'Ibn aṣ-Ṣabbāġ. Le titre de cet ouvrage, sans nom d'auteur, est simplement cité par Ḥāǧǧī Ḫalīfa, *Kašf aẓ-ẓunūn*, I, 482. Divisé en cinq *faṣl*, il commence ainsi : الحمد لله الذى لم يزل بكلامه القديم محمودا الرحيم الذى اوزعنا برحمته الخ ، Copie non datée (fin du IXe siècle H.).

Papier. Écriture orientale. 181 feuillets. 15 lignes par page. Dimensions : 0.18×0.14. (Cas. 1804.)

1810

Recueil factice, portant la marque de possession du sultan sa'dien Zaidān, et comprenant :

1° Titre dans le titre général : تصلية سيّدى عبد السلام بن مشيش والتعريف به. Notice sur le grand saint marocain 'Abd as-Salām b. Mašīš al-Ḥasanī, † 625/1227-28 (cf. E. Doutté, in *Enc. Isl.*, I, 65-66), et texte de la prière qui lui est attribuée, avec un commentaire de cette prière. Commencement du ms. : الحمد لله الذى جعل الصلاة على سيّدنا محمّد صلعم سيّد العجم والعرب من اعظم الرتب الخ. Commencement de la prière : اللهمّ صلّ على من منه انشقّت الاسرار وانفلقت الانوار الخ. Sans date. 13 lignes par pages.

2° (F° 26 v°). Commentaire du حزب البحر d'aš-Šāḏilī, par

Aḥmad Zarrūḳ, † 899/1493. Cf. Brockelmann, *Ar. Litt.*, I, 449. Commencement : يقول... احمد بن احمد بن محمّد بن عيسى البرنسى عرف بزرّوق الفاسى... الحمد لله الذى فتح لاوليائه طرق الوسائل الخ. Sans date. 13 lignes par page.

3° (F° 111 r°). Titre dans le titre général : شرح للحقائق والدقائق المنسوبة للمَقَّرِى, par le même. Commencement : قال الفقيه الامام الصوفى ابو العبّاس احمد بن احمد بن محمّد الفاسى الشهير بزرّوق... الحمد لله وحده الذى صدق وعده... امّا بعد فهذا تنبيه على بعض معانى الحقائق والدقائق المنسوبة لامام الفقه... قاضى الجماعة بفاس ابى عبد الله محمّد بن محمّد بن احمد بن ابى بكر... المقرئ المتوفى فى سنة ٧٥٩ الخ. Sans date. 21 lignes par page.

4° (F° 134 r°). Titre : بوارق الالماع فى تكفير من يحرم السماع, réfutation des gens qui prohibent la musique, par Aḥmad b. Muḥammad b. Muḥammad aṭ-Ṭūsī al-Ġazālī, † 517/1123, frère du fameux philosophe et théologien du même nom. Cf. Brockelmann, *Ar. Litt.*, I, 426. Commencement : الحمد لله الذى اسمع العباد فى الميثاق الاول خطاب ألست بربّكم لاكمال رتبة المعارف الخ. Sans date. Même main qu'au 3°.

5° (F° 147 r°). Titre dans le titre général : اجوبة ابن لبّ وغيره عن ابيات اليهودى القدرى. Commencement : ولمّا وقف الفقيه ابو جعفر بن صفوان المالقى على ابيات الذمّى قال مجاوبا عنها كما اجاب الفقيه... ابى (*sic*) سعيد فرج بن لبّ... وسياتى جواب الذمّى وجوابه بعد. Composé en 762/1361. Copie sans date. Même main qu'au 3°.

Papier. Écritures maġribines. 155 feuillets. Dimensions : 0.20× 0.15. (Cas. 1805.)

1811

Autre exemplaire du كتاب درّة الاسرار وتحفة الابرار d'Ibn aṣ-Ṣabbāġ, dont un manuscrit a été décrit plus haut, nº 1809. Copie de 957/1550.

Papier. Écriture maġribine. Manuscrit en feuilles. 237 feuillets. 15 lignes par page. Dimensions : 0.14×0.15. (Cas. 1806.)

1812-1820

Ces manuscrits (Cas. 1807-1815) n'ont jamais existé. Cf. *supra,* I, Introduction, p. xxii-xxiv.

1821

Texte persan des quatre évangiles. Certificat du jésuite Jérôme Xavier, 1607. Cf. la notice de Casiri. Commencement : بنام پدر وپروجان پاك يكى خداى انجيل متى اصحاح اول كتاب زادن الخ. Encadrements bleu, or et rouge. Cf. *supra,* nº 1627.

Papier. Écriture persane. 263 feuillets. 11 lignes par page. Dimensions : 0.28×0.17. (Cas. 1816.)

1822

Manuscrit du premier volume du traité des simples du célèbre botaniste Abū Muḥammad ʿAbd Allāh b. Aḥmad Ibn al-Baiṭār, † 646/1248, appelé ici كتاب الجامع الكبير et dont le vrai titre est جامع لمفردات الادوية والاغذية. Cf.

Brockelmann, *Ar. Litt.*, I, 492 ; J. Ruska, in *Enc. Isl.*, II, 388-389. L'ouvrage a été publié à Būlāķ en 1291 H. et traduit par le Dr Leclerc, in *Notices et Extraits*, XXIII et XXV, Paris, 1877-1883. Ce volume, dont les deux premières lignes du début sont effacées, va des lettres ا à ج inclus. La suite du même exemplaire a été inventoriée sous le n° 839. Copie très belle, non datée.

Papier. Écriture orientale. 236 feuillets. 19 lignes par page. Dimensions : 0.26×0.195. (Cas. 1817.)

1823

Exemplaire acéphale du second volume du كتاب تاج اللغة وصحاح العربية, le grand dictionnaire des racines arabes, œuvre du lexicographe Abū Naṣr Ismā'īl b. Ḥammād al-Ǧauharī, mort à la fin du IVe siècle de l'hégire, sur lequel cf. Brockelmann, *Ar. Litt.*, I, 128 ; M. Ben Cheneb, in *Enc. Isl.*, I, 1058-59. Publié à Tibrīz en 1270 et à Būlāķ en 1282 et en 1292. L'exemplaire, entièrement vocalisé et d'une superbe exécution, ne commence qu'à la lettre ذ et va jusqu'à la lettre ص inclusivement. La copie a été terminée à Āġmāt Warīka (ancienne ville importante, proche de Marrakech et aujourd'hui disparue : cf. E. Doutté, in *Enc. Isl.*, I, 186), en 652/1254.

Papier. Écriture maġribine. 188 feuillets. 23 lignes par page. Dimensions : 0.28×0.21. (Cas. 1818.)

1824

Exemplaire du second volume du كتاب الملل والنحل (titre interverti dans le manuscrit), le célèbre ouvrage de dogmatique musulmane d'Abū Muḥammad ʿAlī b. Aḥmad b. Saʿīd IBN ḤAZM, le grand écrivain andalou, mort en 456/1064. Cf. Brockelmann, *Ar. Litt.*, I, 400; C. Van Arendonk, in *Enc. Isl.*, II, 407-410 et surtout M. Asín Palacios, *Abenházam de Córdoba y su historia critica de las ideas religiosas*, Madrid, 1927. Publié au Caire en 1317-1321. Commencement du manuscrit : الكلام هل شاء الله عزّ وجلّ كون الكفر والفسق واراد وقوعه ام لم يشأ تعالى كونه ولا اراده قال ابو محمد قال المعتزلة الخ. Copie datée de l'année 797/1395.

Papier. Écriture orientale. 353 feuillets. 21 lignes par page. Dimensions : 0.26×0.17 (Cas. 1819.)

1825

Titre : كتاب ريحانة الكتاب ونجعة المنتاب, répertoire des secrétaires de cour de la dynastie naṣride de Grenade et recueil de correspondances diplomatiques, composé par LISĀN AD-DĪN IBN AL-ḪAṬĪB. Cf. Brockelmann, *Ar. Litt.*, II, 252; Pons Boigues, *Ensayo*, p. 343, nº 6; C. F. Seybold, in *Enc. Isl.*, II, 421. Une grande partie des lettres royales qui composent ce recueil ont été publiées avec une traduction espagnole par Mariano Gaspar Remiro, *Correspondencia diplomática entre Granada y Fez, Siglo XIV*, in *Revista del Centro de Estudios históricos de Granada y su Reino* (1912-1915). Le nº 306_2 constitue un extrait de la *Raiḥāna* d'Ibn al-Ḫaṭīb. Dans l'ouvrage est incorporé (ici, des fos 231 rº à 242 rº) le *Miʿyār al-iḫtiyār* du même auteur (cf. *supra*, 1777_3). La plus grande partie de la *Raiḥāna* a été reproduite par al-Maḳḳarī dans son *Nafḥ aṭ-ṭīb,* deuxième partie. Incipit : ‘ الحمد لله الذى اقسم بالعلم تفضيلا له وتشريفا واستخدمه من فوق الطباق السبع الخ. Copie de 888/1483.

Papier. Écriture maġribine. 281 feuillets. 26 lignes par page. Dimensions : 0.29×0.215. (Cas. 1820.)

1826

Exemplaire acéphale du grand commentaire, intitulé : الشرح المطوّل, par Sa'd ad-dīn Mas'ūd b. 'Umar AT-TAFTAZĀNĪ, † 791/1389, du كتاب تلخيص المفتاح de Ğamāl ad-dīn Muḥammad b. 'Abd ar-Raḥmān AL-ḲAZWĪNĪ, † 739/1338, résumé du traité de philologie et de rhétorique d'AS-SAKKĀKĪ, † 626/1229. Cf. Brockelmann, *Ar. Litt.*, I, 294-95 et II, 215-16. Copie non datée. Publié à Constantinople en 1304.

Papier. Écriture orientale. 135 feuillets. 23 lignes par page. Dimensions : 0.24×0.175. (Cas. 1821.)

1827

Recueil factice, comprenant :

1° Fin d'un opuscule grammatical acéphale. Commence à فصل المعربات et se termine à باب مخفوضات الاسماء. Sans date. 25 lignes par page.

2° (F° 5 v°). Même main. Traité grammatical, intitulé : كتاب المقدّمة, par Abu 'l-Ḥasan Ṭāhir b. Aḥmad IBN BĀBAŠĀḎ, † 469/1076. Cf. Brockelmann, *Ar. Litt.*, I, 301. Commencement : النحو علم مستنبط بالقياس والاستقراء عن كتاب الله سبحانه الخ ‘

3° (F° 12 r°). Fragment médical (note latine : *Almansoris*

fragmenta de medicina practica). Incipit : ... مرض الملوك وان كان غريبا دلّ على غلظ الهواء وقلّة الامطار الخ. Sans date. 16 lignes par page.

4° (F° 17 r°). Autre fragment médical, avec lacunes (note latine : *Abulcasis De theorica medicinæ et practica*). C'est une partie d'une épître (رسالة) en trois *maḳāla*, intitulée تذكرة ذوى الفطن الملاح لما يعين على كثرة النكاح, composée postérieurement à Avicenne. Sans date. 21 lignes par page.

5° (F° 29 r°). Extrait de l'ouvrage de médecine intitulé كامل الصناعة الطبّية, connu aussi sous le titre de الملكى, du nom du sultan à qui il fut dédié par l'auteur, ʿAlī b. al-ʿAbbās AL-MAĞŪSĪ, † 384/994. Cf. Brockelmann, *Ar. Litt.*, I, 237. Publié à Būlāḳ en 1294. L'extrait commence à الباب الثالث فى اصناف العظام, puis continue par le début de la seconde *maḳāla* فى احوال الاعضاء المتشابهة الاجزاء. D'autres parties du même ouvrage existent à l'Escurial (Cas. 811_2, 814_8, 814_9, 833, 888_6.) Sans date. 35 lignes par page.

6° (F° 48 r°). Extraits d'un livre de pharmacopée et de thérapeutique, comprenant f° 49 r° : الباب الثالث فى صناعة البان ; f° 51 v° : الباب الرابع فى صناعة الخرونق وماء الورد, etc. Lacunes. Sans date. 31 lignes par page.

Papier. Écritures mağribines. 63 feuillets. Dimensions : 0.24 × 0.175. (Cas. 1822.)

1828

Titre : خلاصة الافكار فى بيان زبدة الاسرار, commentaire anonyme du traité grammatical intitulé لبّ الالباب فى علم

الاعراب de ʿAbd Allāh b. ʿUmar AL-BAIḌĀWĪ, le commentateur du Coran, mort vers 685/1286. Cf. Brockelmann, *Ar. Litt.*, I, 418, IV. Commencement : الحمد لله الذى رفع قدر العلماء لاستثمار الاحكام من محكم تنزيله بالبيان الخ. Copie de 761/1360.

Papier. Écriture orientale. 124 feuillets. 29 lignes. Dimensions : 0.19×0.14. (Cas. 1823.)

1829

Recueil, comprenant :

1° Titre كتاب الاربع مقالات لبطلميوس فى القضاء بالنجوم على الحوادث, commentaire du livre d'astrologie de Ptolémée, dit τετράβιβλος, par Muḥammad b. Ğābir AL-BATTĀNĪ, † 317/929. Cf. Brockelmann, *Ar. Litt.*, I, 222; C. A. Nallino, in *Enc. Isl.*, I, 698-99. Début : الباب الاول ان الامور التى بها يكون تمام مقدّمة المعرفة الماخوذة من على النجوم الخ. Sans date.

2° (F° 118 v°). Titre : كتاب الثمرة لبطلميوس. Cf. Brockelmann, *Ar. Litt.*, I, 222, note 1. Commencement : قال بطلميوس قد قدمنا لك يا سورس كتبا فيا توثره الكواكب فى عالم التركيب كثيرة المنفعة فى تقدمة المعرفة وهذا الكتاب ثمرة ما اشتملت عليه تلك الكتب الخ. Sans date.

Papier. Deux mains maġribines. 129 feuillets. 18 lignes par page. Dimensions : 0.20×0.135. (Cas. 1824.)

1830

Manuscrit d'un ouvrage intitulé الافصاح ببعض ما جاء من الخطاء فى كتاب الايضاح, critique du traité grammatical الايضاح فى النحو d'Abū ʿAlī Ḥasan b. Aḥmad b. ʿAbd al-Ġaffār al-

Fārisī, † 377/987 (cf. *supra*, 42, 43, etc., et Brockelmann, *Ar. Litt.*, I, 113-114), par Abu 'l-Ḥusain Sulaimān b. Muḥammad b. ʿAbd Allāh Ibn aṭ-Ṭarāwa as-Sabā'ī al-Mālaḳī, † 528/1333-34 : cf. Ḥāǧǧī Ḫalīfa, *Kašf aẓ-ẓunūn*, I, 178. Incipit : رسالة الافصاح ... تأليف اصحاب من جملة الكتاب خصّهم الاستاذ الاوحد ابن الطراوة بكنوز بحثه واثرهم على الجملة فى اعيان وقته الخ. Copie non datée, paraissant ancienne.

Papier. Écriture maġribine. 37 feuillets. 23 lignes par page. Dimensions : 0.21×0.14. (Cas. 1825.)

1831

Exemplaire du كتاب المزهر فى علوم اللغة, de Ǧalāl ad-dīn as-Suyūṭī. Cf. *supra*, t. I, nos 37 et 241, et t. II, p. ix. Cf. aussi Brockelmann, *Ar. Litt.*, II, 155_{258} et 709 (155). Titre enluminé. Copie de 970/1562.

Papier. Écriture orientale. 424 feuillets. 23 lignes par page. Dimensions : 0.21×0.14. (Cas. 1826.)

1832

Titre : كتاب حسن التوسّل الى صناعة الترسّل, manuel de correspondance pratique, par Šihāb ad-dīn Abu 't-ṯanā' Maḥmūd b. Salmān Ibn Fahd al-Ḥalabī, † 725/1325. Autre exemplaire décrit *supra*, t. I, n° 243; cf. aussi Brockelmann, *Ar. Litt.*, II, 55. Publié au Caire en 1298, 1315. Copie de 730/1329, à Damas.

Papier. Écriture orientale. 116 feuillets. 21 lignes par page. Dimensions : 0.21×0.15. (Cas. 1827.)

1833

Deuxième volume d'un ouvrage intitulé : جميلة ارباب المراصد فى شرح عقيلة اتراب القصائد. C'est le commentaire, par Burhān ad-dīn Abu 'l-ʿAbbās Ibrāhīm b. ʿUmar al-Ğaʿbarī, † 732/1332, de la *ḳaṣīda* en rime *rā'* d'aš-Šāṭibī, † 590/1194, sur l'orthographe coranique. Cf. *supra,* 1335. Sur al-Ğaʿbarī, cf. Brockelmann, *Ar. Litt.,* II, 164-165; sur les deux autres, I, 407 et 409-410. Copie non datée, antérieure à 1005/1596, date d'une cession du manuscrit.

Papier. Écriture orientale. 197 feuillets. 13 lignes par page. Dimensions : 0.17×0.12. (Cas. 1828.)

1834

Recueil, comprenant :

1° Glose d'al-Bardaʿī sur le commentaire, par Ḥusām ad-dīn al-Ḥasan al-Kātī, † 760/1359, du كتاب الايساغوجى, version arabe de l'εἰσαγωγή de Porphyre, par Aṯīr ad-dīn Mufaḍḍal b. ʿUmar al-Abharī, † 663/1264. Cf. Brockelmann, *Ar. Litt.,* I, 463-464, et *supra,* 1577_3. Commencement : الحمد لمن حمده احسن كل المقول الخ. 15 lignes par page.

2° (F° 21 r°). Glose sur le même commentaire, par Šams ad-dīn Ḳara Ğah (قره جه), † 854/1450. Commencement : قال الحمد لله الواجب وجوده اقول الحمد هو الوصف بالجميل الخ. Copie de 925/1519. Même main que 1°.

3° (F° 51 r°). Glose sur le même commentaire, par Muḥyī ad-dīn at-Tāliğī (manuscrit التالج). Cf. Brockelmann, *Ar. Litt.,* I, 464, d et e. Commencement : قال الحمد لله الواجب

وجوده اقول افتتح كتابه بالحمد بعد الابتداء بالتسمية الخ. Copie de 961/1544. 13 lignes par page.

Papier. Écritures orientales. 140 feuillets. Dimensions : 0.18 × 0.13. (Cas. 1829.)

1835

Titre : كتاب تنوير الغبش فى فضل السودان والحبش, apologie des Soudanais et des Éthiopiens, par Ǧamāl ad-dīn Abu' l-Farağ ʿAbd ar-Raḥmān b. ʿAlī Ibn al-Ǧauzī, † 597/1200. Cf. Brockelmann, *Ar. Litt.*, I, 505_{75}, et référence citée. Cet ouvrage a fait l'objet d'un développement d'as-Suyūṭī. Cf. *supra*, manuscrit n° 1764_2. Il comprend 28 chapitres et débute ainsi : الحمد لله الذى اختار من جميع المخلوقات الانسان ... امّا بعد فانّى رأيت جماعة من اخيار الحبشان تنكسر قلوبهم لاجل اسوداد الالوان فاعلمتهم ان الاعتبار بالاحسان لا بالصور الحسان ووضعت لهم هذا الكتاب فى ذكر فضل خلق كثير من الحبش والسودان الخ ، Copie non datée (VIIe siècle de l'Hégire).

Papier. Écriture orientale, type *nasḫī*. 116 feuillets. 12 lignes. Dimensions : 0.22 × 0.15. (Cas. 1830.)

1836

Ce manuscrit (Cas. 1831) a disparu.

1837

Recueil (*mağmūʿ*), tout entier de la même main, comprenant :

1° Titre : كتاب كشف الاسرار عن حكم الزهور والاطيار, le recueil d'allégories mystiques de 'Izz ad-dīn 'Abd as-Salām b. Aḥmad Ibn Ġānim al-Maḳdisī, † 678/1279 : cf. Brockelmann, *Ar. Litt.*, I, 450, et *Enc. Isl.*, II, 400. L'ouvrage a été publié et traduit par Garcin de Tassy, sous le titre *Les oiseaux et les fleurs*, Paris, 1821.

2° (F° 35 v°). Titre : فصل فى ما جاء فى صفة الخمر. Commencement : قال الله تعالى يسألونك عن الخمر والميسر الخ. (Coran, Sūrate II, verset 216.)

2° *bis*. (F^{os} 54-55). Ces deux feuillets, déplacés, constituent la fin de 13°.

3° (F° 56 v°). Court résumé de l'histoire musulmane jusqu'à la mort d'Abū Ǧa'far al-Mustanṣir en 640/1242. Commencement : تأريخ مولد النبى صلعم ولد عام الفيل الخ.

4° (F° 68 r°). Opuscule sur la lexicographie coranique. Commencement : لغات القرآن قال سعيد بن جبير ما فى الارض لغة الا انزلها الله فى القرآن الخ ،

5° (F° 95 r°). Histoire dans le genre des *Mille et une Nuits*, intitulée الحرب المعشوق بين لحم الضأن وحواضر السوق, œuvre d'Aḥmad b. Yaḥyā b. Ḥasan Ibn al-Ḥaǧǧār.

6° (F° 113 r°). Titre : مقامة المفاخرة بين التوت والمشمش, « séance » où la mûre et l'abricot se disputent la première place parmi les fruits, œuvre de Tāǧ ad-dīn aṣ-Ṣarḫadī, † 674/1275. Cf. Brockelmann, *Ar. Litt.*, I, 257. Un ouvrage de même titre est attribué par Brockelmann, *Ar. Litt.*, II, 48₂, à aḏ-Ḏahabī. Incipit : (بسملة) لا اله الا الله عدّة القائه لما قدم فصل الربيع فى طلائعه الخ ،

7° (F° 119 r°). Trois sermons burlesques (خطبة فى الهزل).

8° (F° 124 r°). Histoire, dans le genre des *Mille et une Nuits*. Début : يحكى انّ المنصور امر باشخاص رجال سمّاهم ممّن خرج عليه مع عمّه عبد الله بن على فلمّا مثّلوا بين يديه كان منهم الحرث ابن عبد الله الجرشى الخ ،

9° (F° 133 r°). Titre : مائة جوهرة من كلام امير المؤمنين على بن ابى طالب ،

10° (F° 134 r°). Série d'anecdotes, dont certaines ont al-Ma'mūn pour héros. A la fin, la mention : (*sic*) تمّت المامع.

11° (F° 153 v°). Séance (*maḳāma*) débutant ainsi : حكى انّ بعض اهل الاداب وفضلاء الكتّاب قال نجعت بعض السنين الى ارض فلسطين, suivie d'anecdotes diverses sur les califes.

12° (F° 204 v°). Opuscule sur l'éloquence des Arabes nomades. Commencement : بلاغة الاعراب فى طلب الحاجات من الاخوان وذوى المروّات قال الاصمعى اتى اعرابى أخا له يسأله حاجة ، F° 205 r° : بلاغة الاعراب فى مدح الرجال وذكر ذوى المروّات. F° 206 r° : بلاغة الاعراب فى ذمّ الرجال وذكر ذوى الجهالة والضلال. Suivi d'un certain nombre de بلاغة النساء et, à partir de f° 224 r°, de البلاغة من الاكاسرة وحكماء الفرس.

13° (F° 235 v°). Épitre sur le jour du Jugement dernier. La fin se trouve aux f°s 54-55. Cf. 2° *bis*.

14° (F° 240 r°). Fin d'un traité en vingt *faṣl*. Commencement : الفصل الثالث عشر فى الغربة والغريب ومفارقة الوطن والحبيب الى الله الخ ،

15° (F° 246 r°). Fin du 2° sur les dix premières lignes de 246 r°, puis choix d'un ouvrage sur la concordance des traditions, المختار من كتاب التلفيق. Manuscrit non daté.

Papier. Écriture orientale. 260 feuillets. 15 lignes par page. Dimensions : 0.175×0.12. (Cas. 1832.)

1838

Ce manuscrit (Cas. 1833) a disparu.

1839

Recueil, de la même main, comprenant :

1° Titre : رسالة فى اثبات الواحد, par Ǧalāl ad-dīn Muḥammad b. As'ad AD-DAUWĀNĪ, † 907/1501. Cf. Brockelmann, *Ar. Litt.*, II, 217 (donne pour le titre, d'après Ḥāǧǧī Ḫalīfa, la variante الواجب au lieu de الواحد) ; le même, in *Enc. Isl.*, I, 958. Commencement : سبحانك سبحانك ما اطهر شأنك واظهر برهانك الخ. Copie non datée.

2° (F° 30 r°). Glose anonyme sur le commentaire, par Mas'ūd aš-Širwānī (première moitié du IXe siècle H.), sur l'ouvrage d'al-Iǧī, intitulé المواقف. Cf. *supra*, n° 475. Commencement : الظاهر ان هذا القيد يفيد ان المراد بالالهيات الاحكام والمسائل الخ. Copie non datée.

3° (F° 98 v°). Opuscule anonyme, intitulé : اللوائح. Peut-être s'agit-il de l'ouvrage d'aš-Šiblī signalé par Brockelmann, *Ar. Litt.*, II, 80, 9, 4 ? Commencement : الحمد لله الذى خلق الخلق والاكوان... وبعد فهذه اللوائح قد كنت كتبتها فى سوالف الزمان... والآن التمس منّى بعض... ان اقيدها الخ. Comprend quatre لائحة. Copie sans date.

4° (F° 103 r°). Titre : حاشية على شرح المطالع, glose par

AL-ABIWARDĪ, du commentaire par Muḥammad ar-Rāzī, † 766/1364, du traité de logique مطالع الانوار d'al-Urmāwī, † 682/1283, sur lequel cf. *supra*, 641, etc., et Brockelmann, *Ar. Litt.*, I, 467. Commencement : الحمد لله الفياض الوهاب ظاهر هذا التفسير يحتمل معنيين الخ. La fin manque. Sans date.

Papier. Écriture orientale. 163 feuillets. 1°, 2°, 4°, même main, 23 lignes par page ; 3°, 30 lignes par page. Dimensions : 0.22 × 0.12. (Cas. 1834.)

1840

Commentaire anonyme des عقائد d'AN-NASAFĪ, † 537/1142. Cf. Brockelmann, *Ar. Litt.*, I, 427. Le manuscrit porte en de nombreux endroits d'abondantes gloses marginales. On trouve dans la liste des commentaires ou gloses sur les *'Akā'id*, donnée par Ḥāǧǧī Ḫalīfa, *Kašf aẓ-ẓunūn*, II, 119-122, plusieurs incipit se rapprochant de celui de ce manuscrit, mais ne concordant pas exactement. Commencement : الحمد لله المتوحد بجلال ذاته وكمال صفاته ... وبعد ... وان المختصر المسمى بالعقائد للامام ... نجم الملة والدين عمر النسفي الخ ، Copie non datée (IXᵉ siècle H.). Porte au début une formule de *taḥbīs* de l'exemplaire, au nom du sultan sa'dien Abū Fāris : الحمد لله حبس مولانا ابى فارس ايده الله (sic) جميع شرح عقائد النسفى المكتوب هذا على ظهر اوّل ورقة منه على المسجد الجامع الذى من انشائه برباط الشيخ الولى سيدى ابى العباس السبتى نفع الله ببركته لطالبى العلم ومبتغيه على الّا يخرج من موضعه تحبيسا مؤبّدا ووقفا مخلّدا قصد به وجه الله العظيم وثوابه الجسيم شهد به

(année 1597 J.-C.) عليه ... اوائل ربيع النبوى المبارك عام ١٠٠٦

Papier. Écriture orientale. 100 feuillets. 11 lignes par page. Dimensions : 0.20×0.15. (Cas. 1835.)

1841

Recueil, comprenant :

1° Traité du partage des successions كتاب الفرائض فى المورث, par Abū ʿAbd Allāh Muḥammad b. ʿAbd al-Malik b. ʿAbd al-ʿAzīz al-Kalbī. Incipit : الحمد لله منزل الحكم الخ. Sans date.

2° (F° 55 r°). Partie du commentaire de Ḫalīl b. Isḥāḳ, † 767/1365 (l'auteur d'*al-Muḫtaṣar fī 'l-fiḳh*) sur le résumé de droit mālikite مختصر منتهى السؤل d'Abū ʿAmr ʿUṯmān b. ʿUmar Ibn al-Ḥāǧib, † 646/1248, relative au partage des successions. Cf. Brockelmann, *Ar. Litt.*, I, 306, 7. Sans date.

3° (F° 90 r°). Quelques pages sans commencement ni fin, sur le même sujet.

4° (F° 102 r°). Titre : ايضاح المسالك الى قواعد الامام ابى عبد الله مالك, par Abu 'l-ʿAbbās Aḥmad b. Yaḥyā b. Muḥammad b. ʿAbd al-Wāḥid b. ʿAlī al-Wanšarīsī, † 914/1508. Cf. Brockelmann, *Ar. Litt.*, II, 248. Commencement : الحمد لله على دين الهدى ... وبعد فانك سألت ... ان اجمع لك تلخيصا مهذب الفصول الخ. Copie de 973/1565.

5° (F° 150 v°), Titre : كتاب الاحكام لمسائل الاحكام المستخرجة من كتاب الدلائل والاضداد, par Abū ʿImrān al-Fāsī. Commencement : فاوّل ما ابتدأ... بكتاب النكاح. Copie datée de 909/1503-1504.

Papier. Écriture maġribine. 198 feuillets. 1°, 2°, 4°, 5° (même main), 21 lignes par page; 3°, 23 lignes. Dimensions : 0.21 × 0.14. (Cas. 1836.)

1842

Titre en partie effacé à la tranche inférieure : كتاب التعريف والاعلام فيما ابهم فى القرآن من الاسما والاعلام, par Abu'l-Ḳāsim ʿAbd ar-Raḥmān b. Abi 'l-Ḥasan as-Suhailī al-Ḫaṯʿamī, † 581/1185. Cf. Brockelmann, *Ar. Litt.*, I, 413. Manuscrit acéphale. Copie de 813/1410.

Papier. Écriture orientale. 104 feuillets. 13 lignes par page. Dimensions : 0.18 × 0.13. (Cas. 1837.)

1843

Titre : كتاب التنقيح لالفاظ الجامع الصحيح, commentaire du *Ṣaḥīḥ* d'al-Buḫārī, par Badr ad-dīn Abū ʿAbd Allāh Muḥammad [b. Bahādur] b. ʿAbd Allāh az-Zarkašī al-Miṣrī, † 794/1392. Cf. *supra*, nos 1462 et 1502, la description de deux autres manuscrits du même commentaire. Copie datée de 812/1409.

Papier. Écriture orientale. 293 feuillets. 20 lignes par page. Dimensions : 0.19 × 0.135. (Cas. 1838.)

1844

Résumé (*talḫīṣ*) autographe et anonyme de l'introduction du commentaire du *Ṣaḥīḥ* d'al-Buḫārī, par Abu 'l-Faḍl

Aḥmad b. ʿAlī Ibn Haǧar al-ʿAsḳalānī, † 862/1448, intitulé فتح البارى فى شرح البخارى. Cf. *supra*, n° 1449. Commencement : اما بعد فهذا تلخيص ما احتوت عليه مقدّمة شرح الجامع الصحيح لشيخ الرواة المسندين . . . شهاب الملّة والدين ابى الفضل احمد بن على بن حجر العسقلانى وتلخّص القول فيها فى فصول الفصل الاوّل فى بيان السبب الباعث لامير المؤمنين ابى عبد الله البخارى على تصنيف كتابه الخ ، Copie de 875/1470.

Papier. Écriture maġribine. 59 feuillets. 23 lignes par page. Dimensions : 0.21 × 0.15. (Cas. 1839.)

1845

Titre ; مزيل الخفا عن ألفاظ الشفا, commentaire du *Šifā* de ʿIyāḍ, par aš-Šumunnī. Cf. *supra*, n° 1743_1, la description d'un autre manuscrit du même ouvrage. Copie non datée.

Papier. Écriture orientale. 68 feuillets. 24 lignes par page. Dimensions : 0.21 × 0.15. (Cas. 1840.)

1846

Autre manuscrit du même ouvrage. Copie de 860/1456, exécutée par un élève de l'auteur sur l'original, dont la composition fut terminée dans la dernière décade de ḏu 'l-ḳaʿda 847/fin de mars 1443.

Papier. Écriture orientale. 91 feuillets. 19 lignes par page. Dimensions : 0.18 × 0.14. (Cas. 1841.)

1847

Persan :

1° Vocabulaire persan-turc, intitulé الصحاح العجمية, par Luṭf Allāh b. Abī Yūsuf al-Ḥalīmī. Commencement : الحمد لله الذى الهمنا اللغات والعبارات ... وسمّيته بالصحاح العجمية لكونه على اسلوب الصحاح العربية الخ. Cf. *supra*, n° 609, une version plus développée du même ouvrage.

2° (F° 52 v°). Même main. Grammaire persane, intitulée : بحر الغرائب, par le même. Commencement : حمد بر حد وسپاس وقياس. Manuscrit en désordre, non daté. Cf. Ḥāǧǧī Ḫalīfa, *Kašf aẓ-ẓunūn*, I, 185-186.

Papier. Écriture persane. 102 feuillets. 13 lignes par page. Dimensions : 0.18×0.13. (Cas. 1842.)

1848

Titre : الروض الناسم والثغر الباسم, collection d'épigrammes recueillies par Ṣalāḥ ad-dīn Ḫalīl b. Aibak AṢ-ṢAFADĪ, † 764/1383. Cf. Brockelmann, *Ar. Litt.*, II, 33_{16}. Commencement : امّا بعد حمد الله الذى عمّت نعمه وخوّلت ... فهذه اوراق يجنى الناظر منها زهرا ناضرا ويتحقّق ذو اللبّ انّ الشاعر يدعى ساحرا الخ ، Copie datée de l'année 836/1432.

Papier. Écriture orientale. 61 feuillets. 17 lignes par page. Dimensions : 0.15×0.12. (Cas. 1843.)

1849

Manuscrit d'un commentaire anonyme, portant seulement le titre شرح طوالع, sur le traité de métaphysique d'al-Baiḍāwī, intitulé طوالع الانوار (cf. *supra*, 1573), et débutant *ex abrupto* par : قوله بحسب تعلق الارادة لا باعتبار ان القدرة جملة تامة لتخصيص ذلك البعض لانه لوكان كذلك يلزم انهاء القدرة الخ ،
Sans date.

Papier. Écriture orientale. 50 feuillets. 15 lignes par page. Dimensions : 0.18×0.11. (Cas. 1844.)

1850

Commentaire, par Abu 'l-Maḥāmid 'Abd al-Ġanī b. Maḥmūd b. Ibrāhīm الجاربردى, du traité de logique de Naǧm ad-dīn 'Alī b. 'Umar AL-KĀTIBĪ, † 675/1276, intitulé الرسالة الشمسية فى القواعد المنطقية. Cf., sur le dernier, Brockelmann, *Ar. Litt.*, I, 466. Commencement : الحمد لله الذى وهب لنا عقلا مدرك المعقول. Exemplaire non daté (antérieur à 972/1564). Les autres ouvrages signalés par Casiri sous le n° 1845 manquent dans ce manuscrit.

Papier. Écriture orientale. 83 feuillets. 22 lignes par page. Dimensions : 0.24×0.13. (Cas. 1845.)

1851

Titre : كتاب منهاج الوصول الى علم الاصول, par 'Abd Allāh b. 'Umar AL-BAIḌĀWĪ, le commentateur du Coran, mort vers 685/1286. Cf. Brockelmann, *Ar. Litt.*, I, 416 et 418 (II). Incipit : تقدس من تمجد بالعظمة والجلال. Notes marginales. Copie datée de 838/1434.

Papier. Écriture orientale, du type *nasḫī*. 104 feuillets. 9 lignes par page. Dimensions : 0.18 × 0.14. (Cas. 1846.)

1852

Tome I et partie du tome II de كتاب الاعتبار في الناسخ والمنسوخ من الحديث, par AL-ḤĀZIMĪ. La suite du même ouvrage, jusqu'à la fin, occupe un autre manuscrit du même exemplaire, décrit plus haut, n° 1802. Tous deux ont été copiés à Damas, en 641/1243. Cf. aussi *supra*, n° 1522.

Papier. Écriture orientale. 66 feuillets. 15 lignes par page. Dimensions : 0.165 × 0.12. (Cas. 1847.)

ADDITIONS ET CORRECTIONS

Page 9, ms. 1276. — Cet ouvrage a été également publié à Būlāḳ en 1318.

Page 10, ms. 1278. — L'ouvrage d'Ibn al-Munaiyir a été publié au Caire en 1307, en marge du *Kaššāf* d'az-Zamaḫšarī.

Page 10, ms. 1279. — Également publié au Caire en 1343.

Page 15, ms. 1293. — Le premier traité composant l'*unmūdaǧ* a été également publié à Constantinople en 1305; le second a été publié au Caire en 1323 avec le commentaire مطالع الانظار de Šams ad-dīn b. Maḥmūd al-Iṣfihānī († 749); le troisième a été publié aussi à Constantinople en 1292 (voir le n° 1475).

Page 18, ms. 1301. — Publié aussi à Constantinople en 1296 et au Caire en 1320.

Page 20, ms. 1306. — Publié à Constantinople en 1305-1306.

Page 26, ms. 1324. — Cet ouvrage a été publié à Alger en 1323-27.

Page 27, ms. 1325 — Ligne 5, lire Makkī au lieu de Makī.

Page 27, ms. 1326. — Il y a aussi un غريب القرآن du même auteur, intitulé نزهة القلوب, qui a été publié au Caire en 1325; mais il ne semble pas correspondre à celui-ci.

Page 29, ms. 1329. — Le vrai titre de cet ouvrage est إملاء من منّ به الرحمن من وجوه الاعراب والقراءات فى جميع القرآن، Il a été publié au Caire en 1303 et 1306.

Page 30, ms. 1333. — Cet ouvrage a été publié au Caire en 1309, 1318, en marge du commentaire d'al-Ḫāzin; seul en 4 volumes en 1925.

Page 32, ms. 1336, 1°. — Publié à Constantinople, d'après un catalogue oriental qui ne fournit pas de date.

Page 35, ms. 1340. — Lire ainsi la ligne 5 du texte arabe : لسان حديد التحدّى بعشر واحد فافحم المعاند الخ. — Même page, *in fine*, lire ainsi : تألّق الحبّات. — Page 36, ligne 2, lire : بالعبير المحلول.

Page 37, ms. 1343, 1°. — Lire Mollā Ḫosrau au lieu de Mollā Ḫosran.

Page 45, ms. 1363, 3° et 4°. — Ces deux opuscules d'as-Suyūṭī ont été publiés à Ḥaidarābād en 1316.

Page 46, ms. 1366. — L'auteur est surtout connu sous le nom de ʿAlī Ḳārī.

Page 47, ms. 1370, 1°. — Publié au Caire en 1308.

Page 51, ms. 1377. — Dans la référence à Brockelmann, lire 125 au lieu de 122.

Page 64, ligne 10. — Lire *ǧuz'* au lieu de *ǧaz'*. De même, p. 86, ligne 5 *a.f.*, p. 88, lignes 1 et 10, p. 121, l. 3 et 4.

Page 65, ligne 4. — Lire مقترا au lieu de مقتراء. *Ibid.*, ligne 15, lire يبعث au lieu de يبعث.

Page 92, ms. 1467. — Lire الغيث au lieu de الغيث. Ce commentaire a été publié à Lucknow en 1303.

Page 95, ms. 1475. — Voir *supra*, n° 1293.

Page 96, ms. 1477. — Publié également à Constantinople en 1305.

Page 98, ms. 1482. — Il s'agit de la *Burda* d'al-Būṣīrī. Le premier vers cité est le vers 3.

Page 100, ms. 1485. — Cet ouvrage est plus connu sous le titre de أمالى السيد المرتضى. Publié en 4 tomes au Caire en 1325/1907.

Page 102, ms. 1489. — Imprimé dans l'Inde.

Page 104, ms. 1497, 1°. — Publié également à Calcutta en 1260, à Lucknow en 1286, à Constantinople en 1235 et 1304, au Caire en 1331/1913.

Page 106, ms. 1500, 2°. — Lire AŠ-ŠIRWĀNĪ au lieu d'AŠ-ŠARWĀNĪ.

Page 109, ms. 1509. — Pour la rime du titre, on serait plutôt porté à lire اقصى الامل والسول que اقصى الامل والشوق.

Page 118, ms. 1523, 2°. — Publié aussi au Caire en 1308. Les قواعد الاعراب ont été publiés et traduits par Sylvestre de Sacy, *Anthologie grammaticale*, p. ٧٣ et 155.

Page 119, ms. 1526. — Lire au titre الجنيدة au lieu de الجنيدة.

Page 120, ms. 1528. — Ajouter : Traduction française par E. Fagnan (Kayrawani, *Risâla ou traité abrégé de droit malékite et de morale musulmane*), Paris-Alger, 1914.

Page 121, ms. 1529. — Lire au titre مسند au lieu de مسناد.

Page 128, ms. 1544, 4°. — Lire, ligne 8, المُهَذَّب. — *Ibid.*, 7° : publié au Caire en 1325.

Page 130, ms. 1545, 3°. — Publié à Ḥaidarābād en 1316, avec au titre عن تشبيه au lieu de عن تسفية.

Page 131, ms. 1545, 8°. — Publié à Lahore, s. d..

Page 134, ms. 1550. — Il s'agit vraisemblablement du كتاب الارشاد فى الكلام, par Abu 'l-Ma'ālī 'Abd al-Malik al-Ǧuwainī Imām al-Ḥaramain, † 478/1085 (cf. Brockelmann, *Ar. Litt.*, I, 389, v).

Page 138, ligne 1. — Lire عن au lieu de من.

Page 138, ms. 1563. — Publié, avec le commentaire الجوهرة المنيفة de Mollā Ḥusain Iskandar al-Ḥanafī, à Ḥaidarābād, 1321.

Page 141, ms. 1568. — Publié au Caire en 1344.

Page 141, ms. 1571. — Lire al-Yamanī au lieu de al-Yamānī. Lire *Ar. Litt.*, I, 369.

Page 144, *in fine*. — Lire Naṣīr au lieu de Nāṣir.

Page 146, ligne 1. — Lire al-Ġāzī ou al-Ġazzī.

Page 158, ms. 1607, 14°. — Lire à l'incipit الحمد au lieu de لحمد et عباده au lieu de عبيده. — Cet ouvrage a été publié au Caire en 1283 et à Constantinople en 1307.

Page 158, ms. 1607, 19°. — Lire à la fin de l'incipit نقطة.

Page 158, ms. 1607, 20°. — Lire au titre هدية et non هدبة.

Page 159, ms. 1607, 24°. — C'est la *Hamzīya* d'al-Būṣīrī, publiée à Fās, à Alger, au Caire, etc. Lire au premier hémistiche رقيّك au lieu de رفعك.

Page 159, ms. 1608. — Lire au titre الفاضل.

Page 170, ms. 1627. — Lire au titre ويسر.

Page 176, ms. 1636, 1°. — Lire ainsi le nom de l'auteur : Sahl b. Bišr al-Isrā'īlī.

Page 178, ms. 1638, l. 4. — Lire والبحار au lieu de والنحار.

Page 178, ms. 1639. — Lire ligne 4 *Ṣubḥ* au lieu de *Subḥ*.

Page 179, ms. 1641. — Publié aussi au Caire en 1325, en 4 parties.

Page 185, ms., 1651, 2°. — Les vers sont à rectifier ainsi :

الاحمران اهلكا ايادا * وحرما قومها السوادا

(cité par al-Bakrī, *Mu'ǧam*, p. 47) ;

ومنّا الذى اردى لقيطا برمحه * غداة الصفا وهو الكمى المقنع

بجياشة كبّتْ لقيطا لوجهه * واقبل منها عائد يتدفّع

(cités par al-Bakrī, *ibid.*, p. 41).

Page 185, ms. 1652. — Lire à la fin du titre الاندلس.

Page 188, ligne 12. — Lire يجرى au lieu de يجر. — Ligne 13, lire *le* au lieu de *du*.

Page 192, ligne 5. — Ajouter من après فيهنّ.

Page 193, ms. 1658. — Publié aussi au Caire en 1340, avec appendice.

Page 197, ms. 1667. — Republié à Būlāḳ en 1344/1926, en 4 volumes, avec la critique d'Abū 'Ubaid al-Bakrī.

Page 198, ms. 1669. — Publié au Caire en 1324 (6 volumes).

Page 209, ms. 1688. — Publié à Ḥaidarābād.

Page 210, ms. 1691. — Publié à Constantinople en 1329.

Page 216, ligne 3. — Lire خضّوا au lieu de حضّوا.

Page 217, ms. 1702, 2° — Publié au Caire, sans date.

Page 217, ms. 1702, 4°. — Lire au titre الهروة au lieu de العردة.

Page 218, ms. 1702, 7°. — Publié à Lahore, sans date.

Page 221, ms. 1705, l. 4. — Lire فسخّرها au lieu de مسخّرها.

Page 226, ms. 1708, 1°. — L'ouvrage de Ḥasan aṭ-Ṭūlūnī, avec le titre النزهة السنيّة فى ذكر الخلفاء والملوك المصريّة, et avec l'incipit donné par le ms. et par Ḥāǧǧī Ḫalīfa, a été publié à Constantinople en 1302, dans un recueil (مجموعة) intitulé : التحفة البهية والطرفة الشهية (des pages ١١٥ à ١٤٤). La relation s'arrête à 926/1520, à l'avènement du sultan Sulaimān Ḫān.

Page 229, ms. 1709. — La publication de l'histoire d'Ibn Miskawaih a été arrêtée dans la collection *Gibb Memorial* et abandonnée, parce que les tomes V, VI et le supplément (ذيل) d'Abū Šuǧā' ont été publiés au Caire par Amedroz en 1333, 1334.

Page 260, ms. 1754, 2°. — Publié en marge d'Ibn Ḥağar al-Haitamī, *al-Fatāwi 'l-ḥadīṯīya,* le Caire, 1307.

Page 217, ms. 1762. — C'est la traduction en persan de *Kalīla wa-Dimna,* par Ḥusain Wā'iẓ Kāšifī, † 910/1504-1505. Cf. T. W. Arnold, in *Enc. Isl.*, II, 837, pour la liste des éditions.

Page 288, ms. 1792, 2°. — Publié avec le commentaire d'as-Suyūṭī lui-même à Būlāḳ, en 1293, au Caire, en 1303 et 1305.

Page 297, ms. 1803. — La première partie de cet ouvrage a été traduite par W. Marçais, *Le Taqrîb de en-Nawawi,* Paris, 1902. Le commentaire d'as-Suyūṭī sur le *Taḳrīb,* intitulé تدريب الراوى فى شرح تقريب النووى, a été publié au Caire en 1307.

TABLE

Achevé d'imprimer sur les presses de l'Imprimerie Française et Orientale à Chalon-sur-Saône, le 15 mars 1928. 935

IX. — Le même. Seconde partie : Groupe de la Kama (*en préparation*).

X. OUMARA DU YÉMEN (XII° siècle), sa vie et son œuvre, par HARTWIG DERENBOURG. Tome I. Autobiographie et récits sur les vizirs d'Egypte. — Choix de poésies. Texte arabe. In-8 . . . 41 fr. 60

XI. — Le même. Tome II (partie arabe). Poésies, épîtres, biographies, notices en arabe, par Oumâra et sur Oumâra. In-8. 41 fr. 60

XI *bis*. — Le même. Tome II (partie française). Vie de Oumâra du Yémen. In-8 . . . 41 fr. 60

XII, XIII. DOCUMENTS ARABES RELATIFS A L'HISTOIRE DU SOUDAN. I, Tarikh es-Soudan. Histoire du Soudan par Abderrahman ben Abdallah Et-Tonboukti. Texte arabe et traduction française, par O. HOUDAS, avec la collaboration de E. Benoist. 2 vol. in-8. Chacun. 41 fr. 60

XIV. DESCRIPTION DES ILES DE L'ARCHIPEL GREC, par CHRISTOPHE BUONDELMONTI. Version grecque par un Anonyme, traduction et commentaire par EM. LEGRAND. Première partie, illustrée de 52 cartes. In-8 . . . . 52 fr.

XV. — Le même. Seconde partie. In-8 (*en préparation*).

XVI, XVII, XVIII. LE LIVRE DE LA CRÉATION ET DE L'HISTOIRE, DE MOTAH-HAR BEN TAHIR EL-MAQDISI, ATTRIBUÉ A ABOU-ZEID AHMED BEN SAHL EL-BALKHI. Texte arabe publié et traduit d'après le manuscrit de Constantinople, par CL. HUART. 3 vol. in-8. Chacun . . 52 fr.

XIX, XX. DOCUMENTS ARABES RELATIFS A L'HISTOIRE DU SOUDAN. Tedzkiret en Nisiân fi Akhbâr Molouk es-Soudân. Texte arabe et traduction par O. HOUDAS. 2 vol. in-8. Chacun 39 fr.

XXI à XXIII. LE LIVRE DE LA CRÉATION ET DE L'HISTOIRE. Tomes IV à VI. In-8. Chaque volume . . . . 52 fr.

CINQUIÈME SÉRIE

I-II. DICTIONNAIRE ANNAMITE-FRANÇAIS (Langue officielle et langue vulgaire), par JEAN BONET. 2 vol. in-8 . . . . 104 fr.

III. L'IMPRIMERIE SINO-EUROPÉENNE EN CHINE, par H. CORDIER. In-8, planches . 19 fr. 50

IV. NAN-TCHAO YE-CHE. Histoire particulière du Nan-Tchao. Traduction d'une histoire de l'ancien Yun-Nan, accompagnée d'une carte et d'un lexique géographique et historique, par CAMILLE SAINSON. In-8 . . . . 39 fr.

V. RECUEIL DE MÉMOIRES ORIENTAUX. Textes et traductions publiés par les Professeurs de l'Ecole des Langues orientales vivantes à l'occasion du XIV° Congrès international des Orientalistes d'Alger (1905). In-8 . . . . 41 fr. 50

Barbier de Meynard. Une ambassade marocaine à Constantinople. — H. Derenbourg. Le culte de la déesse Al-Ouzzâ en Arabie. — Houdas. Evacuation d'Oran par les Espagnols en 1792. — Huart. Documents persans sur l'Afrique. — Meillet. De quelques évangéliaires arméniens accentués. — Lorgeou. Fragments de l'histoire du Siam au XVI° siècle. — Vinson. Le collège de Bahour au XIX° siècle. — Vissière. Un sceau de Ts'iang K'iu. — Picot. Not. bibliogr. sur Mihail Strêlbickij. — L. de Rosny. La jeunesse de Taï-Kau-Sama. — H. Cordier. Du Halde et d'Anville. — P. Boyer. Un vocabulaire français-russe de la fin du XVI° siècle.

VI, VII. BIBLIOGRAPHIE IONIENNE. Description raisonnée des ouvrages publiés par les Grecs des Sept Iles, ou concernant ces îles, du XV° siècle à l'année 1900. Œuvre d'EMILE LEGRAND, complétée et publiée par HUBERT PERNOT. 2 vol. in-8 . . . . 65 fr.

VIII. BIBLIOTHECA JAPONICA, par HENRI CORDIER. In-8 . . . . 65 fr.

IX, X. DOCUMENTS ARABES RELATIFS A L'HISTOIRE DU SOUDAN. *Tarikh el-Fettâch*, ou Chronique du chercheur, pour servir à l'histoire des villes, des armées et des principaux personnages du *Tekrour*, par Mahmoûd Kâti ben El-Hâdj El-Motaouakkel Kâti. Publié et traduit par O. HOUDAS et M. DELAFOSSE. 2 vol. in-8.

— I. Texte arabe. . . . . 26 fr.

— II. Traduction française. Avec une carte . . . . 31 fr. 20

XI. LE SYSTÈME VERBAL SÉMITIQUE ET L'EXPRESSION DU TEMPS, par Marcel COHEN. In-8 . . . . 45 fr.

SIXIÈME SÉRIE

(à la LIBRAIRIE ORIENTALISTE PAUL GEUTHNER)

I. BIBLIOGRAPHIE DES ŒUVRES D'IGNACE GOLDZIHER, par B. HELLER, avec une Introduction biographique par LOUIS MASSIGNON. In-8 . . . . 30 fr.

II. LE LIVRE DE GERCHÂSP, POÈME PERSAN D'ASADÎ JUNIOR DE TOÛS, publié et traduit par CLÉMENT HUART, tome Ier, VIII-218 pp. in-8 (1926). . . . . 95 fr

CHALON-SUR-SAONE, IMPRIMERIE FRANÇAISE ET ORIENTALE E. BERTRAND 22917

PUBLICATIONS DE L'ÉCOLE NATIONALE

DES

LANGUES ORIENTALES VIVANTES

(Société des Éditions ERNEST LEROUX, 28, Rue Bonaparte, Paris)

TROISIÈME SÉRIE

I. LA FRONTIÈRE SINO-ANNAMITE. Description géographique et ethnographique d'après des documents officiels chinois, traduits par G. Devéria. In-8, illustré, avec planches et cartes . 52 fr.

II, III. NOZHET-ELHÂDI. Histoire de la dynastie saadienne au Maroc (1511-1670), par Mohammed Esseghir ben Elhadj ben Abdallah Eloufrâni. Texte arabe et traduction française par O. Houdas. 2 vol. in-8. Chacun . . . . 39 fr.

IV. ESQUISSE DE L'HISTOIRE DU KHANAT DE KHOKAND, par Nalivkine, traduit du russe par A. Dozon. In-8, carte . . . . 26 fr.

V, VI. RECUEIL DE TEXTES ET DE TRADUCTIONS, publié par les Professeurs de l'Ecole des langues orientales vivantes, à l'occasion du VIIIe Congrès international des Orientalistes tenu à Stockholm en 1889. 2 vol. in-8 . . . . 78 fr.

Ch. Schefer. Quelques chapitres du Seldjouq Namèh, publiés et traduits. — Barbier de Meynard. L'Ours et le Voleur, comédie en dialecte turc azéri, publiée et traduite. — Marre. Proverbes malais. — Dozon. Cérémonies religieuses des Tchérémisses. — Houdas. Histoire de la conquête de l'Andalousie, par Ibn Elqouthiya. — Cordier. La Compagnie suédoise des Indes orientales au XVIIIe siècle. — A. des Michels. Du sens des mots chinois *Giao Chi*. — Em. Picot. Chants populaires des Roumains de Serbie. — J. Vinson. Les Français dans l'Inde (1736-1761). — E. Legrand. Notice sur Jean et Théodose Zigomalas.

VII. SIASSET NAMÈH. Traité de Gouvernement, par Nizam oul Moulk, vizir du sultan Seldjoukide Melik Châh. Texte persan, publié par Ch. Schefer. Tome I en 2 parties. In-8. Chaque fascicule . . . . 39 fr.

VIII. Tome II. Traduction française et notes. In-8 . . . . 39 fr.

IX, X. HISTOIRE DU SULTAN DJELÂL-ED DÎN MANKOBIRTI, par En-Nesawi. Texte arabe et traduction par O. Houdas. 2 vol. in-8. Chacun . . . . 39 fr.

XI. CHIH LOUH KOUOH K'IANG YUH TCHÉ. Géographie historique des Seize royaumes fondés en Chine par des chefs tatares (302-433), traduite du chinois et annotée par A. des Michels. Fasc. I et II, in-8. Chacun . . . . 19 fr. 50

XII. CENT DIX LETTRES GRECQUES, de François Filelfe, publiées d'après le *Codex Trivulzianus 873*, par Emile Legrand. In-8 . . . . 52 fr.

XIII. DESCRIPTION TOPOGRAPHIQUE ET HISTORIQUE DE BOUKHARA, par Mohammed Nerchakhy. Texte persan publié par Ch. Schefer. In-8 . . . . 39 fr.

XIV. ESSAI DE MANUEL PRATIQUE DE LA LANGUE MANDÉ OU MANDINGUE. Etude grammaticale du dialecte Dyoula. — Vocabulaire Français-Dyoula. — Histoire de Samori en Mandé. — Etude comparée des principaux dialectes Mandé, par Maurice Delafosse. In-8 . . . 39 fr.

XV. LES FRANÇAIS DANS L'INDE. Dupleix et Labourdonnais. Extraits du Journal d'Anandarangappoullé, par J. Vinson. In-8, portraits et cartes . . . . 39 fr.

XVI. KHALÎL ED-DÂHIRY. Description de l'Égypte, de la Syrie et du Hidjâz. Texte arabe, publié par P. Ravaisse. In-8 . . . . 31 fr. 20

XVII. Le même, traduction française. In-8. *(Non paru.)*

XVIII à XX. BIBLIOGRAPHIE CORÉENNE. Tableau littéraire de la Corée, contenant la nomenclature et l'analyse des ouvrages publiés jusqu'en 1890, par Maurice Courant. 3 vol. in-8, fig. et planches. Chacun . . . . 65 fr.

XXI. SUPPLÉMENT à la Bibliographie Coréenne. In-8. . . . . 19 fr. 50

QUATRIÈME SÉRIE

I. CATALOGUE DE LA BIBLIOTHÈQUE DE L'ÉCOLE DES LANGUES ORIENTALES VIVANTES, publié par E. Lambrecht. Tome I. Langue arabe. In-8 . . . . 39 fr.

II. Le même. Tome II *(en préparation)*.

III à VI. EL BOKHÂRI. Les traditions islamiques, traduites de l'arabe par O. Houdas et W. Marçais. Tomes I à IV. In-8. Chacun . . . . 41 fr. 60

VII. Le même. Tome V. Index général. In-8 *(en préparation)*.

VIII. LES POPULATIONS FINNOISES DES BASSINS DE LA VOLGA ET DE LA KAMA, par Jean Smirnov. Etudes d'ethnographie historique, traduites du russe et revues par Paul Boyer. — Première partie : Groupe de la Volga, ou groupe bulgare. I. Les Tchérémisses. II. Les Mordves. In-8 . . . . 39 fr.

(Voir la suite au recto)